Jurica Pavičić est un écrivain, scénariste et journaliste croate, né à Split en 1956. Il collabore depuis 1989 en tant que critique de cinéma à différents journaux. Il est l'auteur de sept romans, de deux recueils de nouvelles, d'essais sur le cinéma, sur la Dalmatie et le monde méditerranéen, de recueils de chroniques de presse… Il a reçu les récompenses croates les plus importantes pour son travail de journaliste et de critique de films.

Son roman *Les Moutons gypse* a été adapté au cinéma par Vinko Brešan, sous le titre *Witnesses*, et a remporté le prix œcuménique du jury du Festival de Berlin en 2003 ainsi que le prix du meilleur scénario au Festival de Pula la même année.

L'Eau rouge a reçu le prix Ksaver Šandor Gjalski du meilleur roman croate (2018) et le prix Fric de la meilleure fiction (2019).

En France, le roman rencontre aussi un énorme succès. Il est salué par la critique et couronné par de nombreux prix prestigieux : le Grand Prix de Littérature Policière, le Prix Le Point du Polar Européen 2021, le Prix Transfuge du Meilleur Polar étranger, le Prix Mystère de la Critique, le Prix Libr'à Nous 2022.

DU MÊME AUTEUR

La Femme du deuxième étage
Agullo, 2022

Jurica Pavičić

L'EAU ROUGE

Traduit du croate
par Olivier Lannuzel

Agullo

Cette publication a été cofinancée avec le soutien
de la Commission européenne.
Cette publication n'engage que son auteur
et la Commission n'est pas responsable
de l'usage qui pourrait être fait des informations qui y sont contenues.

*

La publication de ce livre a reçu le soutien financier
du Ministère de la Culture et des Médias de la République de Croatie.

*

Cette édition a été publiée avec le soutien financier
de la région Nouvelle-Aquitaine.

TITRE ORIGINAL
Crvena Voda

ISBN 978-2-7578-9127-8

« Taj trenutak – kad Silva kaže : Ajde, bog i zatreperi haljinom put izlaza – bio je posljednji put kad su je vidjeli. »

« Cet instant où Silva a dit Allez, salut et fait virevolter sa robe vers la sortie, c'est la dernière fois qu'ils l'ont vue. »

PREMIÈRE PARTIE

SILVA A DISPARU

1

VESNA
(1989)

Pour commencer, Vesna se souvient du temps qu'il a fait.

C'était une journée chaude et splendide de septembre, comme si le ciel se moquait d'eux par avance. La brise marine avait adouci la chaleur de l'été indien durant tout l'après-midi. Et quand le soir était tombé, un soupçon agréable de fraîcheur, annonciateur de l'automne, s'était glissé dans les rues, dans les cuisines et dans les chambres.

Vesna ne se souvient pas seulement du temps qu'il a fait. Elle se souvient aussi de l'espace.

Elle se souvient de la maison, dans le haut de Misto, dans la rue derrière l'église, cette maison dans laquelle elle a passé la majeure partie de sa vie. En fermant les yeux, Vesna distingue clairement la disposition des pièces, les meubles, les objets. L'entrée à l'étage par le perron, la véranda vitrée, la salle de séjour, la cuisine avec son sol en terrazzo. Dans la salle de séjour, la table, et en face le canapé avec sa housse élimée. Dans le couloir, le perroquet portemanteau. Et à côté, une porte. La porte de la chambre de Silva, sur laquelle sa fille a fixé un écriteau « Keep out ».

Vesna se souvient de la salle de séjour, à quoi elle ressemblait ce jour-là. Dans un angle, le téléviseur EI Niš. Sur un fauteuil, un tas d'affaires attendant d'être repassées. Accroché au mur, un calendrier avec des vues panoramiques du Canada et, au-dessus de la porte de la cuisine, une peinture à l'huile du Christ. Le Jésus sur cette image avait les yeux rêveurs et humides, la tête inclinée et la barbe légèrement ondulée. Il pointait l'index vers le haut, comme pour les alerter de ce qui allait arriver.

Voilà à quoi ressemblait leur vieille maison, ce 23 septembre 1989.

C'est un samedi soir. Et comme chaque samedi, ils dînent ensemble. Ils sont quatre à table. Au bout, il y a Jakov. Elle est assise en face de lui. Côté terrasse, il y a leurs deux enfants. Leurs jumeaux, Silva et Mate.

Voilà comment débute la scène dont Vesna se souvient. Ils sont tous les quatre à la maison, assis autour de la table. Devant eux, il y a le dîner qu'elle a préparé. Un plat de flageolets, du pain et des picarels frits. Ils sont assis et ils mangent, comme s'il s'agissait d'un dîner banal, un dîner comme n'importe quel autre.

Dans un coin de la pièce, la télévision est allumée, on entend le journal du soir. Les nouvelles sont fiévreuses, l'époque est troublée : les étudiants chinois ont manifesté place Tien-An-Men, la population s'est soulevée en Allemagne de l'Est, le Parti slovène a adopté une nouvelle constitution et réclame une réforme de la fédération yougoslave. On discute de politique un peu partout avec une ferveur et une agitation nouvelles. Mais ni elle ni Jakov ne s'intéressent à la politique. Tous deux vivent avec la ferme conviction que, s'ils se tiennent à distance des problèmes, les problèmes garderont leurs distances vis-à-vis d'eux.

Vesna se souvient de tout : des odeurs, des saveurs, des images. Elle se souvient des entrailles molles des picarels, qui fondent dans la bouche. Des flageolets qu'elle a assaisonnés, comme toujours, avec beaucoup d'ail écrasé. Elle se souvient de Jakov, qui, comme à son habitude, avale peu de choses et lentement. De Silva, qui dévore les poissons, se bat avec les arêtes et les recrache dans son assiette. Elle se souvient aussi, évidemment, de Mate, attentif à ce qu'il mange, tranquille, qui dépose les colonnes vertébrales des poissons sur le bord de son assiette, dépouilles mortelles, dans un ordre parfait. Mate a toujours mangé ainsi. Lentement, méthodiquement, coupant des petits morceaux d'aliments, comme s'il allait nourrir des Lilliputiens.

Quatre silhouettes, quatre corps, penchés au-dessus de la table, suçotant du poisson et recrachant des arêtes. C'est comme ça que Vesna se rappelle cette soirée. Elle se la rappelle aujourd'hui encore.

Parce que, aujourd'hui, elle sait. Elle sait ce qu'elle ne savait pas alors.

Elle sait que ça a été la dernière soirée de leur vie normale.

***

En septembre 1989, Jakov et elle sont en ménage depuis presque dix-huit ans. Elle l'a épousé à l'automne 1971. Ils se sont mariés un samedi, trois semaines avant Noël, le maire de Misto a officié à la cérémonie civile. La fête a eu lieu dans la salle de l'hôtel et ils ont passé leur nuit de noces dans une chambre de l'établissement qui, hors saison, est froide et humide.

Après leur mariage, Jakov et elle ont emménagé en haut de la rue au-dessus de l'église Saint-Spyridon. Ils ont partagé la maison avec Zlata, une tante de Vesna restée célibataire. La cohabitation a duré sept ans. Zlata a vécu avec eux, silencieuse et invisible, jusqu'à un après-midi de 1978 où ils l'ont trouvée immobile sur le carrelage de la cuisine, victime d'une attaque cérébrale. Ils l'ont enterrée dignement, dans la discrétion, et la semaine suivante ils ont investi sa chambre qui donnait sur le couloir. Ils en ont fait la chambre de Silva.

Ce samedi de 1989, Silva occupe toujours la chambre qui donne sur le couloir. Elle y entasse ses vêtements, ses colifichets et ses secrets d'adolescente. Elle a fixé sur la porte une inscription en anglais qui conseille aux adultes de se garder autant à distance que possible.

Vesna et Jakov se sont installés dans la vieille maison de tata Zlata à l'automne 1971, le lendemain de leur mariage. Un mois plus tard, un matin, Vesna s'est sentie nauséeuse et a vomi dans l'évier avant le petit déjeuner. La semaine suivante, le médecin local lui a révélé qu'elle était enceinte. Peu de temps après, le gynécologue à Split lui a annoncé la bonne nouvelle : elle portait des jumeaux.

Mate et Silva sont des jumeaux hétérozygotes. Quand on les observe, on voit leur ressemblance, les mêmes sourcils, le même profil du nez. Ils possèdent le même front délicat, la même ride le long de la bouche, marque d'opiniâtreté. Mais, si Mate et Silva se ressemblent physiquement, ce n'est pas la même chose pour ce qui est de leur caractère. Mate est un garçon calme et responsable, consciencieux, prudent, sur lequel on peut compter, et Vesna sait qu'il sera un soutien pour eux quand ils seront vieux. Silva, elle, est différente. Silva, c'est une petite haïdouk, a dit d'elle un jour tata Zlata. Silva ira loin, a dit de son côté Jakov. Elle ira loin car elle se débrouille toujours pour obtenir ce qu'elle veut.

En septembre 1989, Mate et Silva n'ont pas encore dix-huit ans. Mate est en terminale au lycée technique de construction navale et à l'été prochain, quand il aura obtenu son bac, il envisage de s'inscrire à l'école de la marine. Silva termine son école de secrétariat et de comptabilité et, aux questions de ses parents sur son avenir, elle répond par une pirouette et change prudemment de sujet. Silva et Mate sont l'un et l'autre inscrits au lycée à Split. En parallèle, Mate a commencé à travailler l'après-midi comme aide au débardage du poisson. Comme il ne veut pas perdre ce petit revenu, il est resté vivre à Misto et fait le trajet jusqu'à Split pour se rendre à l'école. Tous les matins, il se lève à six heures et prend le bus de banlieue qui l'emmène en ville en trente-cinq minutes par la route Magistrale[1]. Silva, non. Silva réside au foyer scolaire pour filles de la rue Cyrille-et-Méthode à Split. Elle retourne à Misto tous les samedis, et ce samedi encore elle est rentrée à la maison pour le dernier week-end de l'été.

En septembre 1989, Jakov a quarante-deux ans. Il est déjà légèrement dégarni au-dessus des tempes – mais il est resté mince, le ventre plat, et il en est passablement fier. En cet instant, Jakov est encore comptable à l'usine d'accessoires en plastique. L'établissement dans lequel il travaille est situé dans une halle construite en métal et en verre au-dessus de la Magistrale, une halle qui n'est plus aujourd'hui qu'une carcasse en

1. Axe majeur qui dessert toutes les villes du littoral croate, jusqu'à la mise en service d'une autoroute dans les années 2000. (Toutes les notes sont du traducteur.)

ruine. L'usine produit des ballons en plastique, des pare-chocs de bateau et des canots gonflables. Jakov est employé au service des payes. Il y effectue son travail avec la patience et la conscience qui le caractérisent, sans négligence, mais aussi sans ambition. Rentré à la maison, après le déjeuner, Jakov se repose un temps sur le canapé et lit le journal. Puis il descend au rez-de-chaussée, dans ce qui était autrefois la cave. Là, il se livre à ce qui constitue en même temps un passe-temps et une passion : il est radioamateur. Toute la journée, Jakov assemble, soude, colle, fabrique des appareils avec des tas de petites lampes qui paraissent à Vesna pleins de mystère et de magie. Et quand le soir tombe, il s'assoit dans son atelier et échange en anglais pendant des heures avec des gens qu'il ne rencontrera jamais. Vesna écoute parfois son mari qui converse avec des inconnus à l'autre bout du monde. Elle ne voit pas bien le sens de tout ça. Mais si ça lui chante, Vesna n'ira pas y redire quoi que ce soit, car elle sait que les hommes ont besoin d'une passion bizarroïde.

En 1989, Vesna a trente-huit ans. Elle enseigne la géographie depuis quatorze ans dans le complexe scolaire de Misto. Du lundi au vendredi, elle apprend aux enfants du canton le Gulf Stream, les pays exportateurs de pétrole et les bassins hydrographiques de la Yougoslavie. Comme c'est une petite bourgade, elle croise ses élèves sur la route, lesquels la saluent au magasin, et leurs parents ont un hochement approbateur quand ils l'aperçoivent à l'église le dimanche. Quand elle a commencé ce travail, Vesna croyait qu'elle aimait l'école et les enfants. Aujourd'hui elle n'en est plus si sûre. À mesure que le temps passe, elle remarque de plus en plus souvent qu'elle entre en classe avec une irritation contenue et que les facéties des enfants éveillent en elle d'immenses bouffées de rage. Au bout de quatorze ans, Vesna a de plus en plus souvent l'impression que les enfants, dans le fond, ne sont pas bons.

À la fin de l'année prochaine, Vesna entrera dans sa quarantième année. Parfois elle pense à ce chiffre quatre si laid par quoi commencera son âge à l'avenir. Elle pense qu'elle a grossi ces dernières années, qu'elle s'est enterrée dans un travail monotone et dans un mariage paisible, heureux, mais ennuyeux. Vesna réalise alors – mais c'est rare – qu'elle se trouve à un point de sa vie où elle pourrait faire encore beaucoup de choses. Elle pourrait encore changer de travail ou changer de ville. Elle pourrait maigrir, apprendre le chinois, changer de coiffure. Mais ces moments d'égarement durent peu. Vesna n'a pas vraiment envie de changement et elle sait que c'est pareil pour Jakov. Cette vie leur convient, à lui comme à elle. Du lundi au vendredi, ils ont chacun leurs occupations fidèles et ennuyeuses. L'après-midi ils lisent sur la véranda, elle un livre, lui le journal, et l'été ils vont à la plage. Le samedi, ils descendent au port et achètent du poisson aux pêcheurs dans la madrague. Le dimanche, ils font un feu dans la cour et mettent le poisson à griller, ou des saucisses, des côtelettes. Jakov aime s'occuper du feu. Il allume sa flambée, son front devient rouge, la sueur perle au-dessus de ses sourcils. Jakov cuit toujours beaucoup trop la viande et il sabote le poisson, mais Vesna le laisse faire, puisque ça lui fait plaisir.

Puis, quand le calme s'installe en fin de journée, Jakov et elle s'assoient côte à côte sur le canapé, avec une carafe de vin en cubi sur la table basse devant eux. Aux alentours de dix heures, Vesna sent ses paupières qui se ferment, Jakov éteint la télévision et conduit sa femme au lit. En cet instant, à l'été 1989, ils ont encore des rapports sexuels. Ce n'est pas souvent, mais c'est apaisé, fait en connaissance, comme si le corps de l'autre était un dispositif familier, bien rodé, que chacun s'est habitué à manipuler.

En cet instant, en septembre 1989, Vesna est encore une femme heureuse.

Vesna se souvient de tout cela. Elle se souvient de ces quatre personnes assises autour de la table de la cuisine, sous le Jésus endormi et les paysages canadiens du calendrier. Le crépuscule tombe sur Misto, on entend les essais de sonorisation pour la fête des pêcheurs qui aura lieu dans le petit port. Elle se souvient de ces quatre ombres en train de dîner, qui goûtent au repas, se versent du vin, discutent. Jakov va se lever, déposer les assiettes dans l'évier et ranger le vin dans le buffet. Silva va quitter la table et se traîner avec paresse et langueur jusque dans sa chambre.

Ce qui va suivre, Vesna s'en souvient comme un film qu'elle va dérouler dans sa tête un millier de fois. Elle se souvient d'elle-même en train de faire la vaisselle dans l'évier. De Mate qui secoue la nappe, balaie les miettes sur le sol. De Jakov assis à table, absorbé dans les mots fléchés du *Slobodna Dalmacija*[1]. Pendant que Jakov résout sa grille, Silva s'en va dans sa chambre. Elle revient, habillée pour sortir. Vesna se souvient exactement comment elle est vêtue. Elle la voit encore aujourd'hui, comme si Silva était là devant elle : une robe très courte avec un motif à fleurs, des baskets montantes rouges, un large sac en bandoulière. Sous le bras, un imper rouge. Car c'est l'été indien et les nuits en bord de mer peuvent être frisquettes.

1. Principal quotidien régional de la Dalmatie.

Et voilà l'instant. Silva est près de la porte, dans sa robe à fleurs, ses baskets aux pieds. Elle se tient debout, comme si elle attendait qu'on l'applaudisse, et prononce trois mots brefs. Elle dit : « J'y vais. »

– Tu sors avec qui ? demande Jakov. Avec Brane ?

– Non, répond Silva, pas aujourd'hui. Il n'est pas là, il est à Rijeka, pour s'inscrire à la fac nautique. Il rentre demain.

– Et tu vas où ? demande son père.

– En bas, dans la baie, je vais à la fête, répond-elle. Ne m'attendez pas, je rentrerai tard.

– Fais attention à toi, lui dit Jakov.

Il a dit à sa fille de faire attention à elle, et aujourd'hui encore Vesna se demande pourquoi il lui a dit ça.

Silva rajuste une bretelle, relève son sac, puis dit très vite et négligemment : « Allez, salut. » Puis elle franchit la porte, rapide et silencieuse comme le zéphyr.

Elle sort et Jakov n'y prête aucune attention. Pendant que sa fille s'en va, il est assis à table, plongé dans ses mots fléchés, il ne lève pas la tête. Pendant que sa fille s'en va, Vesna s'emploie à essuyer les assiettes avec un torchon. Même aujourd'hui elle ne sait pas si elle lui a adressé un regard. Elle est presque sûre qu'elle n'a pas répondu à son salut.

Parce que, alors, elle ne pouvait pas savoir. Maintenant, elle sait. Cet instant où Silva a dit *Allez, salut* et fait virevolter sa robe vers la sortie, c'est la dernière fois qu'ils l'ont vue.

2

MATE
(1989)

Au matin, Mate se réveille avec la gueule de bois. Le plafond tangue au-dessus de lui et la douleur sourde de l'alcool irradie ses tempes jusqu'à son front.

Il ouvre les yeux. Mais il les referme aussitôt car la lumière intense du jour lui fait encore plus mal au crâne. Il reste allongé, les yeux clos, pour tâcher de se rendormir un peu, avec l'espoir que le sommeil dissipera sa migraine. Mais il est déjà tard. Les bruits et la lumière l'ont tout à fait réveillé, il reste donc allongé simplement, les yeux clos, à l'écoute de la rumeur du monde.

Vers sept heures, il reconnaît les pas de son père dans le couloir. Puis le bruit de la douche, et de nouveau des pas. Sa mère et son père qui parlent à voix basse dans la cuisine. L'odeur du café turc monte jusque dans sa chambre. Une odeur qui lui est agréable.

Il est allongé, à l'écoute, les yeux clos. Il entend un bruit de pas dans les escaliers, puis son père qui ouvre son atelier. Bientôt il l'entend travailler. Comme chaque dimanche matin, son père a quelque chose à coller ou à souder.

À huit heures et quart, le carillon du clocher de Saint-Spyridon sonne pour appeler à l'office du matin. Mate entend de nouveau des pas dans l'escalier du perron. Il entend Vesna qui s'en va à la messe, puis Vesna qui revient de la messe. Il l'entend tousser dans le couloir, puis étendre le linge, et enfin ouvrir la porte de la chambre de Silva, dans l'intention de la réveiller.

Il entend alors de nouveau les pas de sa mère dans les escaliers. Elle descend dans la cour et ouvre la porte de l'atelier.

Il est un peu moins de dix heures et Mate entend dans la cour la phrase qui inaugure leur malheur. Vesna entre dans l'atelier et prononce cette phrase, Mate l'entend clairement et distinctement. « Silva n'est pas là, dit-elle. Elle n'est pas dans sa chambre. »

Cela s'est passé le dimanche 24 septembre au matin, à dix heures moins dix minutes.

***

Ce matin-là, ils n'ont pas été particulièrement inquiets. Aujourd'hui, ça paraît horrible aux yeux de Mate, mais il sait que c'est la vérité vraie. Ni sa mère, ni son père, ni lui ne se sont inquiétés.

Silva n'est pas là – elle a dormi ailleurs, ou bien elle est sortie tôt, ou bien elle est restée plantée quelque part hier soir. Mais elle va rentrer. Rien de mal n'a pu arriver. Car on n'est pas dans une métropole américaine, il n'y a pas de kidnappeur ici, pas de braqueur, pas de tueur en série. On est à Misto, et à Misto il n'est jamais rien arrivé à personne.

Mate se lève, prend sa douche, puis sa mère lui demande – à peine un soupçon de préoccupation dans la voix – s'il sait où est sa sœur. Mate lui dit ce qu'il sait. Elle est allée à la fête des pêcheurs hier soir, tout comme lui. Il y avait un groupe qui a joué, puis DJ Robi a passé de la musique après le concert. Silva a dansé. C'est à ce moment qu'il l'a vue pour la dernière fois : elle dansait, il était autour de onze heures.

Voilà ce que Mate dit à sa mère. Mais il ne lui dit pas tout. Il ne lui dit pas qu'il a quitté la fête à onze heures avec une petite bande car ils avaient des bouteilles de Stock 84 et de la bonne herbe. Il ne lui dit pas qu'il a passé le reste de la nuit sur le rivage, en bas de la crique de Travna, à essayer de séduire une fille de Novi Sad qui parlait avec l'accent traînant et charmant de par chez elle. Il ne lui dit pas qu'outre quelques joints il s'est enfilé presque un litre de Stock et que le cognac italien lui cause maintenant un mal de crâne mortel.

Il ne dit pas non plus à sa mère qu'à onze heures, quand il a quitté la fête, il a vu Silva qui dansait avec Adrijan Lekaj, le fils du boulanger. Ni que Silva a demandé à DJ Robi de passer *Red Red Wine* de UB40, une fois, puis deux fois, et qu'au moment où lui est parti, elle se trémoussait entre les bras d'Adrijan au rythme lent du reggae. Silva n'aurait pas rapporté à ses vieux les exploits de son frère. De même pour lui, il n'est pas question qu'il aille raconter ceux de sa sœur.

Sa mère l'écoute, secoue la tête d'un air désapprobateur, puis elle retourne dans la cuisine et commence à éplucher les pommes de terre. « Elle doit être chez Brane. Elle va arriver », dit Jakov. Après quoi il redescend dans son atelier, parfaitement insouciant, parfaitement détendu.

Les cent dix minutes suivantes, Jakov les passe dans son atelier, affairé à ses activités de radioamateur. Vesna met au four un poulet avec les pommes de terre puis s'assoit à la table de la cuisine et entreprend de lire le journal dominical. Mate avale discrètement un cachet contre le mal de crâne et se retire dans sa chambre – les volets maintenant tirés – en attendant que la douleur disparaisse. Quand il se réveille, la migraine n'est plus là. Il regarde sa montre : il est une heure et quart.

À une heure et demie, il retourne dans la cuisine. Le déjeuner est servi. Les assiettes, la salade, la bouteille de vin blanc sont disposées sur la table et le poulet embaume dans le four. Mais Silva n'est pas là. Mate se souvient de ce moment : pour la première fois il est inquiet, rien qu'un tout petit peu.

À deux heures et quart, Silva n'est toujours pas là. Vesna se tient contre le frigidaire, la répréhension et l'exaspération se lisent sur son visage. Le père est debout à côté de la table où sont disposés les verres et les assiettes et il jette des coups d'œil à la pendule au mur avec sa grande aiguille qui s'approche du quatre. Finalement, à deux heures vingt, il dit : « Mate, va faire un tour au village. Va voir où elle est passée. »

« Mate, va la chercher », dit le père, à deux heures vingt, le 24 septembre 1989.

Mate ne le savait pas. Maintenant il sait : ce jour-là, à cette heure-là, c'est dans sa vie le commencement des recherches.

***

À deux heures vingt, Mate enfile ses tennis, sort de la maison et part chercher sa sœur. Il prend la ruelle qui descend jusqu'à la place devant l'église, tourne dans la rue pentue qui mène en bas du bourg, passe à côté du camion de la coopérative garé derrière la boulangerie des Lekaj. Parvenu dans le petit port de pêche, il suit la côte en direction du bout de Misto, jusqu'à l'endroit où la promenade asphaltée s'interrompt et où les maisons se font plus rares.

Il continue sur le chemin cimenté qui longe la mer, entre les murs de pierre sèche et les rochers gris et bosselés au bord de l'eau. Puis c'est un sentier caladé, puis un sentier en terre battue. Il continue de marcher jusqu'à la petite chapelle de l'Étoile de la mer, sur la pointe. Passé la pointe, il distingue le but de son périple. Derrière le promontoire, isolée loin du village, il y a la maison des Rokov.

En cette année 1989, Silva a commencé à sortir avec Brane, le fils Rokov. Cela s'est passé un peu avant l'été, fin mai ou début juin. Un soir, après une virée avec de l'herbe et du vin en renfort, Brane et Silva sont allés se perdre seuls quelque part. À leur retour, ils se tenaient par la taille et Brane rayonnait de bonheur. « Ta sœur et moi, on est ensemble », lui a dit Brane le lendemain, et Mate, stupéfait, n'a rien répondu.

Il savait depuis un moment que Silva plaisait à Brane : d'ailleurs, elle plaisait à tous les garçons à Misto. Il se souvient de la fois, en classe de seconde, où ils sont allés tous ensemble pêcher des moules dans la crique de Travna. Ils étaient une quinzaine, pour partie des touristes, pour partie des jeunes du coin, qui se sont répartis dans trois canots en plastique. Après la chasse aux coquillages, en fin d'après-midi, ils ont attaché les bateaux et allumé un feu sur le rivage. Quelques Zagrébois ont joué de la guitare, une bouteille de mauvais vin local a circulé autour du feu. À un moment, Mate a remarqué la manière dont Brane regardait Silva. Il la dévorait des yeux. Mais ce soir-là, Silva est restée scotchée à l'un des Zagrébois à la guitare. Elle l'a laissé se serrer contre elle, ils ont commencé à s'embrasser autour de dix heures et il a glissé loin sa main autour de sa taille à elle. Mal à l'aise, Mate cherchait à regarder ailleurs, mais la seule direction possible le forçait à fixer Brane. Brane était debout près du feu, sombre et fermé, un désespoir infini se lisait sur son visage.

En septembre, à la rentrée scolaire, Silva est repartie à Split et Brane, semble-t-il, s'est apaisé. Et sa patience a fini par payer. Au mois de mai de l'année suivante, Brane et Silva sont enfin sortis ensemble et cette liaison a tenu le coup malgré les absences de Silva et ses études en ville. Du lundi au vendredi, Silva réside à Split et mène sa vie. Elle rentre le week-end à Misto, Brane et elle se retrouvent alors. Brane vient la chercher à la maison et ils vont dans l'un des deux cafés et demi qui constituent en tout et pour tout les lieux de sortie dans le bourg. Brane aimerait manifestement passer avec Silva le plus de temps possible et, tant qu'à faire, seuls. Mais Silva a d'autres plans. Silva l'entraîne là où il y a du monde, où il y a à boire, où l'on s'amuse, là où Mate sort lui aussi. Mate a eu plusieurs fois l'impression que Brane aurait aimé que les choses se passent différemment. Mais il a vite fait de comprendre que, dans leur couple, c'est Silva qui dirige et que Brane suit sans oser la moindre critique.

Après un peu de marche, Mate atteint la petite église de l'Étoile de la mer. Devant lui s'étend la pointe de la presqu'île, l'endroit où la terre à Misto s'avance le plus loin dans le chenal entre le continent et les îles. La pointe est ouverte vers le sud, et les rochers maritimes gris, nus, rongés par le sel grimpent haut vers la terre ferme. Il se disait autrefois que cette pointe était dangereuse pour les marins. C'est sans doute pour cela qu'une chapelle dédiée à la sainte protectrice de la mer a été érigée là. C'est une menue bâtisse, pas plus grande qu'une maison d'abeilles ou une rôtissoire. Elle est recroquevillée au sommet du promontoire, sur la roche grise crevassée. Elle a un toit à deux pans et une petite croix de métal sur le pignon, rongée par la rouille. Sous le pignon est inscrit en lettres bombées *STELLA MARIS*. À l'intérieur de la chapelle, bouclée derrière une grille, il y a une statue de la Vierge, qui fait à Mate l'effet d'une prisonnière au fond de sa petite geôle.

Mate fait le tour de la chapelle sur la pointe et reprend le sentier entre les rochers maritimes et un haut mur de pierre sèche. D'un côté, il y a la roche grise et nue, lessivée par les vagues de sirocco. De l'autre, derrière le mur, un grand espace à l'abandon, couvert de caroubiers, d'épineux et d'oliviers plus ou moins sauvages. Les gens du coin appellent cet endroit *les terres des Rokov*, du nom de la famille de Brane. Mate traverse le terrain et se dirige vers la maison.

La maison des Rokov est construite à l'écart, sur le plateau au bord de la mer. Devant la maison s'étend une cale sèche – un quai incliné en béton avec, au milieu, des rails gradués, qui aboutit dans la mer. Le père de Brane, Tonko, a reçu pour héritage cette cale de halage et le métier de réparateur de bateaux. Il est plasticien. Il mastique les barques en polyester, il les rafistole, les renforce par un treillis et traite l'osmose. C'est une activité bruyante, salissante et toxique. Elle ne peut être pratiquée que dans ce genre d'espace, loin de la population et des autres habitations.

En avançant, Mate entend le bourdonnement de la meuleuse. Parvenu tout près de la maison, il lance un bonjour à voix haute. Le bruit de la meuleuse s'interrompt. La tête de Tonko émerge d'une des barques. Ses cheveux et sa barbe sont blancs de fibres de plastique, on dirait un père Noël pauvrement déguisé. Il aperçoit Mate et de la tête lui fait signe d'entrer.

La maison des Rokov n'est pas une maison de village tout à fait banale. Enfant, Mate trouvait qu'elle ressemblait à un château. Elle est grande, ceinturée par un mur qui garde fermée la cour intérieure, dans laquelle on entre par une porte surmontée d'une arche. Sur le linteau, un ancêtre a gravé l'inscription : *ROCCO ROCCOV ET SES ENFANTS*, et l'année 1812. Les lettres rebondies ont été dessinées de manière malhabile, comme si la personne qui les a taillées savait à peine écrire.

Mais si la maison peut donner de l'extérieur l'impression d'un château, celle-ci disparaît dès qu'on y pénètre. Mate est habitué à l'ordre de Vesna, qui frôle un pinaillage parfois usant. Aussi est-il sidéré, chaque fois qu'il se rend chez les Rokov, par le fouillis indescriptible et total qu'il y trouve. Partout des planches, des tins et des billots de bois, des pièces et des chutes métalliques sont éparpillés dans la cour. Sur le plateau de béton devant l'atelier, il distingue quelques moteurs hors-bord sans capot. Il y a aussi des bidons de mastic ouverts et des rouleaux d'un matériau blanc, laineux, que Tonko utilise pour ses réparations en plastique. Les conserves d'hiver de la mère de Brane contribuent à cette impression d'avoir affaire à la tanière d'une sorcière. Uršula Rokov a mis en saumure des poivrons, des câpres, des oignons, des olives et du fenouil marin. Les bocaux s'étalent un peu partout sur le sol, les escaliers et le porche, des verts, des bruns, des bleus.

Mate pénètre dans la cour, à l'affût de la voix de Brane ou de celle de Silva, cherchant l'un des deux du regard. Mais il n'y a personne. Finalement, ne sachant trop quoi faire, il appelle le nom de Brane.

Une femme d'une quarantaine d'années, aux longs cheveux bruns, la taille fine, sort sur le perron à l'étage. C'est Uršula, la mère de Brane. Elle regarde qui appelle, aperçoit Mate et lui sourit gentiment.

– Brane dort, dit-elle. Il est rentré ce matin de Rijeka. Il est allé s'inscrire à l'école de la marine. C'est urgent ?

– Peut-être, répond Mate. On ne sait pas où est Silva.

– Elle n'est pas avec lui. Il est arrivé ce matin et il s'est couché tout de suite. Attends, je vais le réveiller.

Uršula entre dans la maison et Mate est saisi soudain d'un sentiment de honte. Brane n'était pas à Misto, hier soir. Il était sur la route, dans un car de nuit. Sa petite amie, la sœur de Mate, ingurgitait du Stock-Cola et se dandinait entre les bras d'Adrijan sur les accords de *Red Red Wine*. Et lui, il vient demander à Brane où se trouve Silva tout en s'apprêtant à lui cacher un secret plutôt moche.

– Il arrive, dit Uršula qui réapparaît en haut du perron. Il se lave et il est là tout de suite.

Uršula s'est adressée à Mate sans descendre dans la cour et sans l'inviter à monter. Elle reste là-haut à le regarder de ses yeux bleu-gris clair qui la rendent encore jolie.

Il y a trente ans, Uršula était la plus belle fille de Misto – c'est ce qu'a coutume de dire le père de Mate. Il dit cela devant Vesna, et Mate n'a jamais eu l'impression qu'elle tirait de cette constatation une quelconque jalousie. On admire Uršula comme on admire un vase grec ou des vestiges archéologiques : comme quelque chose de beau qui s'est abîmé irrémédiablement il y a longtemps. « Qui aurait pu penser qu'elle terminerait là-bas, au fin fond du village ? ajoute alors Vesna. On l'imaginait partir faire sa vie loin d'ici, dit-elle, et elle est là, sur les terres des Rokov, avec Tonko, dans cette maison sale recouverte de poussière plastique. »

Ainsi le père et la mère de Mate parlent-ils d'Uršula. Et c'est à travers leurs yeux que Mate observe la scène devant lui, en attendant que Brane le retrouve dans la cour. Le désordre, la rouille et la saleté sont partout. La maison s'effrite et a perdu des tuiles sur son toit. Et au milieu de tout cela, il y a elle : cette femme, qui malgré les années continue de se tenir droite, qui marche fièrement, avec ses yeux bleus témoins d'une beauté ancienne.

Ils restent ainsi, Uršula sur le perron à l'étage, Mate au pied des escaliers, pendant que des pas se font entendre à l'intérieur de la maison, puis l'eau dans la salle de bains. Brane finit par sortir sur le perron, encore mouillé, fraîchement peigné. En découvrant qui l'attend dehors, il rougit de confusion. Mate sait que Brane veut toujours faire bonne figure devant lui, le frère de Silva.

– Je cherche Silva, dit Mate. Est-ce que tu sais où elle est ?

– Non, répond Brane. Je suis rentré ce matin de Rijeka. Je voulais dormir un peu et puis j'allais l'appeler.

– Vous vous êtes parlé quand, la dernière fois ?

– Avant-hier.

– Est-ce que tu sais où elle a pu aller hier soir ?

– Nulle part. Elle m'a dit qu'elle allait rester à la maison.

Sauf qu'elle n'y est pas restée, pense Mate, sans le dire à Brane.

– C'est sans doute pas bien grave ? demande Brane.

– J'en suis sûr, répond Mate.

Puis il dit salut et sort.

Il reprend le chemin du village. Il marche jusqu'à la petite chapelle sur la pointe. Alors il se retourne et regarde autour de lui. Uršula se tient toujours à la porte et l'observe.

***

Mate se rend dans le centre du bourg. Il va à l'église, mais elle est fermée. Il fait le tour des cafés. C'est dimanche, il fait chaud, et tous les habitants sont assis aux terrasses. Les marins en congé, les étudiants en vacances, les gars du coin derrière leurs Ray-Ban, les employés et les chômeurs, tout le monde est là, à se prélasser comme des lézards dans la chaleur, tout en discutant politique et en dégustant un café serré. Elle seule n'est pas là. Silva n'est nulle part.

Finalement, Mate se dirige vers le seul endroit où il pourrait encore la trouver : la boulangerie du père d'Adrijan. C'est l'après-midi et la boulangerie est fermée. Il passe par la cour et trouve le vieux Lekaj à la poursuite d'un rêve sous le figuier après sa nuit de labeur. Il le salue depuis la porte et le vieux Lekaj lui répond par un marmonnement ensommeillé. Il traverse la cour et entre dans la maison.

À peine aperçoit-il Adrijan, Mate sait que Silva n'est pas avec lui. Il le trouve affalé sur le canapé. Il est nu jusqu'à la taille, vêtu d'un simple short Adidas. Il regarde un match de la ligue italienne de football à la télévision. Quand Mate entre dans la pièce, Adrijan le regarde avec étonnement.

Mate demande à Adrijan où est Silva, et une expression de gêne se dessine sur le visage du garçon.

Il ne sait pas où elle est. C'est vrai, dit-il, ils étaient ensemble hier soir. Oui, ils ont dansé jusqu'à onze heures. Et Silva a proposé, aux alentours de onze heures, qu'ils aillent *faire un tour à l'écart*. C'est comme ça qu'il a dit, faire un tour à l'écart, et il est visiblement très embarrassé. Oui, dit-il, ils sont restés ensemble jusque vers une heure. Ils ont été au cap de la Croix. Là-haut sur la butte, au-dessus de la citerne.

Ils étaient sur le belvédère, au niveau de la grande croix. À l'endroit – l'un et l'autre le savent – fréquenté par des générations de Mistaniens pour leurs ébats sexuels de contrebande. Mate – il se souvient de cela – s'est aussitôt senti submergé de honte. Parfois il ne comprend pas sa sœur.

– Quand vous êtes-vous quittés ? demande-t-il en essayant de rester détaché.

– Autour de minuit et demie, une heure. Silva a dit qu'elle devait rentrer, qu'il fallait qu'elle se dépêche.

– Qu'elle se dépêche de rentrer à la maison ?

– Elle a dit qu'elle devait se lever tôt, car elle partait en voyage.

– Elle partait en voyage ? Où ça ? demande Mate.

– Je n'en sais rien, répond Adrijan. C'est plutôt tes parents et toi qui devriez le savoir.

Mate à cet instant pressent pour la première fois que quelque chose ne tourne pas rond. Alors qu'à la télévision, baissée à mi-volume, un journaliste sportif salue un but de la Fiorentina contre l'Inter, ou bien de l'Inter contre la Lazio, il éprouve pour la première fois une sensation de plomb dans son estomac. Le sentiment d'un malheur imminent.

Il quitte précipitamment la maison des Lekaj. Passe près de l'église et grimpe la rue qui mène chez eux. Entre en courant dans la maison. Trouve ses parents attablés dans la cuisine, qui attendent. Il ne leur dit pas un mot et file dans la chambre de Silva. Ouvre le tiroir de son bureau.

Dans le tiroir, il n'y a rien. Ni son porte-monnaie, ni son répertoire téléphonique, ni son passeport.

Il sait que Silva a une cachette. Il sait aussi qu'elle garde planqué l'argent qu'elle économise. Il se penche sous l'armoire et attrape une boîte en bois dans le double fond d'un tiroir. Il l'ouvre.

La boîte est vide. Il n'y a dedans ni argent ni rien d'autre.

Il retourne dans la cuisine. Il s'assoit à la table. Et il dit une phrase. Il la dit le plus calmement possible, pour ne pas susciter plus de panique. Il dit à ses parents qu'il pense qu'il faudrait appeler la police.

***

La police est venue l'après-midi même. Ils sont trois. Deux portent un uniforme, visiblement des subalternes. Le troisième, le chef, est en civil. L'homme n'est pas loin de la trentaine, avec quelques kilos en trop. Il se présente. Il dit qu'il s'appelle Gorki Šain. Mate n'avait jamais entendu que quelqu'un se soit prénommé Gorki.

Les deux policiers en uniforme font le tour du jardin et examinent la chambre de Silva, mais sans montrer beaucoup d'intérêt, comme s'ils accomplissaient une tâche barbante et sans importance. Pendant ce temps, l'homme prénommé Gorki est assis à la table de la cuisine, il a ouvert un grand cahier avec une couverture en skaï. Il les écoute et prend des notes. Puis il pose quelques questions d'ordre général. Pour finir, il demande à Mate de lui montrer le tiroir secret de Silva.

Gorki examine le tiroir, explore le reste de la chambre de Silva. Il mène son inspection avec une sorte de nonchalance insouciante, comme si tout ce qui l'entourait n'était rien d'autre qu'un cliché d'adolescent.

Gorki reprend sa place à la table et écrit. Puis il referme son cahier, se lève et se dirige vers la sortie. Il leur dit de ne pas s'inquiéter. Quand les adolescents disparaissent, dit-il, ils reviennent tout seuls dans quatre-vingts pour cent des cas. Ils font signe dans les vingt-quatre heures, sans qu'on s'y attende, de la même façon qu'ils sont partis. Il écrit son nom et son numéro sur un bout de papier. Il tend le bout de papier à Jakov et demande qu'ils l'appellent demain au cas où Silva ne serait pas rentrée.

Une fois le policier parti, Vesna s'assoit à table et enfouit son visage dans ses mains. Jakov sort sur le balcon, comme si c'était un poste de sentinelle d'où il pourrait voir apparaître sa fille. Il ne montre pas de nervosité. Mais Mate le connaît bien. Il sait que Jakov est rongé par l'inquiétude.

Le déjeuner est toujours intact sur la table de la cuisine. Le poulet rôti dans la cocotte est froid, entouré des pommes de terre figées dans la graisse. La cuisine embaume encore de l'odeur de la peau et du gras de la volaille. Mate soudain ne supporte plus de voir la table intacte.

Il se lève. Remise la bouteille de vin blanc dans le frigidaire. Jette la salade et les pommes de terre dans la poubelle. Il découpe le poulet et dépose les morceaux dans un plat en céramique. Range la viande dans le frigo, puis, pour finir, attrape un grattoir et récure la cocotte.

Quand il a terminé, il s'assoit à table face à sa mère. Vesna se tient toujours immobile, comme si rien d'extérieur ne lui parvenait. Il reste ainsi brièvement, semblant attendre d'elle une réaction quelconque. Comme elle ne vient pas, il ramasse les assiettes propres et les range dans le buffet.

***

Le lendemain matin, Silva n'a toujours pas fait signe.

À huit heures précises, Jakov appelle le commissariat pour dire que Silva n'est pas rentrée. La maison et le bourg ont été remplis de policiers jusqu'à midi. Le jour même, Silva est officiellement déclarée disparue.

Les policiers ont investi tout le bourg. Ils inspectent les terrasses en pierre sèche et les oliveraies au-dessus du vieux village. Ils explorent le fond du port et les rochers du rivage. Une patrouille s'est rendue derrière le cap de la Croix, elle fait le tour de la caserne et des anciens tunnels de la marine. Une autre a grimpé au sommet du cap pour examiner le secteur autour de la citerne et de la croix de pierre.

Durant tout ce temps, ils sont restés à la maison et attendent. Le père tourne en rond dans la cour comme une âme en peine. La mère reste allongée sur le canapé, abrutie par les tranquillisants, les yeux injectés de sang.

Šain revient vers eux au milieu de l'après-midi et les fait asseoir autour de la table de la cuisine. Il leur expose ce qu'ils ont appris. Oui, elle est allée à la fête des pêcheurs ce soir-là. De nombreux témoins l'y ont bien vue. Elle a dansé toute la soirée et a demandé trois fois d'affilée au DJ de passer *Red Red Wine* d'UB40. Elle a dansé des slows avec Adrijan Lekaj. Au moins quatre personnes les ont vus s'en aller aux alentours de vingt-trois heures. Lekaj prétend qu'ils sont restés ensemble jusqu'à une heure. Elle a dit à un moment qu'elle devait rentrer car elle prenait la route tôt le lendemain. Ils étaient près de la citerne sous la croix de pierre quand ils se sont séparés. Silva lui a dit au revoir et a descendu la butte jusqu'aux premières maisons. Lekaj l'a vue à ce moment-là pour la dernière fois. Il est le dernier à l'avoir vue.

– Nous l'avons cuisiné, dit Gorki, comme s'il voulait dissiper leurs doutes. Nous avons vérifié ses empreintes, les traces sous ses ongles. Nous l'avons passé au détecteur de mensonges, ajoute-t-il. Il semble qu'il dise la vérité. Essayez d'imaginer où Silva a pu partir si tôt le matin, poursuit le policier en s'adressant au père.

– Nulle part, répond Jakov. Elle n'est allée nulle part. Elle devait retourner lundi au foyer, à l'école. À Split.

– Vous êtes sûrs ? demande l'inspecteur.

– Nous sommes sûrs, répond la mère.

– Vraiment ? Parce que ce n'est pas l'impression que nous avons.

Ce n'est pas non plus mon impression, pense alors Mate. Il est assis sans rien dire, mais il est assez lucide pour deviner ce que l'inspecteur peut imaginer. Cela ressemble à une fuite organisée et préméditée. Silva a emporté de l'argent, ses papiers, son passeport. Silva a dû tout planifier.

Pendant que Mate réfléchit ainsi, un policier en tenue passe la porte et appelle l'inspecteur à l'extérieur. Gorki sort dans la cour. Le policier et lui échangent à voix basse. Ils grimpent dans le jardin au-dessus de la maison, vers la conduite d'eau derrière les cactus. Ils se penchent. Le policier introduit un long bâton dans le tuyau, fouille loin à l'intérieur. Et il semble accrocher quelque chose. Le policier glisse son bras dans la conduite et en retire un sac en plastique. Gorki et lui en examinent le contenu. Puis Gorki retourne dans la maison avec le paquet emballé dans la main. Il entre dans la cuisine et son expression est maintenant différente, sombre, tendue, empreinte de gravité. Il jette le sac sur la table.

– J'aimerais bien, dit-il, que vous me disiez ce que vous savez là-dessus.

Gorki ouvre le sac et en tire un paquet marron, soigneusement scotché. Il n'a pas encore déchiré l'emballage, que déjà Mate sait ce qui s'y trouve. Il le sait, et une poussée de terreur vient cogner à ses tempes.

Gorki tranche le scotch. Un peu de poudre brune s'échappe du paquet sur la table. Le père a l'air de savoir ce qu'est cette poudre. Et manifestement la mère le sait aussi car Mate discerne dans son regard un sentiment d'effroi mêlé de honte. Vesna fixe le paquet sur la table devant elle comme un insecte horrible et venimeux.

– C'est de l'héroïne, dit Gorki. Mais je pense que vous l'avez déjà compris. Dites-moi si c'est à elle. Et ce que vous savez là-dessus.

Le père reste muet. Vesna aussi. Elle regarde Mate en même temps qu'elle se tait. Et ce regard de biais est rempli de colère accusatrice. Il dit : tu devais bien savoir quelque chose.

Mate baisse les yeux. Il fixe la table et le paquet d'où cette poudre sèche s'échappe lentement.

***

Les policiers sont repartis après la tombée de la nuit. « Ça n'a pas de sens de continuer à chercher dans le noir », a dit Šain, et il a ordonné à ses hommes d'embarquer dans les véhicules. Au bout d'une dizaine de minutes, le bourg s'est retrouvé plongé dans le silence. Les lampadaires clignotent dans la baie, la lumière bleue des téléviseurs tremble derrière les volets. Il n'y a personne dans les rues. Mais Mate le sait : derrière tous ces volets, toutes ces persiennes, sur toutes les terrasses, on ne parle que de sa sœur. Tout en dînant, en se préparant une tisane, en lavant la vaisselle, avec la télévision en fond sonore, les habitants du bourg sont absorbés par la disparition de Silva.

Tous les trois sont restés à la maison, seuls. La mère est dans un sale état. Elle est couchée sur le canapé, recroquevillée dans la position du fœtus, et geint en continu. Après un moment, Jakov fait signe à Mate de la tête. Père et fils soulèvent Vesna par les bras et la conduisent dans la chambre à coucher. Ils la mettent au lit où elle reprend sa position fœtale.

Après quoi le père retourne sur le balcon sur lequel il a passé la journée. Il est accoudé à la balustrade et garde les yeux plongés dans l'obscurité, comme si, en scrutant l'horizon longtemps et fixement, il pensait possible de découvrir Silva. Mate s'approche de lui et le père pose simplement sa main sur le bras de son fils.

– Ne sois pas fâché contre elle, dit Jakov.

– Fâché contre qui ?

– Tu sais bien. Ce n'est facile pour aucun de nous.

Ils se taisent un moment, avant que Jakov ne reprenne.

– Ce truc, dans la gouttière, tu étais au courant ?

– Non.

– Tu ne savais pas qu'elle avait de la drogue ?

– Je savais qu'elle avait de l'herbe. Elle consommait, c'est tout.

– Et ça, ce n'était pas de l'herbe ?

– Non, papa. C'est bien plus grave.

– Pourquoi tu ne nous as rien dit ?

– Tu aurais fait quoi, à ma place ?

– Je n'aurais rien dit.

– Donc, tu vois.

Ils se taisent à nouveau et restent ainsi un moment, comme si le vent du soir venait leur apporter un peu de fraîcheur et d'apaisement à tous deux. Puis Mate a commencé à avoir froid.

– J'y vais, dit-il.

– Vas-y, je reste encore un peu, répond Jakov, les yeux toujours plongés dans le noir.

Mate pénètre dans la maison qui sent encore le poulet rôti. Avant de se coucher, il entrouvre la porte de la chambre de sa mère. Vesna est toujours recroquevillée dans son lit. Mais elle a cessé de gémir. Les tranquillisants font leur effet.

Il va dans sa chambre. Il ne se déshabille pas. Il s'étend et reste éveillé sur son lit, le regard fixé sur le plafond. Son corps a besoin de repos, mais il sait que ni lui ni ses parents ne trouveront le sommeil cette nuit.

***

Au cours de la semaine suivante, la disparition de Silva s'est transformée en information. À l'époque, les médias ne sont pas encore ce qu'ils sont devenus aujourd'hui. Il n'y a devant la maison aucun véhicule de reporters, aucune grappe de journalistes faisant le pied de grue avec leurs micros. Néanmoins la photographie de Silva a paru dans tous les quotidiens et la télévision d'État l'a publiée à l'antenne au journal du soir, en priant les citoyens d'apporter leur concours. Au bout d'une semaine, tout le monde était au courant de la disparition de Silva.

Pendant ce temps, la police a passé au peigne fin Misto et ses environs. Elle a fouillé avec des chiens de détection la butte sur laquelle Silva a passé la dernière nuit en compagnie de Lekaj. Elle a fouillé les terres des Rokov, les versants de la montagne et les gorges de la Prosika, un détroit où les haïdouks autrefois tendaient des embuscades aux caravanes turques. L'inspecteur Šain s'est rendu avec ses hommes dans toutes les maisons de Misto. Et dans chaque maison il a pris le temps d'interroger tous les habitants, un à un. Il leur a demandé où ils étaient cette nuit-là, ce qu'ils ont vu ou entendu. Tout ce qu'il a appris, il l'a inscrit dans ce cahier en skaï que Mate a remarqué le premier soir.

La police a quitté Misto après sept jours d'investigations. Ce soir-là, Šain leur a dit qu'ils n'ont plus rien à faire à Misto, qu'ils ont tout inspecté, interrogé tous les témoins. Il leur a dit qu'il pense que Silva s'est réellement envolée, comme l'a prétendu Lekaj. Ou bien elle a été enlevée, ou bien elle s'est enfuie, et il va tâcher de découvrir où.

Ils ont vécu les jours suivants dans une attente indécise. L'inspecteur Šain donne des nouvelles tous les deux ou trois jours, le plus souvent le soir, par téléphone. Il leur raconte que ses services poursuivent leurs recherches du côté des gares routières et ferroviaires, des motels et des postes frontaliers. Ils interrogent les chauffeurs de car, les guichetiers, les contrôleurs dans les trains et la police aux frontières. Ils ont réquisitionné les cassettes des caméras de surveillance, mais ça fait beaucoup de cassettes et le travail avance lentement.

Douze jours sont passés depuis la disparition de Silva. La police ne trouve rien et les comptes rendus de Šain se font de plus en plus maigres et brefs.

Le cinquième jour de la disparition, Jakov est entré dans la chambre de Silva et a commencé à fouiller dans ses affaires. Il en est ressorti avec la meilleure photo de Silva qu'il ait trouvée. Le cliché semble récent. Silva regarde droit vers l'objectif – avec un air de défi et d'effronterie – et une mèche de cheveux tombe de son front sur un œil. Ils n'ont aucune idée de qui a pris cette photo ni quand. La vie de Silva leur paraît d'un coup pleine de secrets, celui-ci n'en est qu'un parmi d'autres.

Dans la matinée, Jakov a collé la photographie de Silva sur une feuille A4. Dans une écriture appliquée, bureaucratique, il a inscrit en dessous son nom, sa description, sa taille, la couleur de ses vêtements et un numéro de téléphone. Et il a ajouté au-dessus de la photo en grands et gros caractères RECHERCHE PERSONNE DISPARUE.

Dans la boutique de photocopies près de la poste, il a tiré huit cents affichettes. Le lendemain, Mate lui a proposé d'aller les coller avec lui. Tous les matins, ils prennent la voiture et écument les routes des alentours. Ils collent les tracts sur les arrêts de car, devant les bureaux de poste, aux devantures des magasins, des agences de tourisme et des bâtiments publics. Ils ont commencé le long de la Magistrale et dans les bourgs environnants. Puis ils ont élargi le périmètre. À la fin de la deuxième semaine, ils ont quadrillé les routes qui conduisent vers Vrgorac et vers Imotski et l'Herzégovine. Durant les dix jours suivants, ils ont parcouru la Magistrale vers le nord, en direction de Zadar et de Rijeka, et la route qui longe la vallée de la Neretva vers Sarajevo. Ils ont couvert de tracts Imotski, Kardeljevo[1], Lištica[2] et Duvno[3]. Un matin, Jakov a pris la voiture en direction de la Bosnie. Il est rentré tard le soir et a expliqué à Mate qu'il a inondé de tracts les routes de Kupres à Banja Luka en passant par Jajce.

Mate, quant à lui, s'occupe de Split. Pendant un week-end prolongé, il a couvert la ville de trois cents affichettes. Il a parcouru les ensembles d'immeubles socialistes, fait le tour des centres commerciaux et des zones d'entrepôts, des réceptions d'hôtels et des cours d'école. En déambulant ainsi, il a découvert des parties de la ville qu'il ne connaissait pas : des rangées infinies de bâtiments nouveaux, des magasins de matériaux de construction, des files d'ateliers de vulcanisation et de fabrication de parpaings dans les marges un peu

1. Nom donné officiellement à la ville de Ploče, de 1950 à 1954 et de 1980 à 1990, du nom du dirigeant communiste yougoslave Edvard Kardelj (1910-1979).
2. L'un des noms historiques de la ville de Široki Brijeg, en Bosnie-Herzégovine, du nom de la rivière qui traverse la cité. La ville s'est officiellement appelée Lištica, notamment durant la période communiste, avant d'être rebaptisée Široki Brijeg en 1991.
3. Nom historique de la ville actuelle de Tomislavgrad en Bosnie-Herzégovine, baptisée du nom du roi croate Tomislav Ier (qui régna au Xe siècle), entre 1928 et 1945, puis de nouveau depuis 1991. Le régime communiste lui avait restitué son nom d'origine en 1945.

sauvages de la ville. Au bout de son parcours, le portrait de Silva était affiché dans tous les halls d'école, dans tous les offices de tourisme, aux portes du chantier naval et de la cimenterie.

À la fin de la semaine suivante, Jakov a photocopié trois cents exemplaires supplémentaires de l'affichette. Un jour, il a quitté tôt la maison et n'est rentré que le lendemain. À son retour, il a expliqué qu'il était allé placarder à Ljubljana et à Zagreb.

Pendant quelques jours, ils n'ont eu aucun contact avec la police. Et un après-midi, Šain les appelle. Il ne leur dit rien de concret. Simplement, il leur glisse mystérieusement qu'il y a des éléments nouveaux et qu'au vu des informations obtenues il doit les réinterroger tous les trois, l'un après l'autre, à Split. Mate imagine que c'est de mauvais augure.

Le père y est allé le premier. Il est rentré le soir, silencieux et plus rembruni que tous ces derniers jours. Il n'a pas raconté à Mate ce qui s'est passé à Split. Il s'est retiré avec la mère dans leur chambre à coucher où ils ont longuement échangé à voix basse. Elle en est sortie avec les yeux rougis.

Il a bien vu que quelque chose n'allait pas, mais il n'a pas eu le courage de demander. Le lendemain, le père est retourné à Split, et quand Mate lui a proposé de l'accompagner, il a refusé d'un ton ferme. Il a été absent toute la journée et à son retour il semble plus sombre que jamais.

Ils dînent en silence. Après le repas, Mate jette les restes de la potée de chou à la poubelle, lave la vaisselle et essuie les verres. Son père l'invite à s'asseoir un moment à table. Et il lui pose une question.

Est-ce que le nom de Cvitković lui dit quelque chose, demande-t-il. A-t-il jamais entendu parler d'un

Cvitko ? Silva a-t-elle jamais mentionné quelqu'un qui s'appelle ainsi ? L'a-t-il vu en sa compagnie ?

– Non, répond Mate, et c'est la vérité.

Mais son père le fixe du regard et Mate a l'impression brièvement qu'il ne le croit pas complètement.

– Si tu entends parler de quelque chose, s'il te plaît, dis-le moi.

Jakov se tait un court instant. Puis il ajoute :

– Tu m'en parles d'abord à moi. À moi et à personne d'autre, tu as compris ? Et moi, j'en parlerai à maman, et à la police.

***

Deux jours plus tard, c'est au tour de Mate d'être convoqué par Šain pour un entretien au commissariat. Cette semaine-là, Mate a école le matin. Il se rend au siège de la police, rue de Sukoišan, après ses cours. Šain lui a fixé rendez-vous à deux heures et Mate se retrouve devant le portail du commissariat dès une heure et quart. Il hésite un bon moment devant l'entrée jusqu'à ce que le policier de faction le remarque. Il s'approche de lui et lui demande ce qu'il cherche. Il lui dit ou bien d'entrer, ou bien de s'éloigner et de revenir plus tard.

Mate laisse ses papiers d'identité à l'accueil et monte dans les étages. Le bâtiment est constitué de toute une file de couloirs identiques, au parquet de bois clair. Le long des couloirs s'alignent des pièces identiques avec des portes en contreplaqué clair surmontées d'impostes vitrées. Mate est déçu. Le poste de police ressemble à un banal service administratif.

Il erre longuement dans le bâtiment, à déchiffrer les noms sur les portes. Finalement il découvre dans l'un des couloirs une porte sur laquelle est écrit Gorki Šain. Il frappe. Il entend la voix de Šain qui l'invite à entrer. Ce qu'il fait.

Deux policiers sont présents dans la pièce, Šain et un inconnu, un homme corpulent un peu plus âgé qui se présente sous le nom de Tenžera. Ils sont assis dans ce bureau meublé d'armoires en contreplaqué et rempli de papiers. Devant eux, une machine à écrire Olympia. Accroché sur le mur au-dessus de la tête de Šain, il y a un grand portrait de Tito de trois quarts, surdimensionné. Ce type de portrait rappelle à Mate sa propre salle de classe. Où que l'on se trouve dans la pièce, Tito a l'air de vous regarder.

Šain et Tenžera l'interrogent longuement et minutieusement. Mate s'attendait à ce qu'on lui pose des questions sur le soir de la disparition et sur les habitants de Misto. Curieusement, ça n'intéresse absolument pas les deux policiers. Durant deux heures, ils n'ont pas fait mention une seule fois de Misto. Ils ne s'intéressent qu'à la vie de Silva à Split. Ils veulent savoir s'il rend parfois visite à Silva dans son foyer. S'il connaît sa coturne et ses amies. Si elle rentre vite à Misto après l'école ou si elle reste en ville. Ils lui demandent de citer les gens dont il sait que Silva les voit à Split. Ils lui posent toute une série de questions précises concernant la vie de Silva en ville. Est-ce que par hasard les camarades de Silva de la résidence se droguent ? Est-ce qu'elle va régulièrement en cours ? Est-ce qu'il sait où elle se trouvait tel et tel mardi ? Ou bien où elle était ce mercredi précis ? Mate est étonné d'avoir si peu de choses à leur dire. La vie de Silva à Split, comprend-il, est un secret pour lui aussi.

Pour finir, Šain lui demande si un nom lui dit quelque chose. C'est le même nom mentionné par son père. Cvitko, Mario Cvitković. Il lui pose la question puis il l'observe, l'air soupçonneux, comme s'il épiait le moindre indice de mensonge.

Mate secoue la tête. Non, dit-il. Il n'a jamais entendu Silva mentionner un quelconque Cvitko. Il demande à Šain qui c'est. Šain ne lui répond pas. L'autre policier, Tenžera, hoche la tête obscurément et dit que ce n'est pas important.

Il sort du commissariat à cinq heures de l'après-midi, franchement effrayé. Il lui est impossible de rentrer directement à la maison. Il déambule longtemps en ville. Il ouvre les yeux sur les rues, les maisons, les lieux reconnaissables. Il a l'impression qu'ils possèdent maintenant une signification totalement nouvelle. Cet espace qu'il connaissait si bien contient dorénavant une menace.

Il rentre le soir à la maison et son père l'observe avec curiosité et inquiétude. Il grille pour lui un sandwich dans le toaster et lui verse un verre de lait. Puis il lui demande comment ça s'est passé à la police. Mate lui rapporte la discussion en détail.

Il mord dans son toast, puis il s'arrête et se tourne vers son père. Il lui demande qui est ce Cvitković à propos duquel les policiers l'ont interrogé. Le père ne répond pas. Il se lève en silence et entreprend de laver la vaisselle du dîner dans l'évier. Il tourne le dos à Mate, et Mate ne peut s'empêcher de penser que son père fait cela pour ne pas avoir à lui mentir en face.

– Tu sais ou pas ? redemande Mate. Est-ce que tu sais qui est ce Cvitković ?

– Non, répond le père. Je ne sais pas.

Puis il ferme le robinet et quitte la pièce.

3

JAKOV (1989)

Le jour où il est sorti de son interrogatoire au commissariat, Jakov a décidé de se rendre à la résidence scolaire de Silva. Il l'a fait sur le coup, sans plan préconçu.

C'est une journée accablante. Le ciel d'octobre est plombé de nuages et le vent du sud-est souffle sur Split un air lourd, humide et outrageusement chaud. Au rez-de-chaussée du siège de la police, au guichet, beaucoup de gens attendaient leur passeport ou leur permis de conduire. Le sirocco les électrisait. Ils étaient collants de sueur, rogneux, ils se détestaient autant qu'ils détestaient les autres.

Jakov a pensé tout d'abord reprendre sa voiture et rentrer à Misto. Puis il a changé d'avis. Il a fourré les clés de la voiture dans sa poche et pris à pied la direction du centre-ville.

Jusqu'à ce matin, Jakov pensait qu'ils menaient une vie normale, la vie d'une famille normale avec des problèmes normaux à deux balles. Durant toutes ces années, il a cru avoir une fille exubérante, dotée d'un sacré tempérament, qui n'en faisait qu'à sa tête. Il aurait bien aimé quelquefois que Silva soit plus tranquille, plus docile, moins rebelle. Mais c'étaient juste des petits problèmes de l'adolescence. C'est ce qu'il pensait. Il sait maintenant qu'il s'est trompé.

Car les problèmes de Silva sont autrement plus graves. S'il ne l'avait pas compris jusque-là, c'est devenu ce matin beaucoup plus clair.

Il a passé trois heures dans les locaux de la police. Pendant tout ce temps, les deux enquêteurs Šain et Tenžera l'ont interrogé sur chaque détail de l'existence de Silva : son groupe d'amis, ses appels téléphoniques, sa vie nocturne. Ils n'ont demandé aucun détail sur Misto ou sur le soir de la disparition. Ils l'ont interrogé sur sa vie à Split, sur ses contacts. Ils l'ont interrogé sur ce paquet découvert dans la conduite, ce paquet qui était planqué sous son nez va savoir depuis combien de temps sans qu'il ait rien soupçonné.

– Y a-t-il du monde qui venait de Split pour lui rendre visite ? a demandé Šain. Allait-elle chez des gens ? Avez-vous remarqué si elle avait plus d'argent que la normale ? Avez-vous remarqué si quelqu'un d'autre rôdait autour de la conduite ?

Les questions pleuvaient à verse et à aucune d'elles Jakov n'avait la moindre réponse.

Au bout d'un moment, Tenžera s'est rembruni.

– Vous devez comprendre qu'on n'est pas en train de jouer, lui a-t-il dit. Vous savez combien de drogue il y avait dans la gouttière ? Il y avait dans ce paquet la valeur de votre revenu annuel. Une sacrée marchandise. Ce n'est pas un truc qui tombe par hasard dans les mains d'une gamine.

C'est quelque chose qui fait qu'on peut perdre la vie, a pensé Jakov. Il l'a pensé, mais il n'a rien dit.

À ce moment-là les policiers ont prononcé ce nom. *Cvitković. Cvitko.* Ils lui ont demandé s'il le connaissait, s'il en avait entendu parler. Si Silva fréquentait le café où il avait ses habitudes. Le café s'appelait Butterfly, dans le quartier de Manuš. Jakov ne savait que très vaguement où se situait Manuš. Et il n'avait jamais entendu parler d'aucun Butterfly.

Ils lui ont montré une photo de ce Cvitko. C'était un type aux cheveux courts, avec une boucle d'oreille. Il avait plutôt l'air d'un gars sympathique. Jakov a haussé les épaules, désespéré, et a rendu le cliché aux policiers. Il ne l'avait jamais vu de sa vie, ni à Misto ni à Split.

Il est sorti abattu des bureaux de la police. Il se dirigeait vers le parking quand il a compris qu'il ne pouvait tout simplement pas rentrer à la maison. Il prend donc la direction du centre-ville et marche dans le dédale des ruelles entre le restaurant universitaire et le théâtre. Il passe à côté du couvent des franciscains et des grands magasins. Il arrive enfin à destination : le foyer scolaire pour filles.

Jakov n'a été qu'une seule fois dans la résidence. C'était il y a trois ans, le jour où ils ont déménagé Silva. Quand ils rendaient visite à leur fille à Split, ils se retrouvaient toujours ailleurs, dans le hall de l'école ou dans un café, et Jakov trouve aujourd'hui ce fait étrangement suspect.

Il marque brièvement une hésitation, puis il pénètre dans la résidence. Il a soudain l'envie pressante de se rendre dans la chambre de Silva, de voir et de toucher ses affaires, de les sentir entre ses mains.

Il entre dans la chambre. Il y a quatre lits. Un lit est fait et vide. Deux autres sont occupés par des adolescentes. L'une d'elles est blonde, avec de l'acné. L'autre est brune, avec un appareil dentaire. Il sait, d'après ce qu'en a rapporté Silva, qu'elles s'appellent Mirna et Nina, mais il ignore qui est qui.

Le quatrième lit est celui de sa fille. Il est situé dans un coin de la pièce, près de la fenêtre. Il est en désordre et des affaires de Silva traînent encore un peu partout.

Quand il est entré dans la chambre, les colocataires de Silva l'ont dévisagé avec hostilité.

– Vous êtes journaliste ? demande la blonde, sur un ton ouvertement insolent.

Jakov s'arrête un instant, puis il répond :

– Exact. Je suis journaliste.

C'est sorti comme ça, après quoi il s'est effrayé de son propre mensonge, comme s'il avait plongé dans l'eau glacée.

– Vos collègues sont déjà passés, dit la blonde.

– Mais vous ne trouverez rien ici, ajoute la brune. La police a tout emporté. Tout ce qui était suspect.

– Suspect ?

Les filles sourient sur l'air de la conspiration, puis – comme si elles saisissaient soudain que c'est malvenu – elles reprennent leur sérieux. Ils ont emporté toutes ses affaires. Celles dont ils ont besoin pour l'enquête. C'est ce qu'elles voulaient dire.

Jakov s'approche du lit de sa fille. En vérité, il est resté peu d'affaires de Silva. Un pyjama, un peu de linge, un réveil orange. Mais ces quelques broutilles éveillent en lui une douleur aiguë, qu'il n'attendait pas. Il contemple les nippes de Silva, ses feutres, son peigne, et à nouveau il prend conscience de son absence. Il remarque qu'il n'y a aucune photo familiale nulle part. Si la police ne les a pas prises, cela signifie que Silva n'en avait pas dans la chambre. Et cela explique pourquoi les filles ne l'ont pas reconnu.

Mais elles le regardent avec méfiance.

Ce n'était pas une bonne idée, pense-t-il. Venir ici n'était pas raisonnable.

Il se lève et sort dans le couloir. Il s'arrête un instant, prend appui contre le mur glacé et respire profondément pour faire passer un instant de faiblesse. La fille brune surgit derrière lui. *Mirna*, se souvient-il. Silva a raconté que Mirna portait un appareil dentaire.

La fille s'approche et s'adresse à lui à voix basse, sur le ton du complot.

– Je n'ai rien voulu vous dire devant elle, glisse-t-elle. Mais ça devait arriver.

– Qu'est-ce qui devait arriver ?

– Ce qui lui est arrivé à elle. Ça devait arriver. Personne ici ne veut dire la vérité. Mais la vérité, c'est qu'elle l'a cherché.

Jakov la regarde stupéfait.

– Elle a cherché… quoi ?

– Tout ça. Ce qui lui est arrivé, elle l'a cherché. Une belle saloperie. La fille, elle ramenait de l'héro dans le foyer. Elle a dû se faire buter par ses dealers.

– Ses dealers ?

– Oui, ses dealers. Ce Cvitko. Il venait la voir ici. Un sale mec !

Jakov se tient debout dans le couloir et il écoute. Il écoute cette lycéenne avec sa prothèse dentaire couvrir sa fille de boue. Là, maintenant, il a envie de la jeter sur le sol en linoléum et de la frapper, de la rouer de coups de pied et de coups de poing jusqu'à ne plus sentir ses os durs et douloureux. Il est épouvanté. La brune reprend un air grave.

– Mais s'il vous plaît, n'écrivez pas ça. N'écrivez pas ce que je vous ai dit, d'accord ?

Il confirme d'un hochement de tête et la jeune fille paraît soulagée. Il lui rend son salut et la regarde lui faire un signe de la main tandis qu'elle rentre dans sa chambre.

Il quitte l'immeuble. Entre-temps, le sirocco s'est renforcé. Une vague d'humidité lourde, étouffante, l'assaille et manque de le renverser.

***

Le lendemain, Jakov décide de trouver Cvitko. Il prend la route de Split, suit la Magistrale qui longe la mer. Ses mains tremblent sur le volant, remarque-t-il. Il prend soudain conscience de ce sentiment nouveau, inconnu. Il a peur.

Il arrive à Split à l'heure du café du matin. Il gare sa voiture dans la rue Manđer et marche dans Manuš à la recherche d'un café nommé Butterfly. Il le trouve vite. Le café est situé sur une place non loin du parking. Il est constitué d'une petite salle sombre et d'une terrasse couverte d'un auvent en verre et en plastique. Le troquet a l'air banal, semblable à des dizaines d'autres.

Il s'assoit sur un banc en face du Butterfly, ouvre un journal et fait mine de lire. Il est prêt à attendre des heures s'il le faut. Il n'en a pas besoin. L'homme qu'il cherche est à l'intérieur du café.

Il le reconnaît tout de suite. Cvitković est assis à une table près de la porte, vêtu d'un survêtement Adidas vert. Il a tout l'air d'un glandeur, d'un jojo de quartier mal rasé avec un début de ventre à bière. Il paraît content, détendu, le type qui n'a pas de problèmes sérieux dans la vie. Il est en train de siroter une bière au goulot et de lire un quotidien sportif. Il est plongé dans un article sur la rencontre entre le Hajduk et le

Spartak, match remporté par les Splitois, dimanche dernier, à Subotica. Il entame la conversation avec le serveur. Jakov ne comprend pas bien ce qui se dit, mais la discussion tourne visiblement autour du football.

Jakov reste assis à son poste de guet un peu moins d'une demi-heure. Cvitko termine sa bière, laisse de la monnaie sur la table et se lève. C'est alors que Jakov se rend compte combien il est grand. Malgré quelques signes d'embonpoint, le dealer de Silva est un homme bien taillé et de constitution sportive.

Cvitko chausse des lunettes de soleil, roule son journal sous le bras et se met en chemin. Il se dirige vers le centre-ville. Jakov lui emboîte le pas.

Ils marchent ainsi quelque temps, puis Cvitko bifurque dans une rue adjacente, en direction du faubourg de Veli Varoš. Ils circulent à travers le labyrinthe des vieilles bicoques de journaliers abandonnées et en ruine. Cvitko tourne dans une cour. Jakov s'arrête et louche à l'intérieur.

La cour est en fait l'antre vide d'une construction écroulée il y a longtemps. On voit encore au sol des restes de gravats et de poutres consumées, et sur le mur mitoyen de la maison voisine des carreaux de céramique. Jakov ne réalise pas immédiatement ce que Cvitko fait là. Et puis il comprend. L'homme en survêtement vert a posé sur le sol son journal et ses lunettes de soleil. Il se tient face au mur, déboutonne son pantalon et se met à pisser. Il pisse longtemps, manifestement soulagé. Quand il a terminé, il se dirige vers la sortie de la cour.

Cvitko poursuit son chemin dans Veli Varoš, il déambule dans le dédale des rues piétonnes, direction sud, puis ouest. Jakov le suit à distance. À un moment, l'homme en survêtement s'arrête devant la vitrine d'un opticien. Attentif à ne pas se faire remarquer, Jakov continue d'avancer et se cache au coin de la rue. Quand Cvitko reprend sa marche, Jakov lui emboîte le pas.

Au bout d'une vingtaine de mètres, Cvitko tourne dans la rue de Leningrad, vers le nord. Il continue quelques minutes, puis prend à l'est une ruelle qui mène vers l'église de la Sainte-Croix. Jakov le suit toujours.

Parvenu à l'église, Cvitko coupe à travers la cour. Il oblique encore vers l'ouest, continue jusqu'à la rue près de la vieille usine à gaz. Puis il tourne vers le sud. Jakov marche derrière lui, pressentant de plus en plus que cela n'a pas de sens. Le dealer de Silva tourne en rond, dans une déambulation aberrante. Il dessine un huit à l'intérieur d'une centaine de mètres, suivi pas à pas par Jakov.

Ils atteignent à nouveau la cour vide où ils étaient précédemment. Quand il a tourné au coin de la rue, Jakov n'a plus vu Cvitko. Il a pensé l'avoir perdu. Il s'est trompé. Le type corpulent se tient à l'endroit où il s'était arrêté plus tôt pour pisser. Il regarde sa montre. À l'évidence, il attend quelqu'un.

Jakov attend lui aussi. Une jeune fille entre dans la cour, elle est maigre, avec des cheveux longs, un sac à dos flasque, un blouson qui doit être bien trop chaud pour ce début d'automne. Elle salue de la tête Cvitko, qui lui rend la pareille.

Jakov observe la jeune fille. Contrastant avec son blouson trop lourd, elle porte des tennis de toile, sans chaussettes. Elle a l'air détendue. Elle semble à peu près du même âge que Silva. Son visage cependant montre des signes d'une maturité qui n'inspire rien de bon.

À l'arrivée de la jeune fille, Cvitko scrute les alentours et l'invite à le suivre sous un porche à proximité. Ils y restent peu de temps. Après quoi la jeune fille file à vive allure.

Jakov attend que Cvitko sorte. Il hésite brièvement puis il se décide à emboîter le pas de la jeune fille. Il a pris du retard sur elle, mais il la retrouve facilement dans la rue sous l'église de la Sainte-Croix. La jeune fille suit la direction du centre-ville. Elle traverse la place des Procuraties, jette un coup d'œil rapide sur les affiches du cinéma, puis continue sa course vers le marché au poisson, vide à cette heure du jour. Elle entre dans le palais de Dioclétien et poursuit son chemin vers l'est en contournant les principales rues piétonnes. Elle tourne au coin de l'université populaire et débouche sur une place entre les immeubles.

Parvenue sur la place, la fille maigre s'adosse à un mur et allume une cigarette. Jakov se dissimule sous une porte cochère et attend qu'elle reparte. Mais elle ne repart pas. Elle reste longtemps dans cette position, sans rien faire. Jakov pense qu'il a eu tort de la suivre.

C'est alors qu'un garçon un peu plus âgé que la jeune fille s'approche d'elle. Il porte une parka Spitfire et une boucle d'oreille. Il lui dit quelque chose et elle acquiesce d'un signe de tête déterminé. Il lui donne de l'argent et elle lui glisse un sachet en plastique transparent. Jakov n'y connaît pas grand-chose en matière de drogue, mais suffisamment pour savoir que ça s'appelle une dose. Elle lui a vendu une dose.

La fille deale. Et visiblement elle deale pour Cvitko.

Il reste sous la porte cochère à observer la scène, pris d'une terreur indicible. Cette fille est de la même génération que Silva, peut-être même la connaît-elle, elle se tient en plein jour sur une place dans le centre de Split et se livre à son commerce en toute tranquillité. Dans l'heure suivante, trois ou quatre clients viennent la voir. Ils lui passent de l'argent et elle leur fournit de la marchandise qu'elle tire de son sac.

Vers quatre heures, Jakov pense interrompre sa surveillance et repartir. Arrive alors un nouvel acheteur. C'est un garçon maigre, à l'allure voûtée, les cheveux hirsutes. Il semble avoir un peu peur. Il s'approche de la fille, mais timidement, comme s'il ne la connaissait pas ou s'il n'avait pas confiance en elle. Il lui dit quelque chose à voix basse, et elle fait oui de la tête.

Il lui tend de l'argent. Elle lui remet un sachet. Et le garçon maigre lui pose une question. Il demande, à voix suffisamment haute pour que Jakov l'entende : « Elle est où, Silva ? »

La fille lui répond, trop doucement pour que Jakov comprenne. Mais le sens de ce à quoi il vient d'assister est assez clair. L'acheteur connaît Silva. Il est étonné qu'elle ne soit pas là. Il s'attendait à la trouver. Et à lui acheter, à elle, sa came.

Il attend que l'acheteur s'éloigne. Il sort de sous la porte cochère et repart vers sa voiture. Il passe près du musée de la Révolution et de la poste principale, et débouche sur la place Gajo Bulat. Près du théâtre, il se sent pris d'une arythmie cardiaque et d'une sensation d'étouffement.

Il s'arrête le long du mur et avale sec, sans eau, un cachet pour se calmer. Il marche un moment en ville, sans but particulier, le temps que le cachet commence à faire effet. Puis il regagne sa voiture. Il reste assis dans l'habitacle une demi-heure, jusqu'à ce que son pouls ait suffisamment ralenti. Alors seulement il reprend la route vers Misto.

***

En arrivant à Misto, Jakov ne rentre pas chez lui. Il abandonne sa voiture devant la maison, descend jusqu'au centre du bourg et emprunte la Petite Sente. Il poursuit au-delà des dernières maisons, par le chemin qui longe la citerne et conduit en haut de la butte.

Après une dizaine de minutes, il est au cap de la Croix. À l'endroit où sa fille a été vue pour la dernière fois.

La croix est dressée au sommet du tertre au-dessus de la commune. Elle a été érigée par les membres de la Fraternité Saint-Spyridon à l'époque du phylloxéra, en adresse à Dieu qui venait de leur envoyer l'épidémie et avait décimé dans sa bienveillance la totalité des vignes. La croix entendait signifier un vœu de pauvreté et elle en avait tout l'air. Simple, sans décoration, constituée de quatre poutres rugueuses de pierre à chaux. Elle est plantée sur un piédestal en escalier. Durant les mois d'été, les touristes aventureux viennent s'asseoir sur ces marches pour admirer le paysage. De là on voit Misto et la baie, le premier cordon d'îles et les gorges abruptes, découpées des montagnes les plus proches.

Jakov s'est assis en haut des marches et regarde du côté de Misto. À l'ouest, le soleil se couche. Le disque lumineux se retire derrière les cimes de la Prosika et vire au pourpre. Il n'y a pas un souffle de vent, c'est le calme plat en mer, on distingue à peine les maisons et le port dans la brume de l'après-midi. Aux pieds de Jakov s'étire la vieille citerne municipale. Avant qu'un aqueduc soit construit, les villageois avaient cimenté un versant de la butte pour récupérer et stocker durant les mois humides les eaux de pluie en perspective de l'été. Misto a commencé à être alimenté en eau dans les années soixante et depuis lors la citerne n'est plus d'aucune utilité pour personne. Le raidillon de ciment est gris de mousse et de moisissure, des buissons de marjolaine et de fenouil marin ont percé dans les fissures entre les dalles.

Quand il était jeune, Jakov se rendait à la croix, pour les mêmes affaires que Silva cette nuit-là. Les couples y grimpaient en contrebande, loin des yeux des parents et des lumières du village, pour se peloter, se tripoter et se lécher à loisir. La dernière fois que Jakov y est allé, c'était avec Vesna, un mois avant leur mariage. Il avait étendu sa veste au pied de la croix, ils avaient fait l'amour et avaient attendu enlacés l'aube et le lever du soleil. Jakov se souvient qu'au matin, sans sa veste, il avait eu horriblement froid.

Il retrouve maintenant ce lieu, vingt ans plus tard. Mais ce n'est pas à ce petit matin ancien, tremblant dans son maillot de corps, avec le bras de Vesna autour de ses épaules, qu'il pense. Il pense à Silva. Silva qui a passé à cet endroit précis la nuit du 23 septembre. Où elle a conduit Adrijan en douce, à moins que ce ne soit l'inverse. Et puis quelque chose s'est passé, peut-être là, peut-être pas.

Il se lève et commence à examiner les environs. Il ausculte les buissons autour de la croix et remarque un emballage de préservatif. À la vue du petit sachet, il est pris d'un frisson désagréable. Puis il trouve un autre emballage abandonné, et encore un autre. Il découvre un préservatif utilisé, puis un deuxième. Jakov est incapable de déterminer depuis combien de temps ils traînent là. Mais il y en a pléthore dans ce buisson. La végétation autour de la croix a patiemment archivé les traces de décennies de parties de baise.

Il tourne autour de lui et essaie d'imaginer l'endroit où Silva et Adrijan se sont couchés. Il cherche un coin de terre un peu tassée, pas trop dure, sans caillou ni épineux. Il voit un endroit qui lui paraît convenir. Il s'approche et tâte le sol, comme si l'herbe et la terre pouvaient avoir emmagasiné la chaleur de Silva. Il fouille à l'aide d'un bout de bois les fourrés environnants. Il aperçoit alors un objet cylindrique en plastique blanchâtre. Il le prend en main. C'est une seringue, ce qu'il reste d'une injection.

Il examine le tube gradué et tente de définir son âge. Il est sale, écorniflé, couvert de terre. Jakov a l'impression que la seringue a dû séjourner là longtemps. Voilà ce qu'il aimerait bien. Mais il ne peut pas en être sûr. S'agissant de Silva, il ne peut plus être sûr de rien.

Entre-temps, le soleil s'est couché sur les gorges de la Prosika. Des petits bateaux commencent à sortir du port dans le crépuscule. Les villageois partent pêcher à la traîne à la nuit tombée. Canots et tartanes glissent avec légèreté sur l'eau lisse et sombre comme l'encre, et l'on entend dans la baie le léger ronflement continu des diesels. À sept heures et demie, le clocher de Saint-Spyridon sonne pour la messe du soir. En guise de réplique, la trompette se fait entendre dans la caserne pour la descente du drapeau. Aujourd'hui comme tous les soirs, l'armée et l'église se livrent bataille pour les âmes des Mistaniens. Misto boucle un jour de plus, un jour banal, si banal que Jakov brusquement en éprouve une brûlure.

Il se lève. Il tient encore dans sa main la seringue sale, dégoûtante. Il ne sait pas ce qu'il va en faire et il la fourre dans sa poche.

Il suit le sentier escarpé des chèvres, puis le chemin de terre plus large qui mène près de la citerne. Bientôt il atteint les premières maisons.

Si Adrijan n'a pas menti, c'est à cet endroit qu'il a vu Silva pour la dernière fois. Elle a pris ce même chemin, foulé les mêmes galets en calade. Puis elle a disparu dans un virage, comme un panache de vapeur, un peu d'écume de brume.

Il a toujours dans sa poche le bout de seringue qu'il a trouvé sur la butte. Il réfléchit quoi en faire. À la première bifurcation, il y a une benne à ordures. Il se retourne. Il n'y a personne dans les parages. Il enveloppe la seringue dans un mouchoir et la jette dans la benne.

Il repasse par le centre et prend le chemin qui mène vers le haut du bourg. Dans l'intervalle, l'horizon s'est complètement obscurci. Marchant entre les maisons, il voit à travers les fenêtres le reflet des téléviseurs. On entend le journal du soir. La grève des mineurs au Kosovo dure toujours. Le présentateur lit un communiqué sur un ton grave et sombre.

Arrivé à la maison, il retire ses chaussures et se débarrasse de sa veste en silence dans le couloir. Il entrebâille la porte et découvre Mate plongé dans ses devoirs. Mate l'interroge du regard.

Jakov va dans sa chambre, Vesna le suit de près. À l'évidence, elle l'attendait fébrilement.

– Tu l'as trouvé ? demande-t-elle. Tu lui as parlé ?

Jakov garde le silence, ne sachant quoi répondre.

– Je l'ai trouvé, finit-il par dire.

– Et alors ? Qu'est-ce que tu as appris ?

Jakov cogite, soupèse ce qu'il convient de faire. Puis il se décide. Il se décide pour ce qui lui paraît le moins douloureux.

– Rien, répond-il. Je n'ai rien appris. Ce type n'a jamais entendu parler de Silva. Il n'a même pas reconnu sa photo.

– Je le savais, dit Vesna. Je le savais, je la connais, ma Silva. C'est quelqu'un qui lui a collé ça.

Vesna ferme la porte de la chambre. Puis elle répète, une nouvelle fois, mais plus doucement, pour que personne de l'autre côté de la porte et de la fenêtre n'entende.

– C'est quelqu'un qui lui a collé ça. Et c'est quelqu'un d'ici. C'est quelqu'un de Misto.

4

MATE
(1989)

Début novembre, les jours ont raccourci et l'automne dalmate a fini par tomber sur Misto.

Dès la fin du mois de septembre, les bars de la plage ont fermé, puis la seule pizzeria et deux des trois cafés du village. Début octobre, les passages de cars sont devenus plus rares et l'office du tourisme a fermé ses portes. Une semaine plus tard, le ciel a viré sombre. Il a commencé à pleuvoir des pluies longues, éprouvantes, pendant des journées entières, imbibant tout sur leur passage. Des trombes d'eau lourdes, assommantes, détrempent le cap de la Croix et l'Étoile de la mer, la Prosika et les terres des Rokov, la madrague et la caserne, la montagne et le chenal. Les rares lambeaux de terre dans ce paysage de roche creuse et accidentée, la pluie les a transformés en boue liquide, les dolines et les mares commencent à germer quand elles étaient arides et stériles tout l'été. Il pleut encore et sans cesse, et le père, contemplant depuis le balcon ces trombes d'eau, a dit un jour : « S'il y avait encore des traces, maintenant la pluie les aura détruites. »

Il n'y a toujours pas de signe de vie de Silva. Les semaines passent et la police donne des nouvelles de moins en moins souvent. Šain appelle tous les cinq ou six jours, mais le peu qu'il leur dit est de plus en plus vide et flottant. La police, semble-t-il, n'a pas la moindre idée.

Mate continue de prendre le car tous les matins pour aller au lycée et rentre tous les après-midi à la maison, où c'est de plus en plus insupportable. Le père n'est jamais là. Il prend la voiture tous les matins avec un stock d'affichettes et s'en va traîner Dieu sait où, il poursuit son enquête que Mate a du mal à suivre. Mate le croise quelquefois loin de la maison, à Split. Il l'aperçoit qui avance dans une rue d'un pas rapide, sombre, absorbé par ses préoccupations qu'il ne partage plus avec eux. Mate a l'impression que Jakov court les routes uniquement pour ne pas rester à la maison. Il peut le comprendre. Lui aussi, ces dernières semaines, il se sent mieux n'importe où plutôt qu'à la maison.

Ça fait que la mère est chez eux. En permanence. Au cours des premiers jours, le père lui a dit que ce serait bien qu'il y ait toujours quelqu'un à la maison, *pour répondre au téléphone*. Vesna a, semble-t-il, pris cela très au sérieux. Elle ne sort plus du tout, sauf à de rares occasions pour se rendre à l'église. Après une brève tentative de retourner à son travail à l'école, elle a repris un congé maladie. Elle ne va plus au magasin ni au centre-bourg. Elle passe ses journées allongée sur le canapé, le regard morne, catatonique, fixé au plafond, avec la radio allumée en permanence à portée de main. Les nouvelles à la radio sont mouvementées. De nouveaux partis politiques ont été fondés, les premières élections sont annoncées. En Hongrie, les contestataires ont proclamé une nouvelle constitution et, en

Allemagne de l'Est, Honecker, le secrétaire général du Parti, a présenté sa démission. Le monde change, mais Vesna comme Mate, pour l'heure, n'en ont que faire.

Dans leur maison aussi, progressivement, il y a eu du changement. Vesna ne cuisine plus, ne fait plus de lessive et personne ne balaie plus la poussière. Chaque matin, comme s'il était le maître du foyer, Mate pare à l'essentiel. Il lave le linge. Prend de l'argent dans la boîte à gâteaux et part au magasin acheter de la nourriture simple à préparer – des saucisses de Francfort, des sauces en boîte, des conserves de haricots. Il concocte le déjeuner et lave la vaisselle. Il essaie de tenir la cuisine à peu près en ordre. Mais il a perdu la bataille avec le reste de la maison, laquelle sombre sous les couches de poussière. Les ronces envahissent la cour et le stock de vêtements à repasser grandit dans un coin de la pièce. La maison est endormie, immobile. Comme si rien n'avait bougé depuis ce dimanche de septembre. Tout est figé, dans l'expectative : le lit tiré de Silva, la télévision éteinte, le calendrier que personne n'effeuille. Dans l'atelier, la station radioamateur de Jakov, ses pièces électroniques, sont démontées, oubliées. Tout est en phase d'hibernation, en sommeil, dans l'attente qu'un baiser magique advienne et rende souffle et vie à la maison.

Parfois, pas souvent, Mate se glisse en douce dans la chambre de sa sœur. Il s'y introduit quand Vesna ne fait pas attention, mais Vesna ne fait plus attention à rien. Il pousse la porte sur laquelle est écrit *Keep out*, entre dans la pièce, mais n'allume pas la lumière. Il s'assoit simplement sur le lit, il écoute, il respire. La chambre garde encore l'odeur de Silva : un parfum rêche, ténébreux, Mate se souvient que Silva l'appelait du patchouli. L'odeur a imprégné les taies d'oreiller, les vêtements, le pyjama, même les rideaux.

Il reste ainsi dans la pénombre et contemple les affaires de sa sœur. Comme toutes les chambres d'enfant, celle de Silva a sédimenté sur les murs les signes de croissance de son occupante. Reclus dans les coins, on aperçoit encore les centres d'intérêt de Silva quand elle était enfant : des illustrés, des cahiers décorés avec des petits mots de ses camarades, des autocollants avec l'image de Garfield sur le montant en bois de son lit. Progressivement, l'espace central de la chambre a été investi par des contenus d'adolescente, des posters et des cassettes de musique. Puis c'est comme si tout ça aussi avait cessé d'intéresser Silva. Mate comprend avec étonnement qu'il y a eu un moment où Silva a arrêté d'écouter sa musique, a arrêté d'avoir des conversations banales d'adolescente. Cela s'est passé du jour au lendemain et lui, il n'a rien remarqué.

Il est assis dans la chambre et de nouveau, pour la énième fois, il contemple les affaires de Silva – ses livres d'enfant, un atlas scolaire, de vieilles détrempes, un taille-crayon en forme de globe. Il regarde ses cassettes, sa musique : Sade, UB40, Knofler, Grace Jones, Idoli. Il voit toute cette musique, tous ces vêtements qu'elle a laissés derrière elle, toutes ces affaires superflues qu'elle n'a pas emportées.

Il regarde et il se souvient. Il se souvient comment ils allaient se baigner l'été, en dessous de l'Étoile de la mer, comment ils se glissaient dans les crevasses, comment ils décrochaient à l'aide de cailloux les patelles qu'ils conservaient dans un récipient rempli d'eau de mer. Il se souvient qu'ils ramassaient les capsules devant le magasin d'Agata et qu'en échange d'une poignée ils recevaient en récompense une bouteille de

Coca-Cola. Il se souvient de Silva qui jouait au football. Les garçons disputaient des matches sur le terrain de basket près du portail de la caserne, et Silva était la seule fille à jouer avec eux. Et elle ne jouait pas trop mal, elle était svelte et rapide, le ballon lui collait au pied droit.

Silva a toujours été là. Du ventre maternel à la crèche. Du placenta partagé aux voyages en bus scolaire tous les lundis. Il n'y a pas un souvenir, pas une once de sa vie dont Silva ait été absente. Il pensait que ça valait aussi dans l'autre sens.

Mais ça ne valait pas dans l'autre sens. Silva avait son autre vie, une vie parallèle, dans laquelle il n'était pas. Et il le ressent comme une trahison.

Il se dit cela, puis il chasse ces pensées inutiles. Il se lève, remet en ordre le lit de Silva et sort de la chambre. Il referme la porte sur laquelle est écrit *Keep out* et va voir si tout va bien du côté de Vesna.

***

Adrijan Lekaj a été arrêté le 23 octobre. Il a été appréhendé au petit matin, un peu après l'aube.

Mate se souvient bien de ce matin. Depuis que Silva avait disparu, il dormait mal et se réveillait tôt. De même ce jour-là il s'est réveillé fatigué après une nuit d'insomnie. Il est allé à la fenêtre et il a contemplé Misto plongé dans le matin gris et humide. Tout face à lui était encore endormi : les maisons, le clocher de l'église, le port, les embarcations dans la madrague. Une demi-heure plus tard, il a entendu des bruits familiers : le car des ouvriers, la fourgonnette qui apporte les journaux, le clocher de Saint-Spyridon, la sirène du réveil dans la caserne de la marine.

Mais ce matin il entend également des bruits différents. Un ronflement d'automobile, plusieurs automobiles, qui descendent de la Magistrale vers le bourg. Puis il entend des voix qui montent de la place devant l'église. Une sirène brève et quelque chose qui résonne comme un talkie-walkie.

La police, se dit-il. Il ne réveille pas sa mère ni son père, lequel est rentré tard hier soir. Il se précipite hors de la maison et court vers la placette.

Il trouve un fourgon de la police devant la boulangerie des Lekaj, et autour d'elle plusieurs policiers en armes. La porte de la boulangerie est fermée mais on entend que ça chambarde à l'intérieur.

Pendant ce temps, des villageois ont commencé à se rassembler. Mate aperçoit le curé, dom Dražen, sans sa soutane, vêtu d'une simple chemise. Il aperçoit également quelques ouvriers de l'usine. Et il voit Brane. Il se tient un peu à distance des gens et observe sans trembler ce qui se passe.

Puis ils l'ont sorti. Trois policiers tiennent sous les aisselles un Adrijan encore hagard. Le père d'Adrijan, le vieux boulanger, apparaît derrière eux. Lekaj se tient sur le seuil de sa maison et l'on voit sur son visage qu'il serait bien rentré sous terre. Pendant qu'on l'enfourne à l'intérieur du véhicule de police, Adrijan se met à crier. Il demande qu'on le relâche, dit qu'il n'a rien fait.

Mate aperçoit alors Gorki Šain. Il est vêtu en civil, il se tient debout sans un mot à côté du fourgon, comme s'il mettait en scène une représentation. Mate s'approche, demande ce qui se passe, mais Šain l'ignore. Il l'ignore comme on ignore un enfant.

Les policiers s'entassent dans leurs voitures et prennent la direction de la ville. Mate court à la maison réveiller son père et sa mère. Il leur apprend la nouvelle qu'Adrijan a été emmené.

Le père appelle Šain sur son numéro, mais il n'obtient pas de réponse. Il rappelle, rappelle encore, en vain. Finalement, il décide de se rendre en voiture à Split et d'attendre devant le commissariat jusqu'à ce qu'il apprenne ce qui se passe. Mate et la mère restent à la maison, assis à la table de la cuisine, impatients et fébriles. À un moment Mate demande à sa mère si elle veut du thé. Mais il renonce aussitôt quand il comprend que Vesna le regarde d'un air indigné.

Ils ont attendu pendant des heures. Jakov n'est rentré qu'en début d'après-midi. Dès qu'il l'a vu, Mate a compris que les nouvelles n'étaient pas bonnes.

– Ils ont reçu un appel anonyme, dit Jakov.

La police a reçu un appel hier soir. Ça venait d'une cabine téléphonique. Un inconnu leur a parlé à travers un linge, en travestissant sa voix. D'après son accent, ça pourrait être quelqu'un du village.

La personne de la cabine a déclaré qu'Adrijan avait tué Silva à coups de barre. Elle a ajouté que la police trouverait cette barre dans le cellier des Lekaj. Et décrit avec précision l'endroit où elle se trouvait.

Le visage de Vesna se tord de douleur. Mate est debout comme foudroyé. L'idée que Silva soit morte était jusqu'alors une option théorique, mais à aucun moment il n'a vraiment pensé que cela puisse être le cas.

– Et ils ont trouvé cette barre ? demande la mère.

– Oui, répond Jakov.

Ils l'ont trouvée exactement à l'endroit qui leur a été indiqué. Sous un fût en inox, derrière des vieux balais. La barre correspondait à la description. Elle était munie de clous, elle pouvait constituer une arme létale.

Il y avait sur la barre quelques traces de chaux, des marques de peinture de bateau, mais aussi des traces de sang. Ils ne savent pas encore de quel groupe sanguin.

Pendant qu'il écoute son père, Mate sent une boule froide, amère, se former dans son estomac. Il essaie d'imaginer le visage de Silva, plein de sang, massacré par la barre. Il imagine Adrijan dans sa furie meurtrière. Mais il voit un autre Adrijan, celui en short, indolent, qui regarde un match du championnat italien.

– Et lui, il dit quoi ? demande-t-il à son père. Qu'est-ce que dit Adrijan ?

– Rien d'utile, répond Jakov. Il nie tout. Il ne sait rien sur rien. Il prétend qu'il n'a jamais vu cette barre, il ne sait pas d'où elle vient. Et il continue d'affirmer qu'il a quitté Silva vivante à une heure du matin.

– Et maintenant, qu'est-ce qui va se passer ? demande Vesna.

– Rien. Il est encore au commissariat. Ils sont en train de l'interroger.

– Qu'est-ce qu'a dit Šain ? insiste Vesna.

– Je n'ai pas parlé avec Šain, répond Jakov, mais avec Tenžera. Il a dit qu'ils allaient le casser en deux. Si vraiment il a fait quelque chose, ils vont le casser en deux. Ils ne le lâcheront pas tant qu'il n'aura pas avoué. C'est ce qu'il a dit.

Puis Jakov s'assoit à table, désemparé. Mais Mate sent qu'il ne peut pas rester simplement assis, juste à attendre. Il enfile ses tennis, sort de la maison et prend la rue qui descend vers Saint-Spyridon.

Il pense à des images qui ne sortent pas de sa tête. La barre, et sur la barre le sang de Silva. Silva, qui est couchée quelque part dans une doline ou dans un trou, recouverte de branchages, qui pourrit et se décompose lentement, avant de devenir une masse méconnaissable, pendant qu'eux restent à désespérer, impuissants.

Mate pense à cela en débouchant sur la place devant l'église. La boulangerie des Lekaj est fermée. L'estafette de la boulangerie est garée devant la boutique. Les quatre pneus ont été crevés. Et sur le côté, une inscription a été dessinée à la bombe.

Elle s'étire sur tout le flanc du véhicule, en lettres capitales bleues. Elle dit *ASSASSIN*.

***

Adrijan a été relâché trois jours plus tard. Il est rentré à Misto à l'improviste, sans prévenir, de la même manière qu'il avait été embarqué. Ceux qui ont assisté à son retour disent qu'il est simplement descendu du car, il n'était pas accompagné, personne ne l'attendait. Il est rentré chez lui en boitant ostensiblement. Dans la maison de son père, il s'est allongé sur le canapé, il a retiré son maillot, et sous son maillot – paraît-il – on voyait les marques des coups.

Le malheur, c'est que c'est Vesna qui l'a appris la première. Et pire encore, elle l'a appris de la bouche de ses élèves, à l'école. Ce lundi, sur l'insistance de Jakov, elle a recommencé à travailler. Au matin, assommée de cachets, elle a eu du mal à se lever pour le début des cours. Elle a enseigné pendant deux heures, et c'est durant la troisième heure, alors qu'elle expliquait le relief de la Cordillère, qu'un élève de CM2 a annoncé qu'Adrijan avait été vu en liberté ce matin. Vesna a terminé son cours et s'est précipitée à la maison. L'expression sur son visage disait : *Vous comptez faire quoi ?*

Il tombe depuis le début de la matinée une pluie épaisse et sombre. La boulangerie des Lekaj est restée fermée toute la journée et les stores dans la maison sont baissés. Adrijan s'est retranché à l'intérieur et n'est sorti nulle part. La seule personne qui sait ce qui est réellement arrivé à Silva est là, tout près d'eux, dans la rue voisine, derrière des stores baissés. Il est hors de portée et ils ne peuvent rien faire.

Mate se souvient de cet après-midi insoutenable. Jakov est assis à la table de la cuisine et regarde droit devant lui, aussi désemparé qu'indécis. Vesna, remplie de dégoût, le fusille du regard. Elle attend quelque chose – difficile de dire quoi : une vengeance sanglante, des représailles, un kidnapping, des aveux obtenus sous la torture. Quoi qu'elle attende, le père ne le fait pas. Il ne fait rien. Il est assis à table, en plein désarroi, il fixe le mur face à lui, avec le Jésus coloré aux yeux rêveurs. Il attend que Jésus accomplisse un miracle biblique. Pour la première fois de sa vie, Mate a de la peine pour lui. Ce n'est plus son père toujours souverain, protecteur, adulte. Mate a face à lui un nouveau père, qui est comme un enfant complètement perdu.

***

Gorki Šain leur a rendu visite le soir même. Il n'a pas appelé, mais il s'est déplacé en personne, sans prévenir. Il s'est assis à table et a refusé le café proposé. Il dit aussitôt :

– On a dû relâcher Adrijan.

Ils n'ont rien trouvé contre lui, dit-il. Il est passé au détecteur de mensonges, et c'est lisse. Ses empreintes ne sont pas sur la barre. Il n'y a aucune empreinte de lui dans le hangar.

– À qui est le sang sur la barre ? demande Vesna.

– Le groupe sanguin est O positif, comme celui de Silva, répond Šain. Mais c'est le groupe sanguin le plus fréquent, ça représente quarante pour cent de la population.

– Et l'appel anonyme ? Il est venu d'où ? demande Vesna.

– Nous savons qu'il vient de Misto. C'est tout, rien d'autre.

– Il y a quelqu'un qui sait, dit Vesna. Quelqu'un qui a vu. Quelqu'un de Misto. Mais maintenant il se tait.

– Peut-être qu'il a vu. Et peut-être pas. Parfois des gens font des plaisanteries douteuses par téléphone.

– Et la barre ? intervient Mate, sur un ton ferme et soudain mûr, adulte. Elle ne s'est pas retrouvée là-bas par un coup de téléphone.

– C'est vrai. La barre est quelque chose que nous ne pouvons pas expliquer.

– Et qu'est-ce qui va se passer maintenant ?

– Rien. Nous continuons à travailler.

– Et lui ? dit Vesna. L'assassin ? Il va se promener, en toute liberté ?

– Si c'est un assassin, répond Šain. Oui, pour le moment il est libre.

Šain se lève et se dirige vers la sortie. Une fois dans le couloir, il se retourne, comme pour s'excuser.

– Ce n'est pas fini, dit-il. Nous continuons à travailler.

Il enfile son blouson et serre la main à chacun. Et pendant qu'il sort, Vesna lui pose la question qu'ils ont tous sur les lèvres.

– Et vous, vous en pensez quoi ? dit-elle.

– Qu'est-ce que je pense de quoi ? répond-il.

– Vous savez bien quoi. Qu'est-ce que vous pensez, est-ce que c'est lui ? Est-ce qu'elle est vivante ? Ou bien est-ce qu'il l'a tuée ?

– Je ne sais pas.

– Je sais que vous ne savez pas. Mais vous en pensez quoi ? Votre intuition, elle vous dit quoi ?

Mate se souvient de cet instant. L'inspecteur est debout à la porte, hésitant, comme s'il cherchait soigneusement ses mots.

– Je ne sais pas, dit-il. Mon intuition ne me dit rien.

– Moi, je sais que vous savez, réplique Vesna. Vous savez, mais vous ne pouvez pas me le dire.

– Vraiment je ne sais pas.

– Vous savez. Je sais que vous savez.

Vesna dit cela puis sans le saluer referme la porte sur Šain.

***

Ce soir-là, Mate a pris une décision. Si son père n'entreprend rien, c'est lui qui s'en chargera.

Il attend que son père et sa mère se retirent dans leur chambre. Et vers une heure il enfile des tennis et un survêtement foncé avec une capuche. Il se glisse hors de la maison et va jusque chez les Lekaj.

Il prend le chemin en pente et arrive près du camion de la coopérative qui est garé sur l'herbe desséchée le long de la route. La coopérative d'olives a acheté ce camion autrefois, du temps où l'on portait la récolte à l'huilerie en ville. Entre-temps l'huilerie a fait faillite et la coopérative a été dissoute. Depuis lors, le camion gît là, oublié de tous. Les enfants grimpent dessus pour s'amuser et tout ce qui avait de la valeur – jantes, essuie-glaces, pare-brise – a été pillé par des voleurs.

Depuis qu'il est revenu de sa garde à vue, Adrijan n'a pas osé se montrer. Mais Mate sait qu'il sort prendre l'air devant chez lui, tard le soir, quand tout est calme. Il passe par la porte de derrière qui sert aux livraisons de farine pour son père. Il pratique comme ça tous les soirs, et Mate sait qu'il en sera de même aujourd'hui.

Il reste longtemps accroupi derrière les roues du camion. C'est une nuit tranquille et silencieuse. La bora s'est mise à souffler en fin d'après-midi mais elle a cessé aux alentours de minuit et la nature s'est apaisée. On entend seulement au loin le son étouffé d'une télévision, parfois un camion qui passe sur la Magistrale. La maison des Lekaj est plongée dans le noir. À un moment, la lumière au-dessus de la porte de livraison s'allume.

Et Adrijan apparaît. Il sort par la porte à l'arrière de la boulangerie, vêtu d'un imperméable. Il se tient sur la route déserte, dans la nuit, pile sous l'éclairage électrique, comme un papillon attiré par la lumière. Mate remarque que le fils Lekaj a maigri. Il tire sur une cigarette. Il a l'air d'y prendre plaisir.

Mate n'hésite qu'un court instant. Il bondit de sa cachette et se jette sur lui. Il l'empoigne, le plaque au sol, puis il le roue de coups de pied. Adrijan s'est recroquevillé par terre, il se protège la tête de ses bras, le ventre de ses genoux, comme s'il attendait que ça passe. Il n'appelle pas à l'aide. Il ne lâche même pas un son.

Pendant qu'il le frappe, Mate voit l'image qui s'est gravée dans sa tête tous ces jours. La barre et le sang. Le corps de Silva, couvert de branchages, en train de pourrir dans l'humidité. Il voit cette image, et il cogne, il cogne encore et encore.

– Dis où est-ce qu'elle est ! siffle-t-il. Dis où est-ce que tu l'as cachée ! Dis où est-ce qu'elle est !

Mais Adrijan ne répond pas. Il reste à terre, muet, tordu et ratatiné, il attend de finir de dérouiller. À chaque coup que lui assène Mate, tout juste lâche-t-il un bref gémissement de douleur.

Des lumières commencent à s'allumer autour d'eux, on commence à distinguer des voix. Quelques minutes plus tard, Mate entend que quelqu'un descend la rue. Il s'éloigne en vitesse et, une fois à bonne distance, il se retourne pour voir. Adrijan est allongé sur le sol comme une loque inanimée, l'arcade et les lèvres en sang.

Mate marche pendant une bonne heure, le temps que les battements de son cœur se calment. Il est plus de trois heures quand il rentre chez lui. Il s'allonge sur son lit et fixe le plafond le reste de la nuit. Il ne sait pas ce qui se passera demain. Si la police viendra le chercher.

Il n'est rien arrivé le lendemain. Adrijan n'a pas déclaré l'agression. Il n'est pas allé à la police et n'a raconté à personne ce qui s'est passé.

Mais il recommence à sortir. Le matin même, il se rend bravement sur la place, comme si tout allait bien, comme s'il s'agissait d'un matin d'un dimanche complètement banal et tranquille. On voit qu'il a été battu. Une croûte orne sa lèvre tuméfiée, il a un bleu à l'œil, l'arcade sourcilière amochée. Il boite. Adrijan affiche ses blessures comme des trophées, comme si c'était lui la victime.

Ce matin, Mate le voit. Il a pris le chemin vers le bas du village et il l'aperçoit debout devant la boulangerie de son père. Leurs regards se croisent. Celui d'Adrijan est rempli de haine et de mépris. Mate allonge le pas.

Il descend jusqu'à la baie. Dans la madrague, il sent une odeur de cramé, découvre des traces noires. Il aperçoit une barque en plastique qui a brûlé durant la nuit, dirait-on. C'est un petit canot blanc avec une cabine et un moteur hors-bord. Mais le plastique blanc est maintenant noirci, déformé par le feu.

Mate sait à qui appartient cette barque. Mais il y a quelque chose qu'il ne sait pas : quel est le justicier qui y a mis le feu. Qui que ce soit, une chose est maintenant sûre. Tout le monde, absolument tout le monde, va penser que c'est lui.

5

JAKOV (1990)

Misto s'est préparé au Nouvel An 1990 comme chaque année. Un peu avant Noël, les enfants du coin se sont armés de joyeusetés pyrotechniques. Ils ont mis le feu aux poubelles avec des sous-bocks, jeté des pétards sur les passants et les chats, et un tonnerre d'explosions a résonné dans le village durant ces journées comme si on était en zone de guerre.

Le soir du réveillon les villageois ont conflué en masse à la messe de minuit. Le curé dom Dražen leur a parlé du grand espoir qui brille à l'horizon et de la responsabilité qu'il faut prendre sur soi pour la patrie asservie. Comme chaque année, la municipalité a organisé un feu d'artifice. Mais c'est un feu d'artifice maigre et misérable, on dirait que le pouvoir et l'État n'en ont plus l'énergie ni la force.

Quatre mois sont passés depuis la disparition de Silva. La police continue à chercher, mais ses informations se font de plus en plus sobres et sans espoir. De temps en temps Jakov téléphone à Šain, mais l'inspecteur, manifestement, n'a pas plus à lui dire. « Nous cherchons, répète-t-il. Nous avons fouillé partout, mais nous continuons à chercher. » En quoi consiste cette recherche, Jakov n'en sait rien.

Jakov cherche lui aussi. Il a arrêté de placarder des affichettes un peu partout en Herzégovine et en Dalmatie car il a l'impression que ça n'a maintenant pas beaucoup de sens. Au lieu de cela, il traîne autour du village, il inspecte tous les endroits où le corps pourrait se trouver. Il tourne au milieu de la lande et des ronciers. Il déambule sur les coteaux jusqu'à la Prosika. Il fouille des journées entières le canyon qu'empruntait autrefois l'ancienne voie des caravanes vers la Bosnie, il erre dans les gorges où sévissaient les haïdouks. Il rôde comme une âme en peine, cherchant ce qu'il ne souhaite pas trouver. Il cherche un petit tertre enfoui en surface, un corps couvert de branches, jeté dans une doline ou dans le lit asséché d'un cours d'eau. Il cherche Silva morte quelque part et dans le même temps il est heureux de ne pas la trouver.

Quatre jours après la libération d'Adrijan, le père Lekaj est venu frapper à leur porte pour demander à leur parler. C'est Vesna qui lui a ouvert. Le vieux Lekaj a essayé de la convaincre qu'Adrijan n'a rien fait – mais lui comme elle savent bien que le boulanger est incapable de l'affirmer avec certitude. Vesna l'a mis dehors brutalement. Pendant tout ce temps, Jakov est resté assis à l'étage, dans la cuisine. Il a écouté à travers la porte les éclats de voix et les imprécations de sa femme, mais il n'est pas descendu, il ne s'en est pas mêlé. Et pendant qu'il écoutait Vesna jurer, il a aperçu Mate qui le regardait. Et dans ce regard Jakov a cru voir comme une condamnation. Mate le dévisageait comme on dévisage un misérable lâche.

Le lendemain de cette visite, le vieux Lekaj a rouvert la boulangerie. Les premiers jours, elle est restée vide, personne n'est venu lui acheter son pain. Mais les gens ont besoin de pain et la boulangerie la plus proche est à des kilomètres. Bientôt les villageois sont revenus chez Lekaj. Ils regardaient tous le sol, lui comme eux. Ils comptaient leur monnaie, fourraient le pain tout chaud dans leur sac et s'enfuyaient de la boulangerie sans saluer.

Pendant tout ce temps, Adrijan n'est pas sorti de la maison. Le vieux Lekaj a prétendu qu'il n'était pas là, qu'ils l'avaient envoyé chez des cousins au Kosovo. Mais tout le monde savait que ce n'était pas vrai. Adrijan était là, dans la maison de la boulangerie. Il s'était retiré et se taisait, à l'abri entre quatre murs, déjà comme en prison. Quoi qu'il ait vu ou su, il se taisait et les maintenait dans une incertitude insupportable.

Début décembre, Jakov est retourné au bureau. Mais il ne travaillait pas, même avec la meilleure volonté du monde il était incapable de s'atteler à la moindre tâche de manière cohérente. Il restait assis à son poste de sept heures du matin à trois heures de l'après-midi, avec la fenêtre donnant au sud, il contemplait ces colonnes de chiffres couchées sur le papier devant lui et il constatait avec effroi qu'il n'y arriverait pas. Même en y mettant toutes ses forces mentales, il ne comprenait pas ce qu'il y avait sur ces feuilles.

Au début de l'année, la crise politique s'est exacerbée. On parlait à tous les coins de rue d'un coup d'État militaire qui ne venait pas. Le 1er janvier, le gouvernement a dévalué le dinar en raison de l'inflation et les billets ont perdu quatre zéros. À la fin du mois, les communistes croates et slovènes ont quitté le congrès du Parti qui se déroulait à Belgrade. C'était comme si l'État n'existait plus.

Le marasme politique a également fait irruption à l'usine. Pour la première fois, les salaires ont commencé à être versés en retard. La société pour laquelle ils produisaient des pare-chocs de bateaux avait fait faillite. Début janvier, les ouvriers ont menacé de se mettre en grève et le directeur, pour les apaiser, a promis des coupes dans l'administratif. Jakov savait qu'il n'avait pas été licencié pour une seule raison. Cette raison, c'était Silva qui avait disparu. Il n'avait pas été mis dehors car il était protégé par un gilet pare-balles de compassion.

En février ont été annoncées les premières élections multipartites. En l'espace de quelques semaines, une nouvelle sorte de gens a fait son apparition. C'était toujours des hommes, toujours grands de taille, avec des voix profondes et graves. Ils déambulaient un peu partout dans une chemise blanche de rigueur, à la messe ils s'asseyaient au premier rang. Après la cérémonie ils s'installaient au café La Lanterne et retroussaient leurs bras de chemise. Ils parlaient politique avec force, autorité et conviction jusque tard dans la nuit, et le patron de La Lanterne les régalait d'un plateau de fromages et de jambon fumé avant la fermeture.

À l'usine, les salaires sont arrivés en retard pour la deuxième fois. Le directeur était désespéré. Il ne pouvait plus comme auparavant appeler le comité du Parti pour régler le problème. Le pays sombrait dans le chaos.

Et il y a eu ce mercredi. Jakov s'en souvient bien. C'était le 28 février, le mercredi des Cendres. La veille, pour Mardi gras, le village avait préparé la parade costumée, mais celle-ci a été gâchée par une pluie lourde et dense. Le lendemain, Jakov est à son bureau, pour ce travail qu'il n'effectue plus vraiment, où le salaire n'arrive toujours pas. Par la fenêtre au sud, il voit la mer. Le levant souffle fort. Des nuages noirs, lourds se sont amassés au-dessus du premier cordon d'îles et le vent d'est se renforce, il forme sur la mer des crêtes blanches qui s'entremêlent. Les premières grosses gouttes de pluie commencent à cogner contre les carreaux. Un fracas sourd se fait entendre quelque part dans l'usine : c'est le vent qui frappe aux portes métalliques.

Vers dix heures et demie le téléphone sonne. C'est Šain.

– Je crois qu'on a du nouveau, dit-il. Et des bonnes nouvelles. Il semblerait que Silva soit vivante.

– Où est-elle ? demande Jakov.

– Ça, nous ne savons pas, mais elle a été vue le lendemain matin de sa disparition. Elle était en train d'acheter un billet de car. Silva est vraiment partie.

– Ce qui veut dire ?

– Qu'elle est vivante, répète Gorki. Voilà ce que ça veut dire. Ça signifie qu'elle est vivante.

***

Le lendemain matin, Jakov a fait la connaissance d'Elda Zuvan.

Quand il l'a appelée, elle s'est montrée agréable et a aussitôt accepté de le rencontrer. Elda travaille dans l'agence de Split de la Jugobanka de Belgrade. Elle a proposé qu'ils se retrouvent à l'heure de sa pause. Ils ont convenus de se voir dans le parc qui longe la promenade des Travailleurs, juste en dessous de son agence. Jakov a emmené Mate avec lui. Ils sont arrivés au point de rendez-vous avec dix minutes d'avance, mais Elda était déjà là. Elle leur a proposé d'aller dans un café du quartier pour pouvoir parler tranquillement.

Elda est jeune, bien plus jeune qu'il ne l'imaginait. Elle a des cheveux courts, décolorés, une coupe moderne. Ses yeux noisette laissent imaginer des cheveux probablement bruns sous le peroxydé. Sa silhouette est juvénile. Mais, comme elle travaille dans une banque, le style vestimentaire est conservateur : un tailleur bleu, une jupe, un chemisier blanc.

Ils sont tous trois assis au café et Jakov remarque la manière dont Mate regarde la jeune femme. Il dévisage Elda Zuvan avec un intérêt marqué, comme un homme peut dévisager une femme élégante.

Après qu'ils se sont assis, Elda commande un café. Elle sort un papier roulé et froissé. Elle le déplie. C'est une affichette avec la photo de Silva, une de celles que Jakov a collées un peu partout en ville. Sur cette feuille de papier froissé, à travers les boucles de ses cheveux en désordre, Silva les regarde. Silva, photographiée par un inconnu. Silva qui est partie et qui ne donne pas de nouvelles.

– Je suis désolée, dit Elda, que vous ne l'ayez pas su plus tôt. Mais ça s'est goupillé comme ça.

Elda leur raconte ce que Šain leur a déjà expliqué brièvement. Elle est rentrée en Croatie la semaine dernière après avoir été absente pendant six mois. Elle est sortie de chez elle et est tombée sur le portrait de Silva. Un tract, sur un lampadaire dans son quartier. Elle s'est souvenue qu'elle avait vu une jeune fille qui lui ressemblait trait pour trait, dans une file d'attente pour acheter un billet d'autocar. Ce jour-là, elle a fait la queue au guichet international à la gare routière. Elle a acheté un billet, et cette jeune fille était derrière elle.

– Pardon, dit Elda, de ne pas m'être manifestée plus tôt.

Elle était en voyage, explique-t-elle. Elle a obtenu une bourse d'un semestre pour parfaire son espagnol à Salamanque. Quand elle a touché cette bourse, elle a voulu en profiter au maximum. Elle a acheté une carte Interrail et a sillonné l'Espagne et le Portugal. Elle vient de récupérer les photos qu'elle a fait développer.

Elle sort une pochette, montre à Jakov et Mate les photos. La jeune femme qui leur parle est présente sur tous les clichés, le plus souvent seule. Elda à Barcelone, Avila, Lisbonne. Devant l'aqueduc à Ségovie, sur la Plaza Mayor à Salamanque. Devant la cathédrale Saint-Jacques à Compostelle. Sur toutes les photos Elda a un sourire heureux. Elle a les cheveux un peu plus longs et paraît encore plus jeune.

– J'étais coupée des infos, dit-elle. Je n'avais pas les journaux croates. Quand je suis rentrée, j'ai vu son visage partout. Et je me suis souvenue. Si j'avais su plus tôt... Ça vous aurait épargné toute cette peine.

Pendant qu'Elda range les photos de son voyage Interrail, Mate prend la parole. Il pose les questions posément, comme s'il était le plus adulte des deux, et Jakov réalise avec étonnement que cela ne le dérange plus, qu'il s'est habitué.

– Vous l'avez vue où, exactement ? demande Mate.

– Au guichet.

– De l'international ?

– C'est ça. Au guichet des billets internationaux.

– Ça s'est passé quand, exactement ?

– Ce matin-là. Le samedi.

– Dimanche, corrige Mate.

– Oui, dimanche. Je me souviens que c'était un jour non travaillé.

– Il était quelle heure ?

– Vers neuf heures, peut-être un peu avant. J'ai acheté un billet pour Trieste. À Trieste, j'ai pris un train pour Milan. Elle aussi, elle a acheté un billet.

– Est-ce que vous savez pour où ?

– Non, répond Elda. J'étais devant elle dans la queue.

– Vous êtes sûre que c'était bien elle ? demande Jakov.

– Sûre, répond Elda. Nous avons parlé. Elle a dit son prénom, Silva. Je me souviens bien d'elle. Elle était jolie, elle avait quelque chose de particulier. On a attendu dans la queue, il y avait un groupe de Danois devant nous, avec des gros sacs à dos, ils se sont accrochés pendant un temps fou avec la guichetière. Ils étaient énervants, vraiment pénibles. On les a engueulés.

– Et qu'est-ce qui s'est passé ? demande Mate.

– Rien, j'ai acheté mon billet. Après moi, c'était son tour. On s'est saluées, je lui ai dit d'en profiter. C'est la seule fois où je l'ai vue.

– Elle n'a pas dit où elle partait ?

– Non.

– Vous ne savez pas ce qu'elle a acheté comme billet ?

– Non. Je suis partie tout de suite, j'étais pressée.

– Est-ce qu'elle vous a paru inquiète ? demande Jakov.

– Non. Je n'ai pas eu l'impression.

– Est-ce qu'il y avait quelqu'un avec elle ?

– Non. Ça, j'en suis sûre. Elle était seule.

Jakov observe cette jeune femme aux cheveux courts et il pense que personne n'a jamais autant changé sa vie en si peu de temps. Mais Jakov espérait en apprendre davantage. Maintenant il sait que Silva est vivante. Mais à part ça, ils ne savent rien d'autre.

L'employée de banque semble déceler comme une déception sur le visage de Jakov.

– J'aurais aimé pouvoir vous aider plus que ça, dit-elle à Jakov en prenant congé.

Ils se serrent la main, et Jakov pense : *Tu nous as aidés, tu ne sais pas à quel point. Tu nous as aidés comme personne.*

Mate et lui sortent du café, reprennent leur voiture et se dirigent vers la gare routière sur le port. Pendant qu'il cherche une place de parking vers le terminal des ferrys, Jakov sent sa poitrine regonflée d'espoir. Pendant des semaines il s'était imaginé Silva morte, il pensait à ce jour indéfini mais inévitable où il découvrirait son corps pourri dans une doline, un fossé ou une oliveraie. Maintenant il sait que ça ne se passera pas. Il sait que Silva est quelque part – il ne sait pas où, il ne sait pas pourquoi, ni ce qui fait qu'elle n'appelle pas. Mais il sait qu'elle est vivante.

Mate et lui pénètrent dans la gare routière. Ils vont jusqu'au guichet international. Ils demandent à parler à l'employée qui était de service ce dimanche. Ils discutent avec elle, mais ça ne donne rien. Elle leur dit ce qu'elle a déjà dit à la police : elle ne se souvient pas de cette fille, ni de sa destination. Elle ne se souvient même pas des Danois et de leurs sacs à dos. « Vous savez ce que c'est, dit-elle, c'est la cohue ici pendant cette période. »

Ils consultent les horaires. Demandent quels sont les cars en partance pour l'étranger aux alentours de neuf heures, mais ils n'en trouvent aucun. Alors Jakov percute : ce sont les horaires d'hiver. Ils demandent à l'employée de leur trouver ceux de l'été. L'employée fouille dans les tiroirs, déniche une fiche et la leur donne.

Jakov la prend. Il parcourt des yeux les colonnes monotones de toponymes et de chiffres. Et il arrive au chiffre neuf. Stuttgart 9.05, Trieste 9.20, Francfort 9.35, Graz 9.50. Il repose le papier sans rien dire.

Ils ne reprennent pas aussitôt la voiture. Ils quittent le bâtiment de la gare et marchent le long du terminal des ferrys. Le port est à moitié vide. Les navires tanguent sous les assauts du sirocco, seul un camion de temps en temps s'engouffre dans un ferry rincé par la pluie pour s'en aller livrer sur les îles du ciment, des briques, du lait ou de la farine. Ils observent un docker occupé à dénouer une corde en tête d'une colonne de véhicules. Le ferry appareille pour une île, on ne sait laquelle. Il est pratiquement vide, on est en hiver et rares sont ceux qui font la traversée. Ils contemplent le navire en train de virer pour sortir du port. C'est Mate qui finit par reprendre la parole.

– Elle a pu aller n'importe où. Trieste, Francfort, l'Autriche. À peu près partout.

Jakov ne répond pas. Il se contente de regarder le ferry qui file maintenant droit devant et s'engage à travers l'embouchure du port dans le chenal.

***

Le dimanche suivant, Vesna lui a demandé de l'accompagner à l'église. Ce qu'il a fait. Il n'était pas allé à la messe depuis des décennies.

Jakov se souvient de ce matin. Depuis la disparition de Silva, Vesna ne dort pratiquement pas, mais elle passe la matinée au lit et se lève tard. Ce matin, pourtant, elle s'est levée tôt et elle l'attend avec le petit déjeuner préparé, ou avec quelque chose censé l'être. Elle a enduit des tartines du pain de la veille avec de la margarine qui sent le rance. Elle lui a versé du lait dans un bol, l'a fixé du regard et a formulé un vœu. Il faut qu'ils prient. Qu'ils rendent grâce à Dieu du fait que Silva est vivante.

À neuf heures, les deux s'en vont vers Saint-Spyridon. Depuis que Silva a disparu, Jakov fuit les sorties à Misto. Il évite les villageois, leurs regards empreints de curiosité et de frayeur. Et voilà justement que ce qu'il fuyait les attend devant l'église : la foule des voisins, des cousins et des connaissances qui baissent les yeux devant eux, comme si Vesna et lui irradiaient un malheur radioactif. Ils pénètrent dans l'église et Jakov est soulagé de voir que Vesna prend place dans les derniers rangs.

Le curé dom Dražen consacre son prêche à l'épisode où Jésus fouette les marchands. Il se tient en haut de la chaire et raconte comment le Messie a su élever la voix et la main quand le moment est venu de défaire l'impiété. Normalement, dom Dražen parle avec l'accent local. Mais au pupitre il s'exprime dans un croate standard, ampoulé, un peu trop correct, comme s'il se transformait sous la dalmatique blanche en discoureur automate. Pendant que dom Dražen évoque des jours d'espérance pour la patrie croate, Jakov essaie de prier pour le retour de Silva. Il essaie, mais il n'y arrive pas. La prière, ce n'est pas pour lui. Il a l'impression de pomper de l'eau quelque part où c'est sec et tari.

Il parcourt l'église du regard. S'arrête sur le chemin de croix en bakélite, que le curé précédent a acheté en Italie. Sur l'autel de saint Spyridon avec, dessous, ses plaques votives d'oléiculteurs. Il contemple ces plaques argentées en forme de main, de pied ou d'œil dont les villageois ont fait don pour convoquer une guérison. Si Silva avait disparu il y a cinquante ans, ils auraient fait la même chose. Ils auraient payé un visage de Silva en argent, le forgeron l'aurait coulé, orné de poinçons, puis ils l'auraient placé sur le catafalque en le dédiant à saint Spyridon, à Notre-Dame du Rosaire, ou à saint Antoine de Padoue. Le monde alors était plus simple. Il existait une médecine amère pour toutes les détresses.

Son regard se porte enfin sur l'autel de sainte Livrade. L'autel – comme de coutume – comporte une image, et sur cette image – comme de coutume – il y a un crucifix. Mais cet autel est différent. Sur le crucifix, c'est une femme qui est en croix, et cette femme, curiosité supplémentaire, est pourvue d'une barbe.

Jakov se souvient bien du jour où l'ancien curé, depuis lors décédé, a livré son interprétation de cette drôle d'image. C'était à la fin des années cinquante. Il devait avoir une dizaine d'années, il était encore enfant de chœur, allait encore à l'église. L'ancien curé était un vieil homme sec et noueux, aux bras cagneux comme des branches d'olivier. Il s'appelait dom Fulgencio, et Jakov n'a jamais depuis lors rencontré quelqu'un avec un nom pareil.

Sur cette image c'est sainte Livrade, lui avait dit dom Fulgencio. Un prince païen voulait l'épouser en raison de sa grande beauté. Pour ne pas être offerte à ce païen lascif, Livrade supplia Dieu d'affliger son beau visage d'une barbe d'homme. Quand sa barbe eut poussé, un homme – le mari ou le père, Jakov ne se souvient plus très bien – la fit crucifier en martyre. Jakov a oublié les détails de la légende. Mais aujourd'hui, toutes ces années plus tard, il en comprend le sens. Il comprend qu'il n'y a parfois pas malheur plus grand que celui d'être nanti d'un beau visage.

Dom Dražen termine avec le credo, il appelle « haut les cœurs ». Les paroissiens assemblés répètent la formule et Jakov ouvre la bouche sans ferveur. À la fin, le curé les invite à aller en paix et conclut la messe.

Après l'office, Vesna dit qu'elle resterait bien encore un moment dans l'église. Elle souhaite prier tranquillement et allumer un cierge. Jakov la laisse dans l'église, se faufile hors de la foule des villageois et redescend la rue vers la baie et le port.

Hier soir, la bora a soufflé, froide et limpide. L'air est sec et cristallin, on voit si nettement le premier cordon d'îles, les tunnels de la base de la marine et le cap de la Croix, on a l'impression qu'en tendant la main on pourrait les toucher. Le vent a éparpillé des détritus, on voit des restes de journaux et des sacs en plastique un peu partout, dans les lauriers-roses et les tamaris, accrochés à l'auvent de l'arrêt de bus et sur le terrain de basket. Misto est presque beau par temps de bora. Jakov a l'habitude alors de s'asseoir sur un banc et de laisser son regard divaguer au loin, dans le bleu de la mer, sur les coteaux des collines et les crêtes des vagues. Il était assis ici de la même manière – il s'en souvient – ce matin-là. Pour la première fois depuis tant de mois, il ressent quelque chose qui s'apparente à un sentiment de paix. Il observe les canots en plastique qui ondulent dans la houle et il essaie de se sortir de la tête un fantôme sombre et lourd qui refuse obstinément de partir.

C'est alors qu'il l'aperçoit. Brane Rokov se tient face à lui, à un pas, et le regarde. Il le salue, avec infiniment d'égards, comme toujours. Jakov l'invite à s'asseoir, ce que Brane fait.

Les premiers jours, Brane leur rendait constamment visite, il les appelait. Il participait à leur deuil blanc comme un amant en peine, il partageait avec eux la douleur et les informations recueillies, comme si Silva ne l'avait pas trompé cette nuit-là avec un autre, comme si elle ne lui avait pas caché une vie parallèle faite de mensonge. Il y avait là quelque chose d'une loyauté surannée. Comme si Brane brûlait de devenir le gendre modèle et qu'il avait là l'occasion de se montrer comme tel. Mais le temps a passé, les informations se raréfient et Brane apparaît de moins en moins souvent. Et le voilà, plus vulnérable et silencieux que jamais. On dirait qu'il a encore maigri ces derniers mois. Le jeune homme timide est en passe de devenir une ombre filiforme et craintive. Il a d'immenses cernes sous les yeux et paraît prêt à s'effondrer à tout instant.

Ils restent assis un moment l'un près de l'autre sur le banc, sans dire un mot. Puis Brane ose se lancer.

– Est-ce que c'est vrai ? demande-t-il. Quelqu'un l'a vue le lendemain ?

– C'est vrai, répond Jakov. À Split. À la gare routière.

– Ça veut dire que vous pensez qu'elle est partie ?

– Nous savons qu'elle est partie. Ce que nous ne savons pas, c'est où.

Brane acquiesce de la tête en silence, comme s'il lui fallait réfléchir plus profondément à ce qu'il vient d'entendre. Il ramasse sur le sol une feuille morte et la fait tourner dans sa main avant de l'écraser. Puis il reprend la parole.

– Et maintenant ? Qu'est-ce qu'il va se passer ?

– Rien. On va la chercher.

– La chercher ? Où ça ?

– Partout. En Italie, en Allemagne, en Bosnie.

– Jusqu'à quand ?

– Jusqu'à ce qu'on la trouve. Ou qu'elle se manifeste d'elle-même.

– Et si elle ne se manifeste pas ? Si vous ne la trouvez pas ?

– Eh bien on continuera à la chercher, répond Jakov. Mate et moi, on la cherchera le temps qu'il faudra.

Brane ne répond pas. Il est assis sur le banc, la tête tournée vers le sol, plongé dans ses pensées, immobile et silencieux. Alors ses épaules, son tronc, son dos commencent à trembler. Au début c'est un mouvement imperceptible, qui grandit, puis le corps du jeune homme tressaille tout entier.

Brane sanglote. Il sanglote en silence, se retient de gémir, tout son visage est tordu de douleur. Jakov passe son bras autour des épaules du garçon pour le consoler. Mais Brane ne peut pas s'arrêter. Il pleure sans larmes, sans bruit, secoué de tremblements épileptiques, puis il finit par se calmer. Il s'essuie les yeux et se lève.

– J'y vais, dit-il. Il faut que je rentre.

Il prend le chemin qui longe la mer, retourne vers chez lui. Jakov le suit longuement du regard, d'abord le long du quai, puis sur le chemin qui mène aux terres des Rokov, jusqu'à la petite chapelle, où il le perd de vue.

***

En avril 1990, les comptes de l'usine de Jakov ont été bloqués en raison des dettes accumulées. Lundi 9, la direction devait verser les salaires. Ce jour-là, le chef du service des payes est descendu dans la halle et a dit aux ouvriers que les salaires n'étaient pas là et qu'il ne savait pas quand ils seraient versés. Pour les ouvriers et les habitants de Misto, c'était comme si le soleil ne s'était pas levé ce matin-là.

Le lendemain, un administrateur judiciaire a fait son entrée dans l'usine. Il a fait le tour des bureaux et de la halle, a passé en revue le stock de fournitures, puis il a changé la serrure du portail et posé un cadenas. Il a convoqué les salariés et leur a dit qu'ils ne devaient plus venir au travail jusqu'à nouvel ordre. Ils devaient rester chez eux, ils toucheraient le minimum légal jusqu'à ce que l'usine soit vendue. Jakov a appris un nouveau mot ce matin-là. Leur statut était « suspendu ». Cela faisait un moment que sa vie était suspendue. Voilà qu'aujourd'hui c'était au tour de son travail.

Le mois d'avril a également été marqué par le début de la campagne électorale. Le pays tout entier a été pris de fièvre politique. Des meetings se tenaient devant l'église, les gens défilaient avec des cierges et des banderoles, et Rade, le patron du café La Lanterne, s'est porté candidat au poste de maire.

Entre-temps, les recherches pour retrouver Silva se sont essoufflées. Elle s'est éclipsée peu à peu des colonnes des journaux. On ne parle plus de sa disparition à la télévision. Son visage continue tout de même de trembler, tout détrempé, abîmé et oublié, sur les quelques affichettes encore fixées aux troncs d'arbre et aux poteaux. Depuis qu'il est évident que Silva est partie de son plein gré, même la police ne paraît plus guère intéressée par sa disparition. Sept mois ont passé. Silva est devenue lentement ce qu'on appelle de l'histoire ancienne.

Vesna et lui, quant à eux, ne sont pas en paix. En mars, ils ont loué les services d'un détective privé. Ils sont mal tombés. Le détective était un ancien policier, qui débutait dans le métier. Sa clientèle était essentiellement constituée d'artisans et de médecins qui lui versaient des honoraires pour espionner leurs épouses infidèles. Il se faisait payer à la journée et aux frais. Il a beaucoup voyagé, y a passé beaucoup de temps. Au bout d'un mois sans résultat, leur argent avait fondu, et ils l'ont congédié.

Jakov et Mate ont commencé à chercher seuls de leur côté. En février, Vesna et Jakov ont payé à Mate son permis de conduire. Ils ont emprunté à la sœur de Vesna cinq mille deutsche marks, pour couvrir exclusivement les dépenses en sandwichs et en essence. Durant la semaine, pendant que Jakov travaillait, c'est Mate qui prenait la route. Jakov le relayait le week-end. Ils prenaient la voiture et suivaient la piste des destinations possibles de Silva. Ils ont refait le tour de la Bosnie. Ils se sont rendus à Knin, Kupres, Imotski et Foča et ont collé le portrait de Silva tout le long de la route. Ils ont poussé jusqu'à Belgrade, Sarajevo et Zagreb.

Quand le travail a été suspendu à l'usine, Jakov a été soulagé. Il a emprunté trois mille marks de plus et a pris la route tous les jours. Il est allé à Klagenfurt et à Graz. Deux fois à Trieste. Il est descendu de Basovizza jusqu'au centre en suivant la Via Fabio Severo. Il roulait lentement, en observant à travers la vitre la physionomie des femmes sur le trottoir, scrutant une chevelure, un profil ou un dos ressemblant à ceux de Silva. Il écumait les réceptions d'hôtel et les guérites des gendarmeries. Tournait autour des gares et des silos, le long de la Riva Tre Novembre et de la Riva Nazario Sauro. Rôdait dans la Via Schiaparelli et la Via Belpoggio, où il savait qu'officiaient les prostituées africaines. Tout en conduisant, il notait les traces de ses visites précédentes : des affichettes fixées sur des troncs d'arbre ou des arrêts de bus. Des tracts froissés et pâlis, avec leur numéro de téléphone précédé de l'indicatif pour la Yougoslavie. Des bouts de papier qui appelaient à l'aide, qui poussaient le cri lointain de gens inconnus à la recherche d'une *Slava* disparue.

Lors de sa deuxième visite à Trieste, il a cru l'avoir trouvée. C'était au début d'avril, une belle journée ensoleillée de printemps. La bora de mars soufflait encore depuis les Alpes juliennes. Dans la matinée, il a fait le tour de quelques hôtels et commerces autour de Ponte Rosso, où il savait que les *Iugoslavi* vont faire leurs courses. Puis il s'est rendu à l'hôpital central et a interrogé le personnel des urgences. Après quoi il a erré dans le quartier autour de l'hôpital, Via Ginnastica et Via Slataper. Et devant un magasin il aperçoit une silhouette qui lui semble familière.

Il roule Via Ginnastica et passe près d'un commerce devant lequel est garé un camion de livraison. C'est une poissonnerie de quartier, le camion porte une inscription *Prodotti ittici* et un numéro de téléphone. Des garçons en combinaison blanche déchargent des cageots de soles, de mulets et de raies surgelés. Et derrière le camion il aperçoit une jeune femme. Elle porte un imper jaune. Quelque chose en elle – un bout d'épaule, du dos, une mèche de cheveux – lui rappelle Silva. Il ne voit pas son visage. Mais même sans voir son visage il sait que ça pourrait être elle.

Il essaye aussitôt de se garer, à l'endroit même, mais il ne peut pas s'arrêter comme ça au beau milieu de la circulation. Il cherche du regard une place de parking, mais il n'y en a pas. Il s'engouffre à grande vitesse dans une rue perpendiculaire, mais une voiture tourne derrière lui et le presse de coups de klaxon. Impossible de stopper et de bondir hors du véhicule.

Tout à coup une place libre apparaît devant lui, près d'une porte à l'arrière d'un restaurant chinois. Il case tant bien que mal son Ascona dans l'emplacement étroit, sous une bouche de ventilation. Il bondit hors de la voiture et se précipite vers la Via Ginnastica. Il tourne au coin de la rue. Éprouve du soulagement quand il distingue la fille à l'imper jaune un peu plus loin. Elle marche sans se presser, avec à la main un sac contenant du poisson.

Il court derrière elle. S'approche à cinq mètres, à deux mètres, à un mètre. Il la saisit à l'épaule. Alors la jeune femme se retourne – et tout s'évanouit.

La jeune femme ne ressemble pas à Silva. Elle a la même coiffure, une taille et des épaules similaires. Mais le visage est complètement différent, tout en longueur, sans beauté. La femme à l'imper le dévisage, l'air vraiment effrayé. *Scusa ? Che cosa vuole ?* lui demande la femme, et Jakov retire sa main en s'excusant dans un anglais médiocre. Il la regarde s'éloigner. Même de dos il trouve maintenant qu'elle ne ressemble pas à Silva. Plus il la regarde, plus il est évident qu'il n'y a pas la moindre ressemblance.

Il retourne à sa voiture et se dirige vers la sortie de la ville. Il remonte la Via Severo, passe par l'université et la rocade Est. Il s'arrête à l'endroit d'un belvédère avant d'arriver à Basovizza. Prend appui sur la balustrade et contemple la ville devant lui, les engins de levage dans le port, les silos, les grues. Il contemple cette ville pleine d'inconnus dont il ne sait rien.

Il se tient sur le promontoire, il observe la fourmilière à ses pieds, puis il retourne à sa voiture, déverrouille la portière.

***

Le 30 avril est le jour de l'anniversaire de Silva et de Mate. Le 30 avril 1990, Silva a dix-huit ans. Où qu'elle se trouve, quoi qu'elle fasse, Silva est maintenant majeure.

Jakov s'est réveillé ce matin-là en sachant que ce serait une dure journée. Et ça l'a été.

Pour un enfant vivant, un anniversaire, ça s'organise. Les parents préparent un gâteau, montent une petite fête avec des bougies et une tombola. Pour l'anniversaire d'un enfant mort, les parents vont au cimetière. Ils achètent des chrysanthèmes qu'ils déposent sur sa tombe.

Silva, elle, n'est ni morte ni vivante. Silva a disparu. Et pour une personne disparue, vous n'allez pas au cimetière, vous ne préparez pas de gâteau. Vous ne pouvez rien fêter avec elle, vous ne pouvez pas la pleurer, vous ne pouvez pas échanger avec elle ou échafauder des projets. Si Silva n'avait pas disparu, ils parleraient avec elle de ses études futures, de son permis de conduire, de sa place à la cité universitaire. En lieu et place de Silva vivante, ils ont maintenant une photo d'elle. Vesna l'a placée à un endroit visible, au-dessus de la table de la salle de séjour. Elle l'a placée là comme le rappel constant qu'ils ne sont pas au complet, qu'il leur reste en permanence une tâche à accomplir, un manque à combler. Elle ne l'a pas installée sur la table basse ou sur le buffet. Car sur la table, on pourrait disposer une petite bougie devant la photo. Sur un mur, non. Or Silva est vivante, et on n'allume pas une bougie devant la photo d'un vivant.

Jakov se glisse dans la salle de bains, il se rase, longuement, avec soin, pour retarder le plus possible le moment de sortir. Finalement il descend à la cuisine et trouve Vesna qui lit les petites annonces. Dans leur nouveau monde, les petites annonces sont devenues la rubrique la plus importante du journal. Les objets perdus et trouvés, les locations d'appartements, les offres d'emploi, même les cartomanciennes : il y a dans toutes ces notices quelque chose susceptible de dévoiler où Silva se cache.

Vesna a également changé physiquement en sept mois. Elle s'est asséchée, a perdu les kilos qu'elle avait en trop. Ses cheveux ont blanchi par mèches et sa peau a viré grise et rêche. Elle s'est fermée, est devenue impénétrable, difficile. Elle le fixe d'un air réprobateur, accusateur, et plus Jakov fait d'efforts, plus il a le sentiment qu'elle le condamne.

Vesna et lui se sont sérieusement disputés pour la première fois début avril, le lendemain de son dernier voyage à Trieste. Ce matin-là, Mate a pris la voiture et est parti coller des affiches le long de la Magistrale, au nord de Zadar. Jakov a dit que Mate devait arrêter les recherches et le laisser faire. Qu'il devait se consacrer davantage à ses études, car le bac et l'examen d'entrée à l'école de construction navale approchaient. Vesna n'a pas répondu tout de suite. Elle s'est tue un court instant puis elle a dit qu'elle pensait que ces études, là, en ce moment, ce n'était peut-être pas une bonne idée. « On a besoin de Mate en ce moment, a-t-elle dit. Il ne peut pas partir à Zagreb et nous laisser seuls comme ça. Encore six mois, un an peut-être, le temps qu'on la retrouve. Il faut qu'il soit là, après quoi il ira faire des études. » Jakov s'est insurgé, il a dit qu'ils ne pouvaient pas sacrifier l'avenir de Mate à cause de Silva. Vesna a répondu : « Tout doit être sacrifié, quand l'un de nous est dans le malheur. » Elle a dit cela sur un tel ton que Jakov a su que ce serait son dernier mot.

Ce soir-là, il s'est assis sur le balcon et est resté longtemps à observer Misto dans la nuit. Il a fait cela surtout pour ne pas s'allonger près de Vesna qu'il détestait en cet instant précis. Mate est rentré de Zadar, il était plus de minuit. Il a rejoint Jakov sur le balcon et s'est assis à côté de lui.

– Maman et moi, nous avons eu une discussion, a dit Mate.

Ils ont parlé *de ça*, a-t-il ajouté. Il ira faire des études, *à un moment donné*. Pour l'heure, il est plus important qu'il soit là. Une fois le bac en poche, il commencera à travailler comme chauffeur de camion pour livrer le poisson surgelé. C'est un bon travail, avec pas mal de déplacements. En route, il pourra poursuivre les recherches. Jakov n'a rien répondu. Il a seulement pensé que le poison continuait de se répandre, toujours un peu plus, qu'il les pourrissait tous.

Ils en sont là, ce matin, le jour de l'anniversaire de Silva. Jakov descend à la cuisine et trouve la scène qu'il attendait. Le Jésus aux yeux mouillés au-dessus de la porte. La photographie de Silva sur le mur. Une femme laide, inconnue, cheveux teints aux racines grises, en train de lire dans le journal les petites annonces de locataires, de proxénètes et de cartomanciennes. Une femme qui le fixe avec un air de reproche à l'instant même où il met les pieds dans la pièce. Un air qui sous-entend : tu comptes faire quelque chose aujourd'hui ? Ou bien tu comptes perdre encore une journée ?

– Je vais aller à Split, dit-il pour parer l'attaque. Je vais aller voir la police. Demander à être reçu par Šain. Ça fait un moment qu'il n'a pas appelé.

Il dit cela puis il ingurgite son café froid, avale un cachet pour la tension, s'installe au volant de la voiture et prend la direction de Split. En route, il écoute les informations qui parlent des élections. Les communistes les ont définitivement perdues.

Il arrive au siège de la police un peu avant dix heures et constate aussitôt qu'il y règne une atmosphère agitée et nerveuse. Les employés arpentent les couloirs comme d'habitude, mais on peut observer quelque chose qui les distingue les uns des autres. Il y a ceux qui affichent un air rembruni et inquiet, les autres une mine excitée et ravie. Il frappe à la porte du bureau de Šain. L'inspecteur est là et le fait entrer sans attendre. Dans le bureau, Jakov remarque tout de suite quelque chose de nouveau. L'immense photo de Tito au-dessus de sa table a disparu.

– Vous savez, les collègues… Il y en a que ça gêne. Qui pensent que ça ne passe pas, que c'est terminé ce temps-là.

Šain marque une pause puis il poursuit, comme pour se justifier.

– Vous savez, je suis lié à tout ça par ma famille. Mon grand-père était partisan, un résistant de la première heure. Albino Šain, vous avez dû en entendre parler. Son nom a été donné à une école à Omiš et la statue en bronze du partisan à Bisak a été faite d'après son portrait. Si vous êtes passé là, vous vous en souvenez forcément. Un type maigre, avec des pommettes très hautes, c'était lui.

Jakov prend place sur le siège sur lequel il s'est toujours assis. Il regarde l'homme auquel il a fait confiance, celui sur lequel il a tout misé. Mais aujourd'hui Gorki Šain ne ressemble plus à quelqu'un à qui l'on peut se fier. On dirait un homme dont le monde s'écroule.

– Dites-moi, est-ce qu'il y a du nouveau ? Est-ce qu'il va y en avoir ? demande Jakov.

Šain ne répond pas immédiatement. Il se tortille un instant sur sa chaise, jette un œil sur le labyrinthe de paperasse sur son bureau. Puis il se lance.

– Écoutez. Nous avons épuisé tous les moyens à notre disposition. Là, nous ne pouvons plus rien faire.

Il pousse un soupir embarrassé, puis il reprend.

– Ce que pour l'heure nous savons, c'est qu'elle est partie de son plein gré. Depuis le témoignage d'Elda Zuvan, c'est tout à fait clair. Toutes les autres théories sont tombées. Nous n'avons rien contre Lekaj, il n'y a pas de lien établi entre la barre trouvée dans la boulangerie et la disparue, et notre témoin anonyme ne s'est plus manifesté depuis. Nous avons tout fouillé, tout creusé, nous n'avons ni corps, ni mobile, ni mode d'action. Ce que nous a raconté Elda Zuvan colle avec ce que nous soupçonnions. Votre fille a mis les voiles, probablement parce qu'elle s'est fourrée dans une sale affaire de drogue.

– Peut-être, répond Jakov. Mais il faut la trouver. On ne pourra pas la trouver tout seuls. On craque complètement, croyez-moi.

– Je crois que vous ne m'avez pas bien compris. Jusque-là nous pouvions nous occuper de cette affaire parce qu'il s'agissait d'une fugue d'une enfant mineure. Elle avait dix-sept ans et vous étiez ses tuteurs légaux.

Aujourd'hui ce n'est plus ça. Elle est majeure. Elle a le droit de partir et de vous éviter. Elle a le droit de vivre où bon lui semble, elle a même le droit de ne pas vous contacter, si ça lui chante.

– Et si c'est quelqu'un qui la retenait de force ?

– Sincèrement, est-ce que vous voyez un argument pour que ce soit comme vous le dites ?

Jakov se tait. Car il sait, tout comme Šain, que la réponse est négative.

– Et donc ? demande-t-il. Ça veut dire que c'est terminé ?

– C'est terminé pour l'instant. Mais si jamais elle se manifeste auprès de vous, si vous découvrez quoi que ce soit, une trace, un indice, nous sommes là avec nos moyens pour vous aider.

Jakov se lève en silence. Il se dirige vers la porte sans saluer Šain. Il est incapable de tendre la main à quelqu'un qui le laisse comme ça sur le carreau. Šain se lève et accompagne Jakov jusqu'à la porte. Sur le seuil, il l'attrape par le bras.

– Elle va se manifester, dit-il. Croyez-moi, elle va le faire. À un moment ou un autre. Les raisons qu'elle a de se taire vont finir par disparaître.

Jakov ne répond rien. Il n'a pas besoin du policier et de ses professions de foi abstraites pour panser ses plaies. Pour ça, il a ce qu'il faut à la maison avec la famille, les habitants du village, les prêtres. Ce dont il a besoin, c'est de quelqu'un qui continue de chercher Silva. Et maintenant voilà qu'il est seul.

Avant de rentrer chez lui, il descend encore une fois à la gare routière. Il gare sa voiture dans le port des ferrys et se rend à pied à l'endroit où deux cent vingt jours plus tôt Silva a été vue pour la dernière fois.

Le mois d'avril a été chaud. Demain, c'est le 1er mai, les Allemands et les Autrichiens viennent profiter d'un week-end prolongé. Le port est plein de touristes. Des navires de mini-croisière se balancent le long de la digue, avec des serviettes suspendues au bastingage. Des grappes de jeunes gens sac au dos font le siège du guichet des trajets internationaux. Ils volent d'un coin à l'autre de l'Europe, d'Écosse en Grèce, de Danemark en Italie, d'Italie en Écosse. Parmi eux, quelque part, il doit bien y avoir aussi sa fille. Quelque part en un point de ce guêpier labyrinthique, de cette ruche humaine.

Il reste assis un moment sur un banc, il observe les bateaux et les cars en partance. Il suit du regard ces boîtes de tôle pleines à craquer qui transportent des inconnus vers l'Allemagne, la Serbie, l'Italie et la Bosnie. Des pullmans verts, blancs et violets embarquent sur les ferrys pour les îles, d'autres chargent des voyageurs direction plein ouest. Le monde entier est pris dans un tourbillon.

Il reste assis et il observe, et dans sa tête il y a une pensée qui ne sort pas, une pensée, une seule, qui tourne en boucle en permanence, comme s'il voulait la diffuser par télépathie partout alentour.

Silva, où es-tu ? se demande Jakov. *Silva, fais-nous signe. Silva, où es-tu ? Dis-nous où tu es.*

Mais il n'y a pas de réponse. À la place, il n'y a que du silence.

DEUXIÈME PARTIE

LES CHEMINS SE SÉPARENT

6

VESNA
(1991)

Ce jour-là, à midi et quart, Vesna a les quatrièmes dans son emploi du temps. Au programme, elle doit leur enseigner les caractéristiques du relief de la Croatie.

Mais les choses tournent mal dès le départ. Au début du cours, elle leur rend un contrôle corrigé, treize d'entre eux ont obtenu un E. Manifestement, ils ne s'y attendaient pas. La petite Bakić au deuxième rang contemple son travail l'air hébété, les yeux rouges et mouillés. Nikša, au fond de la classe, déchire ostensiblement sa copie devant tout le monde. Dès la première minute du cours, elle sent que la classe la déteste. Cette haine est palpable dans l'air tendu comme un nuage électrique.

Elle essaie d'assurer son cours. Elle se pose devant la carte en relief. Pointe avec sa baguette les montagnes en plastique rebondies et débite des phrases qu'elle connaît par cœur à force de les avoir répétées. Mais ce jour-là, ça ne marche pas. Elle a face à elle une horde furieuse qu'elle ne peut pas atteindre. Il y a elle d'un côté, de l'autre, trente visages qui débordent de mépris et de rébellion.

La cloche sonne à une heure cinq. Elle ne sait pas qui, d'elle ou de ses quatrièmes, est le plus content. Les élèves déboulent dans les escaliers comme une calamité et Vesna se dirige vers la salle des professeurs, le cahier de liaison sous le bras.

C'est dans la salle des professeurs que les nouvelles la rattrapent. Ces jours-ci, impossible d'y échapper. Elles explosent de partout.

Elle retrouve dans le local la conseillère pédagogique et deux enseignantes. Elles sont debout face à la télévision allumée qui diffuse le journal de la mi-journée. Des images de chars, de réfugiés et de soldats en tenue de camouflage alternent à l'écran, pendant que le présentateur, sur un ton grave et dramatique, expose le rapport du jour.

Les nouvelles sont terribles, ça empire de jour en jour. L'alerte aérienne a retenti trois fois depuis ce matin à Osijek et à Đakovo. À Šibenik, des combats se sont déroulés sur le pont à l'entrée de la ville. Aucun bulletin d'information, ni celui du matin ni celui de la mi-journée, ne fait plus état de la situation à Drniš. Ils ont maintenant assez d'expérience pour savoir ce que cela signifie. Drniš, ont-ils compris, est tombé, mais la télévision ne veut pas le dire.

Les images des combats à Šibenik défilent sur l'écran. Des chars stationnent à l'entrée du pont, près d'un ancien motel, et tirent au canon sur la ville. Le reportage montre le chaos dans les rues, des maisons qui brûlent et des tuiles éparpillées sur le sol. La caméra glisse son œil inquisiteur dans un mur éventré. On découvre les restes d'une salle de concert défoncée : des sièges renversés pêle-mêle, un lustre écrasé. Un piano sur lequel un morceau du plafond est tombé. Et partout du verre, beaucoup de verre.

– Mon Dieu, gémit une des enseignantes, c'est terrible. C'est terrible.

En entendant ces plaintes, Vesna sent monter en elle une brève mais intense bouffée de colère. C'est la même révolte entrecoupée de quelques moments de répit plus ou moins longs qui la tient depuis des semaines. Cela fait des semaines que Vesna est exaspérée par les appels à l'aide des autres. Cette émotivité générale la hérisse, cet apitoiement collectif, tout ce concert de pleurnicheries de gens dont les proches sont toujours bien vivants et au complet.

Vesna n'aime pas ce sentiment nouveau. Elle n'aime pas ça, se sentir ainsi. Mais elle sait qu'il n'y a pas de remède.

Elle n'a pas envie que ses collègues la remarquent, et surtout pas qu'elles la mêlent à la discussion sur les nouvelles de la guerre. Elle range en silence le cahier de liaison sur une étagère, retire sa blouse et enfile sa veste. Elle quitte la salle des professeurs sans un mot, file dans le couloir et sort dans la cour où des cinquièmes déchaînés se battent à coups de cartable. Elle prend la direction de chez elle. En traversant Misto, elle entend par les fenêtres l'écho démultiplié d'un même son : celui du journal télévisé. Tous regardent les informations et la voix du même présentateur surgit de partout, de toutes les maisons, de tous les cafés, tous les commerces.

Vesna marche vers sa maison et contemple autour d'elle Misto qui s'est métamorphosé en l'espace de quelques mois. Les fenêtres de l'école et de la mairie ont été scotchées pour empêcher que les vitres ne volent en éclats en cas d'explosion. Des sacs de jute blancs remplis de sable ont été entassés devant les bâtiments publics et les soupiraux des caves. Des groupes électrogènes bourdonnent dans les rares magasins et cafés ouverts, toute la vie dépend désormais de ces boîtes métalliques bruyantes, car la Dalmatie est privée de courant depuis des semaines. Vesna passe à côté du monument aux partisans, quelqu'un l'a vandalisé à coups de marteau et a inscrit au marqueur un grand U[1] à empattements sur la pierre. Les rares véhicules qu'elle croise ont du ruban adhésif noir collé sur les phares pour ne pas enfreindre le black-out. Une voiture passe sans plaque d'immatriculation.

Sur le chemin qui grimpe vers la maison, Vesna longe la palissade de la base navale. Récemment encore grande ville mystérieuse interdite, elle est aujourd'hui vidée. L'armée fédérale l'a évacuée il y a dix jours. Des camions ont débarqué un beau matin à l'entrée de la base, les marins les ont chargés de tout ce qu'ils pouvaient – armes, appareils, ustensiles de cuisine et literies – puis le convoi s'est évanoui vers ailleurs – semblerait-il, dans la direction de la Bosnie. Pendant quarante ans Misto a vécu avec la base, côte à côte, comme si c'était un deuxième poumon secret. Il n'y a désormais plus de ville mystérieuse. La caserne des marins est nue, désertée et profanée. Elle attend qu'une âme miséricordieuse consente à y mettre les pieds. Mais personne n'y pénètre car la rumeur court à Misto que la base a été minée.

Vesna longe la clôture de la base, jusqu'au terrain de basket. Elle y découvre une scène qui retient son attention. Un camion gris-vert est garé au milieu du

1. Symbole d'Ustaša (oustachi en français), mouvement fasciste croate, dirigé par Ante Pavelić, à la tête de l'État croate indépendant instauré en 1941, à la suite de l'invasion par l'Allemagne nazie, jusqu'en 1945.

terrain. Autour du camion, des soldats en uniforme déchargent des paquetages. C'est Rade, le patron de La Lanterne, qui donne les instructions. Pendant que les soldats vident le camion, des civils se sont attroupés et les regardent faire. Ils sont une dizaine, la plupart plutôt âgés. Vesna remarque parmi eux le père Lekaj.

Vesna s'approche du terrain. Elle a alors une vue d'ensemble sur la scène. Derrière le camion, des recrues sont alignées sur deux rangs. Ils sont une trentaine. Vesna les connaît tous : ils ont été ses élèves, tous à peu près de la même génération, nés à la fin des années soixante, début des années soixante-dix. Tous sont vêtus de la même manière, en uniforme, avec la même expression sur le visage. Tous ont l'air effrayés.

Elle détaille du regard le détachement de soldats, un visage après l'autre. Et c'est alors qu'elle l'aperçoit. Au milieu du rang arrière se trouve Adrijan Lekaj.

Lui aussi, il est là. Le seul à savoir ce qui est arrivé cette nuit-là, mais qui ne veut rien leur dire. Lekaj est là, debout en rang, comme s'il ne s'était rien passé. Il est là, comme n'importe qui d'autre, comme s'il attendait déjà d'avoir son nom sur le prochain monument aux morts.

Vesna le fixe du regard. À un moment, Adrijan lui aussi la remarque. Il lui retourne son regard, l'air crâne, les yeux dans les yeux.

Entre-temps les soldats ont fini de décharger le camion. Le patron de La Lanterne serre la main d'un homme grand vêtu d'un uniforme. Vesna ne l'avait jamais vu avant, mais tout indique que c'est lui qui commande. Le grand type appelle les recrues pour qu'elles retirent leur équipement. Les garçons en rang s'approchent un par un et récupèrent leur paquetage vert et gris. Lequel contient un sac de transport, un sac de couchage, un manteau d'hiver et un casque. Vesna ne voit pas d'armes. On les leur donnera probablement ailleurs.

Quand les équipements ont été distribués, l'homme qui commandait la manœuvre ordonne le rassemblement. Garde à vous. Repos. Puis il donne l'ordre de grimper dans le camion. Les jeunes recrues commencent à monter dans le véhicule, on entend alors un sanglot parmi les parents présents. La peur vient de terrasser un père ou une mère.

En entendant cette plainte, Vesna ressent cette même piqûre qu'elle n'aime pas. Elle sent une résistance furieuse à l'égard du désespoir des autres, et cette résistance vire tout d'un coup à la rage.

C'est comme ça qu'elle se sent maintenant, en voyant les recrues grimper dans le camion. Elle voit les visages pétrifiés des futurs héros, elle voit les parents dans tous leurs états, et au milieu le vieux Lekaj qui contemple tout ça avec un calme inattendu. Elle voit tout ça, mais elle n'éprouve pas la moindre compassion pour eux.

Tous les soldats ayant pris place dans le camion, le chauffeur referme la paroi arrière, descend la bâche, va s'asseoir dans la cabine et fait démarrer le moteur. Ils partent pour le front, peut-être vers Zadar, peut-être vers Dubrovnik. Peut-être en Bosnie. Ils partent pour quelque part, Vesna ne sait pas où et elle s'en fiche.

Le camion a déjà rejoint la Magistrale. Il a pris la direction de Split et disparaît au premier tournant. Vesna le regarde brièvement puis elle reprend le chemin de la maison.

Qu'ils aillent se faire foutre, pense-t-elle en débouchant dans la ruelle derrière l'église. *Qu'ils aillent se faire mettre tous ensemble.*

***

En rentrant à la maison, Vesna se change et s'attelle sans un mot aux tâches ménagères. Elle vide le lave-vaisselle, range silencieusement la cuisine. Elle met à réchauffer le bouillon de bœuf, vérifie avec une fourchette que les carottes sont bien cuites. Elle passe l'aspirateur. D'abord dans la chambre parentale, puis dans celle de Mate, et pour finir dans celle de Silva. Elle continue, une fois par semaine, à mettre la chambre de Silva en ordre, à changer les draps et les taies d'oreiller.

Vesna a compris au cours de ces deux années que le travail l'aide, les rituels qui constituent sa journée l'apaisent. Le matin, elle prépare le café. Sort le beurre et le miel du frigidaire. Vide la machine à laver et étend le linge. Prépare à manger. Lave les assiettes. Prépare à nouveau à manger, le dîner. Et à nouveau lave les assiettes.

Voilà comment se passent habituellement les journées. Elle se trouve suffisamment de quoi faire pour occuper son attention, le temps défile et les choses en deviennent presque supportables. Mais pas aujourd'hui. Aujourd'hui n'est pas un jour habituel. Aujourd'hui, c'est *ce jour-là*.

Les autres familles connaissent les anniversaires de naissance, les anniversaires de mariage, les fêtes de saint. Chez eux il y a aussi ce jour-là. C'est comme ça que Jakov et elle l'appellent : *ce jour-là*. Le 23 septembre, date de la disparition de Silva.

Dans la perspective de ce jour-là, une boule de poison invisible se forme dans le ventre de Vesna. Chaque éclat de voix, chaque bruit, chaque détonation, chaque sonnerie du téléphone la plonge dans un état de peur panique. La médecin lui a dit que ça s'appelle un syndrome de stress. Vesna pense que ça s'appelle le chagrin.

Ça dure comme ça une, deux semaines. Puis vient ce jour-là. Ce jour-là, le jour de Silva, le jour autour duquel toute la vie de leur famille tourne comme autour d'une fête de saint, une inversion dénaturée d'un anniversaire.

Quand le bœuf et les carottes sont cuits, Vesna éteint sous la soupe. Elle passe un coup d'éponge sur la cuisinière, sort de la machine les assiettes creuses, va vider la poubelle. Elle aperçoit Jakov dans la cour. Il est assis sur le banc devant son atelier et s'affaire à quelque chose, Vesna ne voit pas bien quoi. Il a devant lui un tout petit appareil qu'il manipule avec un tournevis, fermement résolu à ne pas prêter attention à sa femme.

Vesna sait ce que Jakov voudrait. Il voudrait qu'elle lui fiche la paix. Qu'ils ne parlent pas de ça. Qu'ils fassent comme si c'était un jour comme un autre et pas celui-là, qu'ils fassent comme si tout allait bien, même si ce n'est pas le cas. Jakov voudrait ça, mais elle ne lui concédera pas ce luxe.

– Tu es prêt ? demande Vesna.

Jakov ne répond pas.

– Tu es prêt ? répète-t-elle.

Alors Jakov se lève à contrecœur, lourdement, comme si ses bras et ses jambes ne lui appartenaient pas. Il entre dans la maison. Enfile des chaussures et prend la clé de la voiture.

Il sort de la maison et s'arrête devant Vesna, comme s'il s'en remettait à elle malgré lui.

– Va sortir la voiture, dit Vesna. Il faut qu'on soit là-bas aux heures de bureau.

Jakov ne répond rien et fait comme elle lui a ordonné. Il pénètre dans le garage, fait démarrer la voiture et la conduit dans la cour. Vesna s'essuie les mains et regarde sa montre.

Si tout va bien, ils seront à l'hôtel de police de Split avant deux heures et demie.

***

Deux années ont passé depuis que Silva n'est plus là. Au fil des ans, tout le monde a lâché l'affaire : la police, l'État, les journaux, même Jakov. Il n'y a que Mate. Seul Mate la cherche encore.

Depuis quatorze mois, Mate travaille dans le commerce en gros de poisson, il conduit un camion frigorifique. Il est en permanence sur la route. Il va jusqu'en Slovénie ou en Italie livrer du poisson fraîchement pêché et congelé. Il circule sur les petites routes où la guerre ne sévit pas, il traverse le pont au nord de Zadar pour passer sur l'île de Pag et de là il prend un ferry qui le conduit en territoire libre. Il contourne ainsi les zones de combat, les alertes aériennes, les couvre-feux, les check-points et les blocus. Il transporte du merlu, du rouget-barbet, de la daurade et du loup. Il fournit les restaurants en Carinthie, en Carniole, dans le Frioul. Il livre en zone de paix le poisson pêché en zone de guerre.

Et pendant qu'il conduit, Vesna le sait, Mate cherche. Il cherche Silva minutieusement, le plus minutieusement qu'il peut. Il fait le tour des motels et des gares, s'arrête dans les stations-service obscures et les auberges de chasseurs. Au cours de ces deux années, Vesna a compris quelque chose : tant qu'il n'aura pas retrouvé sa sœur, Mate ne connaîtra pas la sérénité.

Cette pensée éveille en Vesna un sentiment de paix profonde et consolatrice.

Vesna aimerait bien que Jakov entreprenne lui aussi quelque chose. Elle voudrait qu'il prenne sa voiture, comme Mate, qu'il soit suspendu au téléphone, qu'il appelle la police, qu'il circule, qu'il pose ne serait-ce que des questions à des gens. Mais Jakov ne fait rien. Il se comporte comme si Silva était partie en vacances, comme si elle était allée faire des courses au magasin du coin et qu'elle avait laissé un message *je reviens tout de suite*.

Jakov est en permanence à la maison. Depuis que son usine a définitivement fait faillite, il ne va plus au travail. Il ne descend pas dans le bourg, ne parle avec personne, ne parle même plus avec elle. Autrefois, Jakov était du genre à regarder tout le temps les informations, il allumait la télévision à sept heures et demie, il comprenait la crise au Proche-Orient, il connaissait les noms des présidents de la Syrie, de la Roumanie ou de l'Irak. Aujourd'hui, au moment où tout le monde est collé aux bulletins d'informations, lui éteint le transistor et sort de la pièce.

Depuis que l'usine a fermé, il a dallé les allées du jardin, repeint l'atelier, planté une rangée de citronniers. Toute la journée, il répare la voiture, la pompe à eau, la chasse d'eau, le gril électrique, la barrière du jardin, la perceuse. Toute la journée, Vesna l'observe, taiseux, voûté, concentré sur une tâche domestique, la sueur à son front qui goutte sur un outil, un engrenage, un fil électrique.

Jakov s'occupe de tout, hormis de ce qu'il devrait. Et quand Vesna lui reproche de ne rien faire, il trouve des prétextes. Des prétextes qui se tiennent. C'est la guerre : les routes sont bloquées, une partie du pays est occupée, le téléphone est encombré. Pour voyager à l'étranger, il faut une autorisation de l'état-major de crise.

Ils continuent de rouler vers Split, sans échanger un mot, et comme la route est vide, ils y sont vite. Ils entrent dans la ville, qui comme Misto s'est transformée en quelques mois. Des sacs de sable sont entassés devant l'entrée des immeubles, les voitures roulent sans plaque d'immatriculation, des hommes armés déambulent. Des groupes électrogènes ronflent un peu partout : ils sont des dizaines, des centaines, à faire tout un tintamarre.

Ils se garent devant le commissariat central, ce bâtiment où ils sont allés tant de fois pour demander à Šain s'il y avait du nouveau. Le commissariat aussi, la guerre l'a transformé : des parapets de sacs de sable ont été érigés devant l'immeuble, l'entrée est gardée par des sentinelles armées de kalachnikovs. Une foule d'hommes en uniforme chargent des engins métalliques dans des camions.

Vesna et Jakov passent à côté des sentinelles qui ne leur accordent aucune attention. Ils s'approchent du bureau vitré du portier, Jakov cogne au carreau. Le portier ouvre la vitre.

– Nous aurions besoin de voir monsieur Šain, dit Vesna. S'il est disponible.

Le portier les regarde et leur répond avec mépris :

– Je ne sais pas s'il est disponible. Mais ce que je sais, c'est que votre Šain ne travaille plus ici.

***

Ils pénètrent dans le bâtiment et Vesna découvre les changements. Là où jusqu'à récemment trônaient des portraits de Tito, on trouve désormais des crucifix et des calendriers avec la photo du pape. Ils croisent dans les couloirs des hommes en tenue de camouflage armés de fusils. Vesna reconnaît quelques visages au passage. Mais personne ne leur prête attention. On sent dans l'air une agitation et une inquiétude.

Ils montent au deuxième étage et s'arrêtent devant la porte habituelle en contreplaqué. Cette porte, il y a quelque temps, était celle du bureau de Šain. Mais elle porte maintenant un autre nom et un autre titre : Tomislav Čović, inspecteur principal de police.

C'est l'homme qui a succédé à Šain. Il a hérité de son bureau, de ses dossiers. Et il a hérité de l'affaire Silva.

– Frappe, dit Vesna, et Jakov s'exécute timidement.

Une voix à l'intérieur les invite à entrer.

Vesna s'attendait à ce qu'un inspecteur principal soit un peu plus âgé, un peu plus mûr. Mais le policier qui leur fait face dans la pièce est un jeune homme. Il a des cheveux bruns, il est rasé de près et il sent ostensiblement l'eau de Cologne. Il n'a pas l'air d'avoir encore atteint la trentaine.

Ils se présentent et disent ce qui les amène. Un soupçon de panique passe sur le visage du jeune policier. Vesna comprend aussitôt : il ne sait absolument pas qui ils sont. Il n'a pas la moindre idée de ce dont il s'agit.

Vesna prend la parole la première. Elle explique qu'ils cherchent toujours leur fille, qu'il y a une enquête en cours, qu'auparavant Šain les appelait régulièrement, mais cela fait six mois qu'ils n'ont plus de nouvelles de personne. On aurait voulu savoir, dit-elle, s'il se passe encore des choses.

Le policier les écoute en silence, puis il se lève et entreprend de fouiller dans un tas de classeurs dans un coin. Finalement il sort un dossier qu'il pose sur la table et ouvre devant lui. Vesna aperçoit la photo de Silva au sommet de la pile.

L'inspecteur principal lit le dossier qu'il a sous les yeux, fait mine de se souvenir, mais il est clair pour Vesna qu'il bluffe. Pendant que Čović feuillette les pages, elle l'observe attentivement, elle hume sa lotion d'après-rasage agressive et finit par perdre patience.

– Où est Gorki Šain ? demande-t-elle. Comment se fait-il qu'il ne s'occupe plus de l'affaire ?

– Il ne travaille plus chez nous, répond Čović, avant d'ajouter, ironique : L'environnement ne lui convenait pas.

– Ça fait deux ans, répond Vesna en colère. Il n'y a aucun progrès. Personne ne s'en occupe. Vous non plus, vous ne faites rien. C'est une honte !

Čović referme le classeur et la considère avec défiance.

– Très bien, dit-il. Est-ce que vous savez ce qui se passe autour de vous ?

– Je sais, répond Vesna.

– Apparemment non, vous ne savez pas, reprend Čović.

Puis il poursuit sur un ton brusque et acerbe. Il leur rappelle que c'est la guerre.

– Nous ne sommes plus la police, leur dit-il. Nous sommes une armée. En bas, devant l'immeuble, il y a des garçons qui chargent des mortiers dans un camion militaire. Il y a des garçons qui meurent sur le front. Hier soir, deux hommes de la police ont perdu la vie à Otišić. Un a pris une balle dans le crâne, un autre a perdu un bras. Et vous pensez vraiment, dit-il, qu'on est en situation de s'occuper d'une fille qui s'est tirée de chez elle ?

Čović débite sa tirade sur un ton vif et acrimonieux, puis il referme le classeur et le repousse sur le bord de la table. À cet instant, Vesna comprend : une époque s'est achevée. Le classeur va finir dans une pile, en tas avec d'autres, et plus personne ne va l'ouvrir, pas plus ce Čović qu'un autre. Il n'y a plus aucune raison de remettre les pieds dans cet immeuble.

Ils sortent du bureau et se retrouvent bientôt devant le bâtiment. Des camions sont toujours là. Vesna prête maintenant attention à leur chargement. Ils sont effectivement remplis de tubes de mortier dressés vers le ciel, vaguement menaçants. Dans un café à proximité, une radio poussée à fond fait entendre un hymne patriotique.

Ils montent dans leur voiture et reprennent la direction de Misto. Ils roulent longtemps et lentement, coincés derrière une colonne de véhicules de l'armée, et ils sont arrêtés tous les quelques kilomètres par la police militaire qui vérifie leurs pièces d'identité. Ils roulent en silence. Ce n'est qu'un peu avant Misto, peu de temps avant qu'ils arrivent à la maison, que Jakov a lâché le volant d'une main qu'il a posée sur celle de Vesna. C'est là première fois, depuis des mois et des mois, qu'il la touche.

– Faut pas s'étonner, dit-il. Tu vois toi-même ce qui se passe.

– Je vois. Mais qu'est-ce que j'ai à faire avec ça ? Qui va nous aider ?

– Il faut attendre, dit Jakov. Elle va se manifester. Un jour, tôt ou tard, elle va le faire. Elle nous appellera, si elle en a envie.

– Et si elle ne peut pas ? demande Vesna.

– Pourquoi elle ne pourrait pas ?

– Et pourquoi elle n'appelle pas ?

Jakov se tait un instant. Son silence n'est pas long, mais il paraît une éternité à Vesna. Jakov hésite, puis il parle enfin. Il dit ce qu'il pense et ce que Vesna sait qu'il pense.

– Pourquoi elle n'appelle pas ? Parce qu'elle est comme ça, répond Jakov. Parce que c'est Silva. Et qu'elle s'en fout.

Vesna retire sa main, en colère.

– Tu devrais avoir honte, dit-elle. Tu devrais avoir honte d'être un père pareil.

Elle dit cela puis elle se tait. Ils continuent de rouler le long de la Magistrale, sur la corniche, sans un mot. À l'entrée de Misto, Jakov allume la radio, pour rompre le silence. La radio annonce le début d'une alerte aérienne.

7

ADRIJAN
(1995)

Hier, l'artillerie a frappé sans interruption. Les canons croates ont tonné toute la nuit depuis Malovan et Rilić. Adrijan écoutait la canonnade et savait ce que cela voulait dire. Ça voulait dire que le lendemain, après tant de temps à attendre, ils allaient partir à l'assaut.

C'est ce qui s'est passé. Le commandant les a réveillés ce matin à quatre heures et leur a donné l'ordre de marche. Le jour était déjà levé quand ils ont commencé à faire mouvement en direction de Kupreške Košare. Après quatre ans d'une guerre statique, ils avaient percé profondément dans ce qui constituait jusqu'à hier un arrière-pays tenu par l'ennemi.

Pendant quatre ans, les deux parties se sont livré une guerre morte, sans avancée d'un côté comme de l'autre. Aujourd'hui, l'armée serbe se désagrège sous leurs yeux. L'adversaire d'hier n'existe plus. Cette armée revêtue d'uniformes différents bat en retraite par petits groupes dispersés sans offrir aucune résistance. Ils fuient au loin, de plus en plus loin. Le sixième régiment de l'armée de Croatie s'engouffre dans ce plateau montagneux qui paraît infini. Et dans ses rangs, Adrijan s'enfonce au cœur de la Bosnie.

Ils ont marché toute la journée en ligne droite. On entend au loin des détonations sporadiques, mais Adrijan et son unité n'ont pas eu à tirer une seule balle. Ils n'ont fait que marcher à travers un vide immense et grandiose. Le plateau couvert d'une herbe jaune s'étend à l'infini autour d'eux. Et au milieu de ce jaune sec apparaissent des points noirs comme des taches de typhus. Des marques d'herbe brûlée à l'endroit où des obus ou des tirs de mortier ont frappé.

Le sixième régiment avance. Et avec lui Adrijan, qui marche pendant des heures, à travers ce paysage vide, à moitié incendié, à moitié abandonné, sous le ciel immense. Adrijan attrape sa gourde, boit de l'eau, étanche sa soif, bien qu'à cette altitude, même au mois d'août, il ne fasse pas si chaud, la température est juste agréable. Il range sa gourde et observe le paysage autour de lui. En haut sur la montagne, il distingue les restes rouillés d'un téléphérique et des télésièges de ce qui était avant-guerre une station de sports d'hiver. Un hameau de bergers pas bien grand s'étire le long de la route, il a visiblement été incendié intentionnellement. En suivant la route, il voit un minuscule cimetière orthodoxe fermé par une grille métallique. Il aperçoit un peu plus loin un turbeh et quelques pierres tombales musulmanes plantées dans l'herbe comme des points d'exclamation. Il y a partout des tombes, de toutes sortes. Partout aussi des cadavres. Pas un seul être humain vivant. Les vivants, il y a les uns qui ont fui devant leur progression et les autres qui marchent dans leurs traces, prêts à remettre le feu, cette fois-ci en vainqueurs.

Ils arrivent à un carrefour vers midi. Au croisement, une petite chapelle catholique criblée de balles, un arrêt de bus incendié. Au bord de la route, un panneau indicateur est couché dans le fossé. Il y a beaucoup de cadavres. La plupart en uniforme. Ils gisent partout, jetés çà et là, anonymes et sans dignité, comme des sacs de farine. De la chaux vive a été répandue sur eux pour empêcher qu'ils puent. Ainsi ça ne pue pas le cadavre mais la chaux, et ça pique les yeux d'Adrijan.

Tandis qu'ils avancent, ils entendent le bruit du moteur d'un véhicule. Adrijan se retourne et aperçoit une jeep sur la route. Elle a fait son apparition au fond de la vallée, petit point à l'horizon, et elle se rapproche, grandit à vue d'œil. Adrijan sait que ce doit être lui, le commandant. Cvitko arrive.

Le sergent ordonne une pause. Ils s'assoient au bord de la route, sur le talus de terre brûlée par le soleil. La jeep continue de se rapprocher et finit par les rejoindre. Le véhicule stoppe, le commandant Mario Cvitković en descend. C'est son nom, mais personne, gradé ou soldat du rang, ne l'appelle comme ça. On l'appelle seulement Cvitko. Car ce n'est pas une guerre ordinaire, donc même la hiérarchie militaire n'est pas ordinaire. On l'appelle par son nom de rue, comme s'il s'agissait d'une bande et qu'il en était le chef. Cvitko, seulement Cvitko.

Adrijan a rencontré Cvitko pour la première fois il y a trois ans. En avril 1992, il avait été détaché du contingent de Misto pour être affecté au sixième régiment à Split. Après sept mois de guerre, il s'était retrouvé au milieu d'individus nouveaux, des inconnus à qui son nom ne disait rien, qui ne savaient rien de son passé. Pour la première fois depuis des années, il était heureux d'être parmi des gens qui ne le soupçonnaient de rien.

C'est là, en 1992, à Umljanovići, près de Drniš, qu'il a fait la connaissance de Cvitko. Cvitko à cette époque pesait cinq kilos de plus qu'aujourd'hui et il se la jouait encore frimeur avec ses cheveux bouclés autour des oreilles. Il ne commandait alors qu'une escouade. Maintenant, Cvitko ressemble à un soldat sérieux. Il s'est débarrassé de sa boucle d'oreille, il a les cheveux courts, il est hâlé, grand et mince. Il a progressé dans la hiérarchie pour atteindre le grade de commandant d'un bataillon. Les soldats l'aiment. Ils se sentent en sécurité avec lui. Cvitko pense vite, décide vite. Quand il prend une décision, il n'en change pas. Quand ça chauffe, il est toujours devant. Il sait s'opposer à ses supérieurs quand il pense qu'ils font courir trop de risques à ses soldats. Les hommes de sa compagnie se jetteraient au feu pour lui.

Et maintenant Cvitko est là. Il arrive de Malovan à bord d'un Campagnola, comme un chef de guerre victorieux qui supervise son triomphe. Il descend de la jeep, saisit des jumelles et observe les alentours. Ils sont à six kilomètres de Kupres. Devant eux, c'est un grand vide, le plateau, de l'herbe et rien d'autre. Mais l'objectif se dessine à l'horizon, la petite ville de montagne. On ne distingue pas grand-chose, sinon le clocher d'une église et le réseau du téléphérique. Les télésièges pourrissent en l'air, rouillés, inutilisés depuis toutes ces années, comme le souvenir qu'un jour, dans cette contrée, quelqu'un a nourri des ambitions.

Cvitko abandonne ses jumelles et tourne son regard vers les soldats assis le long du talus. Il commence à distribuer des tâches. Il ordonne à l'un des sergents d'entrer dans un hôtel dévasté et de le sécuriser contre le pillage. À un autre, d'aller inspecter le hameau le long de la route et de déminer les engins explosifs dans les maisons. À un troisième, de grimper une côte au-dessus de la route et de déterrer un nid de mitrailleuses. Quelqu'un dit alors : on n'aura bientôt plus d'eau. Cvitko se penche et tâte un bidon portatif. Il est flasque, quasiment vide.

Cvitko le regarde alors et l'appelle par son nom. Adrijan se lève et s'approche. Cvitko pose une main sur son épaule. Adrijan sait que Cvitko a de la sympathie pour lui. Aux yeux de Cvitko, c'est un garçon qui vient d'un petit bled, une bonne étoffe, pas corrompu, pas comme ces rats de la ville, des feignants et des junkies. Cvitko ne connaît rien de son passé, comme tous les autres ici. Et Adrijan fera tout pour que ça reste ainsi.

– Adrijan, toi Luka, et Krešo, vous allez chercher de l'eau, dit Cvitko. Emportez trois bidons et allez du côté de ces maisons sur la route. Il doit bien y avoir un robinet là-bas.

Les trois hommes chargent chacun un bidon sur leur dos. Ils font demi-tour et suivent la route par laquelle ils sont arrivés. Pendant qu'ils marchent, ils entendent encore au loin des coups de canon sporadiques et, rarement, des tirs en rafales. La guerre n'est pas encore tout à fait terminée, mais c'est tout comme : ils le savent tous – les uns et les autres –, le dernier chapitre est en train de s'écrire. Ne restent plus que des tâches pas très compliquées à accomplir avant d'y mettre un point final. Marcher. Monter la garde. Investir un point d'embuscade. Marcher encore. Aller chercher de l'eau. Le bidon vide ne pèse pas lourd. Adrijan sait que ce sera une autre paire de manches au retour, une fois le bidon rempli.

Il s'approche des maisons. Lesquelles ont été incendiées, mais pas dernièrement, on dirait plutôt il y a longtemps. Ce qui peut signifier qu'il s'agissait d'un hameau catholique. Ils abordent prudemment les lieux car ils ne peuvent pas savoir si les abords ont été minés. Toutes les maisons sont calcinées, leurs murs écorchés, sauf une, la plus grande, la plus proche de la route. Visiblement, c'est une auberge. Donc ni une église, ni un cimetière, ni une mosquée, ni une école. Une auberge, tout le monde en a besoin, aucune armée n'ira la détruire, et celle-ci, qui a été épargnée, attend le passage de la nouvelle armée.

L'auberge semble être le seul endroit où il est possible de trouver de l'eau. Ils passent la porte et découvrent une femme blonde, une petite trentaine d'années, occupée à balayer des éclats de brique et de verre provenant du comptoir. Au moment où ils ont pénétré dans l'établissement, elle les a regardés avec frayeur. Et tout de suite son visage s'est détendu et elle a paru soulagée. Ce qui veut dire qu'elle est croate.

Adrijan se débarrasse du bidon sur son dos et demande s'il y a de l'eau. La femme lui indique un robinet et lui dit de se servir. « Elle est potable, dit-elle. Elle est un peu trouble, parce qu'il y a de la terre dans le tuyau, mais elle est buvable. »

C'est son restaurant, dit-elle. D'avant la guerre. Ça fait cinq ans qu'elle est partie, elle était réfugiée à Trogir. Elle est revenue et pense le remettre en état le plus vite possible, pour être prête quand le trafic routier reprendra. Elle a retrouvé une partie de son matériel, une partie a été volée. Elle a trouvé aussi des choses qui ne sont pas à elle. Une machine à café Gaggia, toute neuve, chère. Celui qui a tenu le troquet a dû la voler, tout comme l'auberge. Elle n'ira pas chercher à qui et quand ça a été volé. Elle aussi a droit à un bonus pour toutes ces années qu'elle a passées dans un bungalow.

« Sanja », dit la femme blonde en lui tendant la main. Elle s'appelle Sanja. Adrijan se présente et lui tend aussi la main. On voit sur son visage que le travail l'a usée, que la vie ne l'a pas gâtée. Mais derrière tout cela elle semble presque jolie.

Adrijan fait couler l'eau dans le bidon et observe les lieux. L'auberge a l'air d'avoir atterri par un vol spatio-temporel des années quatre-vingt : il y a des niches séparées par des panneaux en bois massif, un comptoir habillé de contreplaqué, une moquette rouge sur les murs. Différentes époques rivalisent sans merci dans l'espace. Un juke-box et un poster de Zdravko Čolić des années soixante-dix. La poitrine de Samantha Fox des années quatre-vingt. Des écharpes de l'Étoile rouge de Belgrade, des coupes gravées en lettres cyrilliques et des posters de variétoche dénotent les affinités du dernier tavernier occupant. Maintenant tout cela va disparaître, Sanja va s'évertuer à ce qu'il n'en reste aucune trace.

En passant en revue les locaux, Adrijan distingue soudain un détail familier. Un détail qu'il découvre sur le mur près de la porte des WC. Sur ce mur, une feuille de papier est fixée par du scotch. L'affichette est ancienne, jaunie, écornée. Mais Adrijan remet le visage qui apparaît. Il remet ce visage en même temps qu'un sentiment connu, refoulé, refait surface quelque part du fond de ses entrailles. Un sentiment d'horreur aigu, métallique.

Ce visage, il s'en souvient bien. Il retrouve la même expression mutine, le nez froncé, plein d'une colère perpétuelle. Il reconnaît cette mèche qui tombe au milieu du front et couvre son œil gauche. Ici, au beau milieu des montagnes de Bosnie, sur ce bout de papier, Silva Vela ressemble en tout point à la fille dont il se souvient.

Et tandis que le bidon en plastique se remplit d'eau, Adrijan est debout, il a les yeux rivés sur ce pan de mur près de la porte des WC et sur ce visage resté figé, inaltéré, durant toutes ces années. Ce visage qui a chamboulé sa vie.

***

Adrijan sait que cette soirée le poursuivra toute sa vie. Il aimerait pouvoir l'oublier, mais il ne le peut pas et il ne le pourra jamais. Cette soirée vit dans son souvenir et elle revient sempiternellement, comme une rengaine assommante, une rage de dents qui vous élance.

Il se souvient de tout, de chaque détail. La fête des pêcheurs au terme de la saison. Les pêcheurs d'opérette en marinière qui font cuire pour les touristes des maquereaux à la fraîcheur douteuse. Les Tchèques et les Hongrois qui dansent la polka sur les accords d'un groupe en terrasse. Il se souvient de lui-même en train de s'envoyer des Stock-Cola, un premier, un deuxième, un cinquième, un sixième. Il se souvient de DJ Robi qui prend possession de la scène et commence à passer les tubes de l'été : Bon Jovi, Madonna, Simply Red. Et puis il se souvient d'elle, de Silva. Elle est arrivée seule à la fête, sans Brane. Il se rappelle exactement comment elle était habillée : une robe très courte avec un motif à fleurs, un sac souple et des baskets rouges.

Silva lui a toujours plu. Elle était belle. Mais outre sa beauté, il y avait quelque chose de plus chez elle.

Silva sentait l'aventure. Dans ce bled gris et mort, Silva était la seule qui avait l'air colorée, sanguine, vivante.

Bien sûr, il connaissait Silva. Il la saluait quand il la croisait dans le bourg, il lui était arrivé de boire un café en sa compagnie, il faisait attention qu'elle ne remarque pas la façon dont il la lorgnait, elle, ses jambes, son décolleté, les attaches de ses poignets. Il aurait bien voulu être proche d'elle. Et puis elle a commencé à sortir avec Brane, et Adrijan a décidé à ce moment-là de se l'enlever de la tête.

Jusqu'à ce soir-là. Quand Silva est arrivée, dans sa robe à fleurs et ses baskets rouges, et qu'elle a accepté qu'il lui paye à boire. Il lui a proposé de choisir une chanson qui lui plaisait, qu'il a commandée à Robi, et elle a choisi *Red Red Wine* d'UB 40. Adrijan a payé une vodka au DJ, et lui a passé *Red Red Wine* une fois, puis deux, puis trois, puis quatre. Et pendant que le reggae se déversait paresseusement des enceintes, Adrijan et Silva ont dansé le slow. Il respirait le parfum dans ses cheveux, il sentait sous sa barbe la peau douce de son épaule et sous ses doigts les côtes et le bord de son soutien-gorge. Elle a posé sa main sur sa nuque et Adrijan a pensé en cet instant : *Voilà. C'est ça, ce que je voulais.*

Si seulement ça n'avait pas eu lieu.

Car, après cette soirée, sa vie a tourné à la sale blague qui dure. Les interrogatoires, l'arrestation, le détecteur de mensonges. Les fils de la machine qui vibraient chaque fois qu'il prononçait oui ou non. Il répondait à une question et la machine se mettait à osciller, l'aiguille traçait un sillon sur la bande de papier.

Adrijan est en Bosnie, il remplit un bidon d'eau et tout lui revient dans l'ordre. Comment ils l'ont extirpé de son lit à l'aube et embarqué dans le panier à salade. Il se souvient des habitants du bourg attirés par le vacarme et les cris. De leurs regards accusateurs. Des deux nuits passées au commissariat. De Šain qui lui posait encore, encore et encore les mêmes questions. Et de l'autre en chemise blanche avec ses manches retroussées. Tenžera, il s'appelait. C'est lui qui l'a frappé. Il le cognait alors qu'il était attaché sur sa chaise. Il le cognait dans les côtes et dans le dos, là où les coups ne laissent pas de traces visibles. Le policier le frappait un moment, puis il l'aspergeait d'eau, puis il l'étranglait de ses mains. Et de nouveau des questions, toujours les mêmes : *Qu'est-ce que tu as fait à Silva Vela ? Où est-ce que tu l'as tuée ? Où as-tu caché le corps ? Dis-nous où est le corps. Dis-nous d'où vient la barre avec le sang. Où tu l'as enterrée. Dis où elle est. Où est Silva Vela ?*

Les policiers le questionnaient, encore, encore et encore. Et lui n'avait que des réponses confuses, décousues, embrouillées par tous ces Stock-Cola. Adrijan répondait et les policiers répétaient leurs questions car les réponses qu'il donnait – il en est bien conscient – n'étaient qu'un cafouillis décousu noyé par l'alcool. Adrijan ne savait pas quoi répondre et de nouveau les policiers le questionnaient, de nouveau ils le cognaient.

Entre-temps, le bidon s'est rempli et l'eau a commencé à déborder. Adrijan ferme le robinet, cherche du regard la propriétaire. Il s'approche d'elle, la remercie. Puis, après une courte hésitation, il lui pose quand même la question. La curiosité est trop forte, il faut qu'il la pose.

– Dis-moi, je vois cette affiche, là. Celle à côté des toilettes. Cette fille sur la photo, elle est de chez moi. Ça fait un sacré moment. Elle est là depuis quand, cette affiche ?

– Ça date d'avant la guerre, répond Sanja. C'est un homme qui l'a collée là, il y a longtemps, c'était avant tout ça. Il a débarqué un jour, un peu avant la guerre. Il a dit qu'il cherchait sa fille. Il espérait que quelqu'un l'ait remarquée, un chauffeur ou quelqu'un de passage. Mon Dieu, quand est-ce que c'était… Mais je me souviens très bien de lui. Un type sec, un peu chauve. Oui, il parlait comme toi, le même accent. Exactement pareil.

Adrijan l'écoute et il voit l'image nette dans sa tête. Il a devant lui Jakov Vela, sa silhouette maigre et voûtée, son front haut et son expression mélancolique. Jakov, loin de chez lui, qui confie son infortune à une serveuse inconnue et demande à pouvoir scotcher quelque part son affiche. Comme il a dû être malheureux, pense Adrijan, pour venir jusqu'ici.

Il pose à nouveau son regard sur la feuille de papier. À l'époque, quand tout ça était encore frais, il y avait ces affichettes partout dans Misto et dans les environs, sur les auvents, sur les poteaux, dans les vitrines. Quelqu'un en avait collé une sur la devanture de leur boulangerie. Son père n'avait pas osé la retirer, alors qu'il savait qu'elle n'avait pas été placée là comme un appel à l'aide mais comme une menace.

Toutes les affichettes étaient pareilles à celle qu'il voit maintenant sur le mur près des toilettes : le nom de Silva, la description de ses vêtements, le numéro de téléphone, un numéro avec le vieil indicatif yougoslave. Et son visage, son nez froncé, la mèche qui barre son front. Cela fait longtemps qu'ailleurs les autres tracts ont disparu : ils se sont décollés, ont été arrachés, emportés par la pluie. Il n'est resté que celui-là, loin de Misto, dans un autre pays, dans un village de l'autre côté du front, à côté d'une porte de toilettes. Six années depuis lors ont passé, et deux guerres. Par deux fois le front a traversé cette vallée, par deux fois une armée en a remplacé une autre, qui a conquis ce territoire, l'a détruit, anéanti. Et pendant que les fourmis jaunes incendiaient les maisons des fourmis noires, puis les noires celles des jaunes, la feuille de papier avec le visage de Silva est restée là, intacte, à côté des toilettes. Pendant que les uns et les autres périssaient ou vieillissaient, seule Silva est restée jeune, figée dans son carré blanc.

– Et qu'est-ce qui s'est passé ? demande Sanja soudain intéressée. Vous l'avez retrouvée, cette fille, après ?

Adrijan charge sur son dos le bidon lourd et plein à ras bord. Puis il répond :

– Non. On ne l'a jamais retrouvée. On ne sait pas ce qu'elle est devenue.

– Les pauvres parents, répond Sanja. Tu imagines le cauchemar. On ne peut pas imaginer pire.

Sanja pose son balai pour saluer Adrijan. Ils se serrent la main. Sanja lui souhaite bonne chance avec la guerre. Adrijan lui répond en lui souhaitant du succès dans son travail, que son auberge refonctionne aussi vite que possible. « Quand ce sera terminé, dit-il, je passerai te voir quand je serai dans le coin, pour goûter à une pita ou à un petit plat. On pourra causer un peu. » Adrijan dit cela pour paraître aimable. Mais il ne le pense pas comme une amabilité. Sanja lui plaît, c'est une belle femme. Il boirait volontiers un café avec elle, une fois que tout ça sera passé.

Il pense à cela, le bidon d'eau sur son dos, en se dirigeant vers son unité qui les attend. Il ne pense plus à la guerre qu'il faut maintenant terminer. Il pense à elle. À la photo fixée là-bas, oubliée près de la porte des toilettes.

***

Des camions sont venus les chercher un peu avant Kupres. Les canonnades sont devenues rares et le front des combats, si tant est qu'il y ait encore des combats, s'est déplacé vers le nord. Aux alentours de midi, Cvitko a un échange radio avec le commandement. Il leur demande de se ranger sur le bord de la route et il transmet les ordres. « On protège le flanc, dit-il. Des camions vont venir nous récupérer. » Une dizaine de minutes plus tard, les camions sont là. Ils grimpent dans quatre Deutz gris-vert, le chauffeur ferme la bâche, puis il démarre.

Ils roulent longtemps, trois quarts d'heure, peut-être une heure. Pendant un bon moment, c'est une route asphaltée, Adrijan a l'impression qu'ils se dirigent vers le nord-ouest. Les camions passent de l'asphalte à du macadam, puis à un macadam encore plus mauvais et raviné. Au bout d'un moment ils s'arrêtent. Il entend Cvitko communiquer avec quelqu'un au talkie-walkie sur la direction à prendre. Puis ils repartent. La route est pire que tout. Adrijan ne sait pas où ils sont. Mais il sent qu'ils grimpent de plus en plus haut dans les collines.

Il regarde autour de lui les visages de ses camarades. Ils sont nerveux, avec raison. Dorénavant, dans la phase présente de la guerre, ce ne sont plus trop les balles ennemies qui peuvent les tuer. Mais ils peuvent tomber sur une mine abandonnée, enterrée depuis longtemps, enfouie dans la boue, à moitié exhumée par la roue d'un camion. Ils peuvent se prendre un Malyutka tiré à distance. En ce moment, ils seraient plus en sécurité n'importe où ailleurs que dans ce camion. C'est un piège, ce camion, un traquenard ambulant.

Ils sont douze. Principalement des Splitois, certains originaires d'Omiš, de Brač, des jeunes mais aussi quelques hommes plus âgés. Avant la guerre ils avaient chacun leur vie, ils étaient tourneurs outilleurs, commerçants, ouvriers d'une cimenterie ou d'une laiterie. Certains étaient mariés, avec des grands enfants, d'autres sortaient directement du lycée, encore innocents et benêts. Qu'importe ce qu'ils ont été, ce qu'ils ont fait, ils attendent maintenant que la guerre se termine pour pouvoir rentrer chez eux et retrouver le cours de leur existence. Car tous ont mis leur vie en suspens, comme une parenthèse au milieu d'une phrase. Tous attendent que cette corvée se termine enfin, que la parenthèse se referme. Tous sauf lui, Adrijan.

Car il sait une chose, pendant que le Deutz cahote sur les pentes de Bosnie et que ses camarades de combat tentent de contenir leur nervosité : il n'a pas envie que la guerre s'arrête. Lui, la guerre l'a sauvé. Dans la guerre, il a été quelqu'un.

Il a été bon à la guerre. Déterminé, rapide, fiable. Il supportait les nuits sans sommeil et l'effort physique. Il était patient, savait attendre, et on attend beaucoup à la guerre, plus que tout le reste. Il savait se taire quand il le fallait. Il ne buvait pas beaucoup, ne se droguait pas, ne fumait pas, pouvait tenir une garde de nuit sans trahir une position par la braise d'un mégot. Il exécutait consciencieusement les ordres que Cvitko ou un autre lui donnait. Quand ça canardait, il canardait, mais il ne se laissait pas aller par plaisir à la violence. Quand quelqu'un s'accoutume à la violence, en général il se met dans le pétrin et entraîne les autres avec lui.

Adrijan a été bon à la guerre, mais la guerre aussi a été bonne avec lui. Il a aimé l'anonymat, le respect qu'il induit. Adrijan aime ce nouveau moi qu'il s'est construit durant ces trois années de guerre. Il l'aime plus que l'ancien.

Le camion se traîne sur le chemin macadamisé à travers la forêt épaisse. Ils continuent de grimper, et la piste est de plus en plus défoncée. On entend dans la cabine à l'avant le grésillement du talkie-walkie. Cvitko communique avec quelqu'un, il reçoit des ordres dont ils ne savent rien.

Et c'est précisément à cet instant, dans ce Deutz gris-vert qui rampe vers un sommet montagneux de Bosnie, qu'Adrijan y voit plus clair que jamais. Il comprend qu'il ne veut pas retourner là d'où il vient. Il ne veut pas reprendre la phrase à l'endroit où la parenthèse l'a interrompue.

Pendant que le camion peine sur les pentes en pleine forêt, Adrijan pense à ce qu'il devrait retrouver. Il pense à Misto. Il pense aux habitants du bourg qui ne lui disent pas bonjour dans la rue, qui regardent sa maison avec mépris, comme si c'était la maison d'un assassin. Il pense à son père qui garde le silence et fixe le sol toute la journée. Aux clients qui balancent leur monnaie sur le comptoir de la boulangerie et fourrent leur pain chaud dans un sac sans décocher un mot.

Il pense au jour où ils ont été mobilisés à Misto. Quand ils ont été mis en rang sur le terrain de basket, quand un camion civil venu d'une entreprise de construction est arrivé sur le terrain, avec à l'intérieur Rade, le patron du café La Lanterne. Depuis que c'est la guerre, Rade ne sert plus de macchiatos. Il dirige maintenant quelque chose qui porte le nom d'état-major de crise.

Sur le terrain de sport, Rade leur a distribué des uniformes, des bottes, des gourdes et des couvertures. Des uniformes et des couvertures, mais pas de fusils, ni de bombes. Les armes, ce n'était pas leur domaine. Ce n'est pas les jojos du coin qui leur ont réparti les vraies armes.

Alors les jojos les ont fait mettre en rang. Ils étaient une trentaine dans la formation, la fine fleur de la génération 1972-1973, tous bacheliers, bizuts, déserteurs de l'armée fédérale, marins surpris entre deux voyages par l'appel à la mobilisation. Le patron de La Lanterne leur a parlé dans ce pataquès de néocroate qu'il avait peine à maîtriser pour les événements officiels. Il les a remerciés au nom de la patrie. Il a fait le salut militaire. A ordonné garde-à-vous. Repos. Les gens du coin étaient rassemblés là, moitié curieux, moitié épouvantés.

Adrijan se souvient de ça. Il se souvient des habitants de Misto qui assistent à cette levée historique, à ce jour qui figurerait plus tard sur des plaques commémoratives, qui ferait la fierté du bourg. Il voit son père parmi eux. Il voit sur son visage une inquiétude, une peur compréhensible. Mais il voit qu'à cette peur se mêle un autre sentiment. Adrijan sait exactement ce que son vieux pense. Son vieux voit trente garçons revêtus du même uniforme, trente jeunes héros qui s'en vont combattre pour la même mère patrie. Et il le voit lui, son fils, vêtu pareillement, dans la même unité que les autres, admis comme les autres, à égalité. Son père voit ça. Et il pense que c'est peut-être une nouvelle ère qui commence.

Mais son père n'est pas seul sur la place ce jour-là. Il y a aussi les autres habitants du bourg. Adrijan voit leurs visages, et parmi eux celui de la mère de Silva, la prof de géographie. Elle se tient en retrait. Elle regarde l'unité formée par ces enfants en tenue militaire, sans la moindre trace de pitié ou de compassion. Elle ne regarde pas les autres garçons alignés en rang ; ses yeux sont rivés sur lui, comme pour dire : Ha ha ! c'est là que tu t'es caché.

Adrijan se souvient de ça. Et il sait que c'en est terminé de cette vie, il n'imagine pas revenir à Misto. Cette vie ancienne, il ne la vivra plus.

Le camion stoppe soudain. Il redémarre, puis soudain se met à pencher dans un fracas métallique. La structure en bois et la bâche tanguent brusquement, Adrijan entend un bref cri de panique puis le calme revient. Tout d'un coup c'est le silence, puis on entend la voix de Cvitko.

– Allez, tout le monde dehors, ordonne Cvitko. On a une roue embourbée dans un trou à l'avant.

Ils sortent du camion prudemment, un par un. Adrijan regarde autour de lui. Ils sont au milieu d'une forêt épaisse, avec de grands arbres au tronc argenté, dont il devine qu'il pourrait s'agir de hêtres. Ils sont gigantesques : il suffit de s'éloigner de quelques pas de la route pour que la forêt soit aussi sombre que la nuit, qu'une caverne. D'ailleurs, c'est à peine si l'on peut parler d'une route. C'est un chemin de chars d'assaut percé au bulldozer pour les besoins de la guerre. Il a été construit à la hâte. On voit aux alentours des restes pourris d'arbres écrasés par l'excavatrice, projetés sur le bas-côté. Le chemin est en terre, flasque et détrempé, bien qu'on soit au beau milieu de l'été.

Ils se regroupent pour constater les dégâts. La roue avant du camion n'est pas seulement tombée dans un trou. Elle est suspendue en l'air au-dessus du vide, en surplomb de la pente escarpée plantée de hêtres. Pendant que les soldats se tiennent sur le côté, le chauffeur tente de rétablir le camion vide sur la terre ferme. Il enclenche la marche arrière, met les gaz, mais l'autre roue ne fait que s'enfoncer un peu plus dans la gadoue. Après quelques tentatives infructueuses, le chauffeur descend de la cabine en secouant désespérément la tête.

– Faut ramener des branches sèches, dit-il. On va les glisser sous l'autre roue.

Cvitko donne l'ordre au peloton de se mettre en formation de tir et de se disperser dans la forêt pour rapporter le plus de branches sèches possible. Adrijan fait un pas dans l'humus, puis un deuxième, un troisième, et quelques mètres plus loin se retrouve dans la pénombre de la forêt. Ce qu'il voit autour de lui, c'est de la mousse, de la moisissure, des champignons, des troncs verdâtres. Il cherche au milieu de ces strates de vie humide des branches qui conviennent, qui soient suffisamment robustes et sèches.

Adrijan marche et ramasse des branches. Il s'avance de plus en plus profondément dans la forêt. Il ne voit plus les autres soldats, mais il entend leurs voix, il sait qu'ils sont proches. Un peu de lumière filtre à travers la couronne des arbres : cette lumière, c'est elle qui le reconduira jusqu'à la piste en terre. Adrijan a maintenant ramassé une pleine brassée de branches. Il est temps de rebrousser chemin.

Il remonte le terrain pentu. Il marche en zigzag pour éviter les passages glissants et les fourrés les plus épais. Il croit un instant s'être perdu, puis il distingue un rai de lumière et reconnaît une souche au sol. Il grimpe.

Et au bout de quelques pas, il sent qu'il a posé le pied sur quelque chose de dur. Il fait un pas en avant et sent que la tige de sa botte tend quelque chose d'élastique. Après trois ans de guerre, il a gagné en expérience. Suffisamment pour savoir qu'en cet instant même il est déjà mort.

Il écarte l'herbe d'une main. Et voit précisément ce dont il avait peur : un fil de métal, élastique mais solide, qui part d'un taillis et se prolonge jusqu'à la souche. Son pied posé au sol a accroché le fil. La tige de sa botte le tend à peine.

Adrijan sait précisément à quoi correspond ce fil. Il sait qu'il conduit à une mine bondissante à fragmentation de fabrication yougoslave. Une mine PROM-1 qu'un homme, un de chez nous ou un de chez eux, a placée là pour défendre une position, une à nous ou une à eux. Il sait qu'à l'instant où il déplacera son pied, où il tirera sur le fil ou relâchera sa pression, il activera la mine. La vibration du fil réveillera l'allumeur en forme d'ailette étoilée. L'allumeur activera la mine enfouie dans la terre, quelque part dans le taillis. La mine bondira à hauteur de sa poitrine et explosera en projetant des éclats métalliques mortels sur une cinquantaine de mètres autour d'elle. Après trois ans en sommeil, ensevelie dans la terre humide et noire sous une couche de mousse, d'herbe et de champignons, la mine va maintenant atteindre son but.

Adrijan jette de côté les branches d'arbre. Il sait qu'il ne peut plus se sauver. Tout ce qu'il peut faire, c'est mourir seul, sans les autres. C'est pourquoi il ne crie pas, il n'appelle pas à l'aide. Il n'y a personne qui puisse le secourir.

Il entend au loin les voix des soldats qui continuent à ramasser du bois, des soldats qui ont été plus chanceux que lui. Ils rigolent, se lancent des blagues, dopés par la douce euphorie de la victoire. Mais dans quelques secondes ils vont entendre une explosion. Alors ils ne rigoleront plus.

Donc, c'est comme ça, pense-t-il, et il éprouve une pointe de déception, un sentiment amer, comme si une injustice lui était faite dont il pourrait se plaindre, comme si quelqu'un le privait de quelque chose de manière irréparable. Alors il regarde à nouveau autour de lui. Il regarde la mousse et les troncs d'arbre humides, le feuillage vert et ce tout petit bout de ciel là-haut. Il regarde cette végétation ombreuse, infinie. Il regarde l'endroit où il va mourir et il est incapable de saisir pourquoi, entre tous les endroits qu'il y a sur terre, c'est là précisément que ça va se passer.

Il prend sa respiration. Respire encore une fois. Et finalement bouge son pied. Et il attend. Il n'attend pas longtemps. Car presque aussitôt survient la détonation, et un grand blanc brûlant.

Un blanc dans quoi tout disparaît.

8

MATE
(2001)

Il est arrivé à Barcelone un peu avant la nuit. Il est venu par la route de Perpignan et de Gérone, et il entre dans la ville en passant par une ribambelle d'entrepôts, d'autoponts et de hangars. Quand un pressentiment flou lui dit qu'il s'approche du centre, Mate quitte la quatre-voies, entre dans un faubourg et se dirige vers l'est, vers la mer. Il roule quelques minutes dans des rues qui lui sont parfaitement inconnues, en se fiant uniquement à son intuition. À un carrefour, il remarque un magasin de légumes au-dessus duquel il est écrit Verduras San Marti. *Bien*, pense-t-il. *Au moins, maintenant, je sais que je suis dans le quartier que je cherche.*

Il continue à avancer à travers un écheveau d'artères qui se croisent à angle parfaitement droit. Il roule lentement et s'efforce de lire les plaques des rues. Des voitures klaxonnent derrière lui et un type à moustache dans une Peugeot le double en lui lançant une bordée d'injures bien grasses en castillan. Mate poursuit sa route tout en déchiffrant des noms qui ne lui disent rien : Carrer de Pujades, Carrer de Llull, Carrer d'Alaba, Carrer Ramon Turro. Il n'est pas impressionné par ce qu'il voit autour de lui. Ce n'est pas la Barcelone touristique, celle dont il se souvient à l'occasion d'un voyage de groupe qu'il s'est payé il y a quelques années avec Doris. Dans les rues alentour, il n'y a ni fioritures gothiques, ni tours pointues, ni places latines charmantes nanties de pergolas et de bougainvilliers. Les rues qu'il emprunte sont constituées de maisons basses qui ont besoin en urgence d'un bon coup de peinture. En rez-de-chaussée, les boutiques de textile bon marché succèdent aux bistros, aux ateliers de réparation électrique et aux pompes à essence.

Il continue de rouler et de lire les panneaux : Carrer Roc Boronat, Carrer Icaria. Il passe près d'un parc avec un cimetière qu'il a l'impression d'avoir déjà vu. Il comprend alors qu'il tourne en rond.

À un moment, il tourne à gauche sans trop réfléchir. Il se retrouve dans une rue longue et droite. Il roule vers le sud à la recherche d'une plaque. Il en aperçoit une à l'angle suivant : Carrer del Dr. Trueta. Il sort un papier portant une adresse. Son hôtel se trouve dans cette rue, au numéro 136. Il n'a aucune idée de qui peut bien être ce docteur Trueta, mais là, fatigué comme il l'est, dormant à moitié, il est immensément content. Ce docteur Trueta, quel qu'il soit, lui est par avance sympathique.

Il continue à rouler encore un peu vers le sud, quand il comprend que les numéros vont en décroissant vers le centre-ville. Il fait demi-tour à un carrefour assez large et remonte vers le nord et la périphérie. Il arrête sa voiture devant le numéro 136. Il est au bon endroit. L'hôtel est devant lui.

Il paraît un peu moins misérable que ce à quoi il s'attendait. C'est un immeuble étroit de trois étages, qui dépasse d'un niveau les bâtiments voisins. Il fait déjà sombre et l'on distingue la réception à travers la devanture illuminée. Un vieil homme est assis derrière le comptoir, on dirait qu'il a passé toute sa vie là, sur cette chaise. Mate gare sa voiture et entre dans l'hôtel.

Le vieux lui jette un regard suspicieux. Sa méfiance augmente encore quand Mate lui présente son passeport. Pas bien étonnant. Un homme qui se présente au mois de février, largement en dehors de la saison touristique, seul, en voiture. Qui a un passeport d'un nouveau pays, d'un État qui ne figurait pas sur la carte de l'Europe quand le vieux a appris la géographie. À côté de ça, l'inconnu n'a pas de bagage. Il n'a en tout et pour tout qu'un sac de sport ascétique.

Le vieux examine rapidement ce nouveau passeport exotique orné du blason d'une nouvelle république inconnue, un blason qui lui fait penser à un échiquier. Puis il lève stoïquement les bras, inscrit les données personnelles de Mate et lui rend ses papiers. « *Toma las llaves !* » marmonne-t-il en lui tendant des clés. Ce sont de vraies vieilles clés, rattachées par un anneau à une plaque forgée, pas comme ces fichues cartes magnétiques d'aujourd'hui. Pour la première fois, cet hôtel commence à plaire à Mate.

L'hôtel n'ayant pas d'ascenseur, il grimpe au premier étage avec son sac. Il ouvre la chambre 102 et se jette sur le lit. Après neuf cents kilomètres de route entre Milan et Barcelone, il a besoin de repos. Il veut juste s'étendre un peu, étirer ses bras et ses jambes, sentir le sang circuler à nouveau dans ses membres engourdis.

Quand il se réveille, il fait déjà nuit noire dehors. Il regarde sa montre. Il est un peu moins de dix heures.

Il se lève en sursaut. Il faut qu'il appelle Doris. S'il ne le fait pas, il va déclencher un torrent d'inquiétude.

Il se lève, se lave et s'empare du téléphone en bakélite de l'hôtel. Cela sonne brièvement. Doris décroche très vite et gazouille : « C'est toi ? Tu es bien arrivé ? » Commence maintenant la partie la plus difficile. Celle où il doit lui mentir.

Ils échangent brièvement quelques mots sur la journée écoulée. Il s'enquiert de la santé de sa fille, du mal au cou de Doris et du réparateur de la climatisation qui devait venir ce matin. Il lui décrit son trajet : oui, la routine, un peu de pluie du côté de Montpellier, des bouchons avant Nice. Puis les deux se taisent. S'il doit la baratiner, au moins que ce ne soit pas avant qu'elle le questionne.

Car Doris n'est pas au courant. Elle ne sait pas pourquoi, en vérité, il est venu à Barcelone. Si elle savait, ça ne lui plairait pas.

Par chance, Doris ne lui pose pas de question sur son travail. Les détails sur son rendez-vous inexistant de demain et sur sa livraison de marchandises imaginaires ne l'intéressent pas. Doris lui raconte sa journée qui vient à peine de s'achever. Non, le réparateur de la clim n'est pas venu, il s'est bien fichu de leur tête. Il fait moche à Split. Le vent souffle du sud, il pleut et il fait chaud. « Il y a ta mère qui a appelé, rappelle-la, dit Doris. Non, elle n'a rien dit, rien d'important. Elle voulait juste t'entendre, c'est tout. »

Et pendant que Doris, à l'autre bout du fil, raconte que Vesna a appelé puis lui parle des oreilles de Tina, Mate se lève. Il fouille dans son sac, tire d'une poche intérieure une feuille de papier A4 pliée. Pose la feuille sur la table de nuit, la déplie et parcourt sa propre écriture, ronde et régulière, sur deux lignes. Il déchiffre l'adresse qu'il connaît déjà par cœur à force de l'avoir lue. Carrer del Comte Borell, est-il écrit, numéro 38.

Il demande à Doris d'embrasser leur fille, ils se disent au revoir, s'envoient un baiser téléphonique. Se disent qu'ils s'aiment. Puis Mate raccroche le combiné du téléphone de l'hôtel et constate avec une pointe de culpabilité qu'il éprouve du soulagement. Il remet le combiné en place et jette de nouveau un coup d'œil à la feuille de papier avec cette adresse à laquelle il n'est jamais allé. Et où il se rendra demain.

Cette adresse où sa sœur vit peut-être, mais seulement peut-être.

***

Mate a fait la connaissance de Doris en 1996. La guerre venait juste de prendre fin. Après cinq années de conflit, tout revenait à la normale : les villes, les gens, les affaires. À l'époque, il faisait encore du transport de poisson en camion frigorifique. Un matin, il était venu livrer un restaurant à Tribunj. Il s'en souvient parfaitement. L'endroit était à moitié vide, le tourisme commençait à peine à sortir des limbes. Il n'y avait qu'un groupe d'Autrichiens attablés dans l'établissement, qui profitaient d'une croisière charter sur un voilier. Il est passé par l'entrée à l'arrière pour décharger ses daurades et ses loups. Elle était derrière le comptoir. Doris. Elle travaillait cet été-là comme serveuse dans le restaurant de son oncle, pour gagner de quoi s'acheter une voiture d'occasion. Elle avait vingt-trois ans, comme lui. Originaire de Split. Elle étudiait l'économie, en quatrième année.

Elle a tout de suite plu à Mate. Il lui a proposé de boire un verre, ce qui était un non-sens vu qu'elle tenait le bar. Au début de septembre, quand les examens d'admission ont commencé, il l'a croisée à Split. Le lendemain, il l'a invitée à l'extérieur pour la première fois. À la fin de la semaine, ils sortaient ensemble. Ils se sont mariés au printemps suivant, Tina était déjà en route dans le ventre de sa mère.

Il aime Doris. C'est une bonne personne. Mais il y a des choses que Doris ne comprend pas. C'est pourquoi il vaut mieux qu'elle ne sache pas tout.

Leur conversation l'a complètement réveillé. Il se lève et examine la chambre : du mobilier en aggloméré, une armoire vide qu'il n'a pas pris la peine de remplir de ses affaires. Des murs recouverts d'un papier peint rouge. Un papier sombre, étouffant, comme rempli d'acariens. Mate se dit qu'il n'aimerait pas passer une nuit ici l'été quand il fait chaud.

Il attrape à nouveau le téléphone. Compose un numéro croate et attend. Au bout de quelques sonneries, il entend une voix à l'autre bout du fil, cette voix est celle de sa mère. Elle est dans leur maison, à Misto. Mate l'imagine qui décroche le combiné dans le couloir, qui s'assoit sur le canapé, sous la photo de Silva. Et en même temps que sa voix, il entend sa première question, attendue : *Tu as découvert quelque chose ?*

Il vient d'arriver, lui dit-il. Oui, tout va bien. Il ira demain à l'adresse. Oui, il a acheté une carte, vérifié où ça se trouve. Demain matin, pas maintenant. Non, ça n'a pas de sens d'y aller maintenant, il est tard, il fait nuit, on ne sonne pas chez les gens à cette heure-là. Il tranquillise Vesna qui est loin là-bas, à Misto, et qui brûle d'impatience. Mate sait qu'il n'ose pas trop susciter d'espoir en elle. Car ce n'est pas la première fois. Plusieurs personnes se sont déjà manifestées pour dire qu'elles avaient vu Silva, qu'elles savaient où elle se trouvait. Et chaque fois la piste s'était révélée fausse, alors Mate craint à nouveau un excès d'enthousiasme de sa mère.

Cet automne, cela fera douze ans que Silva n'est plus là. Entre-temps, Mate a terminé le lycée, il a commencé à travailler, il a servi durant la guerre en tant que réserviste de la marine. Il a livré du poisson pendant six ans puis il a trouvé un travail dans le commerce de moteurs de bateau. Il s'est marié. Il a eu un enfant qui a aujourd'hui quatre ans. Pour autant, pendant tout ce temps, Mate n'a jamais cessé de chercher.

Cette recherche de Silva est passée par des périodes intenses et des périodes de répit, des emballements, des tassements, mais elle ne s'est jamais complètement interrompue. Même dans les moments de bonheur et de sérénité, Mate percevait dans un coin de son cerveau un bourdon continu, inconfortable, un signal qui lui rappelait que les choses n'étaient pas en ordre dans sa vie. Silva n'est pas là, lui susurrait son subconscient, elle n'est pas là, et toi, tu ne fais rien par rapport à ça.

Alors qu'il faisait. Tout le temps. Dès qu'il a amassé un peu d'argent, il a engagé à nouveau un détective, mais celui-ci a vite renoncé. Il profitait des voyages pour coller des affiches. Il passait des annonces dans les journaux – croates, allemands et italiens. En mars 1997, il a commencé à travailler pour un concessionnaire de moteurs diesel Farryman et Perkins. Il partait en camionnette chercher des moteurs de bateau à Trieste, Milan, Graz, Düsseldorf et Gênes. Il rôdait dans les quartiers rouges, dans les bouges de junkies, dans les faubourgs immigrés. Il laissait la photo de Silva aux réceptions des hôtels, sur les panneaux d'information des foires et des salons. Il attendait des retours. Et il en a eu. Pas seulement un – il en a eu tout un tas, mais toujours infructueux.

Plusieurs fois il a eu l'impression que c'était sérieux. Un chauffeur de car avait vu Silva dans le village de Veliko Trojstvo, près de Bjelovar. Il affirmait l'avoir vue devant une maison du village en train de verser de l'eau dans un caniveau. Elle avait été vue deux fois à Zagreb : une fois, on lui a dit qu'elle tenait un kiosque dans le quartier de Travno. Il s'était avéré que la fille en question ne ressemblait même pas à Silva. Un jour, on lui a transmis une information selon laquelle une Silva Vela était domiciliée à Ludwigsburg, près de Stuttgart. Et c'était le cas. Une personne répondant au nom de Silva Vela vivait à Stuttgart depuis vingt-cinq ans et tenait à Ludwigsburg un cabinet bien établi de prothèse dentaire. Son nom figurait dans l'annuaire, dans les pages jaunes. Mate a fait sa connaissance. Elle était portugaise, son ancien mari était un Croate originaire de Misto. Elle avait gardé son nom de famille. Elle se souvenait vaguement de Misto, elle y avait séjourné l'été il y a très longtemps, *Damahls es war dann Jugoslawien*.

Cette fois, cependant, il a l'impression qu'ils tiennent quelque chose de plus solide. Un marin de Misto avait accosté à Barcelone à bord d'un cargo vraquier panaméen. L'homme connaissait Silva de vue, il se souvenait de sa disparition, avait eu vent de toute l'histoire. Il prétendait avoir aperçu Silva sortant d'un magasin sur les Ramblas. Il était tellement sûr que c'était elle qu'il l'avait suivie tout l'après-midi, avait pris le même bus qu'elle, s'était inscrit dans ses pas qui l'avaient mené jusqu'au portail d'une maison dans laquelle elle était entrée. Quand elle avait franchi la porte, il avait noté l'adresse. Une adresse qu'il a donnée à Mate. Le bout de papier avec cette inscription est là, sur la table de nuit, près du téléphone en bakélite, dans cette chambre d'hôtel revêtue d'un papier peint sombre.

Quand il a fait la connaissance de Doris, il lui a raconté l'histoire de sa famille et le destin de Silva. Il avait peur de sa réaction. Il avait connu quelques filles qui avaient pris la fuite face au fardeau, comme si le malheur de cette famille pouvait être une tache de naissance monstrueuse, une bosse que vous porterez dans la durée, qui vous marquera toute votre vie. Doris n'était pas comme ça. Elle avait pris sobrement l'histoire de sa famille, et même, il le sait maintenant, un peu trop sobrement. Pour Doris, cette histoire, c'était de l'histoire, quelque chose qui ne pouvait et ne devait pas avoir d'incidence gênante pour eux deux.

Elle a supporté qu'il consacre une bonne partie de sa vie à sa recherche. Elle l'a supporté jusqu'à un certain point. Et puis Tina est née. À partir de là, les choses ont changé. Doris a attendu de lui – il l'a compris – qu'il lève le pied.

Bien sûr, elle ne le lui a pas dit directement. Mais les signaux qu'elle lui adressait en ce sens étaient clairs. Quand il parlait avec sa mère et son père des avancées de la recherche, la mine de Doris s'allongeait et se figeait avec un air de contrariété retenue. Quand il s'apprêtait à partir en voyage sur les traces de Silva, il remarquait un jour ou deux avant son départ que Doris sombrait dans une phase de mutisme. Quelquefois, pas souvent, elle signifiait son mécontentement par des bouts de phrase ambigus. *Il faut penser aussi aux vivants*, disait-elle. *Il y a ta fille qui grandit. Il y a ta vie qui passe.*

Au départ, cela mettait Mate en colère. Et puis Tina a grandi, et ce n'était pas une enfant facile. Elle chopait toutes les coliques, tous les eczémas, toutes les inflammations possibles, les angines et les fortes fièvres se déclaraient chez elle brusquement comme des feux de forêt pendant l'été. Elle pleurait la nuit, parfois à cause de douleurs, parfois c'était de peur ou après un cauchemar. Elle a commencé à marcher tard. À parler tard. À la crèche on leur disait que c'était difficile avec elle.

Mate voyageait de plus en plus pour son travail et Doris vivait de plus en plus difficilement son absence. Écartelée entre l'enfant et le travail, elle perdait pied. Leur vie était déjà assez compliquée sans la recherche de Silva. Leur vie était telle qu'il n'y avait désormais plus la place pour Silva.

– Tu as ta mère et ton père, lui a dit Doris plus d'une fois. C'est un peu à eux de chercher maintenant. Tu es dans une période de ta vie où tu dois avoir des priorités.

Mais personne ne pouvait chercher en dehors de Mate. Sa mère ne pouvait pas : elle ne conduisait pas, ne parlait aucune langue étrangère, avait en tout et pour tout voyagé deux ou trois fois à l'extérieur de la Yougoslavie. Sa mère était inutilisable. Quant à son père, il ne voulait plus. Il ne disait pas qu'il ne voulait plus, jamais il ne l'aurait exprimé ouvertement. Mais Mate comprenait que son vieux en avait marre. Son vieux, il le savait, avait peu à peu laissé tomber. Mate comme sa mère vivaient douloureusement ce renoncement. Sa mère considérait cela comme une trahison. Pour Mate, plutôt qu'une trahison, c'était de l'égoïsme. Il attendait de son propre père qu'il l'aide, il attendait qu'il lui tende la main face aux difficultés, pas qu'il se retire dans sa coquille, entre quatre murs, comme un énergumène sinistre et mutique.

Mate est étendu sur le dos, sur le lit de cet hôtel, les yeux fixés sur ce papier peint pourpre, sur ce plafonnier couvert de chiures de mouches. Il sait par avance qu'il ne dormira pas cette nuit. Encore une dizaine d'heures, pense-t-il. Une dizaine d'heures et il saura si sa sœur est bien là ou s'il s'agit encore une fois d'une méprise malheureuse. Il éteint la lumière et continue de contempler sur le plafond les traces des phares qui défilent sur le boulevard du docteur Trueta. Il essaie de s'imaginer la rencontre de demain. Il va se présenter devant la porte d'une maison, il ne sait pas encore à quoi elle ressemble. Il va sonner, ou bien frapper. Alors quelque chose va se passer. Ou peut-être rien. Peut-être tout.

« Si vraiment elle voulait que vous la retrouviez, elle ferait signe », a dit Doris un jour. Elle était partie d'elle-même, elle se manifesterait d'elle-même si elle en avait envie. Elle appellerait, elle ferait signe. « Vous devriez être furieux contre elle, a ajouté Doris, irritée. Furieux qu'elle ait brisé vos vies. »

Quand elle a dit cela, Mate s'est mis en colère. Il lui a dit qu'elle ne connaissait pas Silva, qu'elle ne savait pas de quoi elle parlait. Il fallait qu'il y ait une raison majeure, une menace, un enlèvement ou la peur pour qu'elle soit partie ainsi et qu'elle n'ait jamais donné signe. Jamais elle n'aurait fait ça comme ça.

C'est la dernière conversation qu'il a eue avec Doris à propos de Silva. Après cet épisode, ils n'en ont plus jamais reparlé. Leur vie, dans le fond, est harmonieuse. Ils s'entendent humainement, politiquement, en tant que parents. Elle lui plaît toujours en tant que femme. Il peut échanger avec elle sur tous les sujets – sauf là-dessus. Tout ce qui tourne autour de Silva est devenu son secret conjugal.

Il a continué ses recherches, mais il a décidé de le faire en cachette de Doris. Il associe cela à une récupération de marchandise. Il prolonge ses voyages professionnels d'un jour ou deux. Après une foire à Düsseldorf, il a poursuivi ses investigations à Essen et à Wuppertal. Après un salon nautique à Gênes, il a fait le tour de Turin. Il s'invente des livraisons inexistantes, il prend des jours de congé en douce. Quand il reçoit un appel concernant des traces de Silva, il n'en fait plus part à Doris ni à son père. Seulement à sa mère. Il sait que c'est ce qui maintient sa mère en vie. Elle vit de cette foi que quelque chose va se passer, qu'ils sont dans l'action, qu'il n'y a pas de temps mort tant que Silva n'est pas là.

Cela s'est passé encore comme ça cette fois-ci. Quand le marin lui a annoncé qu'il avait vu Silva rue Comte Borell, il l'a caché à Doris. Il a posé une semaine de congé à son travail et il s'est inventé une mission fictive : un montage, un transfert, une signature de contrat.

Mais plutôt qu'une signature ou un transfert, c'est un autre programme de travail qui l'attend demain. Se rendre dans la rue de ce comte inconnu, au numéro 38, sonner à l'interphone ou à la sonnette de la maison, cogner au heurtoir ou directement sur la porte. Quelque chose va alors se passer. Ou peut-être rien. Peut-être que ce sera difficile, peut-être que ce sera horrible. Mais si jamais c'est facile ? Si jamais Silva – une autre Silva, une Silva différente – ouvre simplement la porte, comme on ouvre sa porte à un créancier, à un voisin ou à un représentant de commerce ? Que se passera-t-il si tout est facile ?

Si vraiment elle voulait que vous la retrouviez, elle ferait signe. C'est ce qu'avait dit Doris. Mais elle n'a pas fait signe. Ni rue Comte Borell, ni ailleurs. Que va-t-il lui dire demain – s'il la trouve ? Et elle, que va-t-elle lui dire ?

Il regarde sa montre posée près de sa tête. Il est déjà trois heures. Il devrait dormir, son corps a besoin de repos, mais son esprit est vif, en alerte, il court la campagne. Il ferme les yeux et essaie de ne pas penser. Il n'y arrive pas. Aux alentours de quatre heures, il comprend que c'est sans recours. Demain, il se présentera à la porte de sa sœur après une nuit blanche.

***

Ce matin, il a pris un cachet de diazépam pour se calmer et il a déjeuné simplement d'un yaourt. Il a appelé un taxi. Il ne se sent pas assez en confiance pour conduire – pas ici, dans cette métropole qu'il ne connaît pas.

Le taxi le dépose devant le 38 Carrer del Comte Borell à huit heures et demie. Il a choisi minutieusement l'horaire. Suffisamment tôt pour que les gens qui travaillent soient encore chez eux. Suffisamment tard pour qu'il puisse les attraper juste avant qu'ils sortent.

Le taxi le laisse devant un immeuble de quatre étages en briques rouges datant du début du XXe siècle. La façade est agrémentée de parements en pierre, qui rappellent des temps meilleurs. La porte d'entrée est fermée. Il s'approche de l'interphone et passe en revue les noms. Une partie d'entre eux sont espagnols, une partie ont des consonances étrangères, africaines ou slaves : Diouf, Djebbour, Stoianov, Popovski. Aucune consonance croate, mais Mate ne s'attendait pas vraiment à ce que Silva vive sous son patronyme.

Maintenant qu'il se trouve devant l'entrée de l'immeuble, il se rend compte qu'il n'a pas de plan préconçu pour la suite. Après un court instant de réflexion, il sonne sur le bouton d'un appartement au rez-de-chaussée et il attend. Au bout d'une demi-minute, une vieille dame apparaît, qui jette un coup d'œil à travers la vitre. Il lui montre la photo de Silva et dit : « My sister. » Elle le regarde avec étonnement avant de déverrouiller la porte. Elle l'observe encore un court instant d'un air suspicieux, puis elle dit « *Tercer piso* » en lui faisant signe qu'il peut entrer.

Mate ne parle pas espagnol, mais il a compris. Troisième étage, a dit la vieille. *Elle l'a reconnue*, pense Mate. Elle a reconnu la photo de Silva. Silva vit vraiment là. Il sent une émotion le saisir à la gorge.

Il n'attend pas l'ascenseur. Il grimpe à pas rapides au troisième étage, saute une marche sur deux. Au troisième étage, il trouve deux portes exactement pareilles, avec des éléments de décoration en fer forgé. Deux noms, Vaquero et Djebbour. Il sonne à la porte des Vaquero mais n'obtient pas de réponse. Il sonne à nouveau. Même résultat : l'appartement est aussi silencieux qu'une tombe.

Il sonne à l'autre porte. Il entend des pas, voit que la lumière s'allume dans le couloir. Un homme proche des soixante-dix ans lui ouvre, il a l'air arabe ou indien. Mate le salue en anglais et lui met sous le nez la photo de Silva – toujours cette même photo ancienne, quand elle était adolescente. « *This woman, does she live here ?* » demande-t-il dans un anglais en bonne et due forme, acquis au cours de ses années passées dans le commerce. Le vieux regarde la photo. D'abord l'air indifférent. Puis sous une vague couche d'apathie, Mate détecte une lueur comme un signe de reconnaissance.

– *She lived*, répond le vieux dans un mauvais anglais. *She lived. This apartment. Before. Before me. Understand ?*

– Elle a déménagé ? Où est-ce qu'elle est ? Elle a laissé un contact ?

Mate bombarde le vieil Arabe de questions mais, à l'air impénétrable de celui-ci, impossible de déterminer s'il comprend ou non. Le vieux le regarde avec méfiance, puis il dit quelque chose comme « *zvetsia* ». « *Zvetsia, zvetsia, entiendes ?* » Il répète encore « *zvetsia, zvetsia* » et demande à Mate s'il comprend, mais Mate ne comprend rien du tout.

Finalement, le vieux lève la main et dit : « *Wait !* » Il lui tourne le dos et rentre dans l'appartement. Mate se tient debout sur le seuil et attend que le vieux revienne. Il entend une discussion à voix basse dans le fond, dans une langue qui doit probablement être de l'arabe. Il distingue une partie de l'intérieur à travers la porte entrouverte : une tablette pour les gants, des chaussures rangées sous la tablette, un tapis oriental. Sur le mur d'en face, une inscription brodée et encadrée en caractères arabes, sans doute un verset du Coran. Sur le côté, des photos de famille, des enfants et petits-enfants. Il suppose que le vieux est parti chercher quelqu'un de plus jeune, qui se débrouille mieux en anglais.

Mate attend toujours. Cette attente lui paraît durer une éternité, alors que le vieux n'est absent que depuis quelques minutes. Entre-temps, la conversation à voix basse dans l'appartement s'est animée et ressemble plus à une dispute étouffée. *Peut-être qu'ils la cachent*, se dit soudain Mate, et c'est une lame qui se plante douloureusement en lui. Peut-être qu'ils l'empêchent d'apparaître. Peut-être que c'est elle qui les empêche. Il se dit qu'il devrait prendre l'initiative, pénétrer dans le couloir, avancer dans l'appartement, dissiper cette incertitude, mais à peine se dit-il cela qu'il voit l'ombre du vieux réapparaître dans le couloir. Celui-ci revient, cette fois accompagné d'une femme d'une trentaine d'années. Elle ne porte pas le voile ou un vêtement musulman quelconque. Elle a les cheveux noirs et crépus, on dirait une Espagnole. Elle tient dans sa main un bout de papier blanc.

– *Zvetsia*, répète encore une fois le vieux. *This. They left. She and husband. For post, you understand ? For post.*

La jeune femme lui tend le papier. Et prend la parole dans un anglais bien meilleur que celui du vieux.

– Ils ont habité ici avant nous, explique-t-elle. Ils ont laissé cette adresse au cas où il y aurait encore du courrier. Malheureusement, il n'y a que le nom de l'homme, son mari ou son ami. C'est tout ce que nous avons.

Mate prend le papier. Un nom est écrit en gros caractères, un seul nom, masculin : Javier Baumann. Et sous le nom, une adresse. Mate comprend alors la signification du mot que le vieux répétait sans cesse, « *zvetsia* ». L'adresse est en Suède.

Elle est si compliquée qu'il est obligé de la noter. Il prend une feuille de papier, un stylo et recopie l'adresse, lettre après lettre, debout sur le palier. Il fait cela méticuleusement. Il sait qu'une lettre mal notée peut équivaloir à des centaines de kilomètres parcourus pour rien. C'est tellement rugueux qu'on pourrait s'y casser la langue : Skogsängsvägen 10, Hisings Backa 422 47 Göteborg, Sverige. Il rend la feuille au vieux. Puis il demande ce qu'il veut savoir par-dessus tout.

– *How is she ? How does she look ?*

Mais le vieux a l'air de ne pas comprendre.

– *Zvetsia*, répète-t-il, *Zvetsia*, et il agite les bras comme pour imiter un avion.

– *Is she OK ?* dit Mate, réduisant son anglais à un niveau embryonnaire, mais il n'obtient rien de plus du vieux.

– *Zvetsia, Zvetsia*, mouline-t-il à la manière d'un automate.

Mate tourne un regard suppliant vers la jeune femme. Et repose la question :

– *How is she ? How does she look ?*

La jeune femme hausse seulement les épaules.

– On ne les a pas connus, dit-elle. On est sous-locataires, comme eux avant. On les a seulement croisés quand ils ont quitté l'appartement. Ils nous ont donné ce papier. Tout ce qu'on a entendu, c'est que la concierge appelait l'homme *Chileno. Chileno*, c'est comme ça qu'elle l'appelait. Le Chilien – par sa nationalité, jamais par son nom.

– Et elle ? Vous avez parlé avec elle ? demande-t-il, mais la femme répond négativement de la tête.

– *Lo siento*, dit-elle, s'exprimant pour la première fois en espagnol. Nous ne savons rien de plus. Seulement ça. Seulement ce qui est écrit là.

Il s'arrête un moment, comme s'il n'avait plus de question, alors qu'il en a bien une centaine d'autres. La jeune femme arabe profite du silence, murmure rapidement un au revoir et referme la porte. Mate regrette alors de n'avoir pas demandé à pouvoir entrer dans l'appartement, ne serait-ce qu'un instant. Il aurait aimé voir, flairer, sentir ce logement dans lequel sa sœur, apparemment, a vécu. Sentir ces murs au milieu desquels son corps s'est mû. Il aurait aimé, mais il est trop tard. Il n'a plus devant lui qu'une porte close, la porte d'un appartement dans lequel il ne pourra jamais pénétrer.

Il plie soigneusement la feuille de papier avec l'adresse et reprend les escaliers. *Donc, la Suède*, se dit-il. Encore un voyage en perspective. Mais cette fois, il a quelque chose de solide à quoi s'accrocher. Pour la première fois, depuis plus de dix ans, il a l'impression de ne pas seulement tourner en rond.

***

À Split, il retrouve une Doris de bonne humeur. Quand il a ouvert la porte, elle a posé un baiser sur ses lèvres et dit qu'elle avait un plan. Quand il sera prêt, ils emmèneront Tina manger une pizza ce soir.

Il se douche longuement, goûte au plaisir de l'eau tiède après toutes ces heures de conduite. Pendant que l'eau coule sur son corps, il ferme les yeux et repasse dans sa tête le film de la route : les virages après Nice, l'ascension depuis la Ligurie vers le Piémont, le pont sur le Piave, les lacets le long du Velebit. Son corps ne conduit plus, mais son esprit est encore au volant.

Quand il sort de la salle de bains, Doris et Tina sont déjà prêtes. Doris prend le volant et les conduit jusqu'à une pizzeria dans un petit port de plaisance. Mate la connaît bien car il a monté des moteurs à plusieurs reprises dans ce port. Il contemple les canots, les vedettes, les hors-bord et les voiliers qui somnolent dans la torpeur de février, voiles pliées, à l'abri sous des bâches et des auvents. La proximité des bateaux le trouble. Elle le renvoie à son travail, et le travail le renvoie à ses mensonges.

Ils s'assoient et commandent trois *capricciose*. Doris est toujours aussi volubile et bien disposée. Elle alimente la conversation, taquine Tina, fait des commentaires sur la carte, sur les clients et sur les serveurs. Doris est heureuse qu'il soit à nouveau là. Qu'importe où il était, ce qu'il a fait, il est revenu et ça lui fait chaud au cœur.

Avec Tina, ce n'est une fois de plus pas facile. Elle commande un jus de pomme, puis change d'avis et demande un jus de fraise. Quand les pizzas sont servies, elle commence à faire son enquiquineuse. Elle trifouille dans les bords de sa pizza puis cesse rapidement de manger. Après quoi elle demande à sa mère une glace. Et quand elle l'a obtenue, elle se met à bouder. Pendant tout ce temps, Mate la surveille du coin de l'œil. Il étudie les nœuds coquets qu'elle s'est faits dans les cheveux, la mèche rabattue derrière l'oreille. Il observe l'expression renfrognée d'insatisfaction permanente à laquelle Tina les a déjà habitués. Il regarde sa fille et un sentiment commence à le miner, un sentiment qui l'effraie. Est-il possible, s'inquiète-t-il, de trouver son propre enfant antipathique ?

De retour à la maison, Doris leur sert un verre de vin blanc puis va coucher Tina. Elle est vite de retour. Elle prend Mate par la main et le conduit dans leur chambre. Elle le déshabille et saisit son sexe dans sa main. Elle le masse lentement jusqu'à ce que Mate soit en érection. Elle s'assoit sur lui, complètement humide, et commence à respirer profondément. Mate sent le plaisir qui vient à bout de son humeur indescriptible. Il passe ses mains doucement sur ses cuisses, sur ses hanches, sur ses côtes. Il la regarde. Doris est toujours très attirante. Elle est toujours fine, mince, la taille étroite, des hanches féminines. Avec les années, elle a gagné en maturité et en confiance. Elle a l'air mieux qu'avant, il y a très longtemps, lorsqu'il l'a vue pour la première fois à Tribunj.

Il lui caresse lentement les cuisses et sent l'étreinte qui s'accélère. La respiration de Doris se fait plus profonde, plus sonore, jusqu'au soupir ultime. Encore un instant et il jouit à son tour.

Ils sont étendus, blottis l'un contre l'autre, au milieu des draps froissés, dans la poisse de leurs sécrétions emmêlées. Mate respire paisiblement, il regarde sur le plafond le reflet des lumières de la rue. Il entend les battements du cœur de Doris et son souffle tranquille. Elle est absolument calme, mais Mate sait qu'elle est éveillée. Il ressent une paix inhabituelle, une paix comme il n'en a pas connu depuis longtemps. Une paix qu'il n'a pas envie de troubler par des nouvelles dont elle ne veut rien savoir.

Skogsängsvägen 10, Hisings Backa. Tout en écoutant Doris blottie dans ses bras qui respire tranquillement, il répète dans sa tête ce sabir de sons rugueux, encore et encore, comme un rosaire intérieur. À un moment donné – très bientôt – il va bien falloir lui dire qu'il doit effectuer un nouveau voyage, très vite. Il va bien falloir le lui dire, mais pas maintenant. Pas maintenant. Là, il ne veut pas abîmer cette paix parfaite, cette paix dans laquelle il baigne comme dans une eau chaude purifiante. Il la caresse doucement, la fait ronronner, et progressivement tout disparaît : la chambre, Doris, Hisings Backa, le voile gris du sommeil vient recouvrir tout cela.

***

Le lendemain, Mate se rend chez sa mère après le travail. Il s'installe dans sa voiture et s'engage sur la Magistrale en direction de Misto. Il quitte Split à l'heure de pointe et se retrouve vite dans les bouchons. Il avance lentement, pare-chocs contre pare-chocs, le long de ce littoral qu'il connaît par cœur.

Il traverse le maquis des lotissements de locations de vacances et de résidences secondaires, longe les hôtels endormis datant de l'époque socialiste, les campings fermés, les pizzerias fermées, les magasins fermés. En février, tout le littoral est plongé en hibernation, en attendant juin.

Il entre dans Misto par la route de Split, en passant à côté de l'ancienne base navale. Il longe la clôture rouillée de fils barbelés, une clôture maintenant trouée en plein d'endroits, en partie défoncée, qui ne protège plus rien de personne. Avant le virage en bord de mer, il passe devant le portail de la base, les pavillons aux fenêtres cassées et les hangars vides exposés à la pluie.

Autrefois, cette base était une ville martiale, fermée et secrète. Quand il était enfant, Mate avait peur de s'approcher des fils barbelés car il y avait des légendes urbaines qui couraient dans le bourg à propos d'habitants qui auraient été mitraillés par des sentinelles originaires du Kosovo à la gâchette un peu trop facile. Rares étaient les habitants de Misto qui avaient pénétré dans la base. À l'époque, les enfants se racontaient des histoires énormes sur une ribambelle de tunnels que la marine aurait creusés en mer. Il se disait que sous le cap de la Croix, il existait des kilomètres de canaux percés dans la roche. L'armée les avait construits dans les années cinquante pour que les patrouilleurs puissent s'y dissimuler en cas d'invasion italienne. Son père lui avait raconté qu'à cette époque Misto avait résonné pendant des mois du bruit des explosions souterraines. Mais l'Italie n'a jamais attaqué la Yougoslavie et il ne reste plus de ces plans ingénieux qu'une friche inutile.

Depuis le départ de la marine yougoslave, la base a été abandonnée et pillée. L'entrepôt, la galerie souterraine et le bâtiment des gardes sont désormais complètement délabrés, vitres explosées, montants des portes arrachés. Les gens du bourg ont emporté tout ce qui pouvait l'être – les cuvettes de WC, les baignoires, les conduites électriques et les pierres des escaliers. Plus personne n'allait rôder dans les tunnels, et quand le tremblement de terre à Ston en 1996 a secoué toute la côte, le portail s'est effondré et les galeries souterraines ont été bouchées. Tout ce décor de ruines n'est plus cerné que par une ceinture de fils barbelés cisaillés et rouillés dont les gens disent dans le bourg qu'un lieutenant fou l'avait minée avant l'évacuation. Il se raconte depuis un moment que des Anglais réfléchissent à racheter la base – ou peut-être des Russes, voire des Hongrois – pour construire des hôtels sur le cap de la Croix. Mais Mate ne croit pas que ce tas de rouille et de ruine désolée puisse intéresser qui que ce soit. Il ne voit pas comment il est possible de servir ici des cocktails avec des pailles.

Il tourne au niveau du portail de la base et aborde le rivage pour entrer dans le bourg. Il passe près du terrain de basket qui a vu s'aligner les recrues pour la guerre en 1991 et près de l'école où travaille sa mère. Il poursuit jusqu'à la place et jette un coup d'œil à la boulangerie des Lekaj, toujours identique, toujours délabrée. Depuis qu'Adrijan est mort à la guerre, son père a tout laissé aller à vau-l'eau. Il continue de fabriquer du pain, il est toujours à son comptoir le matin, mais c'est tout ce qu'il fait. Il ne sort pas, ne s'occupe plus de sa maison ni de son jardin, il ne s'occupe plus de lui-même. Quand il est à Misto, Mate va chercher le pain à la place de sa mère. Il trouve le vieux Lekaj sec comme un fantôme qui tient son comptoir de six heures à midi et qui regarde le monde qui l'entoure avec l'air de lui en vouloir de quelque chose.

Enfin, il parvient au niveau de l'église et se gare. L'église est ouverte. Mate se dit qu'il devrait entrer, faire peut-être une génuflexion devant l'autel de saint Siméon ou celui de sainte Livrade, la sainte à la barbe d'homme. Peut-être qu'il devrait remercier quelqu'un d'une manière ou d'une autre pour avoir enfin appris où est Silva. Mais il ne le fait pas. Il sait que sa mère est déjà venue prier dans cette église cent fois et plus, pour lui comme pour elle-même.

Il grimpe jusqu'à la maison et frappe à la porte. Il entre aussitôt sans attendre une réponse. Sa mère est déjà dans le couloir. Elle le serre dans ses bras avec soulagement.

– Je le savais, dit-elle. Je savais que tu la trouverais.

Il lui raconte à nouveau ce qu'il a découvert à Barcelone, cette fois avec davantage de détails. Il lui répète sa conversation avec le vieil Arabe et sa fille. Puis celle avec la concierge. Aussi bien la concierge que l'Arabe ont reconnu la personne sur la photo. La concierge a dit que Silva et un homme ont vécu dans cet immeuble pendant quatre ans. L'homme, son mari ou son petit ami, était chilien. Elle savait qu'il travaillait dans un laboratoire, qu'il était médecin, scientifique ou quelque chose comme ça. Elle ne connaissait pas le nom de Silva. Mais elle l'a reconnue sur la photo et dit qu'elle devait être slave à cause de son accent. « Ça fait beaucoup de coïncidences, dit Mate, beaucoup trop pour que ce soit un hasard. »

Pour finir, il sort de sa poche le papier avec le nom de Javier Baumann et l'adresse en Suède. Il lui tend la feuille et Vesna la saisit en tremblant comme si elle prenait dans ses mains l'ostensoir sur le tabernacle. Elle contemple ce bout de papier couvert de l'écriture de Mate comme s'il s'agissait de la preuve tangible, indiscutable du fait que Silva est vivante. Elle s'assoit, terrassée par l'émotion.

Ils déjeunent ensemble. Vesna a préparé des blettes et des œufs durs et coupé des tranches d'une pancetta desséchée. Après manger, Mate boit un verre de vin et reste un moment. Il a envie de prendre encore un peu l'air avant de repartir.

Il sort dans la cour juste avant le crépuscule précoce de l'hiver. Il regarde autour de lui. Observe la cour et la maison, tâche de trouver des changements ou des nouveautés. Mais il n'y en a pas – pas même ceux ou celles qu'il devrait y trouver.

Silva a disparu il y a douze ans. Mate a quitté la maison quand il a trouvé un travail à Split, un peu avant la fin de la guerre. Un an plus tard, Jakov et Vesna se sont séparés. Mate vivait déjà à Split quand son père un jour l'a appelé pour lui annoncer qu'il avait enfin retrouvé un travail. Après la faillite de son usine, Jakov a cherché pendant longtemps un emploi de comptable, et il a fini cet après-midi par en retrouver un. C'était dans un entrepôt commercial, à Split.

Quelques jours plus tard, son père a emménagé à Split. Il lui a transmis son adresse et, un après-midi, il l'a invité chez lui pour qu'il voie où il habitait. Il l'a fait entrer dans un appartement vide, pratiquement pas meublé, au sommet d'une tour dans le quartier de

Kocunar. Il lui a raconté comment il s'est installé, où il va faire ses courses et comment il se débrouille pour le parking, et pas une seule fois durant tout ce temps il n'a fait mention de Vesna, d'une rupture ou d'une séparation. Mais bientôt, cette séparation est devenue évidente. Mate n'a jamais vu sa mère chez Jakov et celui-ci ne revenait plus à Misto. Au bout d'un mois ou deux, il était clair aux yeux de Mate que ses parents avaient rompu, sans qu'aucun des deux ait jugé opportun de lui en toucher deux mots.

Cette situation – provisoire, mais durable – s'est prolongée jusqu'à aujourd'hui. Mate ne sait pas si son père et sa mère communiquent entre eux, mais il semble que non. Quand il les rencontre, tous deux posent des questions l'un sur l'autre, mais de façon détournée, par des formules codées. *Est-ce que tu la vois ? Est-ce que tu le vois ? Quoi de neuf là-bas ?*

Quand Jakov a déménagé, Vesna est restée seule à Misto, dans la maison familiale. Elle est restée comme le dernier gardien d'un palais déserté par les avant-postes. Mais les fantômes sont toujours là. La maison est le mausolée de leurs ombres momifiées. La chambre de Silva, aujourd'hui encore, douze ans plus tard, est intacte, comme si Silva était partie en excursion pour le week-end et qu'elle allait revenir. Son lit est toujours fait et il y a toujours sur les murs ses posters d'adolescente des années quatre-vingt. Dans la cuisine, comme une constante, Jésus le doigt levé et la photographie des forêts canadiennes sont toujours accrochés au mur. Vesna maintient également l'illusion dans le jardin. Elle continue de sarcler et de gratter les quatre rangs de blettes, de choux verts, de choux frisés et d'oignons, comme s'il y avait encore du monde pour manger ces légumes.

Mate s'approche de l'atelier et presse la poignée. Il ouvre la porte de l'ancienne caverne de son père, allume la lumière et passe l'espace en revue. Comme il s'y attendait, l'atelier est resté lui aussi figé dans le passé. Ses postes de radio, vestiges de sa dévotion hobbistique aujourd'hui révolue, sont rangés sur les étagères. Au milieu de la pièce, une poignée de petites lampes, de transistors et de résistances sont restés sur la table, exactement comme il les a laissés le 23 septembre 1989. Depuis ce jour, Jakov ne s'est plus jamais assis face à son poste de réception. Au moment où pour la première fois il aurait eu besoin d'une aide venue de l'étranger, il avait perdu le désir d'échanger toute la nuit avec des inconnus. Il avait débranché ses appareils, rompu avec ses amitiés d'outre-mer, coupé les liens qui le raccordaient à une confrérie lointaine. Quand il est parti à Split, il a abandonné son matériel, et Mate ne sait pas bien si c'est parce qu'il vit à l'étroit dans son appartement de Kocunar ou si c'est pour conserver quand même un pied dans son ancienne maison, dans son ancien couple, et pour garder ouverte une infime possibilité de revenir. Quoi qu'il en soit, l'atelier est bien toujours celui de Jakov. Et elle de son côté, comme tout le reste dans cette maison, fait comme si tout était normal. Elle fait comme si on était encore le 22 septembre 1989 et que le 23 n'avait pas pointé le bout de son nez. Nous vivons tous ensemble, tout le monde est là, sauf que, voilà, pour l'instant ils sont absents, ils sont à leur travail.

Mate contemple encore un moment la pièce vide, oubliée, qui sentait la glu et la lampe à souder. Il regarde les résistances, les transistors qui ont pris la poussière dans l'obscurité de la cave, une poussière que personne n'est venu nettoyer. Alors il éteint la lumière et referme la porte.

Il fait déjà nuit quand il rentre à Split. Doris et lui passent la soirée devant la télévision, ils regardent un polar coréen dans lequel un sadique assassine des jeunes femmes en robe blanche. À onze heures, Doris dit qu'elle est morte de fatigue et qu'elle va se coucher. Alors qu'ils sont allongés au lit, Mate se dit que c'est le moment. Le moment de lui dire.

– Je dois repartir en déplacement, dit-il. En Suède, lundi. À la centrale de Volvo. Un problème dans une livraison.

Doris ne dit rien. Seule une once de mélancolie luit dans son regard, une mélancolie que personne n'aurait su détecter, mais Mate, si.

***

Il atterrit à Göteborg dans les premiers jours de mars. Dans le Sud, à Split, le printemps fait déjà éclater les bourgeons, les premiers boutons blancs sont apparus sur les cerisiers et depuis la première bora de mars la nature est éclatante. En Suède, c'est l'hiver qui l'attend. Des trombes de neige fondue tombent du ciel, un chasse-neige nettoie la route qui conduit à l'aéroport.

Il est arrivé tôt. Il ne veut pas perdre de temps à passer par son hôtel. Il entre dans un taxi et demande à être conduit aussitôt Skogsängsvägen 10. Il ne peut plus supporter l'incertitude. Il n'a plus la force de temporiser.

Ils roulent dans la neige fondue, traversent un grand fleuve, puis un canal plus étroit. Il regarde à travers la vitre les quartiers d'habitation, les écoles, les crèches, les bibliothèques. On dirait que ces bâtiments sont apparus en même temps, dans les années soixante et soixante-dix, comme des parties d'une même entreprise, dessinées d'une même main. Il découvre un pays inconnu. Ça ressemble à un bel endroit, à un endroit qui lui rappelle des jours meilleurs.

Le chauffeur de taxi le dépose sur un parking au centre d'un lotissement. Il voit partout autour de lui des maisons homogènes à deux étages aux façades habillées de tôle. Au milieu de chaque grappe de maisons, un terrain de jeux pour les enfants et un bâtiment collectif. Le temps est mauvais et il n'y a personne dehors. Mais les lumières sont allumées partout et les rideaux, quand ils existent, sont ouverts. En marchant, Mate aperçoit des fragments de film, des bribes d'intimité de gens dont il ne fera jamais la connaissance. En fin d'après-midi, le week-end, ils lisent un livre, boivent du thé ou feuillettent un magazine, sans être conscients le moins du monde qu'un étranger de passage est en train de loucher dans leur aquarium lumineux. Dans ce monde, les gens n'ont pas de secret. Sauf un. Une personne dans ce quartier possède un secret, et Mate la cherche.

Il parcourt les maisons jusqu'au numéro 10. Il grimpe les marches de la véranda en bois et s'arrête devant la porte à mi-étage. Un bout de papier est fixé sur la porte, avec, dessus, le nom qu'il recherche. Baumann. *Chileno*, comme l'appelait l'Espagnole. Le Chilien habite ici, derrière cette porte. Mate sonne et attend qu'on réponde.

Il sonne une deuxième fois, puis une troisième. La porte s'ouvre alors, un homme brun, aux lunettes rondes, se tient face à lui. Il le regarde, l'air surpris, puis le salue dans une langue qui doit être du suédois.

– Javier Baumann ? demande Mate.

– C'est moi, répond l'étranger.

– Je cherche cette femme, dit Mate en anglais en lui tendant la photo de Silva.

L'homme aux lunettes pose un regard étonné sur le cliché puis il l'invite à entrer.

Il n'y a pas de couloir. Ils pénètrent dans l'appartement et débouchent directement dans une salle de séjour de dimension modeste. Elle ressemble en vérité à la salle de séjour d'un professeur : des verres vides, un pot d'olives et un boîtier vide de DVD sont posés sur une table basse, des livres et des polycopiés gisent sur le sol. On entend une musique basse, Mate n'est pas sûr s'il s'agit de J. J. Cale ou de Lou Reed. Le Chilien baisse le son et débarrasse les verres sales sur la table. Puis il appelle quelqu'un en anglais.

Alors une femme entre dans la pièce.

Dès qu'elle est entrée, Mate a su qu'il avait fait ce voyage pour rien.

Il existe une similitude. Son visage ressemble à celui de Silva, les mêmes pommettes, la même forme du front et des sourcils. Bien que la femme qui se trouve devant lui approche de la quarantaine, elle arbore une coupe de cheveux juvénile, et sa coiffure rappelle de manière frappante celle que Silva portait autrefois. Mais ce n'est pas Silva. Le marin à Barcelone pouvait bien s'être trompé, mais Mate, même en plein délire, n'aurait jamais pu imaginer qu'il se trouvait face à sa sœur. Cette femme est plus petite, plus forte de poitrine, son menton est différent et ses yeux sont beaucoup plus clairs. En outre, elle regarde autrement, la lueur dans ses yeux n'est pas la même. Elle possède, comme disent les vieilles en Dalmatie, une *arija del vižo* différente. Cette femme n'est pas sa sœur.

Il ne ressent pas de dépit. Il ressent autre chose, quelque chose même dont il s'étonne : de la honte. Il a honte d'être là, honte de son enthousiasme antérieur.

– Vous me cherchiez ? demande l'inconnue, en anglais, mais avec un accent qui sonne indubitablement slave.

Son regard tombe sur la photo en noir et blanc entre les mains de Mate. Il se rend compte qu'elle le considère bizarrement. Du point de vue de cette femme, il n'existe entre elle et cette adolescente sur la photo aucune ressemblance, aucune connexion, pas le moindre fil pour les relier.

Il leur explique alors qui il est et pourquoi il est venu. Il leur raconte qu'il cherche sa sœur depuis douze ans, qu'il a traversé l'Europe en long et en large. Ils l'écoutent et Mate voit dans leur regard qu'ils ne sont pas loin de le prendre pour un fou furieux.

Puis il décrit l'épisode à Barcelone. Il explique comment il a été mis sur sa trace. Il relate ses conversations avec les Djebbour et avec la concierge espagnole. On dirait qu'ils saisissent alors la dimension de l'affaire. Le visage de l'inconnue se barre d'une grimace compatissante. « *Oh, my God, that's so sad* », dit-elle en se couvrant la bouche d'une main.

Alors ils se présentent. Lui est chilien, post-doctorant en biologie moléculaire. Elle s'appelle Rumena. Elle est bulgare, elle travaillait comme médecin dans une clinique à Vienne quand Javier est venu y effectuer sa maîtrise. Ils ont vécu en Espagne pendant que Javier préparait son doctorat. Ils sont en Suède depuis le mois de janvier. Tous deux ont trouvé un travail, elle comme dermatologue, lui à la faculté. Les Djebbour, ils les ont juste croisés. Mais la concierge, dit Javier, c'est incroyable qu'elle se soit trompée comme ça. « *Oh my God*, répète Rumena, *what a story, what a terrible story.* »

Ils lui proposent un verre de vin rouge. Mate refuse dans un premier temps, puis il se dit qu'il est de toute façon déjà très fatigué. Il s'assoit et saisit le verre que le Chilien lui tend. Il avale une gorgée du cabernet chilien et sent qu'il lui fait du bien. Il sent le vin couler de son palais jusque dans son corps et rendre vie à ses membres. Quand il a aperçu pour la première fois la Bulgare sur le pas de la porte, ses forces l'ont abandonné et son corps lui a fait soudain l'effet d'une outre dégonflée, d'une peau vide. Maintenant l'énergie lui revient avec le vin. Il se rend compte combien il est fatigué. Il se souvient qu'il n'a rien mangé depuis hier.

Pendant que Javier lui ressert du vin, Rumena s'éclipse dans la cuisine. Quelques minutes plus tard, elle revient avec un plateau de mezze bulgares et espagnols : de la tapenade, du ajvar, du fromage, du chorizo, une salade de feta et du tzatziki. Mate est affamé comme un fauve. Il se sert du saucisson à deux mains, émiette le fromage et trempe le pain dans le yaourt à la menthe. La Bulgare apporte ensuite une bouteille d'eau-de-vie. La gnôle délivre un parfum intense de fenouil. Elle leur sert à chacun un petit verre. « *For your sister*, dit-elle en levant son verre. *For your search. For you. You are a brave man, very brave.* »

Ils ont bu toute la soirée. Ils sont assis au diable vert dans cet appartement suédois, dans la maison de ces deux personnes qu'il ne reverra jamais plus. Javier, Rumena et lui débouchent une bouteille après l'autre, du vin puis de la gnôle, de la gnôle puis du vin. Javier lui raconte l'histoire de sa famille, un thriller touffu truffé de politique, de coups d'État et de dissidents exécutés. Ils sont tous les trois soûls et le docteur Baumann prend Mate dans ses bras, Rumena répète que c'est le meilleur frère du monde et qu'il est courageux. *Voilà des gens bien*, se dit-il dans les vapeurs de l'ivresse, *des gens que j'aimerais bien avoir là-bas. Les avoir à la maison, les connaître, sympathiser*.

Il quitte Skogsängsvägen à trois heures du matin passées. Il prend un taxi qui le conduit à son hôtel, où il ne dort qu'une demi-heure, tout habillé, sans défaire son bagage. À six heures et quart, son avion décolle pour Split via Francfort et Zagreb. Il a affreusement mal au crâne. La gueule de bois ne commence à se dissiper qu'à l'heure où il survole l'Autriche et le massif alpin. Il commande un jus de tomate à une hôtesse pour se remplir l'estomac et réprimer une envie de vomir. Il regarde en bas les pics montagneux qui se succèdent sans fin et prie pour que cesse sa migraine. Jamais il n'a autant désiré être enfin à la maison.

Il arrive tard le soir. Tina dort depuis déjà longtemps. Il pose près de sa tête un monstre en peluche qu'il a acheté à l'aéroport. Il s'étend sur le canapé et il regarde Doris. *Elle doit se dire que j'ai l'air d'une ruine*, pense-t-il.

Il va se doucher puis se met au lit. Allongé enfin, il sent le mal de crâne dû à l'alcool d'hier qui continue de tambouriner contre ses tempes. Doris s'approche de lui et pose une main sur son front.

– Tu as une mine terrible, dit-elle.

– Je suis fatigué, répond-il.

– Ça se voit, dit-elle.

– Tout va bien, dit-il. C'est seulement que j'ai besoin de dormir.

Elle ne répond rien. Elle le regarde de ses yeux pénétrants et tranquilles, de ses yeux sombres et intelligents qui lui avaient tellement plu ce jour-là à Tribunj.

Elle retire sa main mais continue de le regarder. Alors elle rompt le silence.

– Je suis désolée, dit Doris. Désolée que ça n'ait pas marché.

– Pas marché quoi ? demande Mate.

– Tu sais bien, répond-elle. Que tu ne l'aies pas trouvée. Que tu aies fait ce voyage pour rien.

Elle dit cela, puis elle se retourne sur son côté du lit, s'enroule dans le drap et éteint la lumière.

9

GORKI (2004)

Avant d'entrer dans le bourg, Gorki s'arrête au niveau du belvédère. Il gare sa voiture le long de la Magistrale et grimpe sur le promontoire au bord de la route, d'où, il s'en souvient, la vue sur Misto est la meilleure. Parvenu sur la hauteur, il contemple le paysage en bas. Ce paysage qu'un jour, il y a très longtemps, il a connu comme sa poche.

En quinze ans, Misto a changé. Ses contours, fondamentalement, sont restés les mêmes. Le cap de la Croix domine toujours le bourg avec sa croix de pierre, laquelle bénéficie désormais d'un éclairage somptueux. Il discerne toujours le vieux centre, le groupe de maisons anciennes sur la pente autour de l'église. Il reconnaît le vieux port, la madrague avec ses petits bateaux de pêche. Les rangées de vieilles maisons de vacances, construites du temps du socialisme, sont elles aussi toujours pareilles.

Mais on distingue clairement les changements qui se sont produits dans la période récente. Au milieu des maisons anciennes, on voit beaucoup de toitures neuves et de fenêtres en plastique. Les façades neuves aux couleurs éclatantes frappent au milieu de la grappe de maisons en pierre. Les maisons de vacances alignées le long de la plage ne vont plus seulement jusqu'à la digue. Elles s'étendent beaucoup plus loin sur le rivage, presque jusqu'à l'église de l'Étoile de la mer. Plus les maisons sont éloignées du centre-bourg, plus elles sont neuves et, comme on peut s'y attendre, plus elles sont grandes et laides. Sur sa partie nord, Misto a au moins doublé en quinze ans. Côté sud, en revanche, les abords de Misto sont restés identiques. Après les virages en lacets et le terrain de basket, les fils barbelés de la base navale sont toujours là, et derrière les fils barbelés, il n'y a rien : juste un terrain vague envahi par les mauvaises herbes, des hangars vides et des pavillons dévastés.

Gorki se tient sur le belvédère et constate avec étonnement qu'un sentiment de malaise s'empare de lui. La vue de Misto réveille en lui une rancœur – comme si tant d'années ne s'étaient pas écoulées, comme si tout s'était passé hier.

Il crache dans le vide, observe longuement la glaire tomber. Puis il se retourne, prend place dans sa voiture et démarre. Les journées en automne sont courtes et il veut abattre le plus de travail possible.

***

Jusqu'à ce jour-là, Misto n'était pour lui qu'une notion géographique, un point sur une carte, un panneau indicateur sur une route qu'il a prise des centaines de fois. Et d'un coup d'un seul, ce panneau indicateur est entré dans sa vie. Il se souvient parfaitement du jour où c'est arrivé. C'était en septembre 1989, le dernier automne du communisme. Un dimanche. Le dimanche 24 septembre.

Il passe à côté du portail aujourd'hui écaillé, rouillé, planté dans l'herbe de l'ancienne base navale. Il longe le terrain de basket et entre dans le centre-bourg. Il retrouve l'église qu'il connaît, les cafés qu'il connaît, les maisons qu'il connaît. Avec un peu d'efforts, il pourrait reconstituer le plan avec toutes les maisons et les habitants de chacune d'entre elles, nom par nom, famille par famille. Il a une mémoire d'éléphant, ce qui l'aide beaucoup dans son travail actuel, ce qui l'a beaucoup aidé dans le précédent. Il se souvient de tout, même de ce qu'il ne faudrait pas. C'est comme ça qu'il se souvient de Misto, des noms, des visages, des localisations, des distances. Il sait tout de ce village, et bien plus qu'il ne le voudrait.

Ce jour-là, le 24 septembre 1989, il était entré pour la première fois dans Misto par cette même route. Il avait suivi le même chemin, le long de la clôture de la caserne où l'armée était encore présente. Comme aujourd'hui, il était arrivé en début d'après-midi. Il était venu en raison d'un appel téléphonique qui paraissait anodin : une adolescente, dix-sept ans, qui s'était évanouie dans la nature à la suite d'une fête trop arrosée et n'était pas rentrée chez elle. Il se souvient de la famille qui l'a appelé. Le père, sec, taiseux, avec une expression de culpabilité inscrite sur son visage. La mère, une femme accusant des premiers signes d'embonpoint, dans tous ses états. Ils lui ont raconté que leur fille avait disparu et ils lui ont présenté une photo. C'est la première fois qu'il voyait Silva Vela, avec ses yeux sombres et sa mine insolente.

Ce dimanche-là, il a cru que la disparition de la jeune fille était une gaminerie, qui allait se résoudre d'elle-même d'ici au lendemain, la routine. Plus tard, il a cru qu'il la trouverait – morte ou vivante – au bout de quelques jours. Mais le temps a passé, d'abord des semaines, puis des mois, et il n'a pas retrouvé Silva Vela. Ni lui, ni personne d'autre.

Il monte jusqu'au centre du bourg et se gare devant l'église. Il regarde autour de lui, examine ces espaces connus. L'église a l'air inchangé. Le presbytère a été rénové et joliment pavé. Le monument dédié aux partisans est resté à sa place, mais toutes les lettres ont été arrachées du monolithe de pierre, impossible désormais de déchiffrer l'inscription. Les trous laissés par les anciennes lettres ont noirci sur le mur calcaire, comme des mini-cicatrices ou des piqûres de petits becs. Gorki est debout au milieu de la place et il observe les maisons, une à une. La boulangerie des Lekaj, la maison des Šustić, celle des Bakić, celle des Končurat, celle des Skaramuca. Il se demande si les gens qui vivaient dans ces maisons y vivent encore.

Il laisse la voiture sur la place et descend par une des rues latérales. Il passe près du salon de coiffure, qui dans l'intervalle a fermé. Il parcourt une dizaine de mètres et aperçoit la porte qu'il cherche. Il vérifie le nom sur la sonnette. Capitaine Filip Padovan, est-il écrit. Il est à la bonne adresse.

Il sonne. Une femme lui ouvre, la soixantaine bien avancée. Margita, la veuve du capitaine. Gorki se souvient d'elle, de l'époque. Et il espère qu'elle ne se souvient pas de lui.

– Bonjour, dit-il. Je suis Šain. L'homme avec qui vous avez parlé au téléphone.

– Vous êtes de l'agence ? demande-t-elle.

– C'est ça, c'est moi, confirme-t-il.

– Entrez, dit Mme Margita, avant de le conduire à l'intérieur de la maison.

Elle le fait asseoir à la table de la cuisine. Elle lui demande s'il veut un café, mais il refuse. Elle lui dit qu'elle a du jus de sureau, et Gorki accepte. Pendant que la vieille mélange le jus, il examine l'espace dans lequel il se trouve : un buffet lourd, des dentelles sur des guéridons, des souvenirs des voyages du capitaine. Au-dessus de la porte de la cuisine, un crucifix. Près de la fenêtre, un dessin dans un cadre, saint Antoine, un lys dans une main et un doigt pointé vers le ciel. Il se souvient que Mme Padovan était pieuse. Ce ne sont pas des choses qui changent avec le temps, et il en est allé de même dans cette maison.

Peu de choses ont changé en quinze ans chez les Padovan. Néanmoins, il remarque quelque chose qui n'était pas là auparavant. Sur la table est posé un classeur en carton rempli de feuilles A4 : des contrats, des procurations, des tracés. Il aperçoit un extrait tout neuf du cadastre, fraîchement certifié. *La madame est prête*, pense Gorki, *elle est disposée à faire affaire*.

La veuve s'approche de la table et lui sert le jus de sureau. Elle le pose sur un sous-verre devant lui. Elle se comporte avec Gorki de manière aimable mais prudente, tout en retenue. Elle se conduit avec lui comme on peut se conduire avec quelqu'un à qui l'on n'est pas lié mais qui peut nous faire gagner de l'argent.

Madame Padovan s'est assise à table en face de lui. Elle a pris le classeur entre les mains, signe qu'elle est prête à discuter. Elle regarde Gorki et d'un coup – en un clin d'œil, comme un flash sombre – l'expression sur son visage s'est modifiée.

Elle m'a reconnu, se dit Gorki. *Elle se souvient de moi*.

Elle se souvient, et Gorki aurait préféré que ce ne soit pas le cas.

***

S'il n'y avait pas eu Misto, les choses auraient tourné différemment. Misto et Silva ont mis sa vie totalement sens dessus dessous. Il sait que c'est ainsi, il le savait déjà à l'époque.

En septembre 1989, il était arrivé à Misto comme quelqu'un qui avait tout l'avenir devant lui. Il avait vingt-six ans, le badge de la police, la carte du Parti et un diplôme de la faculté de droit obtenu avec les félicitations et une moyenne de dix-huit sur vingt. En janvier cette année-là, il avait été affecté au commissariat central de Split, ministère de l'Intérieur de la République socialiste de Croatie, au titre d'inspecteur aux affaires criminelles. Il s'était marié en mars, avait versé des arrhes en avril pour un appartement dans une tour d'habitation en coopérative. En 1989, Gorki était quelqu'un sans souci. Une vie longue et droite couronnée de succès l'attendait, une carrière qui se terminerait par un poste au parquet, ou au tribunal suprême, ou peut-être en politique.

Gorki savait qu'il était bon dans le travail. Il connaissait son métier de policier, il avait une bonne mémoire et il pensait vite. Mais Gorki n'était pas naïf. S'il savait qu'il était bon dans le travail, il savait aussi que son nom de famille lui ouvrait des portes. Car il s'appelait Šain. Il était le petit-fils d'Albino Šain, titulaire de la médaille des Partisans, héros national de la Yougoslavie, qui était aux côtés de Tito durant les batailles de la Neretva et de la Sutjeska, l'homme qui était entré dans Split libéré, en septembre 1943, lors de la capitulation de l'Italie, à la tête d'une colonne de partisans, par la route de Solin. En ce temps-là, des livres avaient été publiés sur l'héroïsme de son grand-père, et même un film assez pathétique, qui ne plaisait pas à Gorki, avait été tourné sur lui. Pendant longtemps il y a eu un monument au soldat inconnu sur le front de mer à Bisak, avec une statue de combattant, et le sculpteur s'était servi de la figure de son grand-père pour la dessiner. Quand il était enfant, il est arrivé quelquefois à Gorki d'aller avec lui à Bisak pour un anniversaire révolutionnaire quelconque. Il regardait avec étonnement son grand-père bien réel et sa copie en bronze bien morte. Les deux Šain se tenaient côte à côte, aussi secs l'un que l'autre, mêmes pommettes osseuses, même front haut. Son grand-père, qui était déjà vieux, tenait de manière coutumière un discours long et décousu, et pendant qu'il parlait, Gorki se souvient qu'il contemplait son jumeau de bronze. Il y a longtemps qu'il n'est pas allé à Bisak, mais on lui a dit que le monument avait été dynamité en 1991. Pendant les premières semaines de la guerre, quelqu'un avait posé un bâton d'explosif sous le socle, et les employés communaux s'étaient contentés de balayer les débris métalliques et de les transporter à la décharge.

Comme le monument de son grand-père, lui aussi a été dynamité en 1990. Ils ont glissé sous lui un bâton d'explosif et ils ont fait voler sa vie en morceaux.

Ce monde qui paraissait sûr et éternel aux yeux de Gorki s'est effondré en 1990 en quelques mois, en un tournemain. Des gens nouveaux sont apparus qui parlaient une autre langue, qui racontaient d'autres histoires, vraies ou inventées. D'un seul coup, le nom d'Albino Šain n'a plus ouvert aucune porte. Et non seulement il portait son nom de famille, mais en outre son père, sur l'insistance de son grand-père, lui avait donné son prénom d'après Maxime Gorki. Et maintenant il traînait derrière lui ce prénom, Gorki, comme une sale blague. Gorki s'était réveillé dans un monde nouveau dans lequel il était soudainement devenu un pestiféré.

Il a fait des efforts. Il s'est évertué à montrer qu'il était un professionnel, qu'il savait faire son travail. Il croyait que les loups seraient toujours des loups et que le pays aurait toujours besoin de policiers pour les arrêter. De la même façon qu'une société a toujours besoin de chirurgiens, ou de pilotes, ou d'espions. Ce serait pareil pour lui. Il y croyait.

Et puis il y a eu Misto. Et la disparition de Silva Vela.

S'il avait retrouvé la jeune fille, les choses auraient peut-être tourné autrement. Il aurait obtenu un trophée qu'il aurait pu brandir, il aurait pu faire valoir son expertise, ou au moins alerter les journaux et jouer les martyrs. Mais Silva Vela l'avait enterré. Ce dossier, c'était un grand vide blanc, une affaire non résolue qui paraissait banale et qui aurait dû être élucidée en un rien de temps. Ceux qui n'aimaient pas son grand-père, sa médaille des Partisans et son prénom inspiré de Maxime Gorki disposaient maintenant d'un argument incontestable. Ils pouvaient pointer du doigt son échec manifeste.

Alors il a redoublé d'efforts. Il s'est démené plus que jamais, plus que sur n'importe quelle affaire. Il a fait le tour des dealers et des informateurs de Split, visionné des heures d'enregistrement des caméras de surveillance dans les gares et aux frontières. Il a fouillé Misto en long, en large et en travers. Il a envoyé des patrouilles de la police inspecter les rochers, les crevasses, les vallons et les dolines, des plongeurs ont exploré le fond de la baie. Jusqu'au jour où ils ont retrouvé cette employée de banque qui a témoigné que Silva Vela était partie à l'étranger. À partir de là, l'affaire s'est transformée en un cauchemar insoluble. L'enquête s'est noyée dans la paperasserie bureaucratique avec les Italiens, les Autrichiens, Belgrade, Interpol. Un formulaire en appelait un deuxième, qui en appelait un troisième, et au bout d'un moment Gorki a compris que plus personne ne cherchait vraiment la jeune fille, pas même lui, mais que la machine administrative cliquait dans le vide sans aucun effet. Mi-1990, lui aussi a fini par jeter l'éponge. Quelques mois encore et sa dégradation tombait : il était muté à un poste d'employé au service des passeports. La direction de la police a attendu tranquillement qu'il perde patience et donne lui-même sa démission. Ce qu'il a fait quelques mois plus tard.

Depuis ce jour, il n'est plus jamais allé à Misto. Jusqu'à aujourd'hui.

Tant qu'il avait encore l'espoir de retrouver Silva Vela, il avait interrogé presque tout le monde à Misto. Il se souvient de tous : les Bakić, les Rokov, les Šustić, les Končurat. Il se souvient aussi de Mme Padovan, qui est maintenant assise en face de lui. Il avait interrogé aussi son mari, le capitaine Padovan, dans cette pièce. Ils étaient assis exactement à la même place que maintenant. Et saint Antoine avec son lys était là aussi, tout comme le crucifix au-dessus de la porte. La seule différence, c'est le vieux capitaine qui était encore vivant. Il était assis dans un coin, le souffle court à cause du tabac, qui l'aura tué, a-t-il appris, treize ans plus tard. Gorki se souvient bien des deux. La veuve aussi se souvient de lui. Mais elle ne dira pas un mot à ce sujet car elle ne veut pas compromettre l'affaire qu'ils doivent précisément conclure.

– Bon, dit Gorki en sirotant son jus de sureau. Vous savez tout. Vous connaissez les conditions, vous connaissez le prix. Tout est bien stipulé ou y a-t-il encore quelque chose ?

– Peut-être on peut revoir tout une dernière fois, dit Mme Padovan en ouvrant le classeur en carton.

Gorki a été longtemps policier, il sait donc interpréter les réactions des gens. La vieille hésite. Elle gagne du temps. Elle fait traîner les choses, comme si elle n'avait pas encore arrêté sa décision.

Gorki prend sa serviette. Il en extrait une liasse de papiers parmi lesquels le contrat. Ils portent en en-tête le logo du fonds immobilier irlandais qu'il représente. Une fois de plus, il lit les conditions qui sont financièrement généreuses. Elle vendra au fonds Smart Solutions Estate neuf mille mètres carrés sur les terres des Rokov derrière l'Étoile de la mer. Elle disposera immédiatement des arrhes, à savoir trente euros du mètre carré. Le contrat comporte une annexe : le fonds achète le terrain cinquante euros le mètre carré, et cinquante euros supplémentaires dès lors que l'assemblée communale aura transformé les terres agricoles des Rokov en terrains constructibles. Tous les copropriétaires – les Padovan, les Bakić et les Rokov – doivent vendre au fonds irlandais pour que le contrat soit validé. Dans le cas où la conversion ne se ferait pas, Mme Padovan conservera les arrhes. Elle touchera deux cent soixante-dix mille euros tout de suite dès la signature, sans condition, il n'y a pas de *si*, pas de *peut-être*.

La veuve écoute attentivement et opine de la tête. Jusqu'à il y a quelques semaines, elle était propriétaire d'une misère de terre vide qui ne valait rien. Elle possédait une pente raide caillouteuse et pleine de ronces sur laquelle rien ne poussait plus depuis plus de cent ans et sur laquelle plus rien de rien ne pousserait jamais. Et voilà que cet amas de pierre, de cytises, de genêts et de genévriers se transformait en or par une miraculeuse transsubstantiation : elle allait toucher un million d'euros pour ce qui était hier des buissons secs et assoiffés. Et Margita – Gorki le sait – a besoin de ce million d'euros. Parce que son mari est mort récemment. Parce qu'elle touche 280 euros de retraite. Parce que son fils s'est pris les pieds dans des affaires calamiteuses et qu'il a hypothéqué auprès de la banque la maison dans laquelle vit sa mère. Gorki sait qu'en cet instant il est pour Margita la seule issue.

– Il faut que vous compreniez… bredouille la vieille dame. Jamais je n'ai pensé…

– C'est normal qu'on n'y pense pas, répond Gorki. Mais ce sont des choses qui arrivent.

– Si mon fils n'avait pas été dans le besoin…

– Je sais. Vous n'auriez pas vendu. Mais c'est comme ça. C'est les aléas de la vie.

– Si mon pauvre mari dans sa tombe apprenait ça, dit la vieille dame. Lui qui pensait garder ça pour les petits-enfants.

– C'est les temps qui veulent ça, répond Gorki, cherchant des phrases réconfortantes à lui glisser. Il aurait fait pareil s'il avait été là. Il faut penser aux vivants. Il faut penser aux enfants.

Ce n'est pas la première fois que Gorki se trouve dans cette situation. Il sait ce qu'il faut faire. Il a une porte devant lui, et il faut l'ouvrir. Il faut dire à Margita Padovan ce qu'elle a envie d'entendre. Que c'est pour le bien de tous – pour le sien et pour celui de son fils. Qu'il ne faut pas avoir de doute, parce que le choix n'existe pas. Que c'est seulement de la terre, ce n'est pas un royaume, une couronne, un titre de noblesse ou une affaire d'honneur. C'est seulement de la terre. Des cailloux qu'elle vend pour que ça aille mieux pour elle, que ça aille mieux pour tout le monde.

Et Gorki, tout en parlant, prend en main les pages du contrat et un stylo. Il les pose sur la table devant la veuve. Il attend. Il ne se presse pas. Il y a un temps nécessaire. Dans ce genre d'affaires, il ne faut jamais précipiter les choses, il a appris cela.

La vieille dame reste un temps plongée dans ses pensées. Puis, comme si elle avait vaincu ses doutes, elle chausse ses lunettes et saisit le stylo. Sa signature est naïve, aux courbes régulières, presque scolaire.

Après avoir signé, Margita pose le stylo et soupire. Et soudain son dos se courbe, son menton se met à trembler de manière incontrôlée. Elle commence à pleurer.

Elle pleure d'abord en silence, puis de plus en fort, avec des sanglots entrecoupés. Puis elle s'essuie les yeux et dit « Excusez-moi ».

– Excusez-moi, répète-t-elle, alors que des sanglots la reprennent encore. Excusez-moi, ce n'est pas contre vous. C'est difficile. C'est difficile sans lui. D'être seule après toutes ces années.

Et tandis que la veuve pleure, Gorki réprime de toutes ses forces un sentiment qui monte en lui, qui afflue comme la mer : la honte. Il range le contrat dans sa serviette. Ferme la serviette. Regarde le verre de sureau posé devant lui, regarde le saint Antoine avec son lys, regarde le sol. En cet instant il n'a qu'une envie, impérieuse, c'est de fuir cette maison au plus vite.

– Vous aurez l'argent dès demain, dit-il. Ce sera sur votre compte avant la fin de l'après-midi, avant la fermeture de la banque.

Il se lève, tend la main à la vieille dame. Elle la prend dans la sienne et la serre mollement. Elle l'accompagne jusqu'à la porte. Au moment où Gorki s'apprête à descendre l'escalier, Margita Padovan s'adresse à nouveau à lui.

– Je me souviens de vous, dit-elle. De l'époque. Quand vous étiez ce que vous étiez.

Gorki s'arrête et dit :

– Moi aussi je me souviens de vous. De l'époque. Quand j'étais ce que vous dites.

– Qui aurait pu imaginer ? dit la vieille dame.

– Imaginer… quoi ?

– Tout ça. Que vous seriez ce que vous êtes maintenant, et puis moi aujourd'hui.

La vieille dame n'attend pas de réponse. Elle le salue de la tête avec bienveillance et ferme la porte. Le perron et la rue replongent simultanément dans le noir. Gorki regarde un bref instant la porte qui s'est refermée avant de s'engager dans les escaliers de la maison du capitaine.

***

Gorki a commencé à travailler pour des agences immobilières peu de temps après la guerre. Il a obtenu ce poste en répondant à une annonce pour une personne diplômée en droit. Au début, il a caché qu'il était un ancien policier. Mais bientôt il s'est avéré que son ancienne profession constituait un atout inestimable.

Car Gorki enquête. Il n'enquête plus sur des meurtres. Il enquête sur le malheur.

Smart Solutions Estate est une firme qui fait un travail simple. Elle achète et elle vend des terrains : elle achète à bon marché et elle revend cher. Elle acquiert des baies à l'écart, des vignobles abandonnés, des coteaux couverts de romarin et de genévrier. À la fin de l'histoire, Smart Solutions revend à des acquéreurs des terrains constructibles : remembrés, enregistrés au cadastre, d'une superficie importante, inscrits dans le plan d'urbanisme comme des zones destinées au tourisme ou à l'habitation.

Gorki sait que son entreprise soudoie des politiciens. Les avocats de la firme démarchent les maires et les conseillers communaux, ils leur montrent sur Powerpoint des simulations merveilleuses produites sur Autocad ou Corel. Ils les invitent à des dîners et à des excursions en yacht, et quand ces joyeusetés sont terminées, les gens de la firme leur glissent de l'argent de poche, et cet argent de poche comporte souvent beaucoup de zéros. Gorki n'a pas de problème moral avec ça, ou pas trop. Mais il a dit tout de suite aux Irlandais qu'il ne s'occuperait pas de ça. Il s'imaginait entrer dans le bureau d'un maire quelconque, un homme jeune aux cheveux noirs, en chemise blanche, le genre du gendre conservateur idéal. Il s'imaginait s'asseoir dans le bureau de cet homme ayant sur sa table un crucifix et au mur une tapisserie avec les vers de l'hymne national, et à ce type-là il devait remettre en mains propres une enveloppe contenant un millier d'euros. Gorki avait été contraint dans sa vie d'accepter toutes sortes de choses, mais de ce genre-là, non. Il n'a pas l'estomac pour cela.

Son travail à lui est différent. Ce que fait Gorki, les Irlandais appellent cela *la préparation*. Ils découvrent un site prometteur, le plus souvent une baie proche d'une localité. Ils prennent contact avec les élus et tâtent le terrain pour voir s'ils sont réceptifs. C'est alors que Gorki entre en jeu. Il prend ses quartiers au cadastre et tâche de démêler, au milieu d'un maquis de données périmées, qui sont les véritables propriétaires. Il traque les neveux évanouis en Australie ou en Argentine, débrouille les arbres généalogiques, recherche les lointains héritiers, des propriétaires de caroubiers et de figuiers, qui parfois pour la première fois entendent dire qu'ils sont propriétaires. Il se retrouve alors face à une peau de léopard : le relevé d'une parcelle avec une structure de propriété, des centaines de noms à Split, Zagreb, Auckland et Perth. Des neveux et nièces, des petits-enfants et arrière-petits-enfants de fratries anciennes, de propriétaires ou de détenteurs de droits de pâture s'alignent devant lui, dans le labyrinthe du papier millimétré.

Quand ce travail est terminé, le plus important commence. Gorki entame son enquête. Mais il n'enquête pas sur un crime, il enquête sur le malheur.

Le travail de Gorki consiste à découvrir un ventre mou, un point faible. Les raisons pour lesquelles les gens vendent leur patrimoine au bord de la mer peuvent être variées : une opération chirurgicale, une dette à la banque, un accident de travail, un règlement de succession avec de la famille en Serbie. Et puis les enfants : un fils qui boit, qui divorce ou qui joue. Avec le temps, Gorki a appris qu'il peut y avoir beaucoup de raisons, mais il n'y en a aucune, d'ordinaire, qui soit jolie.

Il quitte la maison des Padovan et prend la direction du haut du bourg. Il suit l'enfilade de rues derrière l'église dans le vieux centre. Il passe près de la boulangerie des Lekaj, dont il se souvient bien et qui, il s'en étonne, n'a pas bougé et continue de travailler comme avant. Il passe aussi près du vieux camion rouillé sans pneu, qui gisait, si sa mémoire ne le trompe pas, exactement à la même place il y a quinze ans. Il monte jusqu'en haut du bourg, où les maisons se font plus rares et possèdent un jardin potager. Il s'arrête devant une porte de jardin. Fait tinter la cloche et entre.

Le jardin n'a rien de particulier – des plates-bandes avec des bordures cimentées, un rang de choux verts, un rang d'artichauts, de tomates et de courgettes. L'entrée dans la maison est à mi-étage. Un mobile métallique est suspendu au-dessus de la porte et tintinnabule au gré du vent. Il monte à l'étage et sonne. Du côté des Padovan, c'est réglé. Il faut maintenant régler l'affaire avec les Bakić.

Une femme lui ouvre la porte, une petite quarantaine d'années, les yeux sombres, plutôt jolie. Gorki ne l'a pas trouvée dans les actes de propriété, il suppose donc que c'est peut-être la bru. Elle le salue et le fait entrer dans la maison. La personne avec qui il a discuté jusqu'à présent l'attend dans le couloir. Tomo Bakić est le fils de la propriétaire, un homme d'une cinquantaine d'années, légèrement chauve, un peu enrobé, avec un léger accent zagrébois. Ils se serrent la main. Il le fait passer dans la salle de séjour. Lui présente sa sœur et sa femme. Lui dit de s'asseoir, il appelle sa mère tout de suite.

– Vous savez, ça a été un peu compliqué, dit-il à Gorki. Ça n'a pas été facile de la convaincre.

Rien de bien neuf, pense Gorki. Il pressent qu'il va être témoin de déchirements familiaux.

– Tata Jole, le monsieur pour le terrain est arrivé ! crie la belle-fille dans la direction d'une chambre voisine.

Ils ne perçoivent pas un bruit pendant un moment. Puis on entend un crissement métallique, et une femme en fauteuil roulant entre dans la salle de séjour. Gorki sait qui elle est, il sait tout sur elle. Il a eu entre les mains la copie de sa carte d'identité, son acte de propriété, son acte de baptême. Mais il n'avait pas encore vu Jolanda Bakić jusque-là.

La vieille dame dans son fauteuil se déplace jusqu'au milieu de la pièce et s'arrête pile face à Gorki. C'est une octogénaire aux cheveux gris, maigre, mais d'allure toujours fière et autoritaire. Gorki sait qu'elle a un cancer de l'estomac à un stade avancé. La maladie l'a déjà bien dévorée. Tout en elle paraît pâle, fripé, cireux, mort. Tout sauf son regard. Son regard est on ne peut plus vivant. La vieille le considère avec un air de défi révélant une haine explicite.

– Maman, dit le fils. C'est ce monsieur. Tu sais, on en a parlé. Tout ce qu'on a discuté. Écoute-le simplement, maman, tu veux bien ? Juste tu l'écoutes.

Gorki leur expose la proposition. Elle correspond à peu près à celle qui a été faite à la veuve Padovan. Des arrhes généreuses, un prix pour le terrain agricole, un bonus après la conversion. Trente-cinq mille euros immédiatement, le reste au moment de la modification du plan d'urbanisme.

En même temps qu'il leur présente l'offre, Gorki les observe. La fille feuillette les papiers et l'épie, l'œil matois, comme si elle tâchait de comprendre où l'arnaque se cache. Le fils a le sourire flatteur. Gorki sait qu'il a discuté avec une agence concurrente. Il sait aussi qu'elle lui a offert plus. Mais les Irlandais payent immédiatement – et lui et sa sœur, Gorki le sait, ont un besoin urgent d'argent. Car le business du fils de Jolanda dans les carreaux en céramique a périclité et la banque a bloqué son entrepôt à Zagreb, dans le quartier de Sesvete. La fille de Jolanda prépare une spécialisation à l'Hôpital royal d'Ottawa. Tout le monde a besoin d'argent, mais les gens qu'il a face à lui en ont un besoin immédiat. Et ils savent aussi, tout comme lui, que la vieille dame vivra encore trois mois, six ou neuf tout au plus. Si elle meurt avant que l'affaire soit conclue, il y aura de l'attente derrière. Il y aura le règlement de la succession, qui peut s'étendre sur des mois. Les trois personnes posées sur ce canapé voudraient donc aboutir avant que la vieille crève.

Gorki expose les conditions et leur tend les contrats pour examen. Et pendant que la fille et la bru déchiffrent petits et gros caractères, Gorki détaille du regard la salle de séjour. Sont accrochées au mur des séries de lettres de félicitations remises par des sociétés de culture physique socialiste et des entreprises aujourd'hui en faillite. Au-dessus de la porte, un vieux pistolet-mitrailleur rouillé, un Sten anglais, manifestement un trophée de la Seconde Guerre mondiale. Sur une étagère, les œuvres complètes de Tito. À côté de la collection de livres, une photo en noir et blanc. L'homme sur le cliché a semble-t-il les cheveux blonds et il sourit en direction de l'objectif. La photo a été prise quelque part dans la montagne et l'homme porte un béret avec l'étoile rouge.

– Vous nous donnez un moment pour qu'on en parle entre nous, dit la fille, et Gorki approuve de la tête.

Il se lève, quitte la pièce et sort de la maison.

Tout en contemplant Misto depuis la véranda des Bakić, Gorki tend l'oreille à ce qui se passe dans la maison. Ça discute en famille et une voix un peu plus forte que les autres est audible. Gorki ne distingue pas précisément ce qui se dit, même s'il en connaît la teneur. La vieille dame s'oppose à la vente. Elle les injurie. Elle dit que c'est l'héritage de leurs ancêtres qu'ils doivent préserver pour les petits-enfants. Elle dit que dans la vie les choses ne se vendent qu'une seule fois et que c'est pour toujours. La fille et le fils lui retournent qu'elle est égoïste. La bru ne s'en mêle pas, mais elle fusille la vieille d'un regard plein de haine. La fille et le fils demandent à la vieille de penser à ses petits-enfants. De se tourner vers l'avenir. Ils ne lui disent pas : de toute façon tu vas mourir bientôt. Ils ne le disent pas, mais ils savent aussi bien qu'elle qu'il en est ainsi.

La discussion baisse peu à peu en intensité. Puis le fils passe la porte et invite Gorki à revenir. Gorki entre dans la pièce. Il les retrouve à la place où il les a laissés, alignés sur le canapé. Mais ils n'ont plus tout à fait le même air. La bru est en colère et regarde ailleurs. La fille a les yeux mouillés, comme prête à fondre en larmes. Une faille s'est ouverte. Gorki le sait : elle ne se refermera pas. À partir de ce jour, ce ne sera plus jamais comme avant dans leur famille.

– Nous avons décidé, dit le fils. Nous acceptons vos conditions. Nous sommes prêts à signer tout de suite.

Gorki ressort le projet de contrat. Il le tend aux enfants, mais le fils fait passer les papiers à la mère. La vieille dame en fauteuil roulant les regarde comme si elle avait devant elle le cadavre d'un insecte répugnant. Puis elle chausse une paire de lunettes et prend le contrat en main. Elle déchiffre la signature et s'adresse à Gorki.

– Gorki Šain ?

– C'est ça, répond Gorki.

– Vous êtes de la famille d'Albino Šain ?
– Mon grand-père.
– Mon mari a fait la guerre avec votre grand-père. Deuxième brigade dalmate : l'opération Dinara, Livno, le pont sur la Neretva, Male Bare. Ils sont entrés ensemble dans Split en 43.
– Comment s'appelait-il ?
– Mirko Barić. Grenadier, deuxième brigade dalmate. Tout le monde l'appelait Bjondo.
– Ça me dit quelque chose. Ça me dit quelque chose, Bjondo. Mon grand-père parlait de lui.
– Mon mari aussi parlait de ton grand-père. Tout le temps.
– Ça me fait plaisir.

Gorki a l'impression un instant, rien qu'un instant, que le visage de la vieille s'adoucit presque. Avant de redevenir de pierre et de retrouver cette expression de mépris implacable.
– Gorki Šain ? dit la vieille.
– Dites-moi.
– Tu sais quoi ?
– Quoi ?
– Ton grand-père, dit la vieille, les types comme toi, il les fusillait.

Après quoi la vieille le fixe une dernière fois, comme si elle voulait le tailler en pièces. Puis elle baisse les yeux, prend le papier et pose sur le contrat sa griffe longue et nerveuse. Et le lui tend sans plus lui accorder la moindre attention.

***

Il est descendu jusqu'à la mer et a pris le sentier du rivage. Il marche le long d'immeubles morts de locations de vacances, à travers un paysage laid de barrières en fer forgé et de volets en plastique verrouillés attendant les premiers touristes en juillet. Après quelques minutes le sentier en asphalte prend fin. Un peu plus loin, il arrive aux dernières maisons. Il entre sur les terres des Rokov.

Gorki poursuit sa marche sur le gravier du sentier à la lisière entre les rochers du rivage et les champs d'oliviers abandonnés. Il atteint bientôt la chapelle sur la pointe. Il grimpe en haut du promontoire, la vue sur la baie voisine s'ouvre devant lui.

La maison des Rokov se tient là, toute seule, absolument pareille à la dernière fois qu'il l'a vue. Une maison avec cour, cernée par un mur percé d'une porte d'entrée surmontée d'une arche. Devant la maison, il y a toujours la cale de halage pour les bateaux, le plan incliné en ciment qui glisse de la rive jusque dans l'eau peu profonde.

À l'époque où il enquêtait sur la disparition de Silva Vela, il y a quinze ans, il avait pénétré dans toutes les maisons du bourg, fouillé chaque remise, chaque débarras, chaque réserve de bois. Il avait inspecté de la même manière le domicile des Rokov. Il se souvient de cette drôle de maison, qui de l'extérieur ressemblait à un palais et de l'intérieur à une étable. Il se rappelle la cale pleine d'épaves et d'antiquailles, la cour dans un désordre total, mais aussi l'orgueilleux portail de pierre et le puits avec sa margelle. Il se rappelle aussi les occupants de la maison. Le père, un énergumène barbu qui passait le plus clair du temps à raboter et à meuler des barques. Brane, un adolescent maigre et craintif, qui s'était retrouvé au milieu de tout ce foutoir car il était – du moins le croyait-il – le petit copain de Silva. Gorki se rappelle surtout la mère. Uršula Rokov devait avoir à l'époque dans les quarante ans. Svelte, les yeux clairs, la prestance d'une diva, c'était une femme qu'il n'était pas facile d'oublier. On aurait dit qu'elle n'était pas de là : qu'elle n'appartenait ni à cette maison, ni à ce bourg, ni à cet univers.

Il va les revoir dans quelques minutes. Il va découvrir comment ils vivent aujourd'hui, de quoi ils ont l'air.

Naturellement, Gorki a enquêté sur eux – comme du reste sur tous les propriétaires des terres des Rokov. Autant qu'il en sache, Tonko Rokov maintient en activité son petit chantier naval, il continue d'aménager des barques, mais le travail, semble-t-il, va tout doux. Uršula, elle, n'a toujours pas de travail. Brane, le fils dont il se souvient comme d'un garçon fragile, a terminé la faculté navale et l'école des cadets. Il est maintenant marin et navigue, d'après les informations de Gorki, sur un navire battant pavillon panaméen d'une compagnie norvégienne. Gorki a découvert un bien immobilier au nom de Brane, un appartement au troisième étage d'une tour à Split. Manifestement, Brane a pris son indépendance et acquis ce logement en ville.

En arrivant à Misto, Gorki savait que la partie serait facile avec les Padovan, un peu plus difficile avec les Bakić. S'agissant des Rokov, il n'avait pas d'idée préconçue. Dans cette maison, pas de vieillard avec un carcinome, pas de fils ayant des dettes de jeu ou un entrepôt hypothéqué. Gorki n'a aucun salut à offrir aux Rokov : il peut leur offrir seulement beaucoup, beaucoup d'argent. Il ne sait pas quel type de gens ils sont. Il ne sait pas si l'argent compte dans leur vie.

Il s'approche de la maison et s'étonne du silence. Pas un son, pas le moindre martèlement habituel en provenance de la cale, aucune voix dans la maison.

Il parvient à la porte de la cour. Sur l'arche de pierre, il retrouve l'inscription *ROCCO ROCCOV ET SES ENFANTS*, et l'année, 1812. Voilà une maison qui a été bâtie par quelqu'un qui avait à l'évidence quelques prétentions.

Gorki jette un coup d'œil autour de lui pour voir si quelqu'un l'épie. Puis, après s'être assuré qu'il n'y a personne, il passe sur la terrasse en pierre sèche à côté de la maison. Il traverse le jardin et grimpe la pente derrière la bâtisse. Il avance ainsi sur une centaine de mètres entre les oliviers à l'abandon et les terrasses sur lesquelles ont poussé des caroubiers sauvages, du fenouil et du chardon aux ânes. Bientôt, il atteint une espèce de remise agricole qu'il n'avait jamais remarquée auparavant. La cabane a une porte en bois branlante, pas de clé ni de serrure. Il l'ouvre.

Si l'endroit a servi autrefois de remise agricole, ce n'est plus le cas. Il n'y a là que de vieux sacs de ciment entamés, pétrifiés par l'humidité, et un petit tas de sable de construction. Adossée à un mur, une vieille voile de bateau. Contre le mur d'en face, une bobine d'un matériau blanc réticulé. Gorki palpe la chose et aussitôt retire sa main. Les arêtes coupantes du matériau lui ont taillé la pulpe des doigts. Il se rappelle ce que peut être cette bobine : du roving, du mat de verre, une armature utilisée pour la construction et le rafistolage des bateaux en plastique. Il semble que le mat traîne depuis un moment dans la cabane humide. On dirait bien que le vieux Tonko Rokov a levé le pied : ou bien il a mis ce rouleau au rancard, ou bien, plus probablement, c'est son activité qu'il a mise en veilleuse.

Il sort de la resserre et reprend son ascension. Dix mètres plus haut, les oliviers se raréfient. Il débouche au sommet de la butte qui forme un point de vue naturel.

Les terres des Rokov s'étendent devant lui : un talus de quarante mille mètres carrés en pente douce qui pique tranquillement vers la baie. D'un côté de la baie, il y a la maison des Rokov. De l'autre, la chapelle de l'Étoile de la mer. Entre les deux, c'est vide, vierge, une lande d'oliviers abandonnés depuis belle lurette, qu'il s'agit maintenant de renforcer, de racheter, de faire fructifier. Les terrasses gris-vert remplies d'une végétation épaisse rendue à l'état sauvage s'étalent devant Gorki. Mais ce qu'il voit dans sa tête, ce n'est pas ça. Ce qu'il voit, c'est autre chose : un terrain quadrillé en rouge et jaune. Il voit les propriétaires, les Bakić, les Padovan, les Končurat. Il a pu racheter toutes ces parcelles pour Smart Solutions Estate. Toutes sauf une, la plus grande, celle qui appartient aux Rokov. Sans leurs dix-huit mille mètres carrés, le projet de *Sunset Residence* sera réduit à rien.

Il reste ainsi sur la butte qui domine la baie jusqu'au moment où le crépuscule automnal commence à rougeoyer au loin. Il remarque alors une lumière qui s'est allumée dans la maison des Rokov. Il y a quelqu'un. Il est temps d'aller frapper à la porte.

***

Quand Gorki entrait chez les gens de Misto en 1989, c'était pour entendre des témoins susceptibles de lui apprendre un détail utile ou de compléter un tableau. Les Rokov, c'était différent. Il était entré chez eux comme dans la maison d'un suspect possible.

Car aux premiers jours de l'enquête, il était persuadé que Brane Rokov avait nui à sa petite amie disparue.

Il y croyait ferme, il avait construit sa conviction sur ce qu'il appelait alors avec arrogance une intuition.

Brane Rokov sortait avec une fille qui était nettement plus belle que lui. À l'évidence, il n'était pas heureux dans cette relation. Sa petite copine le menait par le bout du nez. Elle lui brisait le cœur. Le soir où elle a disparu, elle le trompait avec un autre garçon de Misto. Brane était un adolescent sensible, vulnérable, enclin à des sautes d'humeur soudaines. Gorki croyait que Brane était capable d'un tel accès de rage. Il était entré dans la maison des Rokov guidé par cette intuition qu'il savait être aujourd'hui une piètre construction romanesque.

L'intuition ne l'avait pas mené loin. Brane possédait un alibi en béton : ce matin-là il était rentré à Misto par le car intercités dans lequel il avait passé toute la nuit, ce que les chauffeurs et des passagers avaient confirmé. Il était devenu évident au cours de l'enquête que la fille était étroitement mêlée à un trafic de drogue. Pour finir, il y avait cette employée de banque apparue des mois plus tard, avec son témoignage qui avait ramené l'enquête à son point de départ. Il s'avérait que Silva n'était pas morte assassinée, mais qu'elle avait pris la fuite. Son intuition avait fait pschitt.

Il s'approche de la maison et avance jusqu'à la cale de construction. Autrefois, il y avait toujours une bonne dizaine de bateaux sur le petit chantier de Tonko – maintenant ils ne sont plus que deux, et l'on dirait bien qu'ils sont là depuis longtemps. Et pas le moindre bruit d'un travail quelconque.

Il passe sous l'arche de pierre bâtie jadis par *Rocco Roccov et ses enfants*. Il pénètre dans la cour. Elle semble délaissée, mais plus en ordre que lors de son dernier passage. Il n'y a plus de bocaux au vinaigre ou de pots de confiture sur la terrasse et sur le perron. Il va jusqu'à la porte et frappe. « Il y a quelqu'un ? » crie-t-il pour signaler sa présence. Apparaît alors à la porte Uršula Rokov.

Gorki se fige. Uršula est trait pour trait telle qu'il l'a vue il y a quinze ans. Il a face à lui une femme qui doit avoir pas loin de soixante ans. Mais elle est encore mince, élancée, avec ses longs cheveux bruns lisses qui tombent en cascade et ses yeux toujours aussi perçants, d'un bleu glacial. Elle fixe l'intrus qui a passé le seuil de sa maison et son visage se modifie aussitôt. Cette fois, il n'y a pas le moindre doute possible : Uršula Rokov l'a reconnu instantanément.

Elle le salue poliment mais avec prudence, l'air interrogatif. Puis elle demande :

– Qu'est-ce que vous désirez ?

– Je viens pour le terrain, répond Gorki. On vous a appelés la semaine dernière.

– C'est vous ?

– Oui, c'est moi.

– Le monde est petit, sourit-elle. Je vois que vous avez changé de métier.

Elle l'invite à entrer et le fait asseoir dans la salle de séjour.

– Attendez un instant, je vais chercher mon mari, dit-elle, avant de disparaître dans le labyrinthe de cette grande maison.

De la pièce dans laquelle elle l'a laissé se dégage le sentiment d'un curieux mélange de misère et de majesté. Contre un mur est appuyé un buffet baroque que pourrait écouler fort cher n'importe quel antiquaire de Split. La table est grande, en chêne massif. Les fenêtres sont masquées par des rideaux lourds et sombres, portés par des tringles en laiton, avec de grosses cordes à bout frangé tombant jusqu'au sol. Au mur sont accrochés des portraits d'ancêtres en costume traditionnel avec des bonnets rouges. Néanmoins les traces d'une gêne évidente transparaissent derrière cette grandeur qui se tient. La maison a besoin depuis un moment d'une couche de peinture neuve. On entend un robinet qui goutte dans la cuisine dans un pauvre évier en fer-blanc. Il manque une corde à l'un des rideaux, qui ne peut plus être tiré. L'un des pieds de la table est manifestement branlant et un archipel de taches sur les murs indique que la toiture fuit. La maison des Rokov paraît sortie d'une de ces sagas familiales du XIXe siècle. Cela commence par des coupeurs de bourse et des arrivistes intrigants. Après quoi l'on a affaire à des messieurs dignes et puissants. Et cela se termine dans la débine et la froidure, avec des héritiers fous et décadents. Gorki a l'impression de débouler pile à la fin du roman, au dernier chapitre.

Uršula Rokov est de retour quelques minutes plus tard. Derrière elle, tel un gros ours lent, Tonko Rokov fait son entrée dans la pièce. Si elle paraît n'avoir pas changé, on ne peut pas en dire autant du vieux maître artisan. Il a grisé, il s'est voûté, il a l'air négligé et sale. Il ne dit pas un mot, ni à sa femme, ni à Gorki. Il a les yeux fixés quelque part au sol, comme si tout ça n'était là que pour l'embêter inutilement.

Gorki doit maintenant procéder à la routine de son métier. Ce qu'il fait. Il leur montre le projet de la *Sunset Residence* sur Corel. Il leur expose les conditions financières. Il détaille le montant des arrhes et le prix total après le changement d'affectation. Les Rokov sont les derniers sur la liste, et ils le savent, aussi Gorki leur propose-t-il sans marchander dix pour cent de plus qu'aux autres. Après quoi il prononce toutes les phrases qui servent dans ces cas-là à ouvrir les portes entrebâillées. Ils ne vont pas se faire enterrer avec le terrain. Déjà, là, il est à l'abandon. Ils vont pouvoir se faciliter la vie, mettre un peu de côté pour leurs vieux jours. Tonko ne sait pas combien de temps encore il aura la force de travailler. Ils pourraient investir l'argent dans une maison à eux, l'aménager, accueillir des touristes. Gorki parle et parle, à aucun moment il ne mentionne le terrain qu'il achète. Pas une fois il ne cite les terres des Rokov. Il serait malvenu de leur rappeler qu'ils sont en train de vendre leur patrimoine, lequel porte en outre le nom de leur famille.

S'ils ne sont pas fous, ils vont accepter, pense Gorki. Pour une lande inculte et sauvage qui ne sert à rien, ils vont toucher autant d'argent que leur fils en gagnerait en battant les océans pendant huit ans. Voilà ce que Gorki pense, mais il ne le leur dit pas. Il a de l'expérience. Il sait qu'il ne ferait que mettre la vente en péril s'il insultait la terre précieuse des ancêtres des vendeurs.

Après avoir terminé son exposé, Gorki pose son regard sur les époux pour sonder leur réaction. Uršula l'a écouté avec attention et intérêt. Tonko Rokov ne montre rien. Il se tient face à lui, éteint, obscur comme un mur noir impénétrable. Gorki ne saurait dire avec certitude s'il a écouté ou pas. Mais il a écouté. Car Tonko se lève et prononce une phrase courte, simple : « Les terres des Rokov ne sont pas à vendre. » Puis il quitte la pièce.

Uršula est restée à la table, stupéfaite, épouvantée. Gorki s'attendait à la voir suivre son mari, mais non. Au lieu de cela, elle regarde Gorki avec des yeux suppliants, des yeux qui lui disent : S'il vous plaît, allez-y, vous.

Gorki se lève et s'en va chercher le vieil homme. Il le trouve à la cale en train de trifouiller au milieu de tins, de billes et de lattes de bois. Il s'approche de lui. Le vieux se tourne vers Gorki et s'adresse à lui tout à fait tranquillement :

– Ça veut dire que vous ne l'avez jamais retrouvée ?

– Qui ça ?

– Vous savez bien. Elle.

– Silva Vela ?

– C'est ça.

– Non, je ne l'ai pas retrouvée. Ni moi, ni personne d'autre.

Le vieil homme hoche la tête, comme s'il assimilait l'information. Puis il pose une nouvelle question.

– Je vois que vous ne travaillez plus dans la police ?

– Ça fait longtemps. Déjà quinze ans.

– Il y a quelqu'un qui continue les recherches dans la police ?

– Je ne sais pas. Je pense que non.

– Et la famille ? Ils la cherchent encore ?

– Je ne sais pas. Je ne les ai pas vus depuis.

– Ça veut dire que ça ne vous intéresse pas ? Ça ne vous intéresse pas, ce qui s'est passé ?

– Comprenez-moi, répond Gorki. C'est du passé lointain. Et c'est un passé douloureux. C'était une autre époque, un autre État. Ce n'est plus pareil.

– C'est pareil, répond le vieux. On fait seulement semblant qu'on est différent parce que ça nous arrange.

– Monsieur Tonko, réagit Gorki avec impatience, je ne suis pas là pour…

– Je sais, coupe le vieil homme. Vous êtes là pour vous faire du pognon sur l'héritage de mes ancêtres.

Gorki comprend à cet instant qu'il vient de commettre une erreur. Il a montré de l'impatience, laquelle signifie qu'il tient à cette affaire, laquelle va lui rapporter beaucoup. Au premier signe d'impatience, en général, le propriétaire d'un terrain se retranche derrière une carapace de méfiance. Mais Tonko pour l'heure n'a pas l'air méfiant. Il a l'air en colère. Il s'est rembruni, son regard a noirci comme un ciel de tempête, et Gorki comprend aussitôt qu'il n'y aura pas de *Sunset Residence* sur les terres des Rokov.

– Vous perdez votre temps, dit le vieux. On ne vous vendra pas les terres des Rokov.

Gorki regarde l'homme qui se tient face à lui, aveuglé par une douleur folle. Il sait qu'il perd son temps. Il sait qu'il ne pourra pas changer le cours des choses, mais il éprouve quand même le besoin d'essayer une dernière fois, en désespoir de cause.

– Très bien, mais pourquoi ? demande-t-il. Pourquoi, bon Dieu ? Vous faites du mal à tout le monde. À vous-même… à votre femme… à votre fils. Vous faites du tort à vos voisins, aux autres propriétaires. Vous me faites du tort, ainsi qu'aux gens pour qui je travaille. Vous faites du tort à Misto, qui ne peut pas se développer, aux Končurat, aux Bakić, aux Padovan. Pourquoi ? Parce que c'est votre héritage ? Parce que c'est une question de fierté ?

– Exactement, répond le vieux, et son visage se barre d'une grimace furieuse. Exactement pour ça. Pour que vous ne l'ayez pas. Pour que personne ne l'ait. Parce qu'on ne dilapide pas ce qu'on n'a pas gagné. Parce que notre génération est tout ce qu'il y a de plus puant. On croit qu'on peut vivre sans travailler, dépenser ce qu'on n'a pas acquis, on croit que tout ce qui est bon nous est dû. Eh bien non ! Rien ne nous est dû ! Et pour ça, je ne vais pas vendre, justement pour que ça aille pire. Parce qu'ils méritent tous que ça aille pire.

Le vieil homme a lâché sa colère, le visage écarlate, et le voilà à bout de souffle, si bien que Gorki se demande s'il va se sentir mal. Il lui faut un petit moment pour récupérer, puis il reprend la parole.

– Tirez-vous ! Tirez-vous ou j'appelle la police, si vraiment vous n'en êtes plus. Parce que je ne serais pas surpris, dans ce pays, que la police traficote les terrains. Au point où on en est, ça non plus, ce ne serait pas étonnant.

Alors le vieil homme lui tourne le dos. Mais il ne se dirige pas vers la maison. Il va vers l'atelier au rez-de-chaussée à côté de la cale de halage. Il entre dans l'atelier et referme derrière lui. Gorki regarde du côté de la maison. Uršula Rokov se tient à la porte, figée, les yeux fixés sur la scène. Elle a l'air déçue. Mais pas étonnée.

Elle s'approche de Gorki et lui tend une feuille. C'est le plan en perspective de la *Sunset Residence*.

– N'oubliez pas ça. C'était resté à l'intérieur, dit-elle en lui fourrant le papier entre les mains.

Après quoi, comme si toute poursuite de la conversation était devenue inutile, elle lui tourne le dos et entre dans la maison.

***

Gorki a repris le sentier qui longe la mer pour retourner au bourg. Il fait sombre. Le soleil s'est couché derrière la baie et jette une lumière rouge et chaude sur les rochers maritimes, sur les fourrés et les buissons des terres des Rokov. Caressé ainsi par le crépuscule, le maquis du projet avorté de la *Sunset Residence* paraît presque beau. Cette lande, cette végétation sous cette lumière ressemble à quelque chose qui vaille qu'on s'en émeuve.

Les terres des Rokov, Gorki maintenant le sait, resteront telles qu'il les voit présentement. Sur ces terres, rien ne sera construit, du moins pour l'instant, tant que cette génération ne sera pas morte.

Il sait ce qui va suivre. Le fils de la veuve Padovan va vendre son appartement pour que la banque ne saisisse pas la maison de sa mère. À cause de la maison, il va contraindre sa famille à sous-louer quelque chose, et il est probable que sa femme le quitte. Il verra ses enfants un jeudi et un samedi sur deux. Jusqu'à la fin de ses jours, il ira chez sa mère à Misto avec en tête cette arrière-pensée amère, douloureuse : *C'est à cause de vous et de vos terres*.

La vieille Jolanda va mourir dans trois, six ou neuf mois. Elle va mourir au beau milieu d'une brouille familiale, avec une fille et une bru qui se toiseront pleines de rancune. Les Bakić vont attendre que la vieille trépasse et vendront sa maison pour éponger leurs dettes. Mais pour quelques-unes, ce sera trop tard : le fils aura déjà perdu son entrepôt à Sesvete. La petite-fille n'ira pas en clinique dans l'Ontario.

Mais ce n'est pas tout. Demain matin, Gorki va devoir appeler les Padovan et les Bakić. Il va les informer que le contrat ne tient pas parce qu'il y a un propriétaire qui a refusé de vendre. D'ici à demain après-midi, tous sauront que c'est le vieux Rokov qui a fait capoter toute l'affaire. Cela va commencer par des suppliques. Le vieux Tonko ne cédera pas. Alors viendront les menaces et les imprécations. Le vieux Tonko s'entêtera. Il y aura d'abord des mots durs, des cris, peut-être même quelques empoignades. Après quoi, tous ensemble, ils sombreront dans une querelle de clocher. Dans les prochaines décennies, ils se croiseront dans la rue, au magasin ou à l'église, mais ils ne se salueront pas, ils détourneront la tête. Ils se lanceront dans des accusations et des procès absurdes, houspilleront les voisins, cousins et proches de leurs adversaires, avant que la brouille ne devienne une maladie chronique dont plus personne n'aura idée de l'origine ni du remède. Dans les prochaines décennies, ils coexisteront dans une hostilité sourde, qu'ils transmettront à leurs enfants et à leurs petits-enfants jusqu'à ce que chacun, dans un avenir pas si lointain, ait oublié pourquoi tout cela un jour a commencé. Ils oublieront pourquoi cela a commencé, ce qui ne veut pas dire que la haine en sera amoindrie. Simplement celle-ci, vidée de son sens, constituera un état permanent, un peu comme la coqueluche ou les rhumatismes. Elle restera tapie, elle vivotera en silence, comme une infection en terres marécageuses, une malédiction sourde et sèche retentissant dans une pièce vide.

Gorki le sait : tout sera différent à partir de demain. Tout, sauf les terres des Rokov. Elles resteront égales à elles-mêmes – un maquis désert, inutile, rincé par les averses en automne, sec comme la poudre en été, attendant l'incendie inéluctable. Et dans cinq ou quinze ans, quelqu'un d'autre viendra, qui lui ressemblera. Il ramassera les terres des Rokov comme un fruit mûr, peut-être même pour un prix moindre, car il se peut que la misère soit plus grande. Sur la terre des ancêtres de Tonko pousseront des appartements de vacances, ou des villas, un condominium, des logements en *timeshare*, la différence étant que l'acheteur ne sera pas Smart Solutions et que cela ne s'appellera pas *Sunset*

Residence, mais quelque chose de semblable et d'aussi stupide.

Gorki le sait. Dans cette guerre, il n'y a pas de victoire possible, les défaites sont seulement différées.

Il retourne à l'église, rejoint sa voiture et prend la direction de la sortie du bourg. Mais il n'a pas l'intention de partir immédiatement. Il veut avant cela vérifier quelque chose.

Il suit la clôture de la caserne jusqu'à ce qu'il trouve un endroit où elle est effondrée. Il se gare le long de la route et éteint ses phares. Il sort de la voiture et pénètre dans l'ancienne base militaire à travers une brèche dans la clôture.

Il marche dans la base et s'étonne de constater qu'elle est plus grande qu'elle n'en a l'air de l'extérieur. Il y a une première rangée de pavillons, puis une deuxième, puis la poudrerie – un entrepôt avec une toiture cylindrique, situé entre la falaise et un parapet en pierre. Au milieu de la base se trouve un bâtiment plus grand, plus ambitieux, celui du commandement. Devant ce bâtiment, un terrain plat bétonné : c'est là probablement que les marins autrefois se mettaient en rang face au drapeau.

Il fait le tour de la caserne. Du verre crisse sous ses pas. Le sol est jonché de morceaux de métal rouillé, de bris de verre, de seringues de toxicomanes. Toutes les fenêtres sont explosées, toutes les menuiseries arrachées, les seuils d'escalier ont disparu. Gorki entre dans un des bâtiments. La situation est plus pitoyable encore à l'intérieur. Les dalles au sol ont été défoncées, tout comme les parquets, tout comme les bouches d'évacuation. Dans les murs de ce qui fut des salles de bains, il ne trouve que des tuyaux vides et rouillés. Tout témoigne d'une débâcle totale.

Néanmoins, pour qui sait regarder, dissimulé derrière toute cette désolation, il reste l'essentiel. Il voit un espace d'au moins trente mille mètres carrés, parfaitement localisés en bord de mer. Un territoire desservi par une route, avec un réseau de chemins asphaltés à l'intérieur même de la base. Laquelle doit avoir des accès à l'électricité, à l'eau, des canalisations. Elle possède une digue et une rive opérationnelle. Elle possède aussi ces tunnels qui sont aujourd'hui comblés et inaccessibles, mais qui pourraient servir au tourisme nautique. Dans cet espace Gorki voit la pépite qui se cache derrière la misère, un espace qui ne nécessite pas d'être converti de terrain agricole en terrain constructible, qui ne fera pas l'objet d'embrouilles avec les écologistes et pour lequel il n'y aura pas besoin de négocier avec des dizaines de mamies capricieuses. Car la base sur le cap de la Croix n'appartient pas à une flopée de propriétaires, elle n'a qu'un détenteur : l'État.

Gorki rebrousse chemin vers la route. Il peine dans l'obscurité à retrouver le trou dans la clôture, il divague brièvement du mauvais côté des fils barbelés. Finalement il parvient à distinguer les contours de sa Volkswagen Touareg de l'autre côté de la clôture. Il presse le bouton de déverrouillage central des portières. La voiture le salue d'un clignotement rapide dans le noir.

Il sait que les Irlandais ont des contacts au ministère de la Défense. Il sait qu'ils arrosent un des membres du cabinet et que celui-ci leur a arrangé quelques affaires concernant des biens immobiliers de l'armée en Istrie. Il va leur conseiller d'exploiter cette relation. Car ils disposent ici de tout ce dont ils ont besoin, réuni en un seul lieu, et ils n'auront pas à en passer par ce dingue de Tonko, il n'y aura pas de tiraillements avec des héritiers, pas de procès avec des cousins.

Il s'installe au volant de sa voiture et s'engage sur la route pour sortir de Misto. Tout en conduisant, il regarde en dessous la bourgade assoupie, les pâles lampadaires le long de la promenade, la lumière tremblante du fanal sur le môle. Seul un point lumineux brille intensément dans le soir d'hiver. La croix de pierre, avec son nouvel éclairage, scintille au-dessus du cap de la Croix. Cette même croix au pied de laquelle Silva Vela a passé une dernière nuit dans son village.

Il arrête la voiture. Il reste longtemps, le pied sur le frein, dans la montée qui mène au belvédère. Alors il comprend qu'il ne peut pas, que c'est plus fort que lui.

Il fait demi-tour sur la route étroite et redescend vers le bourg. Il passe de nouveau à côté du terrain de basket, de l'église, de la poste, de la boulangerie. Finalement il stoppe dans le haut du village, au niveau d'une maison non éclairée. C'est la maison de Jakov et de Vesna Vela.

Il coupe les phares et regarde. La maison est noyée dans le noir, on n'entend rien, on ne voit rien. Gorki reste assis dans son véhicule froid, tous feux éteints, et ces lieux où il est venu si souvent lui reviennent en mémoire. Il se souvient du couloir étroit avec le perroquet métallique. À gauche de la porte, la chambre du fils. À droite, la chambre des parents. Il se souvient aussi de la salle de séjour. Du sol en terrazzo, de la table en bois le long du mur, la pile de linge non repassé, la table basse avec le téléviseur et l'image de Jésus au-dessus de l'entrée de la cuisine. Il se souvient de la porte de la chambre de Silva. Une porte blanche, avec un cœur en papier et un panneau *Keep out*. Il se souvient du petit lit blanc, des posters d'adolescente au mur, de son bureau de travail, avec ses feutres dans une canette de bière. Il se souvient enfin de l'armoire à vêtements, et dans cette armoire le tiroir secret avec les secrets de la jeune fille.

Il est assis dans la voiture, dans le noir, immobile, comme pris de paralysie, et il voyage en pensée dans cet espace figé dans sa mémoire. Et soudain il sursaute. Là-bas, dans la maison, une lumière s'est allumée, et il aperçoit à travers les rideaux de la fenêtre une ombre floue passer.

Il se rend compte qu'il a froid. Il démarre et quitte Misto.

10

BRANE
(2005)

Comme toutes les nuits, Brane a réglé le réveil à quatre heures moins vingt, pour le troisième quart. Et comme toutes les nuits, Brane s'est réveillé plus tôt. Il a ouvert les yeux dans sa cabine sombre au milieu de la nuit et il a su immédiatement qu'il ne se rendormirait pas. Il a regardé sa montre : il était trois heures moins dix. Encore une fois, a-t-il pensé, il va devoir se cogner toute la journée avec le manque de sommeil.

Il allume la lumière dans la cabine et se lève. Il entre dans la salle de bains et se lave. Après s'être essuyé le visage, il se regarde dans la glace. Ce qu'il voit ne lui plaît pas.

Il y a longtemps qu'il a cessé de se préoccuper de son corps. Les traces de cet abandon sont maintenant bien visibles. Le visage a grossi, il est d'une couleur malsaine. Des mèches grises en désordre rebiquent à hauteur des oreilles. Des couches adipeuses pendouillent sous les épaules et sous les côtes, le ventre et les flancs ont gonflé, ramolli, c'est maintenant une masse de chair négligée, ronde et repoussante. Cela fait des années que Brane ne se pèse plus. Mais chaque jour qui passe, il se sent de plus en plus mal et balourd. Il sent que son corps le trahit, qu'il s'essouffle au moindre effort, que ses genoux l'élancent sporadiquement quand il monte les escaliers. Il le sait : il devrait arrêter de manger du pain, des pommes de terre et du riz. C'est simple comme idée, et pourtant il est incapable de la mettre en œuvre et de s'y tenir.

Il se lave encore le cou et sous les aisselles, s'essuie avec la serviette. Il réfléchit à revêtir son uniforme, mais il se rend compte qu'il reste encore beaucoup de temps jusqu'à son quart. Il s'allonge sur son lit en maillot de corps, bien qu'il sache que le sommeil ne viendra pas. Finalement, il se relève, va s'asseoir à la table et ouvre son ordinateur pour vérifier ses e-mails.

Comme d'habitude, personne ne lui a écrit. Il ne trouve que des spams dans la boîte de réception : des annonces immobilières, des études universitaires et des interventions chirurgicales pour l'augmentation du pénis. Il fait glisser le curseur d'un message à l'autre et entreprend de les effacer. C'est alors qu'il remarque, tout en bas de la liste, un courrier. Il est arrivé hier, en début d'après-midi, heure de la mer de Chine. Un message d'Uršula. Sa mère a dû le lui envoyer le matin, dès qu'elle s'est levée.

L'objet du message commence par un point d'interrogation menaçant. Il ne comporte que deux mots : ? FAIS SIGNE ?

Brane clique sur le titre du message puis presse le bouton *effacer*. Le courrier d'Uršula disparaît irréversiblement de la boîte.

Il se lève. Le voilà d'un seul coup bien réveillé, les idées au clair. Et de mauvaise humeur.

Il revêt son uniforme. Il boutonne sa chemise blanche de premier officier et lisse les épaulettes à trois galons dorés. Il regarde sa montre. Il lui reste encore une demi-heure jusqu'au début de son quart. Mais il décide de grimper sur le pont : peu importe qui s'y trouve, ça lui fera du bien d'avoir un peu de compagnie.

Il s'engage dans la coursive, passe à côté de la cabine du capitaine et grimpe à l'échelle métallique. Il tourne à hauteur du salon et monte encore d'un étage. Il remarque en marchant que le navire tangue et que le bordage grince. En ouvrant la porte de la passerelle de commandement, il comprend pourquoi. Autour d'eux la mer de Chine est en ébullition.

Avant-hier déjà, à peine ont-ils franchi le canal du Mozambique qu'un vent d'est chaud chargé de pluie a commencé à souffler. La météo annonçait un renforcement à la mi-journée, mais celui-ci s'est produit manifestement plus tôt que prévu. Les vagues ont grossi au cours de la nuit, battant le navire par le travers, tout ce qu'il y a de plus inconfortable. Le *Mary Lætitia* est un bâtiment immense et robuste. Mais par une mer pareille, même lui se cabre et crisse, le bordage métallique gémit sous l'assaut des forces aquatiques. Il leur faut encore trois jours et deux nuits pour atteindre le port de Shenzhen. *Trois jours qui vont être longs et désagréables*, se dit Brane.

Il entre sur la passerelle et salue. Serhij, un vieil Ukrainien – le timonier, un marin breveté – tient la barre. Le second, Juoni, un Finlandais, est posté à la place de l'officier, sous le panneau de contrôle des machines. Il a les yeux fixés quelque part, au-delà de la vitre de sécurité, sur la mer déchaînée. Il jette un regard au nouveau venu.

– *Rough night*, dit le Finlandais. *I'll bring you a coffee before I go.*

À quatre heures précises, Juoni leur apporte du café dans des tasses en plastique puis ils procèdent aux opérations de relève. Brane lit les données du radar et du GPS et contrôle le cap sur la boussole. Il tire du Navtex une fiche avec les nouvelles prévisions météorologiques, quelque peu plus pessimistes. Il examine la carte ECDIS pour voir s'il y a d'autres navires dans les parages. Il y en a peu et la plupart suivent la même route qu'eux. Des petits points rouges apparaissent sur l'écran de contrôle de l'AIS, avec les codes des bateaux. Tous ces points progressent lentement le long d'une même ligne imaginaire, du canal du Mozambique en passant par Singapour jusqu'aux ports situés dans le delta de la rivière des Perles. Sur ce tracé, Brane le sait, c'est le flux sanguin de l'économie mondiale qui circule. Dans un sens, vers l'ouest, des chaussures transitent, des sacs, des jouets, des téléphones portables et des ballons. Dans l'autre sens, en direction des ports chinois, ce sont des voitures allemandes, des presses d'imprimerie, des pompes mécaniques et des Doppler couleur. C'est dans cette direction que vogue le *Mary Lætitia*.

Juoni dépose les cafés chauds sur le pupitre du panneau de commande. Serhij avale le sien, le regard toujours fixé face à lui sur ce furieux néant aquatique. Puis Juoni les salue et part se coucher. Brane et l'Ukrainien restent seuls. Une nuit de plus les attend, le troisième quart, de quatre heures à huit heures du matin. Il n'y a qu'eux deux sur la passerelle, le *primo* et le timonier. Et le *Mary Lætitia*, immense et massif. Et autour d'eux, l'eau. L'eau à l'infini.

Le vent a changé de direction, il souffle maintenant un peu plus à l'est. Brane ordonne au timonier de virer de six degrés est, pour que les vagues frappent par la proue et non par le travers. Il tire sur le potentiomètre du panneau de commande et modifie l'angle des pales de l'hélice. Le navire ralentit. L'aiguille indique une vitesse de onze nœuds.

– *I'll check the engine, and lower deck*, dit Brane, et l'Ukrainien se contente d'acquiescer d'un signe de tête.

Brane descend d'un étage par l'échelle, puis d'un autre, puis encore d'un autre. Il fait le tour du poste de sécurité d'incendie, entre dans la coursive, descend encore d'un étage et tire le verrou d'un sas métallique. Il ouvre la porte et entre dans le compartiment cargaison. Il appuie sur l'interrupteur. La lumière clignote et s'allume, éclairant le pont moins quatre.

Il se tient dans la cabine de contrôle, face à la cargaison du pont. Aussi loin que le regard porte, il a devant lui des voitures. Des milliers et des milliers d'Audi, de Seat et de Volkswagen, des berlines, des monospaces et des SUV, aux capots arrondis bleus et gris, somnolent dans la cale, sous la lumière avare du navire qui scintille sur la tôle métallique. Le pont moins quatre n'est qu'un des ponts : le *Mary Lætitia* en compte six et contient 6 137 véhicules exactement. Six mille cent trente-sept véhicules dont Brane, en tant que *chief mate*, a supervisé personnellement le chargement à Rotterdam, qu'il a accompagnés un par un dans la cale et pour lesquels il a signé le bordereau de réception. Six mille et quelques voitures qui font route vers Shenzhen, à la rencontre de leurs nouveaux propriétaires, des architectes et des chefs comptables chinois, des avocats et des maires, des ingénieurs et des secrétaires du parti. Six mille individus s'assoiront bientôt dans leurs conduites intérieures sentant le neuf, avec leurs belles housses, ils seront fiers, heureux de constater qu'ils progressent de jour en jour et dans le regard de tous. Brane les envie. Il se dit que ça doit être plaisant d'avoir des envies dans la vie qu'on peut se payer avec de l'argent.

La cargaison est bien en place, au sûr et au sec. Satisfait de ce qu'il vient de voir, il éteint la lumière et ferme le sas. Il reprend l'échelle pour descendre encore deux ponts plus bas et se retrouve devant une grande porte métallique. Il actionne le verrou et ouvre la porte. Aussitôt le bruit le colle contre le mur. C'est un fracas assourdissant, comme toujours dans la salle des machines.

Il met ses protections auditives et entre dans la salle. Il trouve un bouton près de la porte et le presse. Il s'agit de la *Dead Man Alarm* : s'il lui arrive quelque chose et s'il ne la réarme pas dans les quinze minutes, aussitôt l'alarme sonnera sur la passerelle de commandement et dans la cabine de l'officier de quart machine. Après avoir activé l'alarme, Brane descend encore d'un degré par l'échelle, au niveau des machines. Il s'arrête, en contemplation devant ce spectacle qu'il a vu tant de fois et qui ne cesse de le fasciner.

Face à lui, le moteur diesel Wärtsilä-Sulzer RTA96-C est en pleine action, aussi régulier qu'assourdissant. Haut comme un immeuble de trois étages, il monte jusqu'à la voûte métallique et tempête dans les entrailles du navire avec ses seize cylindres et cent sept mille chevaux-vapeur, avalant cent dix litres de pétrole à la minute. Pendant qu'ils sont sur le pont en train de surveiller avec respect la mer déchaînée et que le reste de l'équipage dort, ici, dans cet *unmanned machinery space*, ce phénomène finlandais travaille sans relâche et sans surveillance, infatigable et indestructible, propulsant le *Mary Lætitia*, lent moloch d'acier, au milieu de la furie aquatique. Brane contemple ce monstre de métal avec une admiration indicible, comme s'il avait face à lui une cathédrale grandiose.

Il va jusqu'au panneau de contrôle. Après avoir constaté que tout est en ordre, il remonte vers la sortie, désactive la *Dead Man Alarm* et referme la salle des machines. Il remonte vers la passerelle, mais il s'essouffle à mi-chemin. Il s'arrête dans la volée de marches, haletant, la respiration courte. Il sent dans sa poitrine des picotements qui ne lui plaisent pas.

Il retourne sur la passerelle de commandement. Serhij se tient au timon et lui lance un regard inquiet. Le timonier a l'air fatigué. Brane comprend qu'il a besoin d'une pause.

– *It's all fine down there*, dit-il. *Go take a break. I'll watch from now on.*

Serhij le regarde avec gratitude, acquiesce d'un signe de tête et s'engage sur l'échelle. Brane reste seul sur la passerelle, cent cinquante pieds au-dessus de la mer déchaînée. Il examine le pupitre devant lui. Il y a encore posée là, intacte, sa tasse de café froid. Il jette un coup d'œil à l'intérieur de la tasse, l'air dégoûté. Il la prend et la vide dans la poubelle. Il pose les doigts sur le potentiomètre du moteur et règle les pales orientables. Le *Mary Lætitia* accélère à une vitesse de dix-huit nœuds, fendant par la proue les vagues qui se renforcent.

***

Il a dû s'endormir. Il ne sait pas quand ni combien de temps, mais à l'évidence il s'est endormi, et c'est un son qui l'a tiré de son sommeil léger.

Ça n'a pas été un gros craquement. Plutôt un petit *clanc*, rien qu'une fois, quelque chose qui ressemble fort au son d'un métal qui casse. Le son – imperceptible, presque silencieux – s'est propagé jusqu'à la passerelle de commandement au milieu du chahut environnant, du bruit du moteur et du mugissement de la mer. Brane l'a entendu et est sorti en sursaut de sa rêverie.

Il regarde autour de lui. Tout paraît en ordre sur la passerelle de commandement. La machine continue de ronronner monotone, le *Mary Lætitia* bat uniformément et obstinément les flots, à la vitesse et suivant le cap qu'il lui a fixés. Serhij n'est pas sur la passerelle – il doit être encore en bas, au salon, en train de prendre un café. Brane regarde sa montre. Cinq heures moins dix. S'il a somnolé, ça n'a pas pu durer plus d'une minute ou deux. Tout a l'air normal, tout sonne normal, comme s'il ne s'était rien passé. Tout, sauf ce petit bruit qu'il a entendu – s'il l'a bien entendu. Un bruit qui n'est plus là, qui s'est évanoui, comme s'il l'avait rêvé. Il revêt son manteau et sort sur le pont. Le vent fouette méchamment et inonde ses paupières et ses joues de grosses gouttes de pluie. Il regarde tout autour de lui. Il ne voit rien. Rien, à part la mer obscure et le blanchoiement des crêtes d'écume.

Il retourne sur la passerelle. Il trouve Serhij. Il est entré sur la passerelle, l'air pressé, apparemment inquiet.

– *What happened ?* demande l'Ukrainien.

– Il ne s'est rien passé, répond-il.

– *Are you sure ?* demande le vieux timonier.

– Non, rien, il ne s'est rien passé, répète Brane, et le timonier lui demande s'il n'a pas entendu ce bruit.

Il ne répond pas. Mais son silence ne satisfait pas l'Ukrainien. Le marin breveté sort sur le pont. Presse le commutateur pour allumer les réflecteurs. Les faisceaux de lumière éclairent la mer dans le sillage du bateau. Le *Mary Lætitia* continue de chevaucher les flots. Il domine des montagnes d'eau, allant toujours plus avant, au milieu des mugissements et des grincements. Derrière la poupe, il n'y a rien à voir, que des vagues et encore des vagues.

Le timonier revient sur la passerelle. Il le regarde.

– *Should we slow down and see ?* demande-t-il.

Brane marque une pause, hésitant. Puis il dit :

– *No need.*

– *Sure ?*

– *Sure. No need.*

L'Ukrainien ne semble pas convaincu. Il s'assoit à sa place, face à l'écran ECDIS et le regarde d'un air dubitatif, inquisiteur.

– *You've heard it*, dit-il. Vous l'avez entendu tout comme moi.

– Je n'ai rien entendu, répond Brane.

– *Sure ?*

– *Sure. I've heard nothing. Just a normal noise. Just a hum. Just a sea.*

Le timonier continue de l'observer et Brane comprend qu'il doit couper court à cette discussion. Il appuie sur le potentiomètre et monte la vitesse. Le grondement du moteur se fait plus lourd, plus intense, et le *Mary Lætitia* tressaute, accélère et attaque les vagues par l'avant. La mer écumante se dresse et inonde la proue. Des gerbes d'eau salée se jettent sur la vitre devant eux. Serhij continue de l'observer par-dessous. Brane, lui, n'ose pas. Il coupe le réducteur et pousse le potentiomètre sur *full ahead*. Le bruit grossit, ça craque, il y a comme une secousse métallique à travers la coque d'acier du *Mary Lætitia*. Le bateau accélère encore et continue d'avaler la mer sous un angle serré face aux vagues. Sa vitesse est maintenant de vingt et un nœuds.

– *It was just a noise*, marmonne Brane. *Just a hum of the sea. Nothing more*.

Il dit cela, mais il ne regarde pas le timonier dans les yeux. Il fixe droit devant lui les flots, il est cinq heures cinquante, l'aurore estivale rougeoie déjà au large.

***

Au matin, ils ont trouvé une éraflure sur la coque du navire. Elle est basse, presque au niveau de la ligne de flottaison. Elle s'étire sur le flanc droit, de la proue jusqu'au tiers du compartiment cargaison. On dirait une griffure faite par un ongle fantastique. Sur la proue, les entailles sont plus profondes et plus blanches, comme couvertes de craie. Vers le milieu du navire, elles se transforment en traits parallèles à peine visibles.

À son réveil après son quart, il retrouve le capitaine, le second et les marins qui examinent l'éraflure. Il sort sur le pont, le capitaine le remarque et l'interroge du regard. Il l'invite à le suivre dans sa cabine. Il le fait entrer et referme la porte derrière lui. Brane a déjà navigué à trois reprises avec Broos, soit onze mois au total. Pourtant il n'avait jamais franchi le seuil de la cabine du capitaine au cours de ces onze mois.

Broos est un Néerlandais, sexagénaire taiseux, sec d'apparence, à la barbe en pointe. Il parle peu et garde ses distances. En début de soirée, il s'enferme entre les quatre murs de sa cabine et il biberonne des gins allongés, goutte après goutte, lentement. Il boit en permanence, mais il n'est jamais ivre, il surgit pour les quarts toujours rasé et affûté comme une lame. En ce moment précis aussi, Broos est affûté et lucide, malgré la bouteille de gin à moitié consommée qui repose au chevet de sa couchette, témoignage du passe-temps nocturne du marin.

Broos l'interroge sur ce qui est arrivé.

– Il ne s'est rien passé, réagit Brane en colère, mais il comprend que son énervement ne fait que le trahir.

– Il s'est passé quelque chose, rétorque le Néerlandais. Cette éraflure n'est pas arrivée là toute seule.

Brane réfléchit à sa réponse. Il pense dire qu'ils ont probablement dû accrocher un container à la dérive ou une barge mal amarrée. Mais il sait qu'en disant n'importe quoi, il insulterait l'intelligence du capitaine.

– S'il s'est passé quelque chose, je ne sais pas ce que c'est. Je n'ai rien entendu. Rien.

– Sûr ?

– Certain. Ç'a été une nuit difficile, avec de la pluie et une mer force sept. Vous le savez bien.

Rien qu'un court instant, le Néerlandais fait mine d'être convaincu. Ç'a été une nuit difficile, c'est vrai. Avec la pluie et une mer force sept, il n'a rien dû entendre. Il n'a pas pu entendre. Sauf qu'il a entendu : il a entendu, mais il est le seul à le savoir, et personne d'autre.

– Bon, dit Broos après une courte pause. Espérons que ce n'était vraiment rien. Espérons que personne ne déclarera un naufrage ou une disparition.

Mais déclaration il y a eu. Pas le jour même. Deux jours plus tard, une alerte leur est parvenue sur le Navtex. Un bateau de pêche chinois a disparu, à 390 milles au sud de Macao, sur leur route. Un chalutier de dix-neuf mètres, de couleur rouge, avec neuf membres d'équipage. Dans l'intervalle, l'éraflure sous la proue a été lessivée par la mer. Si elle était blanche au départ, elle révèle maintenant des traces de peinture métallique rouge.

Dans l'après-midi, Broos lui demande à nouveau de venir le voir. Il lui dit qu'il ne peut pas décider seul de la suite. Il doit appeler le DPA – la *designated person ashore*. Le DPA est leur liaison avec le monde, le ministre des Affaires étrangères, la planche de salut dans ces situations. Le DPA de la compagnie est norvégien. Son nom et ses coordonnées figurent partout sur le navire : sur la passerelle, dans la salle de repas, dans la salle des machines, dans la cabine de contrôle de la cargaison.

– *DPA has to decide*, dit Broos. *Sorry, it's not my call anymore.*

Brane sort assombri de la cabine du capitaine. Il parcourt la passerelle en réfléchissant aux suites – il n'en a qu'une idée confuse. Il sort sur le pont extérieur et remarque un groupe de marins philippins dans la combinaison orange de la compagnie. Ils parlent avec vivacité dans leur langue, une langue que Brane ne comprend pas, mais qu'il est capable de distinguer parmi une centaine d'autres. Explosive, pleine de consonnes crépitantes, elle rebondit comme un lâcher de billes dans un escalier métallique.

Au moment où il s'approche d'eux, les Philippins se taisent. Ils le saluent et s'écartent pour le laisser passer. C'est un *chief mate*, eux ne sont que des matelots de base, des marins absents de leurs foyers quinze mois durant. Il existe entre eux – même maintenant – une barrière électrique invisible. Brane poursuit son chemin et passe entre eux. Et à un moment, il lève les yeux et son regard croise celui d'un Philippin.

Il n'a pas navigué longtemps avec lui. Mais il le connaît. Nazario a travaillé pendant des décennies, dans diverses compagnies, sur toutes sortes de bateaux – des tankers, des Ro-Ro, des paquebots. Sur le navire, il se dit qu'il a sept enfants à la maison. Il porte encore au cou sous sa combinaison une grande croix en argent.

Nazario le regarde. Un regard dans lequel il n'y a plus ni peur, ni soumission, ni respect pour le Blanc ou pour les trois galons dorés aux épaulettes de Brane. Le regard de Nazario est plein de mépris. Un regard qui dit : *Assassin*.

Brane passe entre eux, sans un mot, et se retire dans sa cabine. Il aimerait dormir, ne serait-ce qu'un peu, une heure ou deux, avant le quart de la nuit prochaine. Mais il sait déjà qu'il n'en sera rien.

***

Ils atteignent Shenzhen deux jours plus tard, à l'aube. Cette nuit-là, comme toutes les nuits, Brane effectue son quart de premier officier, de quatre heures à huit heures. Avant l'aube ils observent un trait de lumière à l'horizon. Au fur et à mesure qu'ils s'approchent du port, ce trait s'élargit pour devenir un ruban de plus en plus clair et lumineux. Quand ils entrent dans la baie, ce fin ruban de lumière se transforme en une ruche étendue à perte de vue, pulsante et vibrionnante. Sur la gauche, Macao. Sur la droite, Hong-Kong et Kowloon. Juste derrière se trouve Shenzhen, et en arrière-plan, dans l'estuaire de la rivière des Perles, brillent les lumières de Guangzhou. Autour de Brane, dans ce périmètre d'une centaine de kilomètres, vivent soixante-dix millions de personnes. Bien qu'il le sache rationnellement, il a du mal à concevoir de telles dimensions.

C'est le moment de la manœuvre. À cinq heures et demie, il réveille le capitaine, le chef mécanicien et le premier officier machine. Aux alentours de six heures, le pilote chinois monte sur la passerelle de commandement. Brane l'observe. C'est un homme de petite taille, silencieux, au maintien militaire. Celui-ci les considère d'un air maussade. Brane se dit un instant que le Chinois doit être au courant de leur collision avec le bateau de pêche. Mais il repousse cette pensée comme étant irrationnelle.

Ils parviennent devant l'entrée du port de Shenzhen au moment où le soleil se lève. Baigné par une lumière rougeoyante, le port qui s'étend sous leurs yeux ressemble à un Mordor irréel. Des dizaines, des centaines de grues semblables à des mantes religieuses de métal émergent des brumes rougeâtres. Des quantités et des quantités de grues s'offrent à la vue où qu'on regarde, et leur image inversée apparaît en miroir sur la surface tranquille de l'eau. Une eau mazoutée, huileuse, que cette pollution rend presque belle. Dans la bonace du matin, sa surface resplendit des couleurs de l'arc-en-ciel.

La manœuvre dure quatre heures. Ils accostent au ferry dock vers midi et les opérateurs des concessionnaires commencent à débarquer les voitures. Peu de temps après, Broos l'appelle.

– Le DPA est arrivé, lui dit-il. *You need to talk with him.*

Ils s'assoient dans la cabine du capitaine. Le DPA norvégien est un jeune bureaucrate aux lunettes à monture métallique. Il a l'air de quelqu'un qui n'a jamais navigué, qui ne sait pas ce que cela veut dire. Et, dans le même temps, de quelqu'un qui règle les problèmes vite et efficacement.

Les choses ne se présentent pas bien, dit-il. Aussi bien pour la compagnie que pour Brane. « Il n'y a pas de trace des pêcheurs, mais il y a des indices relativement sérieux – dit-il de manière prévenante – pour que ce soit vous qui les ayez heurtés. » Ce n'est qu'une question de temps avant que les autorités portuaires remarquent l'éraflure sur la coque. Pour l'heure, il vaut mieux faire le mort. Car si la moindre enquête est lancée, ça se passera mal tant pour la compagnie que pour Brane.

Brane savait ce qui allait suivre, aussi le plan du DPA ne le surprend-il pas. Un nouveau *chief mate* est déjà en route, dit le Norvégien. Il doit atterrir à six heures cinq cet après-midi sur un vol en provenance de Sidney. Il sera là juste à temps pour achever le déchargement, avant de reprendre la route avec le *Mary Lætitia*. En ce qui concerne Brane, le mieux pour lui serait de mettre de la distance. Qu'il parte le plus vite et le plus discrètement possible.

Le DPA sort de sa poche une liasse de papiers : la rupture du contrat, un visa de transit chinois et un billet aller au départ de l'aéroport de Guangzhou Baiyun, direction Split, via Francfort et Zagreb. L'avion décolle à vingt heures vingt-cinq.

– *You have to hurry, I'm afraid*, dit le Norvégien. Il faut que vous vous dépêchiez. L'aéroport est loin, vous n'avez pas trop de temps.

Brane s'en va dans sa cabine et prépare ses affaires en vitesse. Il fourre dans un sac ses quelques vêtements, son nécessaire de toilette, range son ordinateur portable. Puis il part saluer l'équipage. Il remarque que Serhij serre à contrecœur la main qu'il lui tend. Pour finir, il salue Broos. Le capitaine esquisse un sourire, mais il n'y a dans ce sourire aucune aménité.

– *It's better this way, for all*, dit-il, et Brane pense qu'il lui mettrait bien son poing dans la figure.

À huit heures et demie, il est dans l'avion de la Lufthansa qui s'élève lentement au-dessus du delta de la rivière des Perles. Partout alentour il voit des grappes de métropoles qui sombrent dans le crépuscule au terme d'une nouvelle journée de labeur. Il distingue aussi à l'horizon le port de Shenzhen. Les tas de grues qui ressemblent de là-haut à des girafes minuscules. À l'heure qu'il est, le *Mary Lætitia* a été déchargé en totalité, il est vide. Dans une demi-heure, il quittera le dock pour laisser la place au navire suivant. Dans une heure ou deux, il sera déjà en route en direction du sud, avec dans sa cabine, sur sa couche encore chaude, le nouveau *chief mate*. À quatre heures, il se réveillera dans sa cabine, il grimpera à l'échelle qui conduit à la passerelle et il prendra sa place, face au radar et au panneau de commande. Brane le sait : demain, et au-delà quand il sera rentré chez lui, il continuera de se réveiller à trois heures du matin, à l'heure où il est normalement de quart.

L'avion dessine un demi-cercle et le port de Shenzhen disparaît de l'horizon. Il s'élève vers son altitude de croisière et Brane ne voit par le hublot que la mer – de l'eau, encore et encore de l'eau à perte de vue. Et ils sont là, quelque part dans cet abîme bleu. Quelque part dans tout ce bleu, sur la mer ou en dessous, il y a une carcasse d'acier rouge, un bateau de dix-neuf mètres. Et sur cette carcasse, ou dedans, neuf hommes, qui – maintenant c'est évident – doivent être morts.

Brane pense combien il est étrange qu'il ne sache même pas quel est leur nom. Il ne l'a pas su, et si ça avait été le cas, il aurait été incapable de s'en souvenir.

Il réfléchit à cela, alors que l'avion transperce un nuage et que la vue par le hublot soudain se voile.

***

Après vingt-six heures de vol jusqu'à Francfort et trois heures jusqu'à Zagreb, il a encore une heure d'avion avant d'atterrir à l'aéroport de Split tard le soir.

C'est le dernier vol de la journée et il est plein comme un œuf. Se sont entassés dans cet avion des gens du monde entier désireux d'arriver en Dalmatie avant la nuit. Des marins de retour de voyage, des hommes d'affaires, des étudiants zagrébois et quelques rares touristes d'avant-saison somnolent l'air épuisé sur leurs sièges. Au fond de l'avion, une équipe sportive au complet a pris place. Ils sont tous vêtus d'un survêtement bleu et blanc. Ils sont musclés, taillés comme des footballeurs et – c'est l'impression de Brane – incroyablement jeunes. Il ne reconnaît aucun visage – cela étant, Brane ne les reconnaîtrait pas même s'ils étaient des stars. Dans tout l'avion, seuls les footballeurs ne sont pas fatigués. Ils font les imbéciles et un raffut du diable pendant que le reste des passagers sombrent dans une léthargie rêveuse.

Après que l'avion a décollé, les personnes autour de lui se sont assoupies. Brane, non. Au terme d'un trajet de trente heures, il est immensément et indiciblement fatigué, mais il est victime du *jet lag* et de son insomnie habituelle. En mer de Chine méridionale, il est en ce moment cinq heures du matin. Il pense au *Mary Lœtitia* qui vogue en direction du sud-ouest, vers le détroit de Singapour. S'il avait été à bord, il serait en train d'effectuer son quart, de quatre à huit heures. Il serait en éveil, bien alerte, et il contemplerait l'océan. Alors que là, il contemple l'occiput des personnes assises sur les sièges devant lui.

Il regarde les rangées de coiffures féminines et de nuques masculines. Il observe ces silhouettes inconnues, anonymes, et il comprend soudain combien toutes ces années de navigation l'ont rendu étranger à ce monde et aux gens. C'est alors qu'un homme devant lui se tourne à moitié. Il jette un coup d'œil vers l'arrière, il cherche probablement du regard une hôtesse. Son visage dit quelque chose à Brane. Il ne saurait expliquer d'où ni comment – mais il lui dit quelque chose.

L'homme est placé trois rangs devant lui, sur le côté opposé de l'avion. Il est assis sur son siège les yeux clos, comme s'il méditait. Puis il sort une liasse de papiers d'un attaché-case et entreprend de les étudier. Brane a toujours eu une excellente vue. Il se tend vers l'avant et parvient à déchiffrer un en-tête. Il ne distingue pas bien le premier mot, mais il peut très bien lire les deux suivants : Solutions Estates. Il observe cet homme au cou puissant, au front haut et aux joues rebondies, et il sait qu'il l'a déjà vu.

L'avion atterrit à Split à dix heures. La pluie vient de s'arrêter de tomber. Ils sortent sur la piste de l'aéroport encore mouillée par une légère averse de printemps. Brane enfile sa veste et quitte l'avion. L'odeur féroce et grisante du Sud assaille ses narines. La pluie a exalté la végétation et la nature, l'air est plein d'ozone. Il sent la brise légère qui apporte des parfums d'immortelle, de mimosa, d'origan et de crithme des prairies environnantes. Brane respire l'air printanier et il comprend que c'est tout ce qui lui manquait. Rien d'autre, juste ce parfum, juste ça.

Il est debout près du tapis à bagages. L'homme aux papiers à en-tête d'une agence immobilière se tient à côté de lui. Brane l'observe. Il essaie de déceler sur ce visage des détails dont il se souviendrait, des détails moins sujets que d'autres aux changements : la forme du nez, les sourcils, les yeux.

Les bagages commencent à arriver. Celui de l'homme à côté de Brane surgit parmi les premiers. C'est une petite valise, du genre de celles qu'on emporte pour un déplacement professionnel d'un jour ou deux. Brane jette un regard sur l'étiquette attachée à la poignée. Il y a dessus un nom et une adresse à Split. Le nom est écrit en lettres capitales. Et ce nom, c'est Gorki Šain.

Aussitôt un visage se réveille dans son souvenir. Le même visage, avec les mêmes sourcils, le même profil du nez, mais seize ans plus jeune, avec plus de cheveux, moins de kilos, un front plus bas. Et avec ce visage revient une image, celle d'un bureau. L'immeuble de la direction de la police de la République socialiste de Croatie, dans la rue de Sukoišan à Split. Dans cet immeuble, une pièce, ordinaire, sans rien de particulier, avec un faux plafond, la climatisation encastrée, des piles de dossiers grimpant sur un mur. Et un portrait de Tito, grand, encadré sous verre. Et sous le portrait de Tito, lui, Gorki, avec seize ans et quinze kilos de moins, qui l'interroge : où est-ce qu'il était, qu'est-ce qu'il a fait ce samedi 23 septembre ? Il l'interroge, et Brane le sait – et Gorki Šain sait que Brane le sait :

l'inspecteur le soupçonne de l'avoir assassinée. Il ne sait pas comment, il ne sait pas où, mais peu importe, il pense qu'il l'a tuée.

Le bagage de Brane vient d'arriver. Il attrape sur le tapis un gros sac de toile, ce type de sac que les marins utilisent traditionnellement car les valises rigides et anguleuses prennent de l'espace dans une cabine de bateau. Il s'engage dans le couloir vers la sortie, observant de dos l'homme qui marche devant lui. Cet homme qui a voulu sa tête, un jour, il y a longtemps.

C'est son alibi solide qui l'a sauvé. Il le savait à l'époque, il le sait aujourd'hui. Ce qui l'a sauvé, c'est qu'il s'est rendu, vendredi 22 septembre, dans les locaux de l'école maritime à Rijeka, mais qu'il a trouvé porte close à cause de la pause de midi. Ce qui l'a sauvé, c'est qu'il a passé une bonne partie de l'après-midi à remplir des formulaires administratifs, qu'il a attendu jusqu'à cinq heures que le bureau de l'état civil ouvre pour faire certifier les photocopies de ses documents, et ce n'est qu'à six heures qu'il a réussi à acheter les timbres fiscaux et à faire homologuer son dossier pour son orientation vers des études maritimes supérieures. Contrairement à ce qui était prévu, il a attrapé un car pour Misto à seulement neuf heures du soir. Il n'est arrivé à Misto qu'à six heures du matin, avant l'aube, quand le car de la compagnie de Rijeka Autotrans l'a déposé à l'arrêt en haut du bourg, sur la Magistrale. Contrairement à ce qui était prévu, il n'a pas passé la nuit dans la maison de ses parents, sur les terres des Rokov. Il l'a passée affalé en travers de deux sièges d'un car de nuit auquel il a fallu des heures pour relier Zadar depuis Rijeka par la vieille route sinueuse qui traverse Jurjevo, Ažić Lokva et Karlobag. Il s'en souvient bien, de cette nuit, recroquevillé sur ce siège inconfortable, incapable de dormir, pendant que le car titubait d'un virage à l'autre. C'était horrible. Aujourd'hui il remercie le ciel de cette nuit.

Car son alibi ne pouvait pas être plus solide. Dans ce car, toute la nuit, il y avait les deux chauffeurs et au total quatre ou cinq passagers le cœur au bord des lèvres sur cette route en tourniquet. Tous se souvenaient de lui et avaient pu le décrire avec précision. Il ne pouvait pas y avoir le moindre doute sur l'endroit où il avait passé la nuit au moment où Silva disparaissait.

Si ça n'avait pas été le cas, Brane le sait, les choses auraient mal tourné pour lui.

Il se dirige vers la sortie de l'aéroport. Šain marche toujours devant lui. Il a l'air élégant. Il est vêtu comme un homme d'affaires, pas comme un policier. Ils se retrouvent ensemble devant les portes battantes. Šain s'empêtre avec sa mallette entre deux compartiments et fait un pas en arrière. Il se retourne, présente ses excuses. Il regarde Brane dans les yeux, mais il ne le reconnaît pas, du moins n'en laisse-t-il rien paraître.

Ils sortent sur le parking. Brane s'arrête pour voir vers où l'inspecteur se dirige, quelle est sa voiture. Šain presse le bouton d'une fermeture centrale de portières, et quatre clignotants sur le parking lui répondent. L'ancien policier a dû faire pas mal d'argent : il conduit une grande Touareg sombre cinq portes et quatre roues motrices. Il va jusqu'à la voiture et jette son bagage sur le siège arrière. Il ouvre la porte du conducteur puis il lorgne du côté de l'aérogare. Il cherche quelqu'un, ou quelque chose.

Gorki Šain promène son regard du côté du terminal jusqu'à ce qu'il le remarque lui, Brane, au niveau de la sortie. Il le remarque et aussitôt détourne les yeux, comme s'il avait vu un visage anonyme, sans importance. Mais Brane sait qu'il l'a reconnu.

Brane hèle de la main un taxi. À Split, dit-il au chauffeur en prenant place sur le siège arrière. Le chauffeur allume la radio. C'est l'heure des informations. Le premier ministre Ivo Sanader s'est rendu en Slavonie et le Hajduk a perdu à domicile face à Rijeka en Ligue 1. L'Union européenne a ouvert et conclu le chapitre vingt-cinq des négociations en vue de l'adhésion de la Croatie à l'Union. Brane n'a pas la moindre idée de ce que peut être le chapitre vingt-cinq.

S'ensuit un programme lié à la campagne électorale. Le journaliste présente un des candidats aux élections locales. Le candidat a une voix grave, mâle, et il parle dans un pur croate standard qu'on n'entend habituellement que dans la bouche des prêtres et des militaires. Le journaliste le décrit comme un héros de la guerre et un ancien commandant de l'armée croate. Son nom ne dit rien à Brane : il s'appelle Mario Cvitković.

Cvitković parle brièvement de rénovation sociale et de valeurs nationales. Mais visiblement cela n'intéresse pas des masses le chauffeur car au bout de quelques secondes il change de station. Et le programme du candidat laisse la place à de la musique pop croate.

Ils roulent en direction de Split et la pluie a recommencé à tomber. La voiture est agréablement chauffée. Brane écoute la pluie qui bruine sur le pare-brise, la torpeur commence à l'envahir dans les environs de Kaštel Lukšić. Un peu au-delà de Kaštel Gomilica, après des jours et des nuits sans sommeil, il s'assoupit, ne serait-ce qu'un moment.

***

En entrant chez lui, Brane respire l'odeur caractéristique des appartements qui n'ont pas été habités pendant longtemps. Ça sent le manque d'aération, la poussière et le moisi.

Il allume la première lumière dans le couloir, puis toutes les autres. Il ouvre toutes les fenêtres, branche le chauffe-eau et le frigidaire. Puis il entreprend de défaire ses bagages et de ranger ses affaires. Tout cela ne dure pas plus de vingt minutes. Vingt minutes suffisent pour réinvestir le foyer dont il a été absent pendant cinq mois.

Il sort dans le couloir et va sonner à la porte voisine sur laquelle il est écrit Luketin. Madame Majda Luketin est une veuve d'un peu plus de soixante-dix ans, la seule voisine avec laquelle il communique. Quand il s'absente, il lui confie la clé de chez lui. Elle récupère son courrier, paie les factures et ouvre l'appartement pour le relevé du compteur. Il regarde sa montre. Il est déjà plus de onze heures. Mais on entend nettement la télévision dans l'appartement. Il sait que Majda Luketin se couche et se lève tard.

Majda, visiblement, est surprise : elle ne l'attendait qu'en juin. « Vous êtes rentré plus tôt », dit-elle, et Brane constate combien ça la réjouit. Il a même l'impression un instant qu'elle aurait envie de le prendre dans ses bras. Mais elle recule rapidement et Brane est soulagé qu'il en soit ainsi.

Elle l'invite à entrer, il décline. Elle disparaît un instant à l'intérieur de son appartement et en revient avec un tas de papiers.

– Les factures payées, dit-elle. Les provisions de charges, le câble, le forfait sur les ordures ménagères, l'abonnement à la télévision. Nous avons divisé entre les habitants la réparation de l'ascenseur, ajoute-t-elle.

La facture d'internet, la facture d'électricité. Ça fait tout ça, conclut-elle, en lui tendant un bout de papier avec le total.

Avant de partir, Brane lui avait laissé une somme d'argent. Elle en a eu pour 122 euros. Elle lui propose de lui rendre la différence. Il refuse.

– Laissez tomber, dit-il, je serai vite en mer à nouveau, gardez l'argent chez vous.

– Ça me fait plaisir, dit Mme Luketin. Ça me fait plaisir que vous soyez finalement rentré.

Elle a l'air de le penser vraiment. Il s'efforce de sourire gentiment, mais il n'y a qu'un rictus figé sur son visage.

Il rentre chez lui. Les fenêtres sont ouvertes et il fait froid dans l'appartement. Il les referme et passe sous la douche. Il reste longtemps sous l'eau en prenant garde de ne pas regarder dans le miroir de la salle de bains. Il n'a pas envie de voir sa chair molle et blanche.

En sortant de la salle de bains, il s'enroule dans un peignoir en éponge. Pour la première fois, il se sent bien, comme à la maison. Et pour la première fois, il se sent prêt. Le moment est venu de passer à la partie qu'il remettait à plus tard.

Il entre dans une pièce latérale, une chambre d'enfant, la seule qu'il n'avait pas ouverte jusqu'alors pour l'aérer. Il allume la lumière. Il cherche une chaise et s'assoit. Il regarde vers un mur. Et sur le mur, il y a sa photo.

Silva Vela ressemble exactement au souvenir qu'il en a dans sa tête, il y a de cela seize ans. Où qu'elle soit maintenant, dans quelque dimension qu'elle vive, de quelque façon qu'elle ait changé, elle a été la même pour Brane pendant seize ans. Silva sur le mur de la chambre de Brane fixe l'objectif avec effronterie et une mèche sombre de cheveux couvre son œil gauche. Brane se souvient précisément quand il a pris cette photo : au cap de la Croix, sur le plateau sous la croix, le jour où il a fait l'amour avec elle pour la première fois.

C'était une soirée chaude d'été. Il l'avait photographiée de près, dans le coucher du soleil, avec le vieil Olympus de son père. Puis ils s'étaient embrassés. Puis elle avait glissé ses mains sous son maillot. Et quand le soleil avait disparu à l'horizon, il lui avait retiré son jeans et était entré en elle lentement et doucement. Il entendait Silva respirer, de plus en plus profondément, jusqu'à ce que ce souffle se transforme en un gémissement de plaisir. Il n'avait jamais été plus heureux que ce soir-là. Jamais il ne sera plus heureux.

À cette pensée Brane sent une érection dans son bas-ventre. Il saisit son membre dans sa main. Il commence à tirer sur la peau, d'abord lentement, puis de plus en plus fort, jusqu'à atteindre un orgasme. Il pousse un long soupir sonore qui résonne désagréablement dans la pièce vide. Tout s'est passé très vite. Il s'essuie. Ferme la chambrette et éteint la lumière.

Il n'arrive toujours pas à dormir. Il est vif comme un matin : d'ailleurs, en mer de Chine, c'est le matin. Il s'assoit face à son ordinateur. Nettoie tous les spams, les offres publicitaires et les pétitions, puis il découvre un nouvel e-mail de sa mère. Il est arrivé hier matin, pendant qu'il survolait encore l'Asie. Le message a atterri dans la boîte de réception, suintant de désespoir. *S'il te plaît, appelle. Que je sache si tu vas bien.*

Il contemple longtemps le message et pense à l'effacer – mais il sait qu'Uršula réécrira encore et encore. Pour finir il répond.

Aujourd'hui avons passé la mer de Chine méridionale. Encore vingt jours dans l'océan Indien. Tout se passe bien. Je vais bien. Bonne santé. Le signal satellite est faible. Appellerai quand je pourrai, s'il y a du nouveau.

Il parcourt à nouveau son texte, réfléchit une dernière fois. Puis il clique sur le bouton *send*.

11

JAKOV
(2007)

Ce soir, il ne rentre pas chez lui directement après le travail. Il se rend dans un magasin pour acheter un cadeau d'anniversaire à Tina.

C'est la fin décembre et la nuit tombe tôt. À sept heures, le hangar de matériel de construction s'est vidé de ses clients. Les vendeurs sont partis l'un derrière l'autre, avec un signe de la main pour lui depuis la porte. À sept heures et quart, Jakov boucle la caisse et introduit son identifiant dans l'ordinateur pour enregistrer son départ. Il coupe la musique d'ambiance et éteint les illuminations en façade. Pour finir, il va jusqu'à l'interrupteur central et éteint une à une les lumières dans la halle, qui plonge dans le noir.

Jakov retire sa blouse et endosse son manteau. Il enfile des gants et se dirige vers la sortie. Parvenu à la porte, il se retourne encore une fois. Il parcourt du regard les quatre mille mètres carrés d'espace de vente – des rangées bien alignées de planches, de contreplaqués, de panneaux de plâtre. Des étagères et des étagères pleines de parquets, de carrelages, de tuyaux de plomberie, de bois de teck et de planchers de bateau, d'accessoires de salle de bains, de vitres et d'interrupteurs électriques. Neufs, rutilants et vivants il y a un instant, les robinets en inox et les batteries de douche luisent maintenant d'un éclat mat dans la pénombre. Il tape le code de l'alarme nocturne, se retourne une dernière fois puis ferme soigneusement à quatre tours la porte du magasin.

Il pleut, c'est un vendredi soir, juste avant Noël. Le trafic automobile est tout bonnement horrible. Jakov est assis au volant de son Ascona, en route vers la nouvelle zone commerciale à l'est de la ville. Vers sept heures et demie, il se retrouve empêtré dans un bouchon indescriptible sur la rocade Est. Les ouvriers ont réduit la circulation à une seule file en raison de travaux sur l'avenue de Solin, et ça coince, ça s'énerve et ça trompette. Entre-temps la pluie s'est renforcée. Jakov a mis en marche les essuie-glaces et il contemple devant lui les encombrements à travers le sfumato liquide du pare-brise. De grosses et lourdes gouttes frappent les vitres et la grisaille alentour est éclaboussée de rouge par les feux de stop des automobiles qui, tout comme la sienne, patientent dans une colonne désespérante.

Finalement, la circulation se débouche et la colonne repart de l'avant. Il s'engage sur une route latérale et prend un chemin de contournement par le nord, vers le port de commerce. Sage décision. En une dizaine de minutes, il atteint la zone commerciale.

Jakov ne fait pas souvent les magasins. Il n'achète pas grand-chose, presque jamais en cette période de l'année, et quand il le fait, c'est en centre-ville. Autant dire qu'il est épouvanté en pénétrant dans le shopping-center. À peine a-t-il fait un pas à l'intérieur qu'il étouffe sous l'agression visuelle et sonore. Les magasins résonnent d'un brouhaha humain monocorde. Venant de tous les côtés, ça craille des *Jingle Bells*, *We Wish You The Merriest* et autres chants de Noël, un vacarme strident produit par des dizaines d'appareils à piles, des poupées, des traîneaux, des rennes, des robots et des camions de pompiers. Tout l'espace est saturé par le scintillement uniforme de flashs et de lumières qui ruissellent en cascade des estrades, des plafonds et des vitrines. Jakov sent que ça brasille devant ses yeux. La migraine vient cogner contre ses tempes.

Le shopping-center est rempli de monde. Les gens courent un peu partout comme des animaux avides, comme s'il s'agissait du dernier jour au-delà duquel les magasins seraient fermés à tout jamais. Des familles entières défilent comme des meutes, traînant derrière elles des sacs et des sacs remplis de chaussures, de vêtements, de jouets et de nourriture. Çà et là il aperçoit leur contenu : des boîtes à chaussures, de longs chandeliers, des pots de mayonnaise, des filets de morue séchée. Il découvre le visage impitoyable, horripilé des gens pressés, focalisé sur cette mise à sac ultime et décisive. Il regarde autour de lui, interdit, et il se dit que jamais, même pendant la guerre, il n'avait vu l'espèce humaine tomber aussi bas.

Il sait qu'il ne pourra pas tenir longtemps dans un endroit pareil. Alors il se concentre sur son objectif : trouver un magasin de jouets, acheter un cadeau et fuir aussi vite que possible. Au fond d'une allée il distingue une enseigne de Lego. Il entre dans le magasin et fond sur les rayons avec les boîtes de petites briques. Il remarque une gamme sur le thème de Harry Potter. Il sait que Tina aime Harry Potter. Il décide de ne pas chercher plus longtemps.

Il reste un instant devant toutes ces grandes boîtes multicolores. Il jette un œil sur les illustrations, des vaisseaux magiques, des locomotives à vapeur et des figurines qui ne lui disent rien. Finalement il se décide pour le modèle le plus cher, celui avec l'image du château de Poudlard sur l'emballage. Il attrape une boîte, paie à la caisse et se précipite aussi vite qu'il le peut vers le parking. Ce n'est qu'une fois assis dans sa voiture qu'il se rend compte qu'il a oublié de demander qu'on lui emballe son achat. Il se souvient qu'il lui reste un vieux rouleau de papier cadeau à la maison. Il met son clignotant, change de file et prend la direction de son appartement avant de se rendre à l'anniversaire.

***

Jakov vit dans le même appartement de la rue d'Herzégovine depuis que Vesna et lui se sont séparés. Cela fait presque dix ans maintenant, mais Jakov a toujours l'impression d'y habiter de manière provisoire.

Il a quitté Misto à un moment où la vie avec Vesna lui était devenue insupportable, et réciproquement. C'est une décision qui a mûri lentement, mais quand elle est arrivée à maturité, elle est apparue claire comme de l'eau de roche. Il s'est réveillé un matin et il a compris que c'était aussi simple que cela. Il a annoncé à Vesna pendant le petit déjeuner qu'il allait quitter la maison, et il lui a semblé pendant un très court instant que cette nouvelle la soulageait elle aussi. Dans son cas à lui, c'était sûr. Il a senti du jour au lendemain qu'on lui enlevait un poids sur la poitrine qui l'étouffait.

La maison dans laquelle ils vivaient était celle de la mère de Vesna, il allait donc de soi que c'était lui qui déménagerait. Plus rien ne le retenait à Misto. Il ne possédait pas de bien immobilier, son usine avait fait faillite et il a constaté avec désagrément pendant le divorce que les contacts humains qu'il entretenait dans sa ville natale étaient en vérité ténus et superficiels. Ils avaient formé plus que longtemps un couple heureux, et dans un couple heureux on n'a pas besoin des autres. Plus personne, plus rien ne le reliait à Misto.

Après la guerre, l'économie s'est redressée lentement mais sûrement. Des affaires se sont à nouveau montées et l'on a eu besoin de comptables. Jakov s'est payé une formation aux nouveaux programmes informatiques, il a publié une recherche d'emploi dans quelques journaux de petites annonces et il a trouvé un travail à Split en septembre 1998, dans une grande surface de matériel de construction. Le patron est un ancien gérant qui s'est enrichi pendant la guerre. Jakov pense qu'il soudoie des gens autour de lui, il est bruyant et il aime se faire mousser, mais ce n'est pas le pire des employeurs. Le jour où il a engagé Jakov, il lui a dit qu'il le prenait parce qu'il aimait travailler avec des gens qui ont un peu de bouteille et d'expérience.

À l'automne 1998, Jakov a donc pris son poste dans le magasin Construbois. Il y est resté jusqu'à aujourd'hui. Ce n'est pas le meilleur des boulots ni le mieux rémunéré. Mais c'est stable, sans émotion et ça paye les factures.

Ainsi cette année-là Jakov a-t-il dû déménager à Split en toute hâte. Il a ouvert un journal d'annonces et dégotté dans la colonne des appartements à louer ce logement dans la rue d'Herzégovine. Il est situé au neuvième étage d'un immeuble socialiste, avec vue sur le port de commerce, le chantier naval et la gare de triage. Il a signé le bail en étant convaincu que cela ne durerait pas longtemps, le temps que les choses s'arrangent ou qu'il trouve quelque chose à s'acheter. Finalement, il y est resté.

Avec sa boîte de Poudlard sous le bras, Jakov presse la touche neuf de l'ascenseur. La cabine grimpe jusqu'à l'étage voulu, il déverrouille la porte de son appartement et un sentiment de douceur et de confort l'envahit. Quand il entre dans son appartement, Jakov se sent chez lui. C'est un sentiment qui a fait son apparition à un moment donné, ça n'a pas été immédiat, il ne l'attendait pas. Mais quand il est apparu, il s'est installé pour durer et s'est renforcé d'année en année. Cet appartement est devenu sa maison.

Il ouvre la porte et entre. Il n'y a pas mis les pieds depuis ce matin, il y fait froid. Il allume le radiateur à bain d'huile et éteint le chauffe-eau. Il sait qu'il a du poulet rôti dans le four mais il décide de ne pas dîner. Il va à un anniversaire et il y a toujours de quoi manger à un anniversaire. Il sort d'une armoire de la cuisine un rouleau de papier cadeau, de la colle et des ciseaux, puis entreprend d'emballer le paquet pour Tina.

Du fait qu'il n'imaginait pas rester longtemps rue d'Herzégovine, il n'a pas introduit grand-chose dans cet appartement. Quand il a emménagé, il n'a emporté que quelques vêtements, son rasoir électrique et ses documents. Il a abandonné à Misto tout ce qui relevait de sa vie précédente : ses récepteurs radio, ses livres, ses outils, des vieilleries familiales. Au bout de quelques mois, il a constaté avec étonnement qu'il se passait très bien de tout ça, que ça ne lui manquait pas. Il n'y avait pas une affaire qu'il avait laissée dont il avait besoin, à laquelle il était attaché ou qui lui importait. Cela a été une découverte surprenante, mais une découverte libératrice.

Jakov a continué de vivre ainsi. Il achète un vêtement neuf quand il en jette un usagé et il déteste les fleurs en vase, en photo et en décoration. Il a compris qu'il se sent bien à l'idée de pouvoir emballer la totalité de ses affaires dans deux bagages à main. L'appartement de la rue d'Herzégovine ressemble donc à une location de vacances ou à un logement d'étudiant abandonné le temps de l'été. Il est vide et propre, plein de surfaces planes, il n'y a pas de nappe, pas de tapis, pas de carpette, pas de cendrier, pas de vase ou de coupe de fruits sur la table.

Il finit d'emballer le Poudlard dans du crépon orange puis range les ciseaux et la colle dans un tiroir. Il attrape le paquet, éteint toutes les lumières, se retourne sur la pièce plongée dans le noir. Il se dit qu'il aurait préféré rester à la maison ce soir, il aurait regardé la télévision en compagnie d'une bouteille de bière. Mais ce n'est pas possible. Il va devoir endurer un programme annoncé.

Il va devoir endurer un anniversaire d'enfant, bruyant, pénible, une fête dont il préférerait se passer. Sauf qu'il ne peut pas, car c'est l'anniversaire de sa petite-fille.

***

C'est Mate qui lui ouvre la porte. Ils ne se sont pas vus depuis quelques semaines. Entre-temps, Mate s'est laissé pousser une barbe drue de trois jours qui lui va bien. Il l'embrasse à la porte et dit : « Et voilà papy, enfin. » Jakov sait que Mate est sincèrement content.

Il entre dans la pièce. Les amis de Tina sont assis ou allongés sur le tapis de la salle de séjour. Ils sont une dizaine, surtout des filles, quelques garçons. Ils se roulent dans une foule de briques de Lego, de poupées et de maisonnettes et jouent – c'est l'impression que Jakov en a – chacun pour soi davantage qu'ensemble. Dans cet enchevêtrement il y a Tina. Elle l'aperçoit et court pour l'embrasser. « Papy ! » crie-t-elle, puis elle attrape le paquet et se met en devoir de déchirer le papier d'emballage avec voracité. Ayant mis le paquet à nu, son visage tourne au vinaigre. « Je l'ai déjà », dit-elle. Aussitôt elle se désintéresse de son cadeau et retourne jouer sur le tapis.

Les adultes sont assis autour d'une grande table ovale. Jakov découvre Doris, les parents de Doris et des cousins inconnus d'âge avancé, tous issus du côté de Doris. À côté d'eux, tout au bout de la table, Jakov aperçoit Vesna.

La dernière fois qu'il l'a vue, c'est il y a un an, à la même date, pour l'anniversaire de Tina. Vesna a changé en un an. Cela fait un moment que le temps a commencé à faire des siennes, mais Vesna s'en est arrangée avec élégance. Elle a coupé ses cheveux, gardé ses mèches grises et changé de monture de lunettes. Elle paraissait maigre depuis longtemps, beaucoup plus maigre que lui. Maintenant, avec ses cheveux gris coupés court, elle a l'air d'une vieille professeure distinguée d'une éminente école nordique.

Elle lui tend la main avec amabilité, comme une étrangère. Il la lui serre et lui demande comment elle va. Bien, dit-elle. Lui aussi va bien. Tous les deux vont bien. Tout est parfait.

Doris lui propose une eau-de-vie qu'il vide d'un trait. Il a faim, alors il ingurgite deux petits sandwichs baguette saucisson mayonnaise et œufs. Il boit ensuite un verre de vin et pour la première fois il ressent une chaleur agréable. Il a derrière lui une longue journée de travail et il est fatigué.

Les adultes autour de la table entretiennent une longue conversation, Jakov écoute à moitié et fait mine de s'intéresser. Vesna aussi se tait. Tous deux sont assis de part et d'autre de la table, comme les membres d'un jury peu concernés par la discussion qui a glissé dans l'intervalle vers des questions politiques et prend un tour virulent. Puis les enfants sur le tapis commencent à se disputer. Jakov ne cherche pas à comprendre la teneur de l'embrouille.

Il observe uniquement Tina. Elle est celle qui parle le plus fort, elle se comporte à la manière d'une maîtresse sévère et fait la leçon à toutes ses petites camarades. Ce faisant, elle prend une voix affectée de fausset empreinte d'une autorité théâtrale.

Jakov la regarde, l'écoute, et une sensation aigre et désagréable l'envahit. La sensation d'avoir déjà assisté à cette scène.

Il entend la voix de sa petite-fille, il observe sa gestuelle pompeuse. Il étudie les traits délicats de son visage malgré son nez pointu, ses sourcils fins et son menton allongé. Et il réalise pour la première fois qu'il a devant lui la copie de Silva. Silva qui a eu un jour elle aussi onze ans et qui commandait, départageait, rendait la justice de la même manière. Elle avait toujours le dernier mot.

Ça ne l'a pas menée bien loin, pense Jakov. Ou peut-être que si, peut-être que ça l'a menée loin, plus loin que ce que quiconque aurait souhaité.

Jakov écoute et observe sa petite-fille qui arbitre la dispute puis son regard croise celui de Doris. Un échange bref, interrogatif. Doris ne peut pas savoir à quoi il pense. Doris n'a jamais connu Silva. Elle ne peut pas savoir que sa fille lui rappelle la tante de celle-ci, cette tante qu'elle n'a jamais rencontrée et qu'elle ne rencontrera peut-être pas.

– Vous allez bien, papy ? demande Doris, et il acquiesce d'un signe de tête.

– Tout va bien, trésor. Ne t'inquiète pas.

La dispute s'apaise progressivement. Les adultes appellent les enfants à table et, quand ils sont tous installés, Doris apporte un gâteau avec une bougie de cire en forme de onze. Tina souffle la bougie une première fois, une deuxième fois, Mate immortalise la scène avec son appareil photo, et Doris distribue aux convives des parts du gâteau. Un gâteau gras, lourd, insipide, plein de crème et de margarine.

Jakov avale une bouchée du gâteau puis tente de faire passer la chose avec un verre de mousseux qui lui paraît horriblement acide après la crème fouettée. Il commence à sentir que le vin lui fait mal à la tête. Il prend son assiette et sort sur le balcon pour respirer un peu. Il est debout à l'extérieur, dans la nuit fraîche et agréable, et observe à travers la porte-fenêtre illuminée le film muet qui se déroule dans la pièce. Les bougies magiques. Les enfants qui mâchent leur part de gâteau. Tina qui explique quelque chose à voix haute et autoritaire. Et Vesna, assise en silence dans son coin, une ombre légère d'ennui sur son visage comme un voile de soie. *Rien dans tout ça ne touche Vesna. Rien. C'est comme moi*, pense-t-il, et une sensation intense de culpabilité lui serre l'estomac.

Il continue de visionner le film à l'intérieur de la pièce. Il observe Doris, toujours en mouvement, empressée, qui dirige la fête comme on met en scène. Elle allume des bougies, distribue des sucreries, verse des verres de jus de fruit, et durant tout ce temps se dessine sur son visage la trace d'une inquiétude fondamentale enfouie profondément en elle.

Il y a quelque chose ici qui ne tourne pas rond, pense Jakov. *Je ne sais pas quoi, mais quelque chose ne va pas.*

Il se rend compte que Mate le cherche du regard. Il ouvre la porte du balcon et replonge dans la mêlée.

***

Quand les membres de la famille ont commencé à s'éclipser, Mate l'a appelé à l'écart pour lui demander une faveur. Il faut qu'il aide Doris avec la maison, la cuisine, le ménage. Il lui rendrait un grand service en faisant quelque chose à sa place. « Si tu voulais bien, dit-il, ramener maman à Misto. »

Ce n'est pas très clair si Mate a vraiment besoin d'aide ou si c'est encore une tentative désespérée de les raccommoder, voire de les remettre ensemble. Mais peu lui importe, et il sait qu'il en va de même pour Vesna.

Mate les accompagne jusqu'au parking et les embrasse tous les deux. Jakov et Vesna prennent place ensemble dans la voiture. S'il a bonne mémoire, c'est la première fois depuis 1998 et leur divorce.

Il se dirige vers la sortie de la ville, s'engage sur la rocade à la hauteur d'une station-service. De temps en temps il jette un regard sur cette femme élégante, nouvelle, métamorphosée, assise à ses côtés. Il l'étudie comme si c'était une inconnue, et d'une certaine manière elle l'est.

Ils roulent longtemps et en silence. Ne se posent pas de question de pure courtoisie, pas de *comment vas-tu ? tout se passe bien ? et à ton travail ?* Rien.

Cela convient à Jakov. Ça lui plaît qu'ils aient dépassé cette phase.

Et c'est un peu avant Misto que Vesna se met à parler. Elle prend la parole comme si elle avait longtemps hésité sans pouvoir se retenir jusqu'au bout.

– Il y a quelque chose qui ne va pas là-bas, dit-elle.

Elle dit cela comme une affirmation, pas comme une question.

– J'ai vu, répond-il.

– C'est pire que ça en a l'air, ajoute Vesna.

– Il s'est plaint auprès de toi ? demande Jakov, mais il connaissait la réponse avant même de poser la question.

Évidemment qu'il s'est ouvert auprès d'elle. Mate a toujours tout confié à sa mère.

– Sans cesse, répond Vesna. Leurs relations sont devenues froides. Ils sont étrangers l'un à l'autre. Ils se disputent en permanence. Ils se sont bagarrés aujourd'hui, et durement.

– Aujourd'hui ? Cet après-midi ?

– Oui. Ça ne va pas. Vraiment pas.

Et tu sais pourquoi, pense Jakov. Il voudrait dire : tu y es aussi un peu pour quelque chose. Mais il n'en dit rien – s'il le faisait, ce serait reparti pour une prise de bec et ça ne servirait à rien, ni pour Mate, ni pour eux.

Ils arrivent à Misto. Jakov quitte la Magistrale et prend la direction du bourg. Il longe la clôture de la vieille base militaire, clôture sur laquelle est fixé un panneau avec le nom des nouveaux propriétaires, des Irlandais, et une image du futur complexe touristique. Il passe à côté de l'ancien terrain de basket, qui est devenu une plage-terrain d'aventure. Il traverse la place devant l'église et dépasse le monument aux partisans.

Le monument a l'air inchangé, toujours profané et privé de son inscription.

Ils parviennent devant la maison. Vesna lui propose d'entrer un moment et il accepte.

Ils s'assoient dans la cuisine. Elle débarrasse la table d'une pile de copies scolaires pour faire de la place. Elle lui propose une infusion de bruyère. Il accepte. Il apprécie la tisane : elle réchauffe son corps et finit de chasser de sa tête le brouillard alcoolisé.

Vesna tient toujours la maison de manière impeccable. Tout y est parfaitement propre, lustré et ordonné. Pourtant Jakov ne peut se défaire de l'impression qu'il n'a pas devant lui un vrai foyer mais un corps momifié. Car tout est trop pareil. La même table, les mêmes chaises, le même portemanteau en fer. Le même paysage canadien dans son cadre, la même peinture à l'huile de Jésus avec dans un coin un rameau séché d'olivier. Tout est amidonné, sans vie, comme des fleurs dans un herbier.

Jakov regarde devant lui, en prenant soin de ne pas se retourner. Il sait qu'il n'y a pas que le décor et le mobilier dans cette pièce qui sont inchangés. Dans son dos aussi, quelque chose est resté pareil. La porte blanc cassé. Et sur la porte, l'écriteau avec l'inscription *Keep out*. Derrière cette porte, une chambre, avec le même lit. Les mêmes posters d'enfant, la même armoire avec les mêmes vêtements, le même compas, le même rapporteur à la même place que la dernière fois où il a ouvert cette porte.

Aussitôt il se sent glacé. Il veut s'en aller d'ici aussi vite que possible. Il avale sa tisane et informe Vesna qu'il doit partir. Elle l'accompagne jusqu'à la voiture. Elle se tient en haut du perron et lui sourit gentiment.

Alors, en cet instant, Jakov se souvient combien il l'a aimée.

Il regarde Vesna en haut du perron. Il voit une femme maigre, élégante, de cinquante-six ans. Son pull-over anthracite, ses hanches étroites et ses lunettes en écaille. Et il se souvient. Il se souvient du temps où ils étaient ensemble, où ils projetaient leur vie commune dans la vieillesse, la retraite, le temps apaisé à passer en commun. Quand il plongeait dans ce genre de pensée, il imaginait Vesna exactement comme cela. Exactement comme elle est aujourd'hui.

Il lui adresse un signe de la main et s'installe dans la voiture. Il quitte le bourg et rejoint la Magistrale. Après le deuxième virage, avant le tunnel de la montagne de la Croix, il sent en lui la morsure froide et inattendue d'un dépit.

Qu'est-ce que tu nous as fait ? pense-t-il. *Qu'est-ce que tu as fait de notre vie, Silva ? Qu'est-ce que tu as fait de nous, espèce de monstre égoïste ?*

C'est une pensée fugace et cruelle qui file dans sa tête comme un éclair. Puis qui s'apaise. Jakov continue de rouler dans la nuit, dans la direction de Split, vers son appartement au neuvième étage, vers son foyer.

12

ELDA
(2008)

Même à quatre heures du matin Toronto bourdonne du brouhaha nocturne d'une grande ville. On entend au loin des klaxons d'automobile, de la musique qui tambourine, et de temps en temps le grondement du tramway à la station Nassau. Le bruit de la circulation sur l'avenue Spadina est permanent. Le concert dans la Grossman's Tavern a pris fin il y a un bon moment. Les derniers clients sont sortis du club de jazz et discutent dans la rue, ils marchent, s'interpellent et rient bruyamment.

Elda est debout dans la salle de bains, affairée face à son miroir. Elle applique sur son visage du maquillage et du mascara par petites touches précises, parachevant un rituel éprouvé chaque matin. Quand elle conclut qu'elle en a terminé, elle se regarde dans le miroir. Elle est satisfaite de ce qu'elle voit.

Elle n'a jamais été ce qu'on appelle une beauté et elle ne le sera jamais. Durant son adolescence, Elda a pris conscience qu'elle avait un visage trop large et des petits yeux qui n'éveillaient pas la sympathie. Mais elle a vite appris à masquer ses petits défauts, à mettre en valeur ses côtés charmants et à tirer le meilleur parti de sa physionomie. Quelque vingt ans plus tard, elle pratique cet art au quotidien avec maestria.

De même ce matin. Le mascara allonge la fente de ses yeux et leur donne un aspect slave oriental intéressant. Ses cheveux courts peroxydés sont coiffés en carré plongeant sur ses joues pour allonger son visage. Ses lèvres fines sont colorées d'un rouge lie-de-vin pour les rendre plus intenses. Et elle a revêtu un cardigan sombre avec un décolleté en V discret qui souligne élégamment son cou élancé. À quarante ans passés, Elda est restée mince, à peine quelques rides soigneusement dissimulées sont-elles apparues sur ses mains et ses joues. Si elle a souffert autrefois d'avoir une poitrine menue, elle considère maintenant cela comme un avantage car son buste est resté svelte et ferme. Elda a quarante-quatre ans. Mais elle sait qu'elle a plus belle allure aujourd'hui que lorsqu'elle en avait trente.

Satisfaite de son œuvre, elle sort de la salle de bains. Elle emballe son nécessaire de toilette, le range dans sa valise, une Samsonite volumineuse, qu'elle ferme cette fois définitivement. Elle vérifie à nouveau si son passeport, sa carte de crédit et le pass de l'hôtel sont bien à leur place. Une fois encore, la dernière, elle contrôle l'état de l'appartement qu'elle quitte. Le chauffe-eau est bien éteint, les robinets sont fermés. Tout est à sa place, tout est en ordre, comme toujours.

À quatre heures et quart, elle jette un œil par la fenêtre. Toronto la nuit est baigné de lumière artificielle. Plus bas le long de l'avenue elle distingue les gratte-ciel dans le quartier du port, les contours de la salle de concert Molson et de l'aréna de hockey. Au centre de ce jaillissement lumineux grimpent deux verticales sombres, les clochers néogothiques des deux cathédrales. Par-dessus le tout, la tour géante de la télévision s'élève dans le ciel noir, avec son sommet qui scintille d'une lumière rouge continue dans l'obscurité. De l'autre côté de l'avenue, le Kensington Market est toujours vivant. On entend la musique des musiciens de rue qui se mêle à celle des clubs de reggae et des pubs ouverts jusque tard dans la nuit. Elle perçoit des cris et des appels au secours au croisement des rues Cecil et Huron. Elle se retourne et découvre une altercation dans la rue. Un chauffeur de taxi barbu avec un turban – vraisemblablement un Sikh – se dispute violemment avec un automobiliste qui lui a coupé la route et a éraflé son pare-chocs. Les feux des véhicules clignotent dans la pénombre et les conducteurs s'invectivent avec de plus en plus de vigueur. Elda espère que ce n'est pas le taxi qu'elle vient de commander.

Ce n'est pas lui. Un second taxi déboule bientôt de la rue Dundas et s'arrête pile devant l'entrée de son immeuble. Elle relève le col de son manteau, attrape sa valise et la sacoche de son ordinateur, jette encore un œil vers son appartement. Elle a bien éteint la lumière et donné deux tours de clé.

– *To the airport*, dit-elle au chauffeur, et celui-ci se contente d'opiner de la tête et fait demi-tour, en direction de Mississauga.

Le chauffeur ne souffle mot, mais Elda remarque son nom inscrit sur la licence sur le tableau de bord : Dalibor Jukic. D'après son nom, il doit être croate. Mais à quatre heures du matin, Elda n'est pas d'humeur à avoir une conversation entre compatriotes. Elle feint de n'avoir rien remarqué et garde le silence durant tout le trajet. À l'arrivée à l'aéroport Pearson, elle donne au chauffeur un pourboire généreux et remercie en anglais. Dalibor Jukić la remercie à son tour en anglais – pas excellent. Son accent sonne dalmate. Elda se dit que c'est curieux : ces deux compatriotes qui vont se séparer, plonger dans l'immensité de la grande ville et ne plus jamais se rencontrer. Ils ne se seront vus qu'une seule fois à l'autre bout du monde, là, maintenant, pour la première et la dernière fois.

Malgré l'heure matinale, Pearson est rempli de monde. Elle enregistre son vol pour Francfort, enregistre son bagage, puis se dirige vers la porte 28. Elle s'assoit sur un banc métallique de l'aéroport et sent alors la fatigue. Elle a derrière elle une longue semaine de travail, n'a dormi que deux ou trois heures la nuit dernière. Et devant elle, elle a huit heures de vol, puis un transfert, puis un *jet lag*, puis deux jours d'une conférence à laquelle elle voit présentement peu de sens.

Elle réalise qu'elle a besoin d'un café. Elle va jusqu'au premier comptoir ouvert et commande un café dans une tasse en carton. C'est un café filtre, amer et fade, et elle regrette de ne pas avoir pris un expresso. Elle pousse de côté la tasse en carton, ouvre son ordinateur et passe en revue les nouvelles.

Elle épluche d'abord les journaux canadiens, les quotidiens dont elle a l'habitude : le *Toronto Star* et le *Toronto Sun*. Leurs colonnes sont remplies d'articles inquiets sur la crise boursière, de textes graves empreints de contrition, illustrés de graphiques avec des courbes financières. Elle survole les principaux titres canadiens puis ouvre les sites des journaux croates. Comme à chaque fois, la presse croate déclenche chez elle le même sentiment d'insipidité.

Elda Zuvan vit à Toronto depuis dix ans. Cela fait sept ans qu'elle dirige la succursale d'une agence spécialisée dans le tourisme en Adriatique. Depuis sept ans elle vend la Croatie à ses clients, principalement des Canadiens. Et pourtant, plus le temps passe, plus elle a l'impression de comprendre de moins en moins ce pays.

C'est encore ce sentiment qui la saisit maintenant, tandis qu'elle parcourt les pages d'accueil des sites croates. Elle trouve les titres criards, pompeux, pleins de fiel et de fureur tabloïde. Elle lit les textes consacrés à des affaires qu'elle ne comprend pas et qui n'ont aucun rapport avec le monde réel. Des crimes de guerre, des fosses communes, des vétérans enragés, des erreurs d'arbitrage au football, des affaires à scandale, des procès pour corruption, des valises bourrées d'argent remises dans des stations-service. Ce n'est pas seulement le contenu des articles qui est étonnant, c'est aussi et plus encore leur ton. Il est plein de colère et d'aigreur, indigné comme un enfant à qui les adultes ont injustement refusé quelque chose. C'est toujours ce sentiment qu'Elda connaît bien, qui réveille en elle une culpabilité. Chaque jour qui passe, elle se sent de moins en moins liée à ce pays qui déborde de ces sites de presse. Elle vit du fait de le vendre à d'autres, mais elle le comprend de moins en moins. Elle l'aime de moins en moins.

Elle ferme son ordinateur et le pousse sur le côté. Prend en main la brochure de l'agence. La couverture porte en titre CROATIA SUMMER 2009, avec une photo d'illustration montrant une baie turquoise, une petite église en pierre et une plage de galets. C'est cette image qu'elle vend à ses clients : une image de Polynésie, d'Arcadie reculée où le temps s'est arrêté, où les gens sont toujours lents, tranquilles et bienveillants. Parfois, dans le feu de l'action, Elda y croirait presque un court instant. Puis il suffit qu'elle ouvre les journaux croates pour qu'aussitôt cette fable se dissipe et s'évanouisse, comme maintenant.

Brusquement, elle est tout à fait réveillée. Elle paie son café et se lève pour se dégourdir les jambes. L'hôtesse d'accueil invite alors au microphone les voyageurs du vol LH 471 en direction de Francfort à embarquer. Elda attrape son ordinateur, son sac et son manteau. Tend à l'hôtesse son passeport et sa carte d'embarquement et pénètre dans le tunnel.

***

Dans le milieu de l'après-midi, Elda commence à sentir son corps qui s'insurge. À force d'être longtemps assise, elle a mal aux mollets et au cou, ses yeux papillotent à cause de la lumière blanche artificielle. Des phrases, des images, des informations se fraient un chemin à travers la fatigue jusqu'à son cerveau – mais elle n'attrape rien, rien n'atteint réellement sa conscience. Victime du *jet lag*, rincée par huit heures de conférence, Elda ne souhaite qu'une chose, que tout cela se termine au plus vite.

Elda est installée depuis neuf heures ce matin sur une chaise de bureau inconfortable dans le centre des congrès de la Foire de Francfort. Elle est assise, un badge plastifié sur la poitrine et des écouteurs dans les oreilles, pour suivre en traduction simultanée la présentation du panel d'investisseurs *Business Opportunities – Investment Roadshow Croatia Fall 2008*. Depuis neuf heures ce matin elle voit défiler des hôteliers, des marchands immobiliers, des représentants d'agences de charter et de tour-opérateurs, qui affichent sur Powerpoint des merveilles de projets pour lesquels ils ont besoin de l'argent étranger. Depuis ce matin jusqu'à maintenant, des images dessinées sur Corel s'enchaînent à l'écran sous les yeux d'Elda, des lotissements de maisons de vacances, des rades et des ports de plaisance, des graphiques de calculs, des simulations financières. Tous ces gens qui se succèdent sur l'estrade ont quelque chose à offrir, et tout le monde dans le public sait que rien de tout cela n'existe. Car en Amérique, il y a quelques mois à peine, Fannie Mae et Freddie Mac se sont crashés, Wall Street a plongé, et en quelques semaines le monde entier de l'immobilier s'est dissipé dans les airs comme une bulle de savon. Néanmoins la roue continue de tourner sur place : tous ces gens sont ici rassemblés pour se convaincre eux-mêmes et convaincre les autres que tout est normal, que le globe terrestre poursuit sa révolution comme d'habitude, conformément à l'ordre astronomique des choses. Mais plus rien ne va, et tous dans cette pièce le savent.

Depuis neuf heures ce matin, Elda assiste ainsi à des présentations de projets qui ne se feront pas et à des simulations d'immeubles qui ne seront pas construits. Des images fantaisistes défilent devant elle, avec palmiers et promenades, silhouettes de yachts et de pergolas. Par-ci par-là, par flashs intermittents, apparaît à l'écran une photo du pays dont il est question. Glissée entre les simulations et les colonnes de chiffres, une photo, celle d'un endroit divin situé dans une baie sauvage, un village endormi et oublié, qui n'aurait aucune attache avec ces gens, cet hôtel et ce centre des congrès de la Foire de Francfort.

Après des heures passées sous les néons, Elda sent ses yeux qui la brûlent. Elle ferme les paupières et profite d'un instant apaisant dans l'obscurité. L'homme au pupitre est un Irlandais qui représente un fonds d'investissement quelconque, Smart Solutions Estate. Il a commencé à parler, images à l'appui. Deux nouveaux investissements, une marina et un complexe touristique dans d'anciens bâtiments de l'armée. La première en Istrie, l'autre à Misto. Elda ouvre les yeux. Ce qu'elle voit à l'écran ne diffère pas des dizaines d'images affichées depuis ce matin. Des files de petites maisons de vacances, un hôtel nautique, un môle coudé et, à l'intérieur, une simulation de yachts majestueux. Le *selling point* du projet, selon les mots de l'Irlandais, ce sont les anciens tunnels de la marine militaire qui pourront servir d'attraction pour les amateurs de tourisme d'aventure. L'Irlandais manipule la télécommande et des colonnes de chiffres succèdent à l'écran à l'esquisse de la marina. Il entreprend de présenter les options *timeshare* et Elda comprend que tout cela ne l'intéresse pas.

Elle parcourt la salle du regard. Étudie les nuques de ces hommes et de ces femmes d'affaires, elle s'amuse à deviner qui est croate et qui ne l'est pas. Elle passe en revue les têtes de ces gens fatigués qui luttent contre la somnolence, jusqu'à ce qu'elle remarque au fond de la salle un visage tout à fait éveillé. C'est un homme jeune, entre trente et quarante ans, plutôt mignon. Et il la lorgne sans la moindre équivoque.

Le jeune homme l'observe longuement, avec beaucoup d'attention. Quand il comprend qu'elle s'en est rendu compte, il détourne le regard du côté de la tribune. Elda tourne la tête, mais elle continue de le surveiller du coin de l'œil. Dès qu'il voit qu'Elda regarde ailleurs, l'inconnu recommence à la fixer.

Elle n'est pas habituée à ce genre de chose. Elda sait qu'elle n'est pas une beauté. Au milieu de dizaines de femmes rassemblées dans une pièce, il n'est pas courant que ce soit elle qu'un homme plutôt jeune dévore des yeux. Elle sent comme une concupiscence étrange et dérangeante.

À la fin de l'exposé de l'Irlandais, le présentateur annonce la fin de la première journée et invite tout le monde à passer dans le hall pour un cocktail. L'assemblée lentement se dirige vers la sortie. Elda tente de distinguer dans la foule l'homme qui la fixait des yeux. Elle le trouve. L'inconnu se rend compte qu'elle l'observe et aussitôt détourne le regard.

Dans le hall, la direction leur sert du mousseux. Elda prend un verre et boit goulûment. Après des heures coincée à l'intérieur, elle a la gorge sèche et l'alcool aide à faire circuler le sang. Elle attrape immédiatement un deuxième verre. Elle avale une gorgée puis se force à s'arrêter. Après deux verres d'affilée, elle le sait, il ne lui reste plus qu'à aller se coucher.

Debout près du mur, elle observe la foule. Elle cherche à nouveau du regard son prétendant inconnu. Et le retrouve. Mais cette fois il ne détourne pas le regard. Ils se fixent un moment, les yeux dans les yeux, l'air interrogateur, puis l'inconnu se décide enfin à aller jusqu'à elle.

– Je vous connais, dit-il, et Elda se dit qu'il n'aurait pas pu imaginer entrée en matière plus éculée. Split, mille neuf cent quatre-vingt-neuf, complète-t-il. Vous travailliez en tant qu'économiste à la Jugobanka. Vous aviez la même coupe de cheveux, en plus clair. Cet été-là, vous avez fait un voyage en Espagne, avec Interrail, et vous avez visité Tolède, Barcelone et Ségovie. Vous vous êtes fait photographier à Madrid, sur la Plaza Mayor.

Elda le regarde, ahurie. Cet homme qu'elle voit pour la première fois et qui l'aborde à l'autre bout du monde, cet homme lui sort des éléments de son passé que seuls ses plus proches connaissent. Malaise.

– Seigneur, comment vous savez ça ?

– Je sais. Parce que nous nous sommes déjà rencontrés. Vous êtes la dernière personne à avoir vu ma sœur qui a disparu.

Elda comprend alors qu'elle s'est trompée et qu'elle a déjà vu ce visage. Elle se souvient des yeux, des sourcils, c'est le même menton pointu, les mêmes yeux sérieux. Mais à l'époque où elle l'a vu, ce n'était pas encore le visage d'un homme, mais celui d'un adolescent.

L'image se reforme sous ses yeux. Le petit café avec ses niches tapissées de tissu violet. Un bistro situé dans la rue qui s'appelait alors – *à l'époque* – promenade des Travailleurs. D'un côté de la table, elle dans son costume sombre d'employée de banque. De l'autre, deux hommes. Le premier était d'âge moyen, elle ne visualise plus vraiment son visage après toutes ces années. Le second était un jeune homme – ou plutôt un enfant trop vite grandi. Le garçon était assis, il écoutait ce qu'elle avait à lui dire, il était attentif et inquiet. Son visage émerge du passé, il est à nouveau là.

Il s'appelle Mate Vela, dit-il. Il est le frère de Silva Vela, celle qui a disparu en 1989 et que le pays entier a recherchée. Et il est là pour le travail, dit-il. Il représente une entreprise qui fait dans le *ship management* – ils commercialisent des bateaux, des moteurs, des pièces détachées. Il est à l'affût d'affaires possibles dans les marinas qui sont construites. Ils voudraient ouvrir des ateliers de réparation et des magasins de pièces détachées dans autant de nouvelles marinas que possible. Elle aussi lui dit pourquoi elle est là. Ils sont à la recherche de nouvelles capacités d'hébergement, ils veulent compléter leur catalogue. Mais les affaires ne vont pas bien. C'est la crise. « C'est la crise », confirme Mate. Le monde a changé du tout au tout du jour au lendemain. Tous les calculs qu'ils avaient faits précédemment ne tiennent plus debout. Toutes les sources de revenus se sont taries. Tout le monde bat en retraite, panse ses plaies et attend.

Ils discutent du travail pendant un moment, puis il finit par proposer ce qu'elle attendait : il l'invite à boire un verre. Ils descendent au bar de l'hôtel et s'installent dans une alcôve tapissée de cuir. Elda commande un verre de vin, lui fait de même. Le garçon débouche une bouteille de riesling du Rhin et les sert. Elda attrape son verre puis formule la question qu'elle n'a pas encore posée tant elle la redoute.

– Et pour finir, où était votre sœur ? Où l'avez-vous retrouvée ?

– Nous ne l'avons pas retrouvée. Nous n'avons jamais retrouvé aucune trace d'elle.

– Vous ne savez même pas si elle est vivante ?

– Non. Mais je crois qu'elle est vivante. Sinon, je suppose qu'on l'aurait su d'une manière ou d'une autre.

Jusque-là, l'inconnu était resté plutôt silencieux et mystérieux. Et là, c'est comme si quelque chose en lui se décoinçait. Il commence à lui raconter. Qu'il cherche sa sœur depuis 1989. Qu'entre-temps tout le monde a abandonné, mais pas lui. Au fil des ans, il a découvert beaucoup d'indices, mais tous étaient faux. Il a voyagé partout : Trieste, Graz, Barcelone, Gênes, Ljubljana, Göteborg. Il y a quelques années, il a créé une page web, pour recueillir des informations. Des gens continuent à se manifester sur cette page, ils lui envoient des messages, jusqu'à aujourd'hui. Récemment il a mis sa recherche en ligne sur les réseaux sociaux. On lui avait parlé de Facebook, que ça se répandait très vite. Il est content de l'avoir fait. Beaucoup de gens lui écrivent, on ne sait jamais quand on pourra en tirer une information utile.

Ils commandent une deuxième bouteille. Et pendant que le garçon les sert, Mate continue de raconter. « Ce qui nous est arrivé, ça nous a détruits », dit-il. Son père et sa mère se sont séparés, aujourd'hui ils se parlent à peine. Lui y a passé beaucoup de temps, dépensé beaucoup d'argent. Mais il ne pouvait pas faire autrement, dit-il. Il se réveille le matin, et il y a cette pensée qui lui vrille les tempes, que Silva est quelque part, qu'elle a peut-être besoin d'aide, qu'elle espère qu'il la cherche encore, qu'il n'a pas abandonné.

– Une journée sans la chercher, c'est une journée où je me déteste, dit-il. C'est quelque chose que ma femme n'arrive pas à comprendre. Elle pense qu'à un moment donné il faut savoir tirer un trait. S'arrêter et dire ça suffit.

Mate Vela raconte tout cela d'un coup, comme si les mots s'étaient entassés en lui pendant longtemps et n'attendaient que de sortir. Puis l'homme ajoute :

– Ça me fait du bien d'en parler à quelqu'un, je ne peux le faire avec personne, et ça me manque beaucoup.

Mate Vela dit cela, et Elda le regarde. À cet instant, elle sait qu'elle va l'inviter dans sa chambre.

Un peu plus tard, dans sa chambre, ils font l'amour. L'homme est tendre, presque fragile. Il est couché sur le dos et laisse Elda guider. Il fait glisser doucement ses mains dans son dos et sur ses fesses pendant qu'elle bouge en rythme allongée sur lui. Elda sent le corps noueux de l'homme sous elle. Elle n'a jamais couché jusque-là avec quelqu'un de dix ans plus jeune qu'elle. Elle est habituée à avoir dans son lit des hommes d'âge mûr, avec un début de ventre et une chair relâchée. Là, elle sent son ossature, ses muscles, ses tendons, ses membres fins et fourchus. Sa respiration est de plus en plus profonde, puis elle soupire fort, gémit et jouit. Elle s'allonge sur le côté et le regarde. Mate la regarde aussi, avec une expression douce de gratitude. Il promène sa main sur sa taille, et elle pose sa main sur la sienne.

Elle met longtemps à s'endormir. Elle sent près d'elle le corps chaud de l'homme, elle écoute sa respiration tranquille, monotone. Elle perçoit le bourdonnement sourd de la ventilation, regarde par la fenêtre le ciel clair nocturne dans lequel des petits points d'avions se meuvent. Au bout d'un long moment elle se sent vraiment bien. Elle essaie de préserver cette sensation, de rester par l'esprit dans cette chambre, ici et maintenant. Mais elle ne peut pas. Sa conscience s'en est déjà allée ailleurs, dans un autre temps.

Elle est à la gare routière de Split. Elle est debout devant le guichet international. Elle est jeune alors, vingt-cinq ans, et elle va dépenser le salaire qu'elle a gagné à la banque. Elle a le teint hâlé par le soleil de l'été et les après-midi de détente à la plage. Elle vient de retirer sa carte Interrail et s'apprête à voyager à travers la Provence, la Castille et l'Andalousie. Elle fait la queue pour acheter un billet de car pour Trieste. Elle attend longtemps car elle a devant elle un groupe de jeunes touristes blonds avec des écussons du Danemark sur leurs sacs à dos. Les jeunes gens ferraillent avec l'employée qui gesticule derrière la vitre de son guichet et tâche de leur expliquer quelque chose dans un anglais rugueux.

Elda attend. Elle attend, mais ça ne l'embête pas car elle est jeune, elle vient de toucher son premier salaire et s'apprête à vivre les six plus beaux mois de sa vie. Et en attendant, elle commence à échanger avec une jeune fille, bien plus jeune qu'elle, qui se tient derrière elle dans la queue. Elles discutent, elles rigolent. Elles cassent du sucre sur le dos de ces Danois pas très futés et sur l'anglais affreux de l'employée au guichet. Elles papotent comme de bonnes copines, alors qu'elles ne s'étaient jamais rencontrées. Puis Elda achète son billet pour Trieste, tend la main à la jeune fille et lui souhaite de bonnes vacances.

Elle a gardé longtemps ce visage et cette rencontre en mémoire. Et puis elle les a oubliés, complètement, jusqu'à aujourd'hui, jusqu'à ce qu'ils émergent cette nuit d'un coin souterrain du cortex où elle les avait égarés. L'homme qui respire à ses côtés, Mate Vela, ressemble à sa sœur. Pas totalement, pas comme deux jumeaux se ressemblent. Mais quand même, il y a cette ossature fine, le menton allongé, l'arc des sourcils et des yeux. C'est curieux comment cette jeune fille les a réunis, pense Elda. Après toutes ces décennies elle les a mis involontairement en contact et a conduit son frère jusque dans son lit d'hôtel.

Ce matin-là, Elda a souhaité de bonnes vacances à l'inconnue. C'est ce qu'elle a dit précisément, elle s'en souvient bien. Quel que soit ce qui s'est passé, son vœu, dirait-on, ne s'est pas réalisé.

Elda reste pensive encore un moment, puis elle passe son bras autour de l'inconnu. L'homme toujours endormi répond à sa pression et l'étreint à son tour.

***

Elle se réveille tôt, bien avant Mate. Elle quitte le lit sans bruit pour ne pas le réveiller et s'éclipse dans la salle de bains. Elle se douche longuement pour rincer cette odeur masculine nouvelle, irréelle. Et comme chaque matin, elle reprend ses instruments. Elle use du rouge à lèvres, du fard et du mascara pour arranger quotidiennement sa façade. Elle sait que pour les femmes de son âge – les femmes comme elle – le matin n'est pas flatteur. Elle veut qu'à son réveil Mate la voie dans une livrée digne de ce nom.

Quand Mate se réveille, elle est déjà vêtue et prête pour sortir. Elle lui souhaite le bonjour. Elle le regarde pendant qu'il se lave et s'habille. Elle cherche en lui la plus petite trace de gêne, de culpabilité ou de désir que tout ce qui se passe entre eux s'achève au plus vite. Étrangement elle n'en trouve pas. Ces traces qu'elle attendait, elle n'en perçoit aucune.

Ils descendent au restaurant de l'hôtel et s'assoient ensemble pour le petit déjeuner, comme un couple. Elda réalise avec surprise combien cette petite cérémonie lui procure du plaisir.

Ils se sont assis dans un coin, loin des autres convives. Elda lui tend le sucre et une petite cuillère, Mate lui tend le beurre mou. Il enduit son pain chaud de pâté de foie, la tête penchée. Puis il pose ses yeux sur elle. Ils se regardent longuement, en silence.

– Tout va bien, dit Elda. Je sais tout. Et tout va bien.

Il sourit.

– Ce n'est pas ça, dit-il. Ce n'est pas ce que tu penses.

Il se tait un instant, comme s'il cherchait ses mots, puis il reprend :

– Je suis vraiment content… de tout ça. C'était un beau moment. Je ne sais pas depuis quand je n'avais pas parlé comme ça avec quelqu'un. Ça me manquait beaucoup. J'aimerais bien qu'on reste en contact, ajoute-t-il penaud. Ça me ferait plaisir.

Ils se taisent à nouveau. Mais maintenant aucun des deux ne détourne le regard. Ils sont face à face, les yeux dans les yeux. Mate plonge son regard dans le sien, et elle n'y voit plus aucune ombre, ni gêne ni culpabilité. Il la regarde comme quelqu'un qui se sent bien.

Après le petit déjeuner, chacun retourne dans sa chambre pour récupérer son bagage. Quand Elda descend dans le hall d'entrée, Mate l'attend au niveau de la réception.

– Je ne voulais pas partir sans qu'on se dise au revoir, dit-il.

Ils sortent de l'hôtel. C'est le mois de janvier. De ce côté du Main, un vent froid, désagréable déboule depuis les forêts et souffle à travers la plaine. Elda s'emmitoufle dans son châle et se tourne vers son amant tout neuf. Elle s'approche de lui et pose ses lèvres sur les siennes. Il lui rend son baiser. Ils se tiennent embrassés l'un contre l'autre une demi-minute, peut-être une minute entière, comme si ni l'un ni l'autre ne voulait interrompre l'étreinte. Puis Elda retire ses lèvres et murmure : « Tu vas être en retard. »

Elle le suit des yeux tandis qu'il monte dans un taxi. Le véhicule disparaît à l'angle de la rue et Elda sent soudain qu'elle a froid. Son vol ne décolle qu'en fin d'après-midi, mais plus rien ne la retient dans cette ville maussade et étrangère. Elle regrette de n'être pas montée dans le taxi avec Mate, elle l'aurait accompagné à l'aéroport, elle aurait passé encore une demi-heure ou une heure avec lui jusqu'à ce qu'il embarque. Mais c'est trop tard. Elle est maintenant seule dans Francfort.

Elle passe le reste de la matinée à déambuler dans la ville, entre les immeubles d'affaires et les vieilles brasseries aux façades à colombages. Et finit par se lasser. Elle attrape un taxi et file à l'aéroport avec quatre heures d'avance. Elle fait viser son billet, enregistre son bagage et se rend jusqu'au terminal de départ.

Il est tôt et le terminal est désespérément vide. Elle prend place sur un des sièges les plus à l'écart et se connecte à internet. Dans la fenêtre de recherche, elle tape un prénom et un nom : Silva Vela.

Une page s'ouvre immédiatement. Le site a pour titre *On recherche Silva Vela*. Un texte indique le lieu et la date de sa disparition, la couleur de ses cheveux, sa taille et son âge. Une récompense est promise à quiconque aidera à retrouver Silva. Le site est bilingue, en croate et en anglais. Seul un message n'a pas été traduit. Il apparaît en lettres majuscules, dans une autre police de caractères, dans une couleur différente. Ce message est adressé à la disparue elle-même. *Silva, appelle-nous*, est-il écrit. *Nous te cherchons. Ta famille qui t'aime.*

L'espace au centre de la page est occupé par une photo de Silva Vela. C'est la même photo dont Elda se souvient, celle qui à l'époque était accrochée à l'entrée des magasins, des salons de coiffure, sur les arrêts de bus. La Silva Vela de l'image a dix-sept ans et fixe l'objectif avec un optimisme insolent.

Elda revient sur la page de garde et recherche les contacts. Ils renvoient tous à Mate : son numéro de téléphone, l'adresse de son domicile, son numéro de portable. Et l'adresse mail indiquée est la sienne. Celle que Mate lui a donnée un peu plus tôt.

Elle ouvre un courrier nouveau et écrit l'adresse de Mate dans la case destinataire. Elle s'interrompt, hésite, se demande si ce qu'elle s'apprête à faire est bien sage, puis elle tape sept mots dans la zone de message : *C'était un plaisir. Restons en contact.* Elle réfléchit à ajouter un smiley ou un cœur à la fin du message puis se ravise : elle ne veut pas lui extorquer une promesse qu'il n'aurait pas envie de faire.

Elle hésite un instant puis envoie le message. Elle se tient en arrêt au-dessus de son ordinateur ouvert, comme un coupable qui s'alarme de ce qu'il vient de commettre.

Retentit alors le son d'un courrier entrant. Mate lui a répondu dans l'instant même.

Pour moi aussi c'était un plaisir. Écris-moi quand tu arrives à T.

Elda est posée sur sa chaise, dans l'aile à moitié vide du terminal international. Une famille d'Indiens en train de somnoler, terrassée par le jet lag, s'est étalée sur les sièges face à elle. Les voyageurs à destination de Toronto se rassemblent progressivement, fatigués, indifférents, abrutis par les heures d'attente et les décalages horaires. Ils se tiennent assis, la tête penchée sur un journal ou sur un livre, les yeux ouverts ou fermés, ils attendent qu'expire ce moment vide et stupide. Elda est parmi eux. Mais Elda ne se sent ni vide ni stupide. Elda se sent bouleversée par une tempête.

Elle est assise, les yeux rivés sur son ordinateur, sur cette quinzaine de mots écrits en italique sur son écran blanc. Elle clique sur l'icône pour répondre. Elle tape un cœur dans la zone de message et clique sur le bouton envoi. Elle ne peut plus revenir en arrière, pense-t-elle. Quoi qu'il arrive, quelque chose vient de commencer en cet instant précis.

La réponse lui parvient vite. Un simple message vide, et dedans le même symbole à cœur fendre : deux ventricules scindés par une faille.

Prends soin de toi, je te fais signe à T., écrit-elle dans un nouvel e-mail à destination de Split. Puis elle referme son ordinateur, encore saisie d'émotion. Le terminal s'est rempli. Il y a de plus en plus de monde autour d'Elda, des gens de toutes les couleurs, de tous les âges et de toutes les races, des hommes et des femmes.

Elda étudie leur visage, leurs cheveux, leur front, leur nuque. Et soudain elle comprend. Elle se rend compte qu'au milieu de cette foule d'étrangers elle cherche un visage connu, une mèche de cheveux, un cou. Elle cherche quelqu'un qui pourrait être une femme ayant disparu, quelqu'un qui ressemblerait ne serait-ce qu'un peu à Silva Vela.

13

MATE (2012)

Mate est arrivé le premier au travail, un peu avant huit heures.

Le local est froid. Après un week-end prolongé, l'air à l'intérieur sent le renfermé, la colle, le diluant et la peinture. Mate suspend son manteau sur un cintre, remonte le rideau métallique, allume un radiateur électrique puis ouvre une fenêtre pour faire entrer un peu d'air frais dans la pièce.

C'est le mois de janvier, au lendemain de l'Épiphanie. Des nuages lourds et sombres au-dessus des monts Kozjak et Mosor annoncent une pluie prochaine inévitable. À cette époque de l'année, le port nautique est de toute façon mort. Ce matin, le vent du sud et le ciel chargé ont fait fuir les déjà rares artisans ou propriétaires de bateau. Par la fenêtre du magasin, il a vue sur les alignements uniformes des pontons en béton, maintenant fermés à clé, le long desquels des dizaines de petits bateaux endormis attendent tranquillement qu'arrive le printemps et que le port revive. Les voiliers, cotres, *fishermen*, langoustiers, barques, gourses et autres canots pneumatiques s'étalent à perte de vue, certains cadenassés, protégés, à l'abri sous des bâches, emballés sous film. Mate a fourni des pièces de rechange pour beaucoup d'entre eux, il a vendu des ancres, des moteurs, des pare-chocs ou des winchs à leurs propriétaires. Tous ces bateaux se balancent maintenant mollement dans la houle du sud et tirent sur leurs cordes dans un concert de grincements. De temps en temps le vent souffle en rafale entre les vergues, les pataras et les étais, et transforme le petit port hivernal en orgues cacophoniques.

Les premières gouttes de pluie commencent à tomber, Mate ferme la fenêtre. Le local sent toujours le renfermé. Cet espace qu'il loue fait en même temps office de secrétariat, de magasin et de hangar, et l'on trouve entassées dans ces cent mètres carrés toutes sortes de chimies – des pots de peinture primaire et d'antifouling, des pots de mastic, des bouteilles de diluant et des bidons de résine époxy. Si quelqu'un provoquait un incendie ici, il le sait, son local en même temps que son affaire disparaîtraient en un clin d'œil dans une colonne de fumée pestilentielle.

Il regarde sa montre : huit heures vingt. La secrétaire sera là dans dix minutes, et un peu avant neuf heures ce sera le tour de Srećko, qui travaille au comptoir. Il lui reste dix minutes pour le rituel auquel il se livre chaque matin.

Il allume l'ordinateur et patiente le temps que le système se lance. Il jette un œil sur les messages arrivés durant le week-end pour le compte de la société. Beaucoup de spams, quelques demandes de devis, des notifications de fournisseurs. Une relance des services de douane à laquelle Srećko va devoir répondre dans la journée. Un avis pour une livraison qu'il attend depuis une éternité. Un moteur *in-board* Yanmar de 57 chevaux – commandé avant Noël – que l'expéditeur a enfin fait parvenir à la douane.

Il efface les spams, confirme auprès de la douane la réception de la marchandise, contrôle une dernière fois les courriers arrivés puis ferme la messagerie. Il fait glisser la souris et clique sur une autre icône, retranchée dans un recoin de l'écran. Cette icône lance sa page. Celle qu'il ouvre tous les matins.

Depuis neuf ans Mate entame chaque journée par le même rituel. Il ouvre la page qu'il a créée, il regarde la photo de sa sœur disparue et contrôle si quelqu'un a utilisé le formulaire de contact – elle ou une personne qui l'aurait vue.

Des gens se sont manifestés durant les premières années. Pas tout le temps, pas souvent, mais une ou deux fois par mois, quelqu'un de bien intentionné, ou un désespéré, ou un sadique, avertissait qu'il avait vu la fille sur la photo, ou bien savait où elle était, ou bien avait entendu dire que quelqu'un savait. Durant ces neuf années, Mate a vérifié chacune de ces pistes, même celles qu'il savait dès le départ être erronées ou tenir de la sale blague.

Dans les premiers temps – quand Doris et lui étaient mariés – il avait pris l'habitude de consulter la page de Silva au bureau, loin du regard de Doris. Ils sont maintenant séparés depuis deux ans. Mais il a conservé cette habitude, il continue d'entrer sur le site chaque matin, toujours très tôt, avant que le monde arrive au magasin. Avec le temps, de moins en moins de personnes se sont manifestées. Il a observé un bref regain d'intérêt, mais vraiment très bref, quand il a ouvert une page sur Facebook. Des gens se sont signalés sur le réseau, ont envoyé des messages de soutien, de compassion, des suggestions et des propositions. Et puis ça s'est calmé, la vague s'est retirée comme elle était apparue.

– Bonjour, entend-il depuis la porte.

Il se retourne. Srećko se tient sur le seuil. Il secoue son parapluie et le dépose dans le porte-parapluies, puis il retire son imperméable. Son visage est barré d'un large sourire, plein d'une douceur bienveillante, comme toujours.

– Il y a du nouveau ? demande Srećko.

– Oui, répond Mate. Le Yanmar est enfin arrivé.

– Eh ben, Dieu merci ! répond Srećko, tout en changeant sous la table ses chaussettes mouillées.

Mate se lève et va jusqu'au comptoir près de la caisse. Il lui montre le courrier reçu et lui donne des instructions, puis il retourne à son ordinateur pour accomplir sa corvée du matin.

Il s'assoit à son bureau et clique sur l'icône. Devant lui se redéploie la page web qu'il a créée. Le titre en lettres majuscules, la boîte de contact, la photo de Silva. Elle le regarde depuis l'écran avec son air provocateur.

Il ouvre le dossier avec les messages reçus. Il s'attend à n'y trouver, comme chaque jour, qu'un grand vide blanc. Mais ce n'est pas le cas. Il y a un courrier qui scintille de tous ses pixels électroniques, seul dans la boîte de réception blanche.

Il l'ouvre. Un drôle de courrier. Il ne contient aucun texte, aucune signature, aucun message de l'expéditeur. Il a été envoyé depuis une adresse électronique qui ne mentionne ni prénom, ni nom de famille. C'est un fantôme qui a expédié ce courrier, un inconnu, quelqu'un qui ne veut pas qu'on sache qui il est. Et dans le corps du message, il y a seulement un lien.

Un lien qui renvoie vers un profil Facebook. Il clique dessus. Il reste un instant, hébété et silencieux, les yeux rivés sur l'écran. Il contemple ce qu'il voit et tâche de contenir une vague d'émotion.

Il attend que Srećko termine sa conversation téléphonique avec la douane. Puis il lui dit qu'il doit partir en urgence et qu'il ne reviendra pas de la journée. Il lui dit de régler seul la question avec la douane, car on dirait bien qu'il va devoir faire un court voyage.

Il éteint son ordinateur, enfile son manteau et quitte le magasin en vitesse.

***

Aujourd'hui, c'est son tour de passer l'après-midi avec Tina. Il se rend chez Doris après déjeuner, vers trois heures, Tina est déjà habillée. Elle est prête à partir, mais on voit à son expression qu'un après-midi en compagnie de son père ne figure pas en tête de liste de ses aspirations d'adolescente.

Quand elle était plus petite, Mate s'y entendait pour jouer avec elle, pour l'amuser. Mais Tina a maintenant quatorze ans. Elle s'est teint des mèches de cheveux en rose, dessine des super-héroïnes dans les marges de ses cahiers et écoute Beyoncé et Shakira. Le glacier, le terrain de jeux ou le zoo, ce n'est plus une option pour Tina.

Alors ils déambulent en ville sous la pluie. De temps en temps, Mate épie sa fille, l'air de rien. Plus elle grandit, plus elle ressemble à sa tante qu'elle ne connaît pas. Elle a ses yeux, le galbe de son nez, et même ses cheveux noirs lisses qui retombent sur ses yeux lui rappellent ceux de Silva. Mate se souvient de sa sœur à l'âge de Tina. Ils vagabondaient toute la journée dans Misto, inséparables, indissociables. Ils allaient se baigner, partaient du côté de la chapelle sur les terres des Rokov, poussaient jusqu'au cap de la Croix, pour essayer de surprendre et d'observer en douce les ébats sexuels d'un couple. Ils traînaient devant l'épicerie dans le port, ramassaient les capsules abandonnées et les rapportaient à Agata, la marchande, en échange d'un Coca-Cola. Ils étaient rarement rivés à la maison, entre quatre murs. Tout ce temps, Mate s'en souvient aujourd'hui comme d'un long été ininterrompu, qui a duré des années.

Tina ressemble à sa tante. Mais quelque chose les distingue. Silva était pleine d'élan et de vie. Pour elle, le verre était toujours à moitié plein. Alors que pour sa fille, Mate le constate à regret, il est toujours à moitié vide. Elle tient cela de sa mère, pense-t-il avec amertume. Doris est pareille. Elle préfère toujours voir là où il y a un problème, exprimer sa désapprobation. Toujours à moitié satisfaite, toujours à moitié comblée.

L'après-midi traîne en longueur. Ils visionnent un film en DVD, sortent manger une puis deux glaces. Aux alentours de sept heures, Mate comprend que l'un et l'autre louchent sur la montre en catimini.

– J'aimerais bien rentrer à la maison plus tôt, dit Tina. J'ai un tchat à huit heures avec des copines.

Il la raccompagne avant l'heure convenue, à huit heures moins vingt. Doris ne dit rien, mais ses yeux brillent de reproches condescendants. Elle lui propose un café, mais de telle sorte qu'on dirait bien qu'elle souhaite qu'il refuse. Ce qu'il fait. Il leur dit au revoir à la porte et rejoint sa voiture. Assis au volant, il ouvre son ordinateur et clique encore une fois sur le lien sauvegardé. Il contemple longuement la page immobile et le visage à l'écran qui le regarde.

Il n'a rien dit à sa mère, du moins pas encore. Pour son père, il n'est pas sûr. Il n'y a qu'une seule personne avec qui il peut, avec qui il désire en parler, et c'est Elda.

***

Doris et lui sont séparés depuis deux ans. Leur relation s'est défaite avec les années, progressivement, fil après fil, comme du papier fragile qui se délite et part en poussière. Cela a commencé par des petits secrets, des petits mensonges, des petites mauvaises humeurs et des petites malveillances. Avec le temps, la mauvaise humeur et la rancœur ont grandi, ainsi que la méfiance. Des choses qui leur apparaissaient autrefois comme des petits défauts humains sympathiques ont pris progressivement la dimension de vices de caractère exaspérants, et Doris et lui se sont éloignés lentement, froidement et résolument, comme deux corps qui se croisent dans l'univers et poursuivent leur chemin, chacun dans sa direction, vers le néant glacé. Durant les dix ans qu'a duré leur mariage, Doris et lui ont déployé une aptitude à se supporter l'un l'autre avec une sorte de politesse distanciée. Cette faculté les aurait peut-être fait tenir encore un bon bout de temps ensemble, si Doris n'avait un jour découvert l'existence d'Elda.

Au début, Mate a simplement correspondu avec Elda. Ils ont maintenu une relation qui prenait un tour de plus en plus sérieux au fil des messages, mais qui restait cantonnée dans leurs boîtes de réception, dans leurs dossiers et fichiers textes. Au cours de la première année, ils ne se sont rencontrés que deux fois, durant l'été, alors qu'Elda était en déplacement professionnel. La deuxième fois, ils se sont retrouvés dans un hôtel qu'Elda avait réservé, dans la banlieue de Split. Ce n'était donc pas Francfort ou Gênes. L'hôtel n'était situé qu'à quelques kilomètres de Doris et de leur domicile, les serveurs parlaient croate et regardaient Mate sur le mode du clin d'œil complice. Il en avait éprouvé un sentiment de honte indicible.

S'ils étaient restés éloignés l'un de l'autre, leur relation se serait probablement éteinte ou bien se serait résumée à une correspondance amicale, fraternelle. Mais Elda a obtenu un poste, en septembre 2009, au siège de l'office du tourisme croate à Vienne. Elle déménageait à côté. Bien trop près : dès lors, le mariage de Mate était condamné.

Ils se rencontraient à Vienne, à Split ou, le plus souvent, à Zagreb, le temps d'un week-end ou un jour de travail. Ils se donnaient rendez-vous dans des hôtels de voyageurs de commerce, dans des chambres anonymes de merisier et de laiton, avec peignoirs suspendus derrière la porte de la salle de bains et réfrigérateur toujours garni de gin et de vodka. Quand ils se retrouvaient, ils s'étreignaient comme s'ils ne pouvaient se rassasier l'un de l'autre. Puis, une fois apaisés, ils parlaient. Il n'y avait personne comme Elda avec qui il lui était plus agréable de discuter.

Il a fallu quelques mois à Doris pour tout découvrir. Ce n'était pas sorcier car les indices étaient partout. Mate avait commencé à voyager en permanence, surtout les week-ends, à son travail on ne savait jamais où il était et il ne prenait même plus la peine d'effacer les courriers d'Elda dans sa messagerie. Un jour, bien plus tard, Mate a lu dans un journal un article sur les actes manqués freudiens, sur ces erreurs qui n'en sont pas vraiment, quand votre inconscient vous pousse à taper du coude dans un vase ou à dire quelque chose complètement de travers. Mate a compris que son imprudence relevait de ce type d'acte manqué. Quelque part sous le film de la raison, il y avait un petit bonhomme en lui qui voulait que le vase se brise, que Doris les découvre et que son couple prenne fin. C'est ce qui est arrivé. Début 2010, Doris s'est assise face à l'ordinateur de Mate pendant qu'il se rasait dans la salle de bains. Elle est tombée sur un message d'Elda, puis deux, puis sept, puis cinquante. Après une scène courte et désagréable, Mate a définitivement quitté le domicile conjugal. Ce soir-là, il a dormi à l'hôtel – celui-là même où il avait commencé à tromper Doris avec Elda. Le lendemain matin, il s'est branché sur Skype et a informé Elda qu'il venait de rompre avec sa femme. Le week-end suivant, elle accourait à Split. Ils ont passé l'après-midi dans la chambre d'hôtel, puis ils sont sortis en ville. Ils se sont assis dans un café au bord de la mer et ont commandé un verre de vin. Mate a constaté avec bonheur que la honte était dissoute, comme si elle n'avait jamais été. La culpabilité avait disparu, il éprouvait maintenant un sentiment de douceur et de sérénité.

Au début du printemps, Elda a trouvé un travail à Split et est revenue y vivre définitivement. Elle a pris une location dans le quartier de Meje, mais Mate ne s'est pas installé chez elle. Ils sont ensemble en permanence, mais ils ont gardé chacun leur appartement et vivent séparément. Elda a dit que c'était mieux ainsi, au moins au début, et ce début dure depuis maintenant dix-neuf mois.

Il roule à travers le tunnel de Marjan et tourne à droite au niveau du Musée archéologique. Il continue tout droit sur la route en bord de mer, avec d'un côté les plages, de l'autre l'épaisse et noire forêt de pins de la colline de Marjan. Entre la mer et la forêt se trouve une bande étroite de maisons familiales dans lesquelles vivent avant tout la noblesse d'avant-guerre, ou l'aristocratie communiste, ou des profiteurs enrichis durant la période de transition. À vue d'œil les maisons sont luxueuses, riches, assorties des symboles du statut social de leurs occupants, tels que des caméras de surveillance ou des portails automatiques. Mais la richesse à Meje s'arrête au seuil de ces maisons. Partout autour, entre ces maisons, le quartier est simple et désordonné. Les voies d'accès sont défoncées, il n'y a pas de trottoir, et pour atteindre les immeubles en haut de la côte il faut grimper par des escaliers en béton pavés grossièrement. Il a toujours été étonné qu'Elda ait loué dans ce quartier. Comme si elle souhaitait être au plus près de la mer et des pins après ces années vécues à Toronto. Et comme si ce temps passé à travailler dans le secteur du tourisme lui avait fait croire à l'histoire qu'elle vendait à ses clients.

Il s'engage dans une ruelle étroite entre des maisons. Grimpe quelques mètres et se gare au pied d'un de ces escaliers en béton improvisés. Il gravit les marches et sonne à la porte d'un jardin. Elda, par chance, est à la maison. Elle descend dans la cour et le fait entrer. Une fois à l'intérieur de l'appartement, elle se pend à son cou, lui mordille l'oreille. « J'allais justement t'appeler, dit-elle. Tu m'as manqué. » Il l'embrasse. Elle le prend par la main pour le conduire vers la chambre à coucher. Mais Mate lui dit : « Attends. Il faut que je te montre quelque chose. Quelque chose d'important. »

Alors il ouvre son ordinateur et lui montre la photo.

***

C'est un profil sur Facebook. Celui d'une personne prénommée Silvija, et dont le nom de famille – d'après le statut sur le profil – est Aleksić. Mais il n'y a pas de doute. Silvija Aleksić est sa Silva, sa sœur, sans la moindre ambiguïté. La ressemblance est indiscutable. Les mêmes traits du visage, le même nez, la même ride verticale entre la bouche et le nez. La coupe de cheveux est différente. La photo est floue, dirait-on, pas vraiment récente, elle masque son âge. Mais c'est Silva.

D'après tout ce qu'on peut en voir, Silva n'est pas active sur Facebook. Il n'y a pas de commentaire sur sa page, pas de post et pas de photo. Il n'y a ni son âge, ni son lieu de naissance. Il y a le nom de son mari, Miomir Aleksić, et une adresse : 138, rue Youri Gagarine, à Belgrade. Et il y a le nom d'un enfant : Jovan. Ce matin, Mate a découvert qu'il avait un neveu en Serbie.

Elda lui pose alors toute une série de questions auxquelles il n'a pas de réponse. Non, il ne sait pas qui lui a fait suivre ce lien ni pourquoi. Il n'a pas fouillé du côté de l'adresse IP. Il a envoyé un mail à cette adresse mais il n'a pas obtenu de réponse. Il ne sait pas comment Silva a atterri à Belgrade ni pourquoi elle n'a pas fait signe. Mais à partir des bribes d'informations dont il dispose, il peut construire une explication qui aurait plus ou moins de sens. Apparemment, elle devait avoir une liaison avec quelqu'un de Belgrade. Apparemment elle a gardé cette liaison secrète. Elle a dû prendre la fuite avec lui. Elle était mineure, elle ne pouvait pas partir avec lui sans prendre la fuite. Peut-être se sont-ils cachés. Peut-être comptait-elle se manifester. Et puis la guerre est arrivée, le rideau de fer est tombé d'un coup, il n'y a plus eu de contact entre la Serbie et la Croatie pendant six ans. Et qu'est-ce qui s'est passé, quand la guerre a été terminée ? Il n'en sait rien, il est incapable de deviner. Mais le profil sur Facebook est mystérieux – pas de lieu de naissance, pas de nationalité, pas de famille. C'est un mystère qui veut dire beaucoup de choses. Cette femme, pense Mate, ne veut toujours pas qu'on sache *urbi et orbi* qui elle est et d'où elle vient.

Tout cela, il peut le déduire. Mais il ne sait pas. Il ne sait rien, sinon qu'il y a sa sœur qui vit là-bas, au 38 de la rue Gagarine. Ce visage qu'il connaît si bien, ce visage sur cette page Facebook le fixe. Ce visage est le même, mais pas le regard. C'est un regard doux, apaisé, nullement révolté. Les années ont passé et Silva avec le temps, dirait-on, a changé.

Il referme l'ordinateur. Elda le regarde.

– Tu pars quand ? demande-t-elle.

– Demain matin, répond-il, avant de se blottir dans le lit.

***

Il entre dans Belgrade vers quatre heures de l'après-midi. La pluie a cessé de tomber alors qu'il roulait sur l'autoroute entre Šid et la capitale serbe. Mais la ville est encore détrempée. Il regarde les voitures et les tramways rincés, la multitude immense de gens qui se pressent avec leurs parapluies sur les trottoirs. La Save est opaque et gonflée, couleur de plomb. Au confluent où elle se jette dans le Danube, les eaux se fondent dans des remous de boue brune et de tourbillons enchevêtrés.

Il a réservé une chambre sur internet dans un quartier de la ville qui s'appelle Savamala. Il roule longtemps à travers un dédale de petites rues escarpées qui courent du haut de la colline vers la rivière. Il circule entre des maisons à un étage noires de suie datant de l'entre-deux-guerres, d'anciens ateliers d'outillage, des carrosseries et des cafés, et finit par trouver la ruelle pentue qu'il cherchait et une place de parking. Il range sa voiture et va s'enregistrer à l'hôtel. Il jette son sac sur le lit et commande aussitôt un taxi à la réception. Il n'a pas l'intention de lambiner : il veut qu'on le conduise vite et bien à l'adresse en sa possession.

Le taxi roule quelque temps le long des berges d'une rivière, il ne sait pas laquelle, mais il a l'impression que c'est la Save. Ils doublent un hôtel décrépit d'avant-guerre, passent à côté d'une gare d'autobus et de sans-abris dormant à même la chaussée. Ils tournent un moment à travers un entremêlement de rails, de parkings et de chantiers, puis ils franchissent un pont. Alors pour la première fois un panorama de la ville s'offre à lui – la rangée d'immeubles sur les quais, la forteresse à la jonction des fleuves et le clocher pointu baroque de la cathédrale.

Passé le fleuve, c'est comme s'ils entraient dans une tout autre ville. Les boulevards sont larges, des alignements immenses de tours et de barres socialistes s'offrent à la vue à droite et à gauche, interrompus çà et là par la verticale d'un gratte-ciel. Il aperçoit un instant, entre les blocs d'immeubles d'habitation, le chantier d'une église inachevée. Les ouvriers la bâtissent comme au temps du Moyen Âge, brique après brique, ils ont bien avancé, on entrevoit déjà la voûte d'une coupole byzantine. Ils la construisent lentement, patiemment, comme si toutes les tours de béton et le monde entier autour d'eux n'existaient pas. Mate trouve ce spectacle soudain triste.

Puis le chauffeur de taxi tourne à la hauteur d'un ensemble d'immeubles le long d'une promenade et de la rivière. Il s'arrête au bout de la rue devant une entrée. « C'est là », dit-il. Il a une petite croix orthodoxe et une icône d'un saint barbu suspendues à son pare-brise. Mate regarde l'icône et le chauffeur le remarque. « Vous êtes dalmate, hein ? dit-il. On est pays. Je suis d'Obrovac. *J'étais* d'Obrovac. »

Mate attend longuement l'ascenseur. Il presse sur le bouton du dernier étage et grimpe jusqu'au sommet de l'immeuble. Il redescend par les escaliers et passe en revue toutes les portes, à la recherche du nom Aleksić. Il espère qu'il n'y a pas deux familles Aleksić dans l'immeuble, ce qui est possible vu sa taille.

Il trouve une porte avec le nom recherché au huitième étage. Il s'arrête un instant et étudie cette porte anonyme et banale en contreplaqué jaunâtre. Il rassemble ses forces pour sonner et pense au scénario qui va suivre.

Il sonne.

Il a sonné, mais il n'entend rien pendant un moment. Puis il perçoit des petits pas qui tâtonnent, et la porte s'ouvre. C'est un enfant de cinq ou six ans. Ce doit être Jovan, son neveu.

– Est-ce que maman est à la maison ? demande Mate, et le petit garçon s'éclipse à l'intérieur.

Une odeur de roux ou de plat à l'étuvée, une fricassée de poivron ou une goulache, embaume l'appartement.

Il n'entend rien pendant un moment. Puis une femme vêtue d'un tablier sort de la cuisine, apparaît dans le couloir et s'approche de la porte. Elle regarde Mate d'un air ennuyé et demande ce qu'il désire.

La similitude est frappante. Elle a les mêmes sourcils que Silva, les mêmes traits du visage, le même angle du front, les mêmes lèvres. Même la coupe de cheveux ressemble à celle que portait Silva autrefois, avant tout ça. Mate a devant lui une femme qu'il pourrait confondre avec Silva. Sauf que cette femme n'est pas sa sœur.

Car sa sœur aurait aujourd'hui quarante et un ans. Alors que cette femme debout à la porte qui le regarde, étonnée, a dépassé à peine la vingtaine. Cette femme est la jeune mère d'un petit enfant.

Elle le fixe, l'air interdit, puis elle dit avec un accent de Krajina ou de Bosnie :

– Bonjour, vous désirez quelque chose ?

– Non, rien, répond Mate. Je me suis trompé. Je me suis trompé de porte.

Il dit cela puis il se précipite vers l'ascenseur pour échapper au regard de la femme. Il ne veut pas que cette inconnue, il ne veut pas que quiconque soit témoin de sa faiblesse. Il presse le bouton de l'ascenseur et lutte, le temps que celui-ci arrive, contre un sentiment qui l'inonde et le submerge. Un sentiment de honte.

***

Il ne passe pas la nuit en ville. Il repart aussitôt, dans l'après-midi. Il règle sa chambre à l'hôtel avec un rabais, monte dans sa voiture et prend la direction ouest tandis que le soir commence à tomber sur Belgrade.

Il retraverse la ville nouvelle de Belgrade dans l'autre sens, au milieu des alignements d'immenses barres d'habitation, des centres commerciaux et des tours d'affaires. En regardant ces grands immeubles et ces milliers de pièces illuminées, il pense soudain à l'expéditeur de l'e-mail mystérieux. Ce doit être un voisin de Silvija Aleksić, ou une connaissance, quelqu'un qui la voit tous les jours dans l'ascenseur ou sur le parking, quelqu'un qui lui vend son journal ou bien son pain, ou qui la croise à la station de tramway. Ce doit être quelqu'un qui connaît son prénom. Il est tombé, va savoir comment, sur sa page Facebook, et il s'est dit qu'il avait percé le secret de sa voisine. En douce, l'air de rien, il est intervenu dans sa vie, mais aussi dans celle de Mate. Ce quelqu'un se trouve en ce moment dans une de ces alvéoles illuminées et il s'imagine la suite de l'histoire. Il va poursuivre sa vie tranquille, en silence, dans l'anonymat, en croyant avoir dévoilé un pan secret de la vie de sa propre voisine. Silvija Aleksić, une Croate.

Mate quitte le centre-ville vers la périphérie. Bientôt les constructions hautes se raréfient, des lotissements de maisons apparaissent au bord de la route, séparés par des taillis. Tous ces lotissements se ressemblent : au centre, une église neuve rutilante, et tout autour, des enfilades au cordeau de maisons en brique rouge, non crépies, la plupart inachevées. Et dans chaque lotissement, un terrain de boules. Là où il y a un terrain de boules, il le sait, il doit y avoir des Serbes dalmates qui sont réfugiés là. Aux beaux jours, à coup sûr, ils se réunissent autour des aires de jeu, ils s'adonnent à la pétanque, commencent à agiter les mains, à parler fort, ils laissent libre cours à leur accent dalmate et à leurs gesticulations méridionales. Mais là, en cette soirée pluvieuse, il n'y a personne sur ces terrains de boules, pauvres rubans de terre clôturés, abandonnés dans la plaine pannonienne, arrachés au monde qui était le leur et jetés dans un monde étranger auquel ils n'appartiennent pas.

Il passe le péage au niveau de Šid, puis celui avant la frontière, puis les postes de douane serbe et croate. Il poursuit sa route dans la Pannonie croate, la chaussée est meilleure de ce côté de la frontière. Il traverse la forêt de chênes de la Spačva et continue vers l'ouest au milieu des vignes, des champs de maïs et des plantations de pruniers.

Et pendant qu'il conduit, il sent quelque chose de si puissant, de si profond l'envahir, qu'il le sait là pour durer : le sentiment que ça suffit. Il se rappelle tous ces voyages à travers l'Europe, tous ces périples, de Trieste à Barcelone ou à Veliko Trojstvo au fin fond de la Bosnie, en Suède, en Autriche en passant par toutes les stations-service d'Herzégovine. Il se souvient de toutes les portes auxquelles il a sonné, tous les relais de routiers, les aéroports, les préfectures de police et les bureaux de la Croix-Rouge. Tout ça maintenant lui paraît insensé.

Il essaie, encore, comme à chaque fois, de se rappeler des scènes d'un passé lointain. Silva quand elle était enfant, les déambulations dans Misto, les jeux en commun, les fous rires partagés. Il se souvient des capsules ramassées devant le magasin d'Agata, des baignades à la chapelle de l'Étoile de la mer, des parties de saute-mouton, de marelle et de 1, 2, 3, soleil. Il se souvient des patelles dans les seaux, des pêches aux moules dans la crique de Travna. Il se souvient du temps où tata Zlata était encore en vie, où ils partageaient la même chambre. Du temps où ils allaient faire la sieste ensemble et que Silva lisait un magazine pour filles avec une lampe de poche sous la couette.

Autrefois, ce truc fonctionnait. Mais là, ce n'est plus ça. Là, c'est vide et sec. Dans sa mémoire, ce n'est plus Silva, c'est un fantôme sans contour ni caractère, un fantôme qu'il trimballe avec lui depuis maintenant vingt ans, et il a oublié entre-temps pourquoi.

Il roule longtemps en direction de Split. En traversant la Lika, il éprouve une fatigue irrépressible. Il se gare sur une aire de stationnement et s'endort sur le siège arrière. À son réveil, il fait déjà jour. Et froid. Une petite neige fondue a commencé à tomber sur la plaine à hauteur de la Gacka.

Il s'assoit au volant et reprend la route. Il arrive à Split vers neuf heures. Il ne rentre pas chez lui. Il ne va pas non plus chez Elda car il sait qu'elle est à son travail. Il emprunte la rocade Est, tourne près du dépôt de bus et entre dans la rue d'Herzégovine. Il appelle l'ascenseur, presse le bouton numéro neuf. Il sait que Jakov est chez lui. Cette semaine, son vieux travaille l'après-midi.

Il sonne. Jakov ouvre la porte aussitôt et le fait entrer sans un mot. Mate doit avoir l'air terrible car son vieux ne pose pas de question. Il se contente de lui verser une tasse de café turc et l'observe d'un air sombre.

– Tu avais raison, dit Mate. C'est toi qui as eu raison tout le temps.

– À propos de quoi ?

– À propos d'elle. De Silva. Ça n'a pas de sens. Tout ça n'a aucun sens.

Jakov garde le silence.

– Tu avais raison, poursuit Mate. Si elle avait voulu, elle nous aurait appelés. Et si elle ne veut pas, qu'elle aille se faire foutre. Elle peut se la foutre profond.

Jakov continue de se taire. Il se lève, tartine de beurre une tranche de pain pour son fils. Et pendant que Mate commence à dévorer son petit déjeuner, Jakov s'approche de lui. Il pose sa main sur le crâne de Mate, sur ses cheveux. Mate ne se souvient pas que son père l'ait jamais dorloté, caressé, pas même une seule fois dans sa vie, même quand il était enfant. Et maintenant il a la main posée sur son crâne, comme pour une bénédiction.

– Mange, dit-il. Et puis rentre chez toi. Va dormir un peu. Et laisse-la, ajoute-t-il. Comme elle nous a laissés.

Après quoi il lui verse à nouveau du café dans sa tasse, un café au parfum robuste, qui le ramène à la vie dans ce petit matin gris.

TROISIÈME PARTIE

LE RETOUR DE SILVA

14

JAKOV (2015)

Des ouvriers ont découvert les ossements de Silva le 16 mai 2015, dans un tunnel de la Marine abandonné sous le cap de la Croix. Ils les ont trouvés un peu après dix heures du matin, alors qu'ils s'apprêtaient à dynamiter un rocher écroulé. Ils sont passés derrière le bloc de pierre et c'est là, dans la cavité obscure, qu'ils ont découvert un minuscule squelette humain recroquevillé.

Ce sont des ouvriers de l'entreprise de construction Lukaprojekt, de Split, qui ont trouvé Silva. Ils avaient commencé, début décembre, à dégager l'espace de l'ancienne base de la Marine yougoslave pour le futur complexe hôtelier et sa marina d'un investisseur irlandais. Début janvier, l'ensemble des pavillons, la poudrerie et le réfectoire central étaient détruits. En février, la nouvelle structure touristique commençait à s'élever, conformément au projet porté par Smart Solutions Estate. En avril, à la place de l'ancienne caserne, on commençait à distinguer les fondations des futurs appartements en *timeshare*, les bâtiments de l'hôtel et les installations de réception portuaire. Au cours du mois de mai, les ouvriers ont pénétré dans les tunnels abandonnés qui servaient d'abri pour les patrouilleurs. Les tunnels étaient dans un sale état. Le tremblement de terre à Ston, en 1996, avait ébranlé les portails, fragilisé la statique des voûtes, provoqué des éboulements localisés. Les anciens tunnels étaient obstrués par des tas de débris tombés de la voûte cimentée.

Les pyrotechniciens de Lukaprojekt ont miné l'entrée des tunnels pour se frayer un chemin jusqu'au fond des boyaux. Et ce matin de mai, tout au bout d'un tunnel, ils atteignent un bloc détaché de la voûte. À dix heures et quart ils passent derrière le rocher afin de forer des trous pour placer les charges d'explosif. Et là, derrière le rocher, ils trouvent des os. Des os blancs, délavés par le temps, le sel et l'humidité. Ils reposent tranquillement, en position recroquevillée, comme un enfant qui se serait endormi et serait mort dans son sommeil. Outre les ossements, on distingue des vieux restes de vêtements et des lambeaux d'un imper rouge.

Jakov apprend la nouvelle le jour même vers deux heures de l'après-midi. Ce jour-là, il travaille le matin, il termine de relever la caisse enregistreuse dans l'entrepôt. À un moment, il entend par le haut-parleur qu'on l'appelle à la porte principale. Deux policiers en uniforme l'y attendent. Même en les voyant, Jakov ne pense pas un instant que la raison de leur venue puisse être Silva. Quand les policiers lui apprennent de quoi il s'agit, Jakov écarte presque la chose d'un geste de la main. « Ça ne peut pas être elle, dit-il. C'est quelqu'un d'autre. »

Néanmoins il retire sa blouse et s'installe dans le véhicule de la police qui prend la direction de Misto.

En arrivant sur place, les policiers ne poussent pas jusqu'au centre du bourg. Ils s'arrêtent sur le rond-point où se situait autrefois l'entrée de la base de la Marine. Ils lui disent de les suivre. Ce que Jakov fait. C'est la première fois de sa vie qu'il foule le sol de l'ancienne caserne.

Ils marchent entre d'anciens pavillons dont il ne reste plus que des moignons écroulés. Au milieu apparaissent les contours de villas neuves, des maisons à deux étages avec de grandes ouvertures qui regardent vers la mer. Ils passent près d'un grand panneau avec l'inscription *Smart Solutions Estate*. Descendent vers la mer, jusqu'à l'ancien quai militaire. Poursuivent le long du rivage, vers les rochers sous le cap de la Croix. Et ils arrivent à la hauteur du portail d'un des tunnels. Jakov savait que ces tunnels existaient, il les voyait depuis la mer quand il partait pêcher en caïque avec Vesna. C'est la première fois qu'il s'en approche autant.

Là-bas, devant l'entrée, Jakov se rend compte qu'il y a foule. Il voit les ouvriers inquiets, effrayés. Il remarque le véhicule des secours, le médecin légiste, un photographe, quelques policiers en uniforme. Et au milieu de tous ces gens, il y a un homme dont on dirait qu'il donne des ordres. Jakov ne le reconnaît pas du premier coup. Ce n'est que lorsque l'inconnu s'adresse à lui qu'il identifie Tomislav Čović.

Jakov n'a rencontré qu'une fois dans sa vie l'inspecteur Čović, en septembre 1991. C'était alors un jeune homme arrogant. Mais vingt-quatre ans ont passé et Čović a bien changé. Jakov a maintenant devant lui un homme d'âge moyen, au teint malsain, avec des kilos en trop et quelques cheveux blancs au niveau des tempes. Il aperçoit Jakov et lui tend la main, l'air manifestement contrarié. « Suivez-moi », dit Čović, et il se dirige vers l'entrée du tunnel. Il le guide jusqu'à un cercueil métallique, couché près de la mer, sur le sol caillouteux.

Jusque-là, Jakov pensait qu'il s'agissait d'une méprise. Il était sûr et certain que ces os ne pouvaient pas être ceux de Silva. En s'approchant du cercueil, il comprend qu'il s'est trompé.

Il est debout au-dessus de la boîte métallique et il voit. Il voit les restes conservés du crâne, des côtes et des os allongés qui pourraient être des humérus ou des tibias. À côté du squelette, il y a aussi les résidus pourris et déchiquetés d'un sac et de vêtements. Ce sac, c'est le sac en toile de Silva. Et ces vêtements, ce sont ceux que Silva portait ce jour-là.

L'humidité et le moisi ont dévoré la robe jusqu'à la rendre méconnaissable. Mais ce qu'il reste des baskets de Silva est encore identifiable. Il y a le bout blanc de la semelle en caoutchouc et le logo rond avec l'inscription *All Star*. Il reconnaît le sac de Silva et le nœud en plastique qu'elle mettait dans ses cheveux. On distingue également les restes d'un imper en plastique rouge. Après toutes ces décennies, le voici qui réapparaît à la lumière, toujours rouge et rutilant.

Les lanières de plastique flottent dans le vent du sud, comme de minuscules étendards vibrionnants. Elles frissonnent tout en célébrant la fin de leur captivité souterraine.

***

Quand les ouvriers de Smart Solutions Estate, le 16 mai, ont exhumé les ossements, ils ont cessé aussitôt le travail, ils ont évacué le tunnel et appelé la police.

Celle-ci est arrivée de Split aux alentours de midi, elle a bouclé le périmètre et commencé son enquête. Alors quelqu'un parmi les habitants a raconté qu'un jour, il y a très longtemps, une jeune fille avait disparu dans le bourg. Les services à Split ont fouillé dans leurs archives et découvert que le dernier homme chargé de l'affaire était l'inspecteur principal Tomislav Čović. C'est Čović qui a informé Jakov de la découverte. Mais c'est Jakov qui a annoncé la nouvelle à Vesna et à son fils.

Mate a réagi exactement comme Jakov une heure plus tôt : par l'incrédulité. « Ce n'est pas possible », a-t-il dit. Il a aligné les mêmes arguments qu'ils répètent depuis des années. Nous savons que le lendemain elle était encore vivante. Nous savons qu'elle est partie. Nous savons qu'elle n'est pas revenue à Misto le dimanche. Il a répété les mêmes phrases que Jakov a dites un peu plus tôt, avant qu'il ne voie les os, le nœud pour les cheveux et les restes de l'imper.

Vesna a pris la nouvelle autrement. Jakov ne l'a pas appelée au téléphone, il s'est rendu directement chez elle, dans leur ancienne maison, dans la ruelle derrière l'église. Il est entré dans la maison, il s'est assis à la table de la cuisine et il lui a raconté ce qui était arrivé. Et Vesna, curieusement, n'a pas paru surprise. Elle a simplement hoché la tête, comme si elle venait d'apprendre la mort d'une vieille connaissance qui était de toute façon malade depuis longtemps.

– Il faut tout préparer pour l'enterrement, a-t-elle dit.

Puis elle s'est levée et a allumé une bougie sous la photo sur le mur. Ils sont restés assis un court moment, en silence, comme s'ils réfléchissaient à ce qu'ils pourraient se dire l'un à l'autre. Alors Jakov s'est levé, ils ont échangé les mots de circonstance sur le seuil de la maison et se sont embrassés sur la joue.

***

Le lendemain matin, ils partent ensemble à la morgue pour identifier le corps. Mate les a récupérés et les conduit tous les deux avec sa voiture. À l'entrée est de l'hôpital, ils tombent dans les embouteillages. Un labyrinthe de hangars, de baraques et de pavillons a poussé au fil du temps aux abords de l'établissement, c'est une petite cité sauvage constituée de pompes funèbres et de snacks destinés aux employés de l'hôpital. Mate se fraye un chemin à travers ce chaos et finit par trouver une place pour se garer sur une sorte de dune en gravier près du département d'oncologie. La zone caillouteuse est bordée par un jardin avec des figuiers. Et dans le jardin un chien aboie furieusement.

Ils entrent dans le bâtiment du service de pathologie, Čović les attend à la porte. Il leur tend la main. Jakov lui tend la sienne, pas Vesna. Vesna se souvient.

Čović sait où ils doivent se rendre. Il les conduit à travers un dédale de couloirs encombrés de classeurs. Ils descendent d'un étage, tournent à gauche, à droite, encore un étage plus bas, jusqu'à ce que Jakov perde tout sens de l'orientation. Pour finir, ils arrivent dans une salle en sous-sol qui, à la différence des couloirs traversés, est claire et lumineuse. Il y fait trop froid, même pour une journée chaude de mai. Un homme est là en blouse, avec un calot de chirurgien sur la tête. Il retire ses gants, leur serre la main et ouvre un tiroir métallique. Dans ce tiroir se trouve ce qu'il reste de Silva.

Jakov a déjà vu ce qu'il y avait à voir. Pas Mate ni Vesna. En découvrant les os, Mate ne s'effondre pas, ne pleure pas. Mais il est visiblement éprouvé. Mate ne s'attendait pas à cela. Mate pensait, tout comme lui, que Silva était quelque part, loin d'ici, vivante.

Vesna soutient la scène avec plus de calme. Elle contemple longuement la poignée d'os blanchâtres, s'approche du tiroir glacé et penche la tête. Elle prend dans sa main le nœud pour les cheveux de Silva et l'approche de ses lèvres. Elle embrasse le ruban en plastique coloré et le remet en place, à côté du crâne vide et sans vie.

« C'est elle », dit-elle, et Jakov la regarde, d'abord elle, puis Mate. Mate confirme d'un mouvement de la tête, sans un mot. Le légiste referme le tiroir et les reconduit à la porte.

Ils sortent dans le couloir, tous les trois, accompagnés de l'inspecteur. Jakov sait d'avance la scène qui va suivre et qu'il est impossible d'éviter.

Vesna aussi s'y est préparée. Elle s'approche du policier, se plante en face de lui et le darde d'un regard plein de mépris. Pendant que Mate tente de la maîtriser, elle jette à la figure de l'homme tout son dédain : « C'est comme ça, donc, que vous l'avez cherchée ? Vous n'avez pas bougé le petit doigt. Pas le petit doigt. »

Le policier est figé dans le couloir, silencieux et piteux. Vesna calmée, Mate la prend sous son épaule et la conduit à travers le couloir jusqu'à l'ascenseur.

Ils sortent du bâtiment et rejoignent leur véhicule. Le chien dans le jardin aux figuiers continue d'aboyer, plein d'une furie indescriptible contre tout ce qui l'entoure. Ils restent debout un moment sur le gravier, comme s'ils cherchaient des mots à se dire après tout ça.

– Il va falloir organiser l'enterrement, dit enfin Mate. Tu t'en occupes. Moi, je raccompagne maman à Misto.

– Fais attention à elle, répond Jakov. Donne-lui deux Xanax et débrouille-toi pour qu'elle s'allonge.

– Ne t'inquiète pas. Ça va aller.

Mate a dit cela sur le même ton protecteur qui était le sien quand il avait dix-sept ans.

Il installe Vesna dans la voiture et quitte le parking. Jakov suit des yeux le véhicule de son fils qui se faufile à travers la ribambelle de commerces, rejoint la route principale et prend la direction de Misto.

***

Il retourne à pied chez lui. Il marche longuement à travers la partie nouvelle de Split, avec ses larges avenues, ses alignements de tours socialistes, ses marchés sauvages et ses parkings. Il comprend au bout d'un moment qu'il n'a pas envie de rentrer chez lui, qu'il a besoin de marcher.

Il continue à pied en direction de la côte au nord de la ville. Il traverse la zone industrielle, tourne vers l'ouest à la hauteur de la gare de triage et longe la clôture du chantier naval. Après une demi-heure de marche, il arrive au niveau de la piscine olympique et du stade de football. Il descend vers la mer.

Il passe près du grand marché au poisson et gagne le rivage. Il a devant lui le petit port improvisé que le chantier a construit dans les années soixante pour les loisirs de ses salariés. Il regarde les quais en béton décrépits auxquels sont arrimés les esquifs des anciens employés, tuyauteurs, électriciens et soudeurs. Les bateaux, qui ont connu des jours meilleurs, reposent en cale sèche, posés sur des tins, des souches et des billes de bois. C'est le mois de mai et le travail bat son plein sur les barques. Le bruit des scies et des rabots résonne de partout. L'air sent fort la peinture.

Il s'approche de la mer. Elle est trouble, comme toujours dans ce petit port, rougie par les coulées d'antifouling et la limaille du papier de verre. Dans cette bouillie couleur de sang il aperçoit une flopée de mulets. Ils naviguent au milieu de ce cataclysme et cherchent dans cette mer de poison quelque chose susceptible de les nourrir.

Jakov s'assoit sur un banc. Il contemple la baie : la forêt sombre et reposante de la colline de Marjan, les cheminées d'une cimenterie, le môle du port militaire et tout là-bas, très loin, les contours de la ville de Trogir. C'est une journée claire, splendide. Une journée chaude et fondante, pleine de soleil, fraîche et agréable en même temps en raison de la brise marine. *C'était un jour exactement comme ça*, pense-t-il. Un jour parfait. Le jour où Silva a disparu.

Il essaie de visualiser la scène à laquelle il vient d'assister : le crâne creux, les articulations à nu, les longs tibias et les os des cuisses. Les bouts d'imper déchiré et le ruban en plastique coloré pour les cheveux. Il prend soudain douloureusement conscience : *c'est réel*. C'est réellement elle.

Là-bas, dans ce tiroir, il y a sa fille. Sa fille qu'il emmenait se baigner l'été, à qui il retirait les aiguilles d'oursin plantées dans la plante de ses pieds près de l'Étoile de la mer, avec qui il s'appliquait à plaquer des airs sur le petit mélodica. Et qu'il avait fini par prendre en grippe pendant toutes ces années. Qu'il accusait de les avoir lâchement, égoïstement abandonnés sans laisser une trace, un message, un mot de compassion.

Mais Silva ne se manifestait pas parce qu'elle était morte. Et ses os gisaient dans un trou sombre et humide à un kilomètre à peine de leur maison.

Tout aurait été différent s'ils avaient su. Leur vie à tous aurait été différente, la sienne, celle de Vesna et celle de Mate.

Un homme sur une petite barque à côté de lui a commencé à faire tourner une scie circulaire. Jakov entend d'abord le vrombissement de la machine, puis il sent l'odeur piquante du plastique brûlé, avant que l'air soit rempli d'une fine poussière rouge. Elle se dépose partout à l'état microscopique : sur le banc, sur les vêtements, dans les arbres et à la surface de la mer.

Il se lève, regarde l'heure. Onze heures. Mate et Vesna ont déjà dû arriver à Misto. Ils ont dû ouvrir la maison, suspendre à la fenêtre un morceau d'étoffe noire, allumer une bougie et voiler les miroirs. Ils seront allés à l'église, se seront mis d'accord avec dom Dražen pour les obsèques religieuses.

Jakov tâche de se représenter la scène, une scène qu'il connaît si bien. Le vieux village, la grappe de maisons autour de l'église, des maisons désormais toutes équipées d'horribles fenêtres en PVC et augmentées de terrasses grossières. En bas du vieux village, la poste. À côté de la poste, la boulangerie et la mairie. Devant la mairie, le monument aux partisans, qui, la dernière fois qu'il l'a vu, était toujours profané et privé de son inscription. Et la madrague, avec ses petits bateaux. Le terrain de boules, celui de basket. Et le long de la mer, toutes ces maisons laides multicolores divisées en appartements achetés par des Slovènes, des Autrichiens et des Hongrois pour les vacances, des enfilades de maisons qui s'étendent jusqu'à la pointe, jusqu'à la petite église de l'Étoile de la mer – et plus on s'éloigne, plus elles sont grandes et laides. Il s'imagine embrasser tout cela d'un regard depuis la route là-haut.

À cette heure, pense Jakov, tout Misto est au courant. La nouvelle a dû se propager comme un incendie. Elle s'est engouffrée sur la plage et dans les ruelles, a couru des terres des Rokov jusqu'au cap de la Croix, fait le tour des bancs dans le port et des appartements en location en contrebas de la Magistrale. On ne parle que de cela à l'église, devant la poste, dans la salle des profs de Vesna et dans le magasin d'Agata. Tout le monde à Misto sait maintenant que Silva a été retrouvée morte dans le tunnel.

Ce qui signifie, se dit-il, que c'est la fin d'un mensonge. Et qu'à Misto, à partir de demain, la paix, c'est terminé.

15

GORKI (2015)

Gorki a appris la nouvelle à Zagreb, au centre des congrès de l'hôtel Westin, le jour même, en fin d'après-midi.

Ce 16 mai, il est assis dans la salle des congrès de l'hôtel pour une conférence, *Adriatic Business Days*, organisée par un groupe de presse. Dans cet espace en sous-sol éclairé par des néons blanchâtres, il écoute des exposés sur la publicité hôtelière et les investissements dans les portefeuilles touristiques. Autour de lui sont assis des banquiers, des propriétaires d'hôtels, des gens des médias, des agents de relations publiques, des *spin doctors*, des *business angels* et des *dealmakers*. Entre ce matin et cet après-midi il a regardé leurs présentations Powerpoint, écouté leurs discours qui, bien que prononcés en croate, sont bourrés de locutions anglaises, de *best-case scenarios*, de *target groups* et d'analyses SWOT. Aux alentours de quatre heures, un peu après une pause-collation, Gorki sent que la mauvaise humeur prend le dessus.

Il est assis dans la salle de conférences et il observe la scène qui se déroule sous ses yeux comme si c'était la première fois. Il regarde des gens mentir à d'autres gens, lesquels savent que les premiers leur mentent tout comme les premiers savent que les autres savent qu'ils leur mentent. Et tout en se mentant les uns aux autres, ces gens se tapotent sur l'épaule, se sourient poliment et pensent qu'aujourd'hui encore ils se sont bien débrouillés. Gorki les observe, avec une pensée en tête : si un astéroïde s'écrasait maintenant sur cet hôtel et transformait tous ces gens rassemblés dans cette salle en un petit tas de cendres, personne demain ne le remarquerait. Les touristes continueraient à venir, les maisons à se bâtir, les banques à travailler et les journaux à sortir. Le monde continuerait à tourner comme s'ils n'avaient jamais existé.

Il pense à sortir de la salle, à rejoindre le bar pour commander un double whisky. Mais il ne veut pas se faire une réputation de picoleur dans le monde des affaires, il repousse donc l'idée et reste planté sur sa chaise. Sur l'estrade, un homme représentant un journal vante les avantages d'un paquet publicitaire, et Gorki sort son téléphone de sa poche et décide de tuer le temps en surfant sur les sites d'informations. Il ouvre un premier site web, puis un deuxième, puis une troisième page attire son attention. *Découverte macabre*, proclame le surtitre. Et en dessous, le titre : *À Misto près de Split, un cadavre exhumé d'un tunnel*.

Le site ne montre pas d'image du tunnel ni des lieux alentour. L'information est tombée en début d'après-midi et ils se sont dépêchés de la lancer le plus vite possible. Une photographie de Misto illustre l'article, probablement prise sur une page touristique quelconque. Gorki examine ce décor qu'il connaît bien, quoique flou et mal défini sur l'écran de son téléphone. Le vieux village, l'église. La madrague. Les maisons du côté de l'Étoile de la mer. Et, de l'autre côté de la baie, les rochers pointus et la colline arrondie avec la croix de pierre à son sommet. Le cap de la Croix.

Il parcourt le texte en essayant de relier entre elles les bribes d'information. *Le corps d'un individu*, est-il écrit. *Dans un tunnel abandonné d'une ancienne base militaire. À un stade avancé de décomposition. La police n'a pas encore identifié la personne. Il n'y a pour l'heure pas d'indice permettant de penser qu'il s'agit d'une affaire criminelle. L'enquête* – chacun peut bien l'imaginer – *est en cours.*

Gorki lit l'article sur le site, un texte formulé dans la langue de bois des communiqués de police qui n'a pas beaucoup changé depuis son époque. Il lit l'article et une bouffée d'effroi monte en lui. Absorbé par son téléphone, par le titre et par l'image, il est debout dans une salle remplie d'inconnus et une seule pensée occupe toute sa tête.

Pourvu que ce ne soit pas elle, pourvu que ce ne soit pas elle.

Mais il sait déjà que le corps découvert dans le tunnel est celui de Silva Vela.

***

C'est le lendemain que Gorki apprend que le corps a été identifié et qu'il s'agit de Silva Vela. Il reçoit un appel tôt dans la matinée depuis un numéro fixe localisé dans la région de Split. Au téléphone, un homme s'évertue à parler un croate standard mais sa voix laisse percer un accent et des tournures dalmates. Il dit à Gorki qu'il appelle du siège de la police à Split au sujet de l'affaire Silva Vela. Il se présente sous le nom de Tomislav Čović. Aussitôt Gorki se souvient de son visage. Il y a un quart de siècle, Čović était une jeune étoile montante. Il était brun, assez bien fait et parfaitement dans la ligne politique. Gorki se souvient du matin où il lui a transmis les affaires dont il était chargé. Čović feuilletait les dossiers, discutait avec lui avec retenue et politesse, mais à aucun moment il ne l'a regardé. Son regard partait toujours ailleurs, au-dessus, vers la fenêtre ou le plafond. Il tâchait de contenir son mépris, mais celui-ci avait du mal à ne pas déborder. Čović le méprisait : il méprisait son patronyme héroïque, son grand-père et sa statue de bronze, son prénom renvoyant à un classique russe.

Mais maintenant Čović a besoin de lui.

Le lendemain, Gorki s'installe au volant de sa voiture et roule en direction de la Dalmatie. Il prend l'autoroute, sort à l'échangeur pour récupérer la Magistrale, passe le péage et atteint les hauteurs de Misto aux alentours de onze heures. Il quitte la nationale, s'engage sur la route qui mène au bourg et atteint l'ancien périmètre de la base militaire.

Tout en conduisant, il contemple le projet auquel il a lui-même contribué par son lobbying. De la base, il reste peu de choses à voir : à peine ici et là un quadrilatère de béton, une bande d'asphalte, des tronçons de clôture barbelée. Là où précédemment se trouvaient des dortoirs, ce sont maintenant des blocs d'appartements de vacances. Les immeubles en béton gris, inachevés, se serrent étroitement autour du petit port et d'un bout de place. Il remarque qu'ils comportent plus d'étages que le plan à l'époque ne l'autorisait

Il passe par l'ancien portail et se retrouve à l'intérieur de la caserne. Čović l'attend sur l'ancienne place d'armes. Il se tient debout à côté d'une voiture de police et pianote nerveusement sur son téléphone. En un quart de siècle, Čović a changé : il est plus gros, plus mou, plus fatigué. Šain retrouve chez lui le teint éreinté, couleur de cendre, les signes d'un épuisement sisyphéen qu'il se souvient avoir connu du temps lointain où il œuvrait dans la police. Čović est debout près du véhicule de police, fatigué et agité, et c'est alors qu'il pose les yeux sur lui.

Gorki sait exactement ce que Čović voit. Le petit-fils d'un partisan de la première heure, un enfant de l'élite rouge, qui sort d'une Volkswagen Touareg métallisée et consulte sa Rolex pour s'assurer qu'il n'est pas en retard. L'homme qui lui a refourgué ce bordel.

Ils se serrent la main, courtoisement et froidement, puis Čović le guide jusqu'à l'endroit où le corps a été découvert. Ils rejoignent la plage, marchent un bon moment sur un sentier bétonné qui longe la mer avant d'arriver aux portes du tunnel. Čović allume une lampe de poche et s'engage le premier à l'intérieur.

Le tunnel est plus long que Gorki ne l'imaginait. Il plonge loin dans la roche et fléchit doucement vers la droite, sans doute pour ne pas être exposé à un tir de torpille. Le tunnel est juste assez large pour qu'un patrouilleur léger puisse s'y cacher. Sur un côté, il est bordé par la paroi rocheuse, sur l'autre, par un chemin doté de bittes d'amarrage. Ils marchent le long de ce chemin en enjambant des cailloux tombés du plafond, des morceaux de béton et de roche éclatés. Plus ils s'enfoncent et plus le tunnel est sombre, plus les débris sont nombreux et volumineux. Néanmoins la voûte humide continue de scintiller et reflète le clapotis de l'eau noire. Gorki a l'impression de pénétrer dans une église mystique effrayante éclairée par quelques cierges.

Au bout du tunnel, ils tombent sur un bloc de béton écroulé. Il est de la taille d'une grande automobile. Couché en travers du chemin cimenté, il pointe d'un côté vers la voûte, laquelle présente une énorme balafre. Gorki contemple l'endroit d'où le bloc de pierre est tombé et Čović suit son regard.

– Ça ne ressemblait pas à ça à votre époque, dit-il. On dirait que la voûte a souffert du tremblement de terre. Celui de Ston, en quatre-vingt-seize.

Ils passent de l'autre côté du rocher. Le corps n'est plus là, mais sa silhouette est figurée par un trait de craie blanche sur le sol. Gorki contemple la silhouette dessinée, recroquevillée dans une position qui fait penser à une prière. À sa vue, il sent dans sa poitrine comme une morsure. Il a cherché Silva pendant des mois. Et maintenant, après tant d'années, c'est un dessin sur le sol qu'il trouve à sa place.

Čović le regarde. Dans ce regard il y a une forme de condamnation, une attitude qui énerve Gorki.

– Nous avons fouillé les tunnels, dit-il, comme s'il lui fallait se défendre. Nous les avons fouillés le jour même. Nous avons envoyé des patrouilles qui les ont passés au peigne fin, avec des projecteurs et des chiens. À l'époque, c'était encore une zone militaire en activité. On ne pouvait pas déambuler comme ça sans fin. Nous les avons fouillés tout de suite, dès le premier jour, après quoi nous n'y sommes pas retournés.

– Vous, vous êtes venu ici, à ce moment-là ? demande Čović.

– Non, je n'étais pas ici. Nous avons fait des recherches de tous les côtés. Dans le vallon, dans les oliveraies, là-haut dans les gorges de la Prosika.

Nous avons envoyé des plongeurs en mer pendant cinq jours. Et ils ont aussi inspecté le tunnel le premier jour. Nous avons mobilisé quatre-vingts personnes pour les recherches la première semaine. Je ne pouvais pas être partout.

Čović se penche au-dessus du tracé blanc, comme si le corps était toujours là et qu'il l'étudiait.

– Il n'y a pas eu de problème pour l'identifier, dit-il. Celui qui a fait ça n'a même pas pris la peine de camoufler l'identité de la victime. On a retrouvé un petit sac près du corps. Il y avait tous ses papiers – sa carte d'identité, même son passeport. Qui va à une fête populaire avec son passeport ?

Quelqu'un qui a planifié son départ, pense Gorki.

– Vous avez trouvé un billet de transport sur elle ?

– Nous avons trouvé quelque chose qui pourrait ressembler à ça. Mais même dans une pochette plastique, le papier était complètement détrempé.

– On ne peut pas déterminer où elle comptait se rendre ?

– Non. Malheureusement pas.

Gorki est debout et continue d'observer cette silhouette inhabituelle en position de prière.

– Elle a été tuée ici ? demande-t-il.

– Difficile à dire, répond Čović. Nous avons retrouvé le corps en position fœtale presque parfaite, avec les mains croisées sur la poitrine. Il n'y avait pas de trace de sang aux alentours, pas de trace de lutte.

Gorki acquiesce d'un signe de tête. Il comprend ce que Čović est en train de lui dire. Quelqu'un a transporté le corps jusqu'ici, probablement durant la phase de rigidité cadavérique. Elle a été tuée quelque part ailleurs, le corps est resté provisoirement caché. Après quoi il a été transporté ici, le lendemain, ou bien le surlendemain. Et l'assassin est reparti tranquillement.

Gorki contemple le tracé blanc sur le sol et il réfléchit. Il se dit que Silva Vela a joué de malchance. S'ils avaient fouillé le tunnel au bout de trois ou de cinq jours, et non pas le jour même, ils auraient découvert son corps. S'il n'avait pas été déposé dans une zone militaire, quelqu'un aurait fini par tomber dessus. Si la Yougoslavie ne s'était pas disloquée, si la caserne n'avait pas été rapidement abandonnée, c'est l'armée qui l'aurait trouvé. Si la rumeur ne s'était pas répandue selon laquelle l'armée avait miné la base au moment de l'évacuer, ce sont des habitants, ou bien des pilleurs, des promeneurs ou des enfants qui l'auraient découvert. S'il n'y avait pas eu ce tremblement de terre en 1996 qui avait détaché cette pierre, des curieux aventureux seraient tombés dessus en explorant le tunnel. Si lui-même n'avait pas acheté la base pour le compte de Smart Solutions Estate, quelqu'un d'autre aurait investi dans le tunnel et aurait trouvé le corps. Et si les Irlandais ne s'étaient pas pris les pieds dans le plan d'urbanisme, les travaux auraient commencé plus tôt et on l'aurait déjà découvert.

Sauf que rien ne s'est passé comme ça. Ils ont fouillé le tunnel le premier jour, et pas trois jours après. Le tunnel était en zone militaire. La Yougoslavie s'est disloquée et l'armée, qui a construit ce tunnel, a abandonné la base la tête basse. Et personne n'y a mis les pieds pendant des années, jusqu'à ce que les gens soient convaincus qu'il n'y avait pas de mine. Et quand ils ont commencé à y entrer, un morceau s'était déjà détaché de la voûte et avait soustrait à la vue le corps de Silva Vela. Le corps de Silva s'était trouvé un linceul, une chape de pierre. Il était étendu, tranquille, derrière une masse de béton, et il attendait.

Il attendait que Gorki rachète les titres de propriété. Qu'il mène à terme les négociations avec le ministère de la Défense, qu'il soudoie un secrétaire d'État. Que le projet entre dans le cadre d'une stratégie touristique. Que le département adopte un plan territorial. Que la mairie adopte le plan détaillé des aménagements. Des dizaines et des dizaines de réunions se sont succédé, dans les ministères, dans les états-majors, dans les bureaux de l'administration d'État, des planificateurs et des offices de tourisme. Il a fallu signer et tamponner des dizaines de papiers, les faire homologuer, avec les délais légaux de contestation et de recours. Et pendant tout ce temps, Silva Vela attendait que cette épopée se termine, que le monde extérieur pénètre dans son temple humide et sombre et qu'on la découvre enfin.

– Il y a quelque chose que je ne comprends pas, dit Gorki, en se tournant une fois encore vers l'intérieur du tunnel.

– C'est quoi ?

– Comment quelqu'un a-t-il pu apporter le corps ici ? Cette personne a dû entrer dans la caserne, passer le portail gardé par une sentinelle, traverser la place d'armes. Elle a dû passer à côté de la baraque de l'officier de service, à côté de la sentinelle sur le môle.

– Je ne sais pas, répond Čović.

Ils restent ainsi debout un moment, puis la lampe électrique de Čović commence à clignoter.

– On n'a plus rien à faire ici, dit le policier en se dirigeant vers la sortie.

Ils progressent vers l'extérieur, vers la lumière. Avant de passer le virage, Gorki se tourne une dernière fois. Le bloc de pierre est couché de travers contre la paroi rocheuse du tunnel, comme une météorite hirsute et menaçante.

Ils accèdent au rivage. Pendant qu'ils étaient dans les entrailles de la colline, le sirocco a commencé à souffler du sud. Les vagues viennent cogner contre les rochers sous le cap de la Croix et des gouttelettes salées aspergent le sentier qui longe la mer.

Ils regagnent le parking. Čović jette encore vers la voiture de Gorki le regard désapprobateur de l'homme vertueux. Gorki voit bien son expression. Il se dit qu'il déteste toujours autant cet homme, comme à l'époque, du premier jour où ils se sont rencontrés.

– Ce n'est pas franchement glorieux pour vous, dit Čović. J'imagine que vous vous en rendez compte.

Il poursuit en énumérant tous les péchés de Gorki.

– Vous n'avez pas trouvé le corps, alors qu'il était sous votre nez. Vous avez libéré le suspect principal. Vous avez négligé un appel anonyme et la seule preuve matérielle. Et tout ça à cause de la déclaration d'un témoin venu embrouiller l'affaire. Vous avez tout basé là-dessus, sur cette femme, comment elle s'appelle déjà, Zuvan ? sur cette femme qui affirme qu'elle l'a vue le lendemain, et voilà qu'il se trouve que c'est faux. Ça fait beaucoup d'erreurs, répète Čović, sur le ton d'un procureur exaspéré. Beaucoup d'erreurs de votre part.

Va bouffer ta merde, pense Gorki. Il le pense, mais il ne dit rien. Il se contente d'opiner du chef et se dirige vers sa voiture. *Va bouffer ta merde, espèce de chiure*, marmonne-t-il dans sa tête tout en prenant place au volant et en enclenchant une vitesse.

Il passe à côté de l'ancien poste de garde, à côté de l'ancienne guérite des sentinelles, franchit le portail de l'entrée. Le poste de garde où un sous-officier avec un peu de métier devait se tenir cette nuit-là. Le portail que surveillait une sentinelle. Tout comme le môle.

Si quelqu'un a apporté le corps par la terre, une dizaine de personnes devraient l'avoir vu.

S'il l'a apporté par la terre.

Car on peut aussi accéder au tunnel par la mer. On a très bien pu venir discrètement par là et pénétrer dans le tunnel avec une barque.

Voilà ce à quoi pense Gorki tandis qu'il roule sur la Magistrale en direction de Split.

***

L'enterrement ressemble à n'importe quel enterrement dans une petite bourgade. Quelqu'un, probablement un membre de la Fraternité Saint-Spyridon, a soulevé la pierre tombale ce matin et l'a déplacée sur le côté, sur des tasseaux en bois. Quelqu'un, probablement une bonne sœur, a balayé et aéré la chambre funéraire ce matin, ramassé les restes de fleurs séchées et les a jetés dans une benne à ordures. Quelqu'un, probablement dom Dražen, a ouvert la chapelle du cimetière vers midi et allumé des cierges près de l'autel.

Les habitants ont commencé à s'attrouper sur le front de mer aux alentours de midi. Vers deux heures, tout le bourg est rassemblé dans la madrague : les familles côté mère et côté père, les connaissances de Mate et de Silva, les voisins, les frères de Saint-Spyridon et les paroissiens, les Končurat, les Rokov, les Vela, les Skaramuca, les Padovan et les Šustić. À deux heures précises, dom Dražen apparaît accompagné de deux enfants de chœur. À deux heures dix, la fanfare commandée débarque d'un car en provenance de la ville, avec trombones, cors et tubas.

À trois heures moins le quart, ça commence. La musique démarre, des frères de Saint-Spyridon soulèvent le cercueil, le supérieur de la confrérie se tient sur le côté du cortège, avec une croix argentée fixée à une hampe. La croix part devant, suivie par la musique, par dom Dražen et les enfants de chœur. Derrière eux le cercueil, puis la famille, et derrière la famille s'étire la colonne des habitants et des connaissances en direction du cimetière. La cohorte quitte la madrague et grimpe vers le vieux village, passe près de la mairie, de l'église et de la boulangerie des Lekaj. Elle atteint le cimetière un peu après trois heures. On installe le cercueil sur un catafalque devant le caveau, on dépose les couronnes. Les frères frottent leurs mains poussiéreuses, la musique se tait et dom Dražen entame la prière au-dessus du cercueil.

L'enterrement ressemble à n'importe quel enterrement dans une petite bourgade, pense Gorki. C'est ce qu'on dirait, et pourtant ce n'est pas ça.

Près de la tombe ouverte, le cercueil est posé sur la plaque de pierre, sous une croix, et devant la croix, une photographie de la défunte. Sur cette photo, Silva Vela telle que tout le monde se la rappelle, et lui aussi se la rappelle ainsi : une adolescente aux longs cheveux bruns, qui fixe l'objectif avec effronterie, une mèche lui tombe sur les yeux. La morte est une jeune fille de dix-sept ans et autour de sa dépouille sont rassemblés ses parents, ses camarades d'école et des personnes de son âge. Sauf que celles-ci n'ont pas dix-sept ans mais quarante-trois. Les copines de classe de Silva sont maintenant des femmes mûres aux hanches larges, avec du ventre et des vergetures, ses copains ont les cheveux gris et le bidon rebondi des buveurs de bière. Ils se sont mariés et ont eu des enfants, ils ont fait la guerre, ils l'ont gagnée, ils ont parcouru le monde en bateau ou se sont débrouillés pour entrer dans la fonction publique. Ils sont artisans, ont une affaire dans le tourisme, certains souffrent déjà de maladies, avalent des pilules, mesurent leur tension et traînent la patte à cause d'élancements dans le genou. En gros, ils ont tous atteint une certaine maturité et aujourd'hui ils enterrent la première de leur classe d'âge. Simplement, elle n'a pas quarante-trois ans, elle en a dix-sept : elle est restée figée dans cette période de la vie comme un fossile qu'on a arraché à la banquise.

Gorki se tient discrètement sur le côté et étudie le déroulement des funérailles qui viennent de commencer. Il observe dom Dražen, qui a bien changé lui aussi depuis 1989, il a grossi, il a sur le visage cette expression de cruauté blasée qu'ont souvent les prêtres relégués dans des petites paroisses. Il regarde le père de la défunte, toujours aussi sec, timoré et effacé que dans son souvenir. Il observe le frère jumeau de Silva, qui a gardé un air juvénile, une silhouette sportive. Et il observe Vesna, la mère, des trois c'est elle qui a le plus changé. Émaciée, les cheveux coupés court, elle ressemble à la Jeanne d'Arc d'un vieux film muet qu'on leur avait montré à l'école. On dirait une sainte ascétique que les païens s'apprêtent à martyriser sur le bûcher avant de la jeter dans le trou où l'on va enterrer sa fille.

Dom Dražen fait sonner la cloche puis commence la prière. *Entre tes mains, Seigneur, nous remettons l'âme de notre sœur Silva, dans l'espérance qu'elle et tous ceux qui reposent dans le Christ ressusciteront avec lui au dernier jour. Prends pitié, Seigneur, écoute nos prières : ouvre à ta servante les portes de ton paradis*. Il poursuit la prière par la seule formule que Gorki connaisse et dont il se souvienne. *Par le Christ notre Seigneur, amen*, dit-il, et toute l'assemblée de répéter à voix basse et en chœur : *Amen*.

Pendant que dom Dražen parle, Gorki continue d'observer les gens présents, scrutant les visages qui lui reviennent, tâchant de distinguer ce qui a pu leur arriver durant tout ce temps : il remarque dans la foule la Padovan, la veuve du capitaine, qui par miracle est toujours vivante. Il aperçoit le vieux boulanger Lekaj, discrètement en retrait de la foule. Il remarque aussi ce propriétaire de café qui a entamé plus tard une carrière politique. Il voit Uršula Rokov. Ni le vieux Tonko ni Brane ne sont avec elle. Pendant qu'on enterre la fille qu'il a aimée, Brane doit être quelque part en train de fendre des flots exotiques.

Jusqu'à ce que nous rencontrions tous le Christ, ainsi nous serons pour toujours avec le Seigneur, déclame le curé. Gorki continue d'observer, il scrute les visages inconnus, essaie de comprendre les liens qui les unissent à ceux qui lui sont connus, quand et comment ils sont entrés dans leur vie. Il remarque à côté de Mate une femme d'une petite quarantaine d'années, d'allure fragile, aux cheveux courts. Tout près d'elle se tient une jeune femme de vingt ans, la ressemblance avec Silva Vela est frappante, ce doit être la fille de Mate. Gorki découvre aussi un visage qui lui semble connu. Une femme à la mise soignée, pas vraiment belle, se tient derrière Mate et lui lance des regards de temps en temps. Gorki sait qu'il a déjà croisé ce visage, mais il ne se souvient pas où. Puis ça lui revient. C'est Elda Zuvan, la femme qui a cru voir Silva le lendemain de sa disparition. Elle est venue aux obsèques – alors qu'on enterre la preuve de son erreur. Gorki est surpris de la voir là. Elle a beaucoup changé depuis la dernière fois, elle a gagné en distinction. Elle est là parmi les gens, avec un air contrit et coupable, et elle pose sur Mate un regard tendre et protecteur qui ne manque pas d'étonner Gorki.

Par le Christ notre Seigneur, amen. Donne-lui, Seigneur, le repos éternel, et que la lumière perpétuelle l'illumine, continue dom Dražen, puis il termine par le *Repose en paix*, à quoi répond en chœur dans un murmure la foule rassemblée : *Amen*. Les hommes de la confrérie enroulent une grosse corde à nœuds autour du cercueil et le soulèvent. Ils ne l'ont pas hissé tous en même temps, ce qui fait qu'il se met à pencher d'un côté en produisant un bruit de raclement désagréable. Finalement, ils réussissent à caler le cercueil face au trou et à le glisser dans la tombe. Les habitants du bourg et les proches s'avancent pour jeter des fleurs dans le trou, et Jakov commence à sangloter. Le visage de Mate se tord également d'émotion. Seule Vesna ne pleure pas. C'est comme si la mère de Silva était sèche, comme si tout ce qui pouvait lui être soutiré de larmes l'avait déjà été au cours de toutes ces années.

Les frères soulèvent la pierre tombale avec une corde, referment le caveau puis disposent les couronnes. La fanfare entonne un dernier lamento en mode mineur, quelques pleurs se font entendre dans l'assistance. Misto dit adieu à sa blessure profonde qui n'a pas cicatrisé.

Gorki les regarde tous : commerçantes et pêcheurs, employées et loueurs, retraités, marins. Tous ont vécu tranquillement pendant vingt-six ans, convaincus que Silva s'était fait la belle quelque part. Ils ont vécu bercés par un mensonge qu'il leur a lui-même servi sur un plateau. Aujourd'hui ils savent que ce n'est pas la vérité. Ils savent que quelqu'un a tué Silva. Un étranger ou, pire, l'un d'entre eux, quelqu'un qu'ils croisent tous les jours.

Et ce soir, quand tout se sera calmé, quand les rues se seront tues et les lumières se seront éteintes, les gens du bourg ne parleront que de cela. Ils seront assis chacun chez soi devant la télé qui scintille et ils formuleront à mi-voix leurs pressentiments, leurs hypothèses et leurs soupçons.

Je ne souhaiterais cela à personne, pense Gorki.

Puis il quitte lentement le cimetière et se dirige vers sa voiture.

16

ELDA (2015)

Elle a toujours su que c'était un samedi.

Elle l'a toujours su.

Mais aussitôt qu'elle l'a dit, aussitôt ils ont rectifié. « Samedi ? Vous voulez dire dimanche ? » lui a répondu l'inspecteur le jour où elle a été entendue pour la première fois. Pas samedi, dimanche, lui a répété le père de Mate quand ils se sont rencontrés, ce jour ancien, dans un café près de son agence bancaire. Ils l'ont corrigée une première fois, puis une deuxième, puis une troisième. Alors elle-même a fini par croire qu'ils avaient raison.

Samedi ou dimanche – dans l'un ou l'autre cas, c'est un jour chômé. D'ailleurs, après un périple de six mois en France et en Espagne, comment être sûre ? Et si elle n'est pas si sûre, c'est donc que le souvenir est trompeur. Car le souvenir ne peut pas aller contre les faits. Et les faits montrent que ce samedi aux alentours de onze heures, Silva était à Misto, pas à Split. Ils montrent qu'elle n'a disparu de Misto que le lendemain matin, après avoir annoncé son départ à un garçon du coin. Dimanche, pas samedi, elle a dû s'esquiver et gagner Split au petit matin. Dimanche, pas samedi, elle s'est présentée au guichet de la gare routière, a acheté un billet et s'est fait la belle quelque part. Voilà ce que montrent les faits combinés. Le récit s'enchâsse, il est logique, pas de trou. Elda a donc fini par le croire. Et elle a commencé elle-même à le colporter, comme s'il s'agissait d'une vérité avérée digne de foi.

Mais maintenant elle sait. Elle voit avec une limpidité cristalline que ce matin à la gare, ce n'était pas un dimanche mais un samedi. La veille au matin, vendredi, elle a terminé son travail de la semaine et elle est passée au bureau des payes pour toucher une partie de son salaire. Elle a changé à la banque son argent pour des chèques à paiement différé et l'après-midi elle a couru les magasins afin d'acquérir le nécessaire pour son voyage. Elle a fait le tour du centre-ville, acheté un duvet, un tapis de sol, un sac à dos et un petit oreiller. En fin d'après-midi elle a changé des dinars yougoslaves en devises, des marks allemands. Et le samedi matin – samedi, pas dimanche – elle est allée à la gare ferroviaire. Elle a fait tamponner son carnet Interrail au guichet puis elle est passée en face, du côté de la gare routière, pour acheter un billet pour Trieste. Elle n'a pas fait cela le lendemain mais le jour même. Il n'y a pas eu de jour entre, pas de samedi vide et aveugle dont elle a fini par se convaincre de l'existence. Elle a vu Silva à Split samedi matin. Silva ne s'est pas rendue à Misto en empruntant la ligne de bus qui est lente, mais quelqu'un l'aura conduite en voiture – peut-être en auto-stop. Silva a acheté son billet le jour précédant sa mort. Elle n'est partie nulle part.

Elle a vécu pendant vingt et quelques années en répétant la version dont l'ont convaincue la police,

Jakov et Mate. Elle a maintenant devant elle la preuve crue et nue que cette version était un mensonge. Cette preuve, on est en train de l'enterrer devant elle, dans le cimetière de tous les Saints de Misto, pendant que la fanfare fait entendre ses notes funèbres et que le curé conclut la liturgie avec l'encens.

Les hommes de la confrérie soulèvent à l'aide de cordes la caisse avec les os de Silva Vela et la glissent dans le trou avec précaution pour ne pas érafler les planches de frêne. Pendant que le cercueil descend, Elda contemple les visages pétrifiés, perçoit ici et là une plainte émue rompant le silence. Elda ne pleure pas, n'éprouve pas de peine – comment pourrait-elle éprouver de la peine pour quelqu'un qu'elle n'a pas connu ? Elle contemple les visages qui l'entourent et tente de deviner à quoi ressemblera leur monde à compter de demain matin.

Elda contemple aussi la famille endeuillée. Tina est celle qu'elle connaît le mieux, elle vient parfois passer le week-end chez eux. Elle étudie modérément l'économie et ne dit pas à son père toute la vérité concernant son carnet de notes ou sa vie érotique. Tina est près du catafalque, main dans la main avec son père, et suit la cérémonie avec une sorte de perplexité indifférente. En l'observant, Elda ne saurait trop dire si Tina est de quelque manière consciente de sa ressemblance avec la femme qu'on enterre, à quel point elle est la copie de sa tante, par son visage et son allure.

Un pas derrière Tina et Mate se tient Doris. Ce n'est pas la première fois qu'Elda la voit. Elle a su assez tôt à quoi elle ressemblait. Durant toutes ces années, il leur est arrivé de se croiser en ville, Doris la dardait alors du regard de l'épouse trompée fusillant la femme qui lui a enlevé son mari. Là, c'est la première fois qu'Elda peut observer Doris un peu longtemps et discrètement. Elle note le long cou élégant, le lobe de l'oreille joliment allongé, le profil régulier, le nez légèrement grec et le front presque parfait. Doris n'est pas vêtue de noir. Elle porte un tailleur assez strict avec une jupe courte sombre qui valorise sa taille élégante et ses jambes sublimes. Elda réalise pour la première fois que l'ex-compagne de son chéri était et est toujours une belle femme.

Enfin, Elda regarde Mate. Elle l'observe avec la plus grande attention, tâchant de lire sur son visage la moindre émotion. Mais elle ne la trouve pas. Mate est de pierre, le visage immobile comme un samouraï. Il fixe sans trembler le cercueil de frêne pendant qu'il descend dans la fosse, qu'il cogne le sol en ciment, que les hommes remontent les cordes, que les proches et voisins jettent des fleurs. Et quand les hommes soulèvent la pierre tombale et couvrent définitivement ce trou qu'est la sépulture de Silva, à peine le visage de Mate esquisse-t-il un froncement, comme un zéphyr viendrait troubler la bonace nocturne. Quand la tombe a été refermée, quand la dalle s'est ajustée au soubassement, le visage de Mate a retrouvé son calme et sa fixité de samouraï.

L'enterrement touche à sa fin. Les hommes de la confrérie arrangent les couronnes sur la tombe, le curé serre une dernière fois la main à la famille, et les habitants commencent à se disperser. Mate s'approche d'elle. Il ne la regarde pas dans les yeux, mais il pose sur son poignet une main protectrice. « Allons-y », dit-il.

Si ç'avait été un enterrement habituel, les habitants du bourg se seraient réunis au domicile de la famille endeuillée, ils auraient pris place autour de la table de la cuisine, auraient bu du vin et mangé des tranches de fromage et de pancetta. Ils seraient restés affligés un moment, jusqu'à ce que le vin dissolve le stress et que, tous ensemble, ils sombrent dans un rire ivre et funèbre. Mais cet enterrement n'est pas comme les autres. Ce n'est pas un corps qu'on a inhumé, mais un vieux squelette desséché. Cela fait bien longtemps qu'ils ont déjà tous rendu visite à la malheureuse famille et lui ont exprimé leur compassion. C'est pourquoi il n'y aura pas de moment de condoléances chez les Vela ce soir, pas de repas funèbre, pas de vin et pas de réunion autour de la table de la cuisine. Il n'y aura que la messe, une accolade et le retour à la maison. Vers neuf heures, Mate salue son père et sa mère, s'installe au volant de la voiture, et ensemble ils reprennent la route de Split.

La lumière est tombée. C'est une belle journée printanière, mais la saison de la baignade est encore loin, la plupart des maisons de vacances somnolent dans la pénombre, on distingue seulement le long de la route un peu de lumière de l'éclairage public ou l'enseigne au néon de restaurants. Mate conduit et Elda le sonde du regard. Elle essaie d'entamer la conversation, mais Mate n'est pas causant.

Ils atteignent Split vers dix heures et demie. Ils entrent dans la ville, prennent le tunnel de Marjan en direction de l'appartement d'Elda. Mate gare la voiture sur le gravier au pied des escaliers et Elda lui dit : « Dors ici. Ne reste pas seul ce soir. »

Mate acquiesce de la tête, ferme à clé la voiture et suit Elda dans les escaliers. Ils entrent dans l'appartement. Mate s'assoit sur le canapé, dénoue sa cravate noire, se débarrasse de sa veste austère et de ses chaussures. Elda se rend dans la cuisine et leur prépare une camomille. Une camomille et un diazépam, voilà ce qu'il leur faut ce soir.

Mate se couche sur le lit et se réfugie sur le bord dans la position du fœtus. Il est complètement paisible, ses yeux sont fermés, mais Elda sait qu'il ne dort pas. Elle sait, pendant qu'il repose ainsi, que les images des obsèques défilent dans sa tête, des images du passé de sa sœur morte, de ces années de recherche. Des images de Belgrade, de Trieste, de Göteborg, des images d'ossements secs, de cercueil en bois de frêne et de pompes à essence dans les coins perdus où il collait ses affichettes.

Elle est allongée près de lui et elle l'observe. Elle glisse son bras sous son épaule, le serre et se blottit contre lui. Mate ne répond pas au contact de son corps. Il est simplement couché, comme un petit enfant qui réclame protection.

Elda regarde la chambre nocturne dans laquelle se promènent les lumières de la ville. Elle regarde la nuque de Mate, ses cheveux raides coupés court et son dos encore ferme et musclé. Elle écoute la ville qui sombre dans la nuit printanière et elle se dit qu'elle est heureuse. Qu'elle a ce qu'elle désire. Qu'elle aime ce qu'elle a. Et que tout ce qu'elle a dans la vie, elle le doit à un mensonge.

Elle n'a pas menti intentionnellement. Elle n'a pas formulé consciemment une contre-vérité. Elle l'a dite involontairement et en toute bonne foi. Mais cette contre-vérité a eu une conséquence ayant entraîné d'autres conséquences, pour aboutir à celle-ci. Qui est son bonheur.

Ce bonheur dont elle profite maintenant.

Tout en pensant à cela, Elda sent sous sa main le soulèvement des côtes, la respiration et le battement tranquille du cœur. Mate s'est calmé, il a commencé à respirer régulièrement. Il a fini par s'endormir.

Il dort. Elle, elle le sait, ne trouvera pas le sommeil cette nuit.

17

GORKI
(2015)

Trois jours après l'enterrement, il revoit Čović. Ils se retrouvent à l'entrée des bureaux du procureur de la République, rue Gundulić.

Après l'échange froid et désagréable qu'ils ont eu devant le tunnel à Misto, Gorki pensait que Čović n'aurait plus besoin de lui et ne ferait plus appel à lui. Il a été surpris quand le policier lui a téléphoné le lendemain et lui a demandé s'il voulait bien qu'ils creusent ensemble encore quelques détails. Il a proposé qu'ils se donnent rendez-vous devant le siège du parquet. Gorki savait pourquoi. En bas, dans les sous-sols du bâtiment, il y a le service des scellés. C'est là que sont conservées les pièces à conviction de toutes les enquêtes non élucidées, celles n'ayant pas donné lieu à un acte d'accusation. Quelque part dans cette caverne doivent être entreposées les pièces de l'affaire Silva Vela. Les éléments qu'il a recueillis en 1989 et ceux découverts par Čović dans le tunnel.

Ils se retrouvent comme convenu à dix heures. Cette fois, ils ne prennent plus la peine de feindre la moindre courtoisie. Ils se saluent brièvement, sans poignée de mains, et entrent dans l'immeuble.

Autrefois, les bureaux du procureur abritaient le tribunal d'instance, Gorki le fréquentait donc souvent. Aujourd'hui, c'est la première fois qu'il y revient depuis plus de deux décennies. Curieusement, il a peu changé. Il note autour de lui des cadres avec les armoiries de la Croatie, par-ci par-là un crucifix sur un mur ou un calendrier catholique. Mais derrière ce maigre camouflage, le bâtiment est resté exactement comme dans son souvenir, avec son escalier moderniste massif, ses huisseries en bois sombre et ses grandes fenêtres aux vitres brunes dépolies. On a eu beau faire pour masquer la chose, le socialisme suinte de partout dans ce bâtiment.

Ils prennent un escalier, descendent d'un étage, puis tournent à droite dans un couloir. Gorki sait où ils vont. À son époque, le greffe était situé au même endroit, dans la même salle au sous-sol.

Ils suivent le couloir jusqu'à une porte en bois sombre. Čović frappe et entre. Gorki constate avec plaisir et étonnement que le service est toujours tel qu'il l'a connu. Près de la porte d'entrée, un guichet, derrière le guichet, un employé, et derrière lui, une pièce bondée d'étagères. Gorki contemple cet océan de cartons et de registres, il imagine tout ce qu'ils doivent contenir. Des pistolets, des nœuds coulants et des gants, des couteaux éclaboussés de sang, des bandes magnétiques avec des enregistrements secrets, des pièces d'identité, des contrats, des annexes confidentielles, des papiers témoignant de toutes sortes d'acrobaties commerciales. Toute la privatisation des années quatre-vingt-dix se retrouve dans cette pièce, toutes les affaires politiques et les scandales de corruption, les traquenards mafieux, tous les crimes de guerre, les actes de torture pratiqués sur les prisonniers, le feu mis aux vieillards dans les villages. Tout ce que la police et les tribunaux n'ont pas purgé, nettoyé, a été versé ici, et ça fait beaucoup de choses. Tout ce que ce pays produit de désordre et d'injustice se retrouve empilé et comprimé dans cette pièce étriquée et étouffante.

Čović s'approche du guichet et se fait enregistrer. L'employé du greffe se contente de hocher la tête et disparaît au milieu des étagères. Il revient quelques minutes plus tard avec une boîte en carton. Il la remet à Čović, qui la saisit avec précaution, comme s'il s'agissait d'un ostensoir consacré. Il pose la boîte sur une table d'appoint et l'ouvre.

– Voilà, dit-il en montrant à Gorki le contenu du carton.

Gorki survole du regard les objets posés sur la table. Il reconnaît la barre trouvée en 1989 dans le cellier des Lekaj. Le sac de Silva. Les vêtements de Silva ou ce qu'il en reste. La pochette en plastique transparent. Et à l'intérieur, les choses que Silva Vela avait préparées pour son voyage. Sa carte d'identité, de l'argent, son passeport. Un billet de car.

– Je peux ? demande Gorki, et Čović acquiesce d'un signe de tête.

Il commence par regarder le paquet d'argent. Il se divise en deux liasses, dans deux monnaies différentes qui n'existent plus – des dinars yougoslaves et des marks allemands. Il fait défiler la liasse de dinars entre ses doigts, ces billets yougoslaves aujourd'hui oubliés, rongés par l'inflation, avec tout un tas de zéros. Sur la plus grosse coupure est inscrit le chiffre 5000, et le mot « dinar » en slovène, en macédonien, en croate et en serbe. À côté du chiffre avec trois zéros, le portrait dessiné bien raide de Josip Broz Tito. Un Tito qui paraît artificiel, mensonger, on dirait un cyborg. Au moment où le billet a été imprimé, il était déjà mort. Et le nombre de zéros indiquait clairement que son œuvre s'était disloquée.

Gorki attrape la liasse de marks. À la différence des dinars, les billets allemands sont tous identiques, tous de 100 marks, relativement bien conservés, avec un aigle aux ailes déployées. Il les fait glisser entre ses doigts, étonné de la somme que cela représente. Il y a plusieurs milliers de marks dans cette liasse, c'est beaucoup d'argent, certainement beaucoup plus que ce qu'une lycéenne pouvait posséder.

Après quoi il se saisit du passeport. Un vieux passeport rouge yougoslave. Six torches en feu figurent sur la couverture et, en dessous, le nom de l'État en caractères latins et cyrilliques. Il ouvre le passeport et reste interdit.

Il a vu à de multiples reprises une photo de Silva, mais c'était toujours la même. Là, sur le passeport, c'en est une qu'il n'a jamais vue, prise manifestement à l'occasion de l'émission du document. Silva devait avoir quatorze ou quinze ans. C'était une jeune fille, et sur la photo elle avait l'air d'une jeune fille – un air innocent, étonné et curieux des choses. Il a pensé à elle tant de fois dans sa vie, mais jamais, à aucun moment, il n'a imaginé qu'elle ait pu être un jour une enfant innocente. Le cliché a été pris deux ou trois ans avant la mort de Silva. Pourtant, entre les deux prises de vue, on dirait que des décennies se sont écoulées.

Il repose le passeport et attrape le dernier objet rangé dans la pochette en plastique. Il s'agit des vestiges du billet de car, effacé et rongé par l'humidité. Ce ne sont plus que quelques lambeaux de papier, à peine sur l'un d'eux distingue-t-on, à l'encre pâlie, l'inscription *Gare routière Split.* La destination n'est plus lisible. Impossible de déterminer où Silva comptait se rendre. En tout cas, elle n'y est jamais arrivée.

Il examine également les vêtements de Silva. Il n'en reste pas grand-chose : des lambeaux d'un imper rouge, un morceau de basket et un bout de jupe plus ou moins conservé.

Reste la barre, découverte dans le cellier des Lekaj. Gorki ne l'avait pas eue sous les yeux depuis 1989. Là, face à elle, il éprouve un sentiment irréel de déjà-vu. Surgissant brusquement de l'oubli, on dirait que ce bout de bois, taillé et muni de pointes, a été arraché à une clôture ou à un plancher. On distingue même encore, des décennies plus tard, des traces de sang séché.

– Vous avez cherché des empreintes ? demande Gorki.

Čović confirme. Il n'y avait pas d'empreinte. Ni sur les vêtements, ni sur la planche. S'il y en a eu sur les vêtements, le temps et l'humidité dans le tunnel les auront effacées.

– Comme vous le savez, ajoute-t-il, sur la barre, il n'y en avait déjà pas à l'époque.

– Et quoi d'autre ?

– Il y a des traces de sel marin sur les vêtements. Et des traces de fuel. Ce fuel, on ne peut pas l'expliquer. Et il y avait plein d'éclats de verre sur l'imper et sur le sac.

– Du verre ?

– Oui. Comme du verre pilé très fin. Ça non plus, on n'a pas d'explication.

– Et le sang sur la barre ? Vous avez l'ADN maintenant ?

– Le sang sur la barre était celui de la victime, répond Čović.

– Sûr ?

– Certain. On a eu aujourd'hui la confirmation du labo à Zagreb.

Ha, ha ! pense Gorki, *c'est donc pour ça que tu m'as appelé.*

Čović referme la boîte et la rend à l'employé. Il le remercie et se dirige vers l'escalier et la sortie. Il se tait tout ce temps. Il a l'air préoccupé. Et Gorki sait pourquoi.

Le sang sur la barre est celui de la victime, pense Gorki. Si c'est ainsi, Čović croit que Adrijan Lekaj est le coupable. Il croit cela et il aimerait que ce soit ainsi, parce que ce serait confortable. L'acte criminel serait endossé par un mort, lui pourrait boucler l'enquête et classer la chose dans la pile des affaires résolues.

C'est ce que Čović ferait si Adrijan Lekaj était n'importe quel mort. Sauf que ce n'est pas le cas. Parce que Adrijan Lekaj est un soldat tombé au combat, un héros de la Guerre patriotique. Son nom est gravé sur le monument aux morts de Misto érigé à l'endroit où les premières recrues ont été rassemblées, près du terrain de basket. Misto ne possède pas beaucoup de héros tombés pour la patrie, ils sont trois en tout et pour tout. Čović n'a pas envie d'être celui qui déboulonnera l'un des trois en tant qu'assassin.

Il aimerait – si c'était possible – ne pas avoir à énoncer en premier cette pensée scandaleuse. Il aimerait que ce soit Gorki qui le fasse à sa place. Gorki, qui est un *rouge*. À qui tout ça est complètement égal.

Tout en marchant vers la sortie, Gorki pense à Lekaj. Il se rappelle le matin où ils l'ont attrapé, quand ils l'ont tiré du lit en maillot de corps et qu'ils l'ont fourré dans le panier à salade. Il se rappelle le vieux Tenžera qui lui labourait les côtes et le dos de sa main lourde. Et le fils du boulanger menotté à la table en train de sangloter, puis recroquevillé sur le sol de la cellule, avec ses tuméfactions sur le corps qui le brûlaient. Il se souvient aussi du détecteur de mensonges que Lekaj a passé sans problème.

Ils se retrouvent devant l'immeuble du parquet. Cette fois, Čović lui tend une main conciliante. Il hésite une seconde, puis demande :

– Alors, qu'est-ce que vous en dites ? Vous en pensez quoi ?

– Je pense que ce n'est pas Lekaj, répond Gorki.

– Pourquoi ?

– Parce que je n'arrive pas à m'expliquer le coup de téléphone. Voilà pourquoi.

Čović secoue la tête, visiblement pas d'accord.

– Ce doit être lui, lâche-t-il. Si ce n'est pas lui, qui d'autre ?

Putain, c'est à toi de faire ton boulot, pense Gorki. Mais il ne dit rien. Il se contente de le saluer – un salut bref, froid, sans poignée de mains – et s'engage dans la rue.

Il ne se dirige pas vers sa voiture. Il constate qu'il a besoin d'aller se promener un peu. Il descend par une ruelle étroite vers le centre-ville, passe à côté du théâtre et des remparts vénitiens. Le clocher du monastère franciscain sonne midi à l'instant où il débouche sur le front de mer.

Il marche le long du vieux port de pêche de Matejuška, contemple les barques qui ondulent au vent du sud. Sur l'une des embarcations, un pêcheur plie une ligne de fond dans une cuvette en plastique. Au bord de la promenade, une sorte d'échalas barbu se tient debout. Une bassine remplie d'eau est posée à ses pieds. L'inconnu vend des vers pour des appâts. Les bestioles gigotent dans leur petite mer de plastique, pleines de vie et de verve, complètement inconscientes du sort qui les attend.

Gorki s'assoit sur un banc le long de la digue. Il observe les ferrys en partance ou entrant au port, les voiliers du club nautique voisin. Il regarde un artisan plastifier une barque en cale sèche. L'homme pose soigneusement à la main le mat de verre, puis il verse la résine et applique par-dessus le gelcoat. Il met du soin à son travail, prend garde à ce que la surface du bateau reste bien plane et lisse. De temps en temps, il s'interrompt et marque une pause pour tirer sur une cigarette.

Aux pieds de l'artisan est posé le rouleau de mat de verre, qui luit à la lumière du soleil.

Gorki regarde la balle de tissu de fibre de verre. Et dans le même temps, il pense à Čović. Čović, qui est policier depuis si longtemps et qui n'est pas capable d'additionner deux et deux.

Il reste assis un long moment, pendant que les nuages s'accumulent au-dessus des îles et assombrissent le décor. Le temps se prépare à la pluie.

Le plasticien aussi a compris que la météo était en train de changer. Il ferme le bidon de résine et range le mat de verre sous le toit avant que les premières gouttes de pluie commencent à tomber. Il tire encore une fois sur sa cigarette et cesse le travail.

Voilà la pluie. Les premières gouttes sont lourdes et chaudes. Puis ça s'épaissit, une vraie averse printanière. Mais Gorki reste assis sur son banc sur le môle, près de l'endroit où, un instant plus tôt, l'artisan plastifiait un bateau. La pluie tombe, il reste assis et il réfléchit. Il se sent bien.

Car il a enfin compris.

***

Si Brane Rokov gagne bien sa vie sur un navire, il s'est débrouillé pour que cela ne se voie pas trop.

Il ne s'est pas payé un appartement dans un des quartiers en vue de Split, sur la rive sud, avec ses plages, ses tamaris et ses palmiers. Au lieu de cela, Rokov a acheté un logement dans un petit bâtiment anonyme de l'époque socialiste, ni luxueux ni délabré, qui ne se distingue en rien des centaines et des centaines d'autres immeubles.

À six heures moins le quart, Gorki est assis au volant de sa voiture garée le long de la chaussée d'une rue résidentielle tranquille. Autour de lui, c'est Skalice, un quartier d'immeubles où, dans les années soixante, les ouvriers des entreprises socialistes aujourd'hui en faillite ont obtenu des appartements. De l'autre côté de la rue, masquée par une rangée de pins, se trouve l'entrée du bâtiment de Rokov. C'est une entrée quelconque, anonyme, absolument semblable aux dizaines d'entrées de cette rue, bordées par la même rangée de pins.

L'immeuble que Gorki surveille est situé 15, chemin Skalica. Il s'agit de la dernière adresse déclarée de Brane Rokov. C'est un bâtiment de quatre étages, comprenant cinq entrées, avec une colonne de loggias étroites. La façade est jaune sale, avec des brise-soleil qui rappellent des jours meilleurs, des bords de balcon flanqués de verticales peintes en rouge qui confèrent à l'édifice l'apparence d'une trame régulière et joyeuse. L'immeuble dispose d'un sous-sol et d'un entresol, il faut grimper un élégant escalier couvert en terrazzo pour accéder à la porte d'entrée.

À six heures et quart, Gorki voit apparaître dans l'escalier ce qu'il attendait. Brane Rokov descend les marches pour rejoindre la rue.

Gorki a trouvé l'adresse de Rokov dans des pièces de l'enquête obtenues par l'intermédiaire d'un ancien collègue. Elle correspond au registre des propriétaires inscrits au cadastre. Néanmoins c'est seulement en le voyant apparaître devant lui que Gorki a la certitude que Rokov vit bien à cette adresse. Rokov habite ici. Il est ici, en Croatie, et non sur un bateau, quelque part au loin.

C'est à peine si Gorki reconnaît l'ancien petit ami de Silva. Autrefois, Brane était un garçon malingre et fragile, que Gorki plaignait à moitié, même lorsqu'ils ont eu à l'interroger en tant que suspect dans les locaux de la police. Brane Rokov est aujourd'hui physiquement méconnaissable. Il est toujours aussi pâle sous ses cheveux bruns, mais il a effroyablement grossi. Ce sont des paquets de graisse qui pendouillent à sa taille et sur ses cuisses, et il traîne la patte comme si déplacer sa propre masse constituait un supplice. Mais c'est bien lui. Il y a quelque chose dans son visage, dans son regard vulnérable et mouillé qui n'a pas changé et que Gorki ne peut pas oublier.

Il attend que Brane disparaisse au bout de la rue. Quand il est certain qu'il se trouve à bonne distance, il sort de son véhicule et entre dans le hall de l'immeuble. Il trouve sur une boîte aux lettres : Rokov, 3e étage. Il n'y a pas d'ascenseur, aussi monte-t-il à pied les trois étages. Sur le palier, il y a deux portes – absolument identiques, en panneau de fibres gris-bleu, équipées d'un judas à hauteur d'œil. Sur la première porte est écrit le nom Luketin. Rien n'est écrit sur la seconde. Ce doit être celle qu'il cherche.

Il commence par sonner, au cas où. Il sonne une deuxième fois, longuement, puis une troisième, mais aucun son ne filtre depuis l'appartement sans nom. La porte à laquelle il a sonné ne bouge pas, en revanche c'est l'autre qui s'ouvre, celle des Luketin. Une petite vieille apparaît, en robe de chambre et en mules, et le regarde avec méfiance.

– Vous cherchez Brane ? demande-t-elle.

Gorki hésite à mentir et évite de répondre.

– Il n'est pas chez lui, poursuit la vieille. Vous voulez laisser un message ?

– Non, ça ira comme ça, répond Gorki.

– Vous êtes un ami à lui ? insiste la vieille.

– Je crois que je me suis trompé. J'ai dû me tromper d'entrée d'immeuble.

Gorki dit cela sans bouger. Mais la vieille aussi reste à sa porte et attend qu'il finisse par s'en aller. Quand Gorki s'engage dans l'escalier, elle continue de l'observer un moment puis, satisfaite du départ de l'intrus, referme sa porte.

Aussitôt Gorki revient sur le palier. Il s'approche prudemment de la porte de l'appartement Luketin, tend l'oreille et contrôle le judas. Puis il retourne à la porte anonyme. Il tire d'une poche un petit couteau et une carte de crédit, introduit le couteau dans le canon de la serrure, repousse la crémone avec la carte. La serrure est bon marché et branlante. Rapidement, la porte fait entendre un déclic et s'ouvre.

Cela fait un bout de temps qu'il a quitté la police. Mais les trucs appris auprès de certains professionnels de la cambriole lui servent encore, se dit-il.

Il entre et referme doucement la porte.

L'appartement est modeste, meublé simplement et presque vide. Un petit couloir, une salle de séjour reliée à la cuisine, une porte qui donne sur une pièce attenante. Il pénètre dans la salle de séjour. Le logement est étonnamment lumineux. La fenêtre donne sur un stade de football et sur les grues du chantier naval.

L'appartement a l'air inoccupé. La cuisine est propre, si propre qu'on dirait que personne n'y cuisine jamais. Il n'y a pas de nappe sur la table, pas de cendrier ni aucun objet posé, rien que le plateau nu et lisse, en mélaminé grisâtre. Si le maître des lieux possède ici des vêtements, ils sont rangés dans des armoires. L'unique signe de vie dans ce logement, dans ce calme complet, c'est l'écran de veille d'un ordinateur allumé, avec des carrés et des ronds de couleur qui se promènent.

Il ouvre les armoires et les tiroirs de la cuisine, mais il n'y trouve rien de particulier. Il entre dans la salle de bains, mais là non plus rien d'autre qu'un tube de dentifrice et une grande serviette d'une propreté impeccable.

Il ouvre également un buffet dans la salle de séjour. Il trouve quelques vêtements – pas grand-chose –, des couvertures, des oreillers et des taies. Gorki se dit qu'on dirait un buffet dans une location de tourisme.

Il referme le meuble, jette rapidement un regard autour de lui et décide de s'intéresser à l'ordinateur. Il prend place face à l'écran et déplace la souris. Les carrés et les ronds tournant sur eux-mêmes s'évanouissent et la page d'accueil de Google apparaît à l'écran.

Il hésite un instant. Puis il clique sur l'icône pour accéder à Gmail. La boîte de réception du courrier de Rokov s'ouvre devant lui.

Triste contenu. En dehors des publicités et des spams, Rokov ne communique qu'avec son agent. Il échange régulièrement des messages avec lui, convient du planning, arrange les visas, les réservations d'hôtel et les billets d'avion. Il apparaît que Rokov a atterri à Split fin février. Début avril, son agent lui a envoyé un visa pour l'Équateur, un voucher et un billet pour son prochain voyage. Brane doit se trouver au port de Guayaquil, le 13 juillet prochain au matin.

Brane a passé l'hiver en Croatie. Il était également en Croatie le jour où Silva a été enterrée. Mais il n'est pas venu aux obsèques de son ancienne petite amie.

Gorki se promène dans la boîte de Rokov, il essaie de trouver quelque chose qui ait du sens au milieu des publicités de *rent-a-car* et des annonces d'objets à vendre. Il remarque alors dans la colonne de mails une adresse qui revient à plusieurs reprises. L'adresse commence par *urokov@*. Ce doit être la mère de Brane.

Elle lui a écrit en février. Puis à nouveau en mars. Et encore deux fois en mai. Et encore il y a une semaine. Sa mère écrit à Brane même quand celui-ci est en Croatie.

Brane n'a pas répondu à la majorité des courriers. Mais quand même à quelques-uns. Gorki commence à lire les réponses une à une. En mars, il lui a répondu qu'il venait de quitter Le Cap. Alors que cela faisait déjà six jours qu'il était à Split.

Le lendemain de la découverte du corps de Vela, sa mère lui a envoyé un court message alarmé, en lettres capitales : *TU SAIS CE QUI EST ARRIVÉ ?*

Brane n'a pas répondu pendant trois jours. Puis il lui a écrit de Split, de son appartement, la veille des obsèques.

Avons quitté Anchorage, Alaska. Problèmes de connexion. Ne vais pas faire signe quelque temps.

Et vingt minutes plus tard, il a envoyé un nouveau message. Très bref, juste une phrase.

Je n'ai pas envie de parler de ça.

Ce même jour, Uršula lui a écrit deux fois. Il n'a pas répondu. Elle lui a encore écrit le jour où Silva a été enterrée, l'après-midi. Il n'a pas non plus répondu à ce mail.

Rokov se cache. Il se cache de sa propre mère, et à Split même, à une demi-heure de route de la maison de ses parents. Et Uršula qui lui écrit encore et encore.

Gorki continue de faire courir le curseur dans la boîte de réception de Rokov pour essayer de trouver quelque chose. Il entend alors un léger bruit provenant de dehors. Il lui semble un instant que quelqu'un marche dans la cage d'escalier. Gorki s'arrête et tend l'oreille. Il n'entend rien. Un silence de mort règne dans l'entrée. Seuls sont audibles les sons qu'on peut attendre des entrailles d'un immeuble d'habitation : un jet de douche, le volume trop fort d'un téléviseur, une machine à laver en phase d'essorage.

Il parcourt encore une fois la boîte de réception de Rokov. Il comprend qu'il n'y a plus rien d'intéressant à découvrir.

Il se lève et se dirige vers la sortie. Dans le couloir, son regard s'arrête sur la porte d'une pièce latérale, la seule qu'il n'a pas encore inspectée. Il presse la poignée, mais la porte est fermée à clé.

Il repasse dans la cuisine. Ouvre un tiroir, il se souvient y avoir aperçu un jeu de clés un peu plus tôt. Au fond du tiroir, il trouve une clé plate seule, sans anneau.

Il retourne près de la porte, insère la clé dans la serrure et tourne prudemment. La porte s'ouvre facilement et sans bruit.

Il est surpris de l'obscurité qui règne à l'intérieur. Les stores sont complètement baissés, seuls quelques rais lumineux filtrent à travers les petits trous des volets et forment des traits clairs sur le mur opposé. Gorki promène sa main sur le mur près de la porte jusqu'à trouver l'interrupteur. Appuie dessus. Des flots d'une lumière crue déferlent dans la pièce.

Il parcourt la chambre du regard. Et c'est alors qu'il voit.

***

Trois murs sont banals. Une armoire à deux battants est adossée contre le mur de gauche, des valises de voyage sont rangées au-dessus. Le long du mur de droite est aligné un lit étroit d'une personne. Le troisième mur, celui qui donne sur la rue, est occupé par une large fenêtre voilée par un store.

Mais juste devant lui se trouve le quatrième mur. Et sur celui-ci il y a un temple dédié à Silva Vela.

Une immense copie de la photographie de Silva, plusieurs fois agrandie, occupe la partie centrale de la cloison. Il s'agit de la même photo qu'il possédait dans le dossier d'enquête. Silva, gigantesque sur le mur de Rokov, le fixe droit dans les yeux, et l'on voit tout sur cet agrandissement : les pores de la peau, une marque d'acné ancienne, quelques cheveux turbulents s'égaillant sur le front et les sourcils.

Et autour de la grande photographie, Rokov en a collé des petites. Il y en a des dizaines, des centaines. Gorki n'a jamais vu la plupart d'entre elles. Quelques-unes montrent Silva enfant ou adolescente. Sur certaines d'entre elles, Silva est seule, sur d'autres elle est en compagnie d'autres filles, avec des amies, avec sa classe, ses camarades de chambrée. Mais la grande majorité des images sur le mur les montre ensemble, Brane et elle. Ils se sont photographiés à Misto et à Split, sur la plage ou à bord d'un bateau, sur le cap de la Croix, à la terrasse de La Lanterne, sur un banc dans la madrague et sur les rochers nus devant l'Étoile de la mer. Ils ont pris la pose l'un pour l'autre, ou bien ensemble, souriants et insouciants, le temps d'un long été sans fin.

Gorki contemple ce curieux tabernacle, et à force de le contempler il commence lentement à en saisir le principe de base. Il y a quelque chose qui a été expurgé, comme extirpé de cet autel – et c'est la mort de Silva. Rien dans ce sanctuaire ne peut donner à penser que Silva a disparu ou qu'elle est morte : aucune coupure de journal, aucune affichette, aucun avis de recherche. Sur ce mur, l'histoire de Silva s'est arrêtée le 23 septembre 1989. Après ce samedi de septembre, plus rien n'a existé. Plus rien n'était important. Plus rien ne s'est passé.

Rokov a construit un autel, un lieu de culte à Silva vivante.

Gorki sent un malaise monter en lui. Il éteint la lumière et ferme la chambre.

Il inspecte du regard le palier. Il n'y a personne. Il sort de l'appartement de Rokov et se retourne prudemment. Comme un peu plus tôt, il lui semble entendre un léger bruit à l'étage. Il jette un coup d'œil sur la porte Luketin. Il ne distingue rien à travers le judas, mais il ne peut se défaire de la sensation d'une présence humaine juste derrière cette porte.

Il s'engage dans l'escalier. Et à mi-étage, il se souvient. Il a oublié de refermer la chambre à clé. Il a oublié de remettre la clé dans le tiroir. Il l'a laissée sur la porte.

Il a l'idée d'y retourner, mais il entend au même instant le portail au rez-de-chaussée qui s'ouvre. Il ne peut pas faire marche arrière, plus maintenant.

Il continue de descendre d'un étage et un palier plus bas il aperçoit une personne qui gravit les marches. C'est Brane Rokov.

Il monte lentement, péniblement, hissant avec difficulté son corps alourdi. Gorki poursuit sa descente, se rappelant ses leçons de technique de filature à l'école de police. Ne pas détourner le visage, ne pas pencher la tête. Marcher d'un pas tranquille et désintéressé. Ne jamais, absolument jamais établir un contact du regard.

C'est ce qu'il fait. Il croise Rokov dans l'escalier, sans une réaction, sans un salut, sans un regard. Il est même incapable de déterminer si Rokov l'a reconnu ou non. Mais il sait qu'il va remarquer la clé. Et il saura que quelqu'un est entré dans cette pièce.

Il continue de descendre jusqu'au rez-de-chaussée et il entend en haut qu'une porte s'est ouverte au troisième étage. Puis une voix de femme. Il ne distingue pas ce que dit la voix, mais ça n'a pas d'importance, il sait de toute façon de quoi il retourne. Mme Luketin est en train d'avertir son voisin qu'il a eu la visite d'un intrus mystérieux.

Gorki quitte le hall et se lance d'un pas rapide dans la rue. Il décide de s'éloigner à pied et de revenir plus tard reprendre sa voiture car il ne veut pas que quelqu'un note sa plaque d'immatriculation. À peine a-t-il fait quelques mètres que dans son dos – du côté du 15, chemin Skalica – il entend un fracas sourd. Il ne se retourne pas, poursuit sa marche.

Après le fracas, le silence. Puis il entend un cri de panique.

Alors il se retourne. Devant l'immeuble au numéro 15, il aperçoit une femme horrifiée qui hurle. Un groupe de passants se forme devant l'entrée de chez Rokov et contemple quelque chose sur le trottoir. L'un d'eux regarde avec épouvante vers là-haut. La femme continue de crier, de plus en plus fort.

Gorki fait demi-tour et les rejoint. Sur le sol, devant l'immeuble, pile sous son balcon, Brane Rokov est étendu. Son corps gît sans vie sur le béton, son corps replet, énorme, vulnérable aussi en quelque sorte, comme une marionnette en bois désarticulée. Les membres de Brane sont tordus d'une manière qui n'est pas naturelle et ses yeux morts fixent le bord du trottoir et la grille d'évacuation des eaux usées. Une tache de sang sombre et visqueux s'élargit sous sa tête. Le sang forme un filet qui s'écoule vers la bouche d'égout dans laquelle il commence à goutter.

Gorki lève les yeux vers le balcon d'où Brane s'est jeté. Le balcon est proprement vide, banal, absolument semblable aux dizaines d'autres qui ornent la façade de l'immeuble. À la seule différence que la porte qui donne sur celui de Brane est restée négligemment ouverte.

Sur le balcon voisin de celui de Brane se tient Mme Luketin. Ses mains couvrent son visage, mais aucun son ne sort de sa bouche.

Entre-temps, des gens commencent à s'attrouper. Il sait que la police va arriver d'un instant à l'autre. Il se dirige vers sa voiture. Mais avant de s'y asseoir, il se retourne une dernière fois pour voir.

Il s'installe au volant, tourne la clé. Le moteur démarre tranquillement. Il enclenche la première et s'engage lentement dans la rue.

18

VESNA (2015)

Ce mardi, ça a commencé à chauffer à l'école.

Une semaine plus tôt, elle a donné aux cinquièmes un contrôle sur les zones climatiques. Quand elle a corrigé les copies, il s'est avéré que, sur vingt-six élèves, seize avaient une note négative. Lundi, elle a rendu les copies et aujourd'hui les problèmes commencent.

Après la pause principale, elle est retournée en salle de géographie. Et là, elle a découvert une inscription sur le tableau noir, en lettres capitales : VELA SORCIÈRE. Elle a obligé l'élève de service à effacer l'inscription avec l'éponge, puis elle a envoyé toute la classe chez le principal. Lequel principal lui a demandé de passer le voir à la fin de ses cours.

L'entretien ne prend pas le tour qu'elle imaginait. Le principal n'a pas un mot de condamnation à l'égard des enfants. Au lieu de cela, il lui dit qu'il a encore reçu une pétition des parents, que c'est la troisième en cinq ans. « Ce n'est pas normal, dit-il, que dans notre école, la géographie soit devenue un sujet d'épouvante comme ça. »

Vesna s'apprête à dire quelque chose pour sa défense, mais le principal l'interrompt et poursuit. Il lui dit qu'à la fin de l'année scolaire, elle aura rempli les conditions pour prendre sa retraite. Qu'il attend d'elle qu'elle fasse valoir ses droits et qu'elle se retire – pour la tranquillité de tout le monde. Sinon, dit-il, il demandera qu'une commission statue sur son aptitude.

Elle sort de l'école ulcérée par cette trahison. Elle retourne chez elle, se change et descend jusqu'au magasin d'Agata pour acheter une boîte de sauce tomate et du sel. C'est là, dans le magasin d'Agata, qu'elle apprend, vers une heure de l'après-midi, que Brane Rokov s'est jeté de son balcon.

« Brane Rokov s'est suicidé », dit la vieille Agata, sans émotion, dans le dialecte rugueux de Misto, tout en transvasant des pamplemousses d'un cageot sur un rayon.

Pendant qu'Agata commente la nouvelle avec une compassion tout en retenue, quelques Mistaniennes attendent derrière le comptoir d'être servies. Il y a là la vieille Padovan et la plus jeune des brus Bakić. Ni l'une ni l'autre ne disent rien. À cause du vieux Tonko, la vente de leurs parcelles sur les terres des Rokov est tombée à l'eau : chez les Bakić et les Padovan, on n'a pas beaucoup de compassion pour Tonko et les Rokov.

Vesna finit de faire ses courses et rentre à la maison. En chemin, elle pense à ce jeune homme maigre, doux, qui était venu chez eux une fois, il y a très longtemps. Elle se souvient comme il faisait attention à Silva, comme il se tourmentait infiniment pour elle. C'était un enfant chétif, sensible, manifestement beaucoup trop sensible. Les choses auraient pu tourner autrement, si Silva avait tenu un peu plus à lui et un peu moins à je ne sais quel vaurien.

De retour chez elle, Vesna arrose le jardin, récolte des kiwis puis se prépare un déjeuner simple – une boîte de pois chiches assaisonnés avec de l'huile d'olive. Pendant qu'elle mange, le téléphone sonne. C'est Jakov. Il lui dit qu'il viendra de Split cet après-midi et qu'il sera avec le policier Čović.

Il y a du nouveau, dit-il. Non, lui non plus ne sait pas ni quoi ni qu'est-ce.

Dans l'après-midi, ils arrivent à trois : Jakov, Mate et l'inspecteur. L'inspecteur arrive le dernier. Il refuse le café proposé, mais accepte un verre d'eau. Il s'assoit à table et leur dit ce qu'ils savent déjà : Brane Rokov est mort. Après quoi il se tait un moment, l'air embarrassé, puis il sort la phrase suivante avec d'infinies précautions.

– Nous pensons que c'est Rokov qui a fait ça, dit-il. Que c'est lui qui a tué votre fille. Et il s'est suicidé parce qu'il se doutait que nous enquêtions sur lui.

Vesna se tourne vers les autres visages autour de la table. Jakov ne cille pas, quand le front de Mate se barre d'une grimace douloureuse.

Il leur présente les indices dont ils disposent. Ils ont retrouvé sur les vêtements de Silva des traces d'un matériau qui semblent être du mat de verre. Dans tout Misto, il n'y a que le père de Brane qui plastifie des bateaux et utilise du mat de verre. Sur la barre avec le sang de Silva, il y avait des traces de peinture de bateau.

– Ce sont des indices matériels, dit-il. Nous n'avons découvert certains d'entre eux que tout récemment, d'autres ont été négligés par l'enquête en 89. Mais ce n'est pas tout. Car le comportement de Rokov était étrange : tout le monde confirme que depuis cette époque, depuis 89, il ne venait pratiquement plus à

Misto. Il ne venait même pas quand il était en Croatie, même pour rendre visite à ses parents, même pour les enterrements.

– Mais tout ça, vous le saviez déjà avant, dit Mate. Qu'est-ce qu'il y a de neuf ?

– Ce qu'il y a de neuf, c'est ce que nous avons trouvé hier, répond Čović. Quand nous avons inspecté son appartement après son suicide.

Disant cela, il lâche sur la table une liasse de photos. Les clichés montrent un mur d'une pièce étroite et banale. Le mur est couvert d'images de Silva. Elles sont collées, serrées l'une contre l'autre, autour d'une grande photographie au milieu. On dirait un lieu consacré par quelqu'un à jeter des sorts.

– Quand nous sommes entrés dans l'appartement, dit Čović, nous sommes tombés là-dessus. Ça ressemblait à ça.

Vesna guette la réaction de Mate. Lequel serre les poings de rage et tente de contenir la fureur qui monte en lui. Si Brane n'était pas déjà mort, pense Vesna, Mate l'aurait tué une deuxième fois.

– Nous croyons que Rokov s'est tué parce qu'il pensait que nous enquêtions sur lui, poursuit le policier. Sa voisine nous a dit qu'un inconnu est venu le demander ce jour-là et qu'il a voulu entrer dans l'appartement. Il semblerait qu'il y a eu une tentative d'effraction. Rokov a cru que nous, la police, nous étions sur sa trace.

– Oui, mais, l'interrompt Vesna, vous n'étiez pas sur sa trace, n'est-ce pas ?

Čović rougit.

– Non, ça a été un hasard. Nous ne savons pas qui est cet homme. En tout cas, ce n'était pas quelqu'un de chez nous.

– Brane n'avait pas un alibi ? demande Vesna. Il n'était pas dans un car, cette nuit-là ?

– C'est ce qui est écrit dans le dossier, répond l'inspecteur. Mais il faut que vous compreniez que tout ce qui était fait à l'époque, c'était lamentable. C'était la police communiste, et tout ce qui comptait pour eux, c'était d'espionner les gens. Dans ce bus de nuit, il y avait un chauffeur et quatre passagers. Le chauffeur est mort en 93, deux des passagers ont déménagé en Serbie et un autre à Sydney. Nous avons retrouvé un passager sur les quatre, il a 79 ans et il commence à être atteint de démence. Nous n'avons rien pour confirmer ce qui s'est réellement passé. Personne à Misto n'a vu Rokov descendre du bus. Et à part ça…

Čović se tait un instant, comme s'il hésitait à poursuivre. Finalement, il se lance.

– Rokov était marin. Nous ne pouvons pas être sûrs si la police à l'époque ne lui a pas offert une issue de secours. Une porte de sortie, vous comprenez, pour qu'il coopère avec eux…

– Qu'il coopère ? demande Mate. Qu'est-ce que ça veut dire ?

– Vous savez bien, répond le policier. Pour qu'il coopère à l'étranger. Je ne dis pas que c'est ce qui s'est passé. Mais c'est possible. Et aucun des types de l'époque ne vous le dira jamais.

Mate regarde Čović, l'air sombre. Le policier, lui, fixe Vesna et semble déceler sur son visage des marques de scepticisme. Il se tourne vers elle et reprend la parole, comme s'il cherchait à la convaincre.

– Rokov avait un mobile, la jalousie. Il l'a probablement surprise… avec *l'autre*. Ou bien il a su ce qui s'est passé. Ou alors il le pressentait déjà avant. Il avait une raison. Manifestement il avait… une fixation malsaine… c'est ce qu'on voit, sur ces images. Nous avons ces photos. Nous avons des preuves matérielles qui recoupent un faisceau d'indices. Pour nous, ajoute-t-il, l'affaire est bouclée.

– Ce qui veut dire, demande Jakov, qu'il va y avoir une instruction, qu'il va y avoir un procès avec ça ?

Čović retient difficilement une moue.

– Évidemment, non. Comment voulez-vous qu'on l'inculpe et qu'on le juge ? Il est déjà mort.

– Et alors, qu'est-ce qui se passe ? demande Jakov.

– Bah quoi, vous ne voyez pas ? bondit Vesna. Il n'y a rien. Rien du tout, voilà ce qui se passe.

C'est sorti d'elle d'un coup, et à l'instant où elle l'a énoncé, elle a vu que Jakov l'a regardée d'un air effrayé. Il l'a regardée comme s'il avait toujours eu peur de ses excès.

– C'est pratique, non ? poursuit Vesna. Ça tombe vraiment bien. Vous n'avez pas besoin de prouver quoi que ce soit, pas d'avocat, pas d'instruction, il n'y a pas de témoin pour vous contredire. Personne ne sera jamais condamné, et personne dans les parages ne viendra jamais avouer que c'est lui. Ça vous fait une affaire non résolue en moins, un problème en moins – et tout ça va rester ici, entre nous, autour de la table de la cuisine.

Sitôt qu'elle a dit cela, elle se rend compte qu'un malaise règne dans la pièce. Mate retient encore sa colère, et Vesna a le sentiment, un court instant, que cette colère s'est retournée contre elle. Quant à Jakov, il regarde le policier avec une expression coupable, comme s'il s'excusait pour elle. C'est à nouveau ce Jakov qui à un moment donné dans sa vie a commencé à la dégoûter : condescendant et obligeant, docile face aux autorités, docile face aux merdes qu'on leur sert.

Vesna voit bien comment il essaie de manière servile d'étouffer l'incident – et à nouveau, après tant et tant d'années, elle le hait.

Il faut qu'elle sorte, il faut qu'elle prenne l'air. Elle se lève et passe sur la terrasse. Elle voit par la fenêtre, dans la pièce éclairée, Čović qui parle encore, et Mate et Jakov qui hochent la tête gentiment. Puis le policier commence à prendre congé : il serre la main à l'un puis à l'autre, il jette un œil craintif du côté du balcon, avec l'air de se demander s'il fait une tentative pour lui dire au revoir. Il finit par renoncer à l'idée et sort sur le perron. Vesna l'observe filer entre ses rangs de choux et d'oignons, ouvrir et refermer la porte du jardin puis disparaître dans la rue.

Elle se retourne et regarde à l'intérieur de la pièce. Jakov et Mate sont assis à table. Mate se tient encore bien pour son âge. Néanmoins il a vieilli, et en vieillissant il commence à ressembler à son père. Les tempes et le front prennent lentement la forme de ceux de Jakov, et les cheveux reculent au-dessus des tempes, on se dirige vers un début de calvitie, comme Jakov autrefois. Père et fils sont assis et discutent, comme des jumeaux qu'un voyage cosmique aurait séparés et qui seraient maintenant inégalement vieux. Ils échangent à voix basse, sérieusement, probablement parlent-ils d'elle, probablement sur un ton inquiet et protecteur qui, si elle pouvait les entendre, la mettrait en rage.

Elle se retourne et regarde vers Misto depuis le balcon. Le soir est tombé lentement, les lampadaires sont allumés dans la madrague, le terrain de pétanque est illuminé à l'instar d'une métropole, on entend les voix graves des joueurs qui chahutent et se taquinent. Derrière les fenêtres éclairées, les gens regardent la télévision, se lavent les mains, cuisinent des blettes, des endives et du pissenlit, se disputent, ont des ébats sexuels. C'est déjà le mois de juin, c'est encore un peu tôt pour les touristes, mais Misto a mis fin à son hibernation et baigne dans l'éclat de l'illusion estivale, de la saison qui s'annonce. Pendant un moment, on dirait un petit bourg tranquille et chaleureux, où il fait bon vivre. Mais c'est une illusion, et cette illusion, Vesna le sait, aura disparu dans une vingtaine d'heures.

À savoir que ça va se savoir. *C'est le petit de Tonko qui l'a tuée.* Il l'a tuée. Il a tué sa fille.

Brane. Elle essaie de visualiser son visage : ses gros yeux craintifs, son nez, son front. Impossible de deviner, à voir ce visage, qu'il était capable d'une agression. Mais il a pu tromper son monde. Les gens savent tromper leur monde, ce sont des maîtres en matière d'illusion.

À l'intérieur de la pièce, Mate et Jakov se sont levés. Ils viennent vers elle pour la saluer. Jakov lui fait un signe de la main avec de la déception dans le regard, Mate la prend dans ses bras et pose un baiser sur sa joue. Mais tous les deux la regardent avec une prévention fallacieuse, comme s'ils s'adressaient à une patiente psychiatrique qu'il vaut mieux ne pas faire sortir de ses gonds.

Elle attend qu'ils rejoignent leur voiture et qu'ils s'en aillent. Quand la lumière des phares arrière a disparu du côté de la Magistrale, elle retourne dans la maison. Elle constate alors que Mate et Jakov ont laissé les photos sur la table.

Elle les prend entre ses mains. Elle contemple sa fille fixée sur le mur d'une pièce étroite, infiniment triste, d'un appartement exigu en ville. Silva sur le mur la regarde, comme si elle demandait : *Vous avez compris ?*

Il était assis là, se dit-elle. Il a mangé un sandwich au beurre et à la mortadelle, et il riait, et Silva aussi riait, elle avait l'air parfaitement heureuse.

Est-ce que c'est la vérité ? Est-ce que c'est vraiment lui ?

Elle est assise dans la cuisine et se repose la question, encore et encore. Mais la réponse ne vient pas.

QUATRIÈME PARTIE

L'EAU ROUGE

19

GORKI
(2016)

Il doit le reconnaître : les Irlandais ont mis le paquet. Ils ont investi de l'argent et fait ce qu'il fallait pour l'inauguration de *Misto Sunset Residence*.

L'aménagement du lotissement, c'est du cinq étoiles. En une journée compacte, une entreprise horticole a planté des lauriers-roses, des oliviers, de la lavande et du romarin dans les espaces verts. La pierre polie des escaliers et des sentiers resplendit au soleil, les rampes et les bancs ont été fraîchement peints et lustrés. Pour l'événement, Smart Solutions a loué une dizaine de catamarans qui flottent en ce moment, amarrés au vieux môle de l'armée communiste yougoslave. Les mâts des catamarans et la première rangée d'immeubles sont décorés de drapeaux multicolores qui frétillent cet après-midi dans le maestral[1].

Des hôtesses désœuvrées aux poitrines provocantes sont postées un peu partout et sourient aux invités.

1. En Dalmatie, le maestral est un vent d'été agréable qui souffle du nord-ouest, idéal pour la navigation.

Sur la terrasse du restaurant, un groupe de musique distille un swing agréable, des vieux tubes d'Oliver, de Carlos Jobim et de Frank Sinatra, et des hommes costumés – concession lugubre à la couleur locale – se pressent autour de la scène. Certains ont revêtu une tenue rappelant celle des pirates, d'autres portent des marinières. Gorki peut à peu près imaginer ce que l'*event manager* a concocté. Une fête de pêcheurs pour invités VIP, des marins-pêcheurs qui vous servent du poisson dans des faux cageots, puis une fausse bataille de pirates, hommage à la tradition locale des brigands et des Uscoques[1]. Tout est bien comme il faut, la seule chose qui gâche un peu la perfection de cette fête estivale, c'est le vent. Le maestral est un peu trop fort pour cette période de l'année, il souffle à l'ouest en rafales irrégulières et fait voltiger les drapeaux, les robes des femmes, les draperies et les nappes.

Gorki se tient de côté, avec un verre de vin blanc à la main, et il contemple la foule qui grossit lentement. Il y a là toutes les personnalités attendues : le maire et le préfet, le ministre du Tourisme, l'ambassadeur irlandais, des représentants des tour-opérateurs, quelques journalistes et quelques députés, le curé et quelques habitants. Il remarque le propriétaire du café la Lanterne, devenu entre-temps le président de la région. Aperçoit un footballeur connu à la retraite, au moins une ancienne miss et deux présentatrices de la télévision.

Logiquement, une des présentatrices grimpe sur l'estrade, toussote dans le micro, et le groupe de musique s'interrompt. Elle appelle le ministre du Tourisme à

1. Les Uscoques étaient des pirates croates installés en Adriatique aux XVI et XVII siècles.

venir la rejoindre, puis le directeur de Smart Solutions, les deux saluent rapidement les invités et leur souhaitent de passer un bon moment. Pour finir, la présentatrice appelle le nouveau préfet à venir prendre la parole, et Mario Cvitković, même taille et même stature qu'autrefois, grimpe sur scène.

Le préfet nouvellement promu Cvitković saisit le micro et commence un discours. Il salue les invités issus des rangs de la vie politique, économique et religieuse. Il insiste sur l'importance de l'investissement comme facteur premier du développement touristique et de l'élimination du chômage, et appelle tout le monde à soutenir les investissements futurs qui permettront de s'orienter vers – il le dit en ces termes – une « clientèle de qualité ». Cela fait longtemps que Gorki travaille dans le tourisme et il sait que le business dans ce secteur, comme les nazis, divise la population entre gens de qualité et gens sans qualité.

Il est debout, sur le côté, il regarde Cvitković qui parle sur l'estrade, et il constate avec étonnement quelque chose qu'il a déjà observé auparavant. Cvitković exerce sur son auditoire une séduction magique. Il est grand, bien bâti, il a le port d'un leader naturel, une voix grave agréable et un ton paisible et affable. Gorki sait précisément ce que le public voit en ce moment. Il voit un héros de la guerre, un colonel de l'armée croate, blessé deux fois, et aujourd'hui défenseur de la rénovation conservatrice, des valeurs nationales et d'un climat propice aux investissements. Mais Gorki se souvient de celui d'avant. Il se souvient du Mario Cvitković de l'époque avant qu'il devienne une étoile montante de la politique, avant qu'il soit colonel, avant que ça pète en Croatie. Il se souvient de lui du temps où il n'était qu'un minable, un dealer de moyenne envergure, et quand, convaincu de sa culpabilité dans la fuite de Silva Vela, il l'avait interrogé au commissariat. Il se demande si Cvitković le reconnaîtrait après tant d'années. Et s'il le reconnaissait, qu'est-ce qu'il ferait ? Est-ce qu'il prétendrait avoir été persécuté pour des raisons politiques ? Ou bien ferait-il semblant de ne pas se souvenir de lui ? Ou simplement est-ce qu'il s'approcherait de lui, lui tapoterait l'épaule et le gratifierait d'un de ses sourires charismatiques et contagieux ?

Cvitković termine son discours et les personnes rassemblées se mettent à l'applaudir avec enthousiasme. Gorki les regarde et les écoute. Il pourrait leur en apprendre beaucoup sur Cvitko. Mais même s'il le voulait, ça n'intéresserait personne. Entre la vérité et la légende, tout le monde préfère imprimer la légende.

Cvitković quitte l'estrade, la présentatrice annonce la suite du programme et la musique peut reprendre. Alors que le vent se renforce et fait voler les nappes, les hôtesses déambulent pour proposer des boissons et les serveurs apportent de quoi se restaurer. Ils poussent des chariots chargés de langoustines cardinal, de thon aux câpres, de salade de poulpe, de carpaccio de bœuf et de langoustes en mayonnaise. Le gratin mondain se rue sur la nourriture, joue des coudes autour des tables comme si la faim allait frapper demain matin, Gorki reprend un verre de vin – le troisième, remarque-t-il à regret – et se décide à aller faire un tour pour explorer en paix l'œuvre qu'il a contribué à édifier. Il s'éloigne de la foule et des festivités, gravit les marches qui conduisent à la terrasse supérieure et contemple les rangées d'immeubles d'appartements de vacances – tout neufs, parfaitement peints, avec leurs rideaux électriques dûment baissés.

Gorki part se promener dans le lotissement, grimpe vers la troisième puis la quatrième rangée de villas. Il tourne à droite, fait le tour d'un îlot de verdure planté de tamaris, puis gravit trois marches pour accéder à une terrasse à l'entresol. Il tire une clé de sa poche et ouvre la porte en PVC vert.

Il entre, allume la lumière et contemple son nouveau domaine. Un appartement de vingt-six mètres carrés avec terrasse, qu'il a obtenu en compensation d'une provision non versée. En lieu et place de la deuxième tranche due, il a obtenu la semaine 41 en *timeshare* de l'appartement numéro 64. Quand il a trouvé cet arrangement avec les Irlandais pour régler cette dette, Gorki a vérifié dans un calendrier à quoi correspondait la semaine 41. Cela tombe au milieu du mois d'octobre. Néanmoins il a accepté de la prendre, au moins a-t-il obtenu quelque chose. En vérité, les Irlandais sont en dette avec tout le monde – avec les entreprises, les sous-traitants, l'État, les banques. Les uns doivent de l'argent aux seconds, qui doivent aux troisièmes, et dans ce mouvement circulaire de dettes, la sienne est ridiculement petite. Il a réussi à obtenir ça : une semaine pluvieuse sur cette terrasse.

Gorki regarde l'appartement et constate avec étonnement qu'il est vraiment beau. Il est blanc, impeccablement propre, jamais utilisé. Gorki examine la kitchenette pratique, le frigidaire débranché, le comptoir avec un tabouret de bar pour l'ambiance, le mobilier pour la terrasse que quelqu'un a rangé à l'abri de la pluie. Il prend une des chaises et la transporte sur la terrasse. Il s'assoit, profite du panorama et se demande à quoi il pourra bien ressembler en plein mois d'octobre, quand les jours raccourcissent, que les bars de plage et les pizzerias ferment, que les nuages s'amassent au sommet de la montagne et qu'il commence à pleuvoir. En octobre, quand le sirocco de l'automne charrie des vagues couleur de plomb, ce doit être un sacré spectacle : un spectacle pour lequel il sera aux premières loges, appartement 64.

En bas, sur le rivage, on entend encore l'orchestre qui joue et la rumeur de la foule. Dans le petit port flottent des voiliers décorés d'oriflammes qui frétillent dans le vent. La nouvelle cité de vacances scintille, vibre et frissonne. De l'autre côté de la baie, il y a l'autre ville, la vraie, l'ordinaire. En comparaison avec cette cité mensongère, elle paraît prostrée, morte : le terrain de basket avec ses paniers sans filet, le monument aux partisans sans son inscription, les tamaris fanés par la sécheresse dans le port et la cabine téléphonique déglinguée. Gorki regarde les contours de ce bourg qu'il connaît si bien, la colline arrondie avec le vieux village, le clocher de l'église, la plage de galets, la ligne du cap et, sur la pointe, la petite église de l'Étoile de la mer.

Et derrière l'église de l'Étoile de la mer, là où les maisons ont disparu, Gorki voit une terre de nulle part : six hectares de maquis, de fourrés et de broussailles, sans la moindre maison, sans le moindre champ cultivé. Ce sont les terres des Rokov. Et en les voyant, Gorki sent que ça lui serre les tripes. À cause d'une affaire qu'il n'a pas menée à son terme.

Il finit le verre de vin qu'il a subtilisé à la soirée. Il en est déjà à quatre. Et après quatre verres, Gorki se dit qu'il ne peut pas quitter Misto pour la dernière fois sans avoir débrouillé ce nœud qui reste.

Avant de s'en aller, il doit dissiper un dernier doute, après quoi il pourra partir et ne plus jamais revenir :

même la semaine 41 ou n'importe quelle semaine, l'année prochaine ou les suivantes.

Il range la chaise dans l'appartement. Sort sur la terrasse. Ferme la porte. Prend la direction du bourg.

Il va terminer l'enquête qu'il a commencée autrefois.

***

Il longe le rivage, passe à côté de la madrague et des barques, du terrain de boules et de l'ancienne coopérative de pêcheurs. Bientôt le chemin asphalté disparaît et le macadam débute. Au bout de quelques minutes, il parvient à la chapelle. Il la regarde. L'Étoile de la mer paraît toute petite et misérable, à côté de ces énormes immeubles de vacances.

Il fait le tour de la chapelle et passe derrière la pointe. Il voit la maison des Rokov. Qui ne donne aucun signe de vie. Devant la maison, dans la cale de halage, il n'y a pas de bateau, rien qui indique un travail quelconque.

Il suit le sentier pour s'approcher de la maison. Mais au lieu de tourner vers la porte de la cour, il longe le mur extérieur du jardin et grimpe derrière la maison. Il marche à travers les terrasses d'oliviers et parvient à la remise agricole.

La porte est pourrie, comme la dernière fois. Il la pousse de la main et entre. Cette fois-ci, la cabane est vide : il n'y a plus de filets, plus de bidons de résine et plus de mat de verre. Sur le sol en terre battue, on distingue à peine un relief de sac de ciment déchiré, durci depuis longtemps. Il ne reste plus du sac qu'un fragment de carton et une tache de poussière grise sur le sol.

Il est debout et il regarde. Il contemple l'endroit où Silva Vela est restée étendue durant vingt-quatre heures. Où son corps mort a séjourné, dissimulé, enveloppé, caché sous des balles de laine de verre.

Il se souvient précisément : ils ont inspecté les terres des Rokov le troisième jour. Et seulement le troisième jour, quand il a été clair que Silva ne s'était pas bêtement noyée et qu'elle n'était pas tombée en état d'ivresse dans une crevasse. C'est à ce moment-là qu'ils ont passé la maison de Brane au peigne fin, et si les policiers ont découvert la remise, le cadavre de Silva ne devait déjà plus s'y trouver.

Il sort de la remise et laisse la porte entrebâillée. Il se retourne. Devant lui s'étendent les terres des Rokov. Plus de dix ans ont passé, mais Tonko ne les a jamais vendues. Les terres broussailleuses continuent de cerner sa maison, comme un monument à son entêtement. Premier tombeau temporaire pour Silva, elles sont restées intactes, comme si les caroubiers et les ronces constituaient un mausolée, le seul que Silva aura jamais eu.

Il descend jusqu'à la maison. Il cherche autour de lui quelqu'un. Il finit par apercevoir le vieux Tonko devant la porte de l'atelier. Il n'a pas l'air d'avoir changé, sinon que sa barbe sombre et hirsute se trouve agrémentée d'un peu plus de poils gris.

Tonko le voit. Il lui jette un regard de haine, mais on dirait que Tonko regarde tout le monde comme ça. Il le fixe brièvement avec un air incrédule et méprisant puis il secoue la tête en direction de la maison. « Si c'est elle que vous cherchez, dit-il, elle est là-haut. »

Il va jusqu'à l'arche de pierre avec l'inscription gravée *Rocco Roccov et ses enfants*. Il entre dans la cour et grimpe le perron jusqu'à la porte de la maison. Il frappe mais n'obtient pas de réponse. Il frappe à nouveau. N'ayant toujours pas obtenu de réponse, il entre.

Il tombe sur Uršula Rokov dans la pièce principale, assise à table. C'est la première fois qu'il la voit depuis douze ans. Mais cette fois, le temps a fait son œuvre et s'affiche.

On distingue encore sur le visage d'Uršula, dans sa silhouette, les traces de son ancienne beauté. Mais Uršula est sèche et flétrie comme un cep brûlé par le soleil, ses mains, son visage se sont ratatinés, sillonnés de rides. Elle est assise à table et s'emploie à décortiquer de grosses et longues gousses de fèves. Elle entend le grincement de la porte et pose son regard sur lui. Quand elle le reconnaît, Gorki lit la déception dans ses yeux. Mais aucun étonnement. On dirait qu'Uršula l'attendait.

Gorki la salue. Puis il entend en bas un pas lourd dans l'escalier, puis une quinte de toux. Tonko entre dans la pièce.

– Encore vous ? demande-t-il.

– Encore moi, j'en ai peur.

– Si vous êtes revenu pour les terres, vous pouvez repartir tout de suite. J'ai pas voulu vendre alors, je veux pas plus vendre maintenant.

Uršula repousse le plat avec les fèves et lance à Gorki un regard résigné, un regard de capitulation.

– Tonko, laisse, dit-elle. Monsieur n'est pas venu pour ça. Il n'est pas venu acheter les terres.

– Alors pourquoi ? demande le vieux.

– Il est venu parce qu'il sait.

Elle dit cela puis fixe Gorki.

– C'est ça ? demande-t-elle. Vous êtes venu parce que vous savez ?

Gorki ne répond rien. Uršula se lève et va poser les fèves dans l'évier pour les laver.

– J'ai toujours su que vous viendriez, dit-elle. Vous viendriez tôt ou tard.

Puis elle fait couler l'eau froide dans l'évier.

20

URŠULA
(1989)

Le plus dur, ça a été de la transporter de la remise jusqu'à la barque. Ça a été plus dur que tout le reste, se souvient Uršula.

Elle a fait cela au beau milieu de la nuit. Elle a sorti le corps du rouleau de mat de verre et, quand elle l'a déballé, des milliers de fibres de verre sont restées accrochées à la peau de Silva, à ses vêtements, dans ses cheveux. Pendant qu'elle tirait le corps vers la mer, tous ces éclats lui lardaient les mains et lui tailladaient la peau jusqu'au sang.

Elle l'a traînée sur la pente caillouteuse, longtemps, un quart d'heure, peut-être plus. Elle l'a traînée jusqu'à la porte de la maison, puis jusqu'au rivage et jusqu'à la cale. Là, elle a chargé le corps de Silva sur son dos, elle a tiré sur la corde pour approcher le bateau, puis elle a jeté dans le bateau le cadavre – lourd et lâche comme un sac de pommes de terre. La Vela morte était recroquevillée dans le fond de la barque, sur les planches en bois du paillol.

Le moteur n'a pas démarré tout de suite, elle se souvient de ça. Elle a tiré de toutes ses forces sur la corde du lanceur, mais le Johnson blanc six chevaux s'est contenté de tousser et a expiré. Elle a actionné de nouveau le lanceur, mais le capot blanc du moteur avec sa tête de cheval dessinée tressautait en vain tout en perturbant le calme de la nuit. Elle a tiré dessus autant qu'elle le pouvait, cinq fois, peut-être six. Et puis elle a entendu le son du salut. Le Johnson a ronflé et s'est mis à ronronner régulièrement.

Elle a pris la mer et s'est dirigée vers le chenal qui fait face à Misto. En faisant le tour de l'Étoile de la mer, elle s'est rendu compte qu'elle avait sous-estimé la météo. La brise venue de la montagne à la fin de l'après-midi s'était renforcée. Des gorges de la Prosika soufflait maintenant un vent glacial qui générait des lames courtes et lui jetait au visage des piques d'eau salée. Elle s'est enfoncée de plus en plus loin dans le chenal mais elle a compris bientôt qu'il ne serait pas sage de poursuivre au-delà. Elle s'était trop éloignée, le vent et les vagues grossissaient, et par un temps pareil la bora rapporterait le corps vers le continent en quelques heures. Elle a réduit le moteur et est restée un moment à réfléchir, hésitante, puis ça lui est venu. Elle s'est souvenue du tunnel.

Elle a fait route vers l'est, vers le cap de la Croix. Les vagues l'attaquaient maintenant par la proue, la barque était plus stable et le moteur travaillait plus tranquillement. Elle a contourné le bourg et le port le plus au large possible, et elle a éteint la lampe électrique pour s'approcher de la caserne. Elle savait que le bruit du moteur ne troublerait pas les soldats, on était en automne, l'époque où les gens du coin pêchent l'encornet à la turlutte, ce qui signifie qu'ils conduisent lentement le long de la côte en réduisant les gaz. Elle savait qu'il n'y aurait personne dans les tunnels – l'armée ne les utilisait plus depuis longtemps, ils étaient à l'abandon.

Quand elle s'est approchée de la côte, la mer a commencé à s'agiter. Les vagues allaient rebondir sur les rochers du cap de la Croix et le reflux rendait la mer turbulente. Elle avait de la chance que la lune ne soit pas de sortie, il faisait encore nuit noire. Bientôt elle a pu distinguer dans l'obscurité une forme de fer à cheval tirant sur le blanc. C'était le portique du tunnel creusé dans la roche.

Elle a réduit le moteur au quart de sa puissance et conduit doucement la barque à proximité de la bouche d'entrée. Près des rochers, elle est passée sous le vent et la mer s'est calmée. Une fois à l'intérieur du tunnel, elle a coupé le moteur pour éviter de faire du bruit. Elle a poursuivi à la rame. Et pendant qu'elle ramait, le tunnel était aussi silencieux qu'une église.

Elle a ramé jusqu'au fond du tunnel. Elle a observé un élargissement en béton sur le chemin qui bordait le canal, tout au bout de la trouée. Aussitôt elle s'est dit : *Voilà l'endroit. Je vais la laisser là.*

***

Personne n'a jamais eu et personne n'aura jamais un fils comme Brane. Il était affectueux, travailleur, intelligent et doux. C'était un fils comme on peut en rêver.

La vie avec Tonko sur les terres des Rokov n'était pas tous les jours facile. C'était une vie de privations, dans la crasse, dans l'atelier d'un artisan. Dans une vieille maison qui tombait en ruine, et jamais assez d'argent pour la repeindre, la rafistoler, changer les tuiles canal, stopper l'humidité. C'était une vie loin du bourg, loin des gens. Avec Tonko qui n'était pas – Dieu lui pardonne – l'homme le plus facile sur terre. Quand elle était jeune, plein de voies s'offraient à elle. Elle aurait pu se mettre avec un autre. Elle aurait pu imaginer pour elle-même une vie meilleure que celle qu'elle a menée.

Mais elle ne regrettait rien. Parce que, allant de pair avec cette vie – avec Tonko, les terres des Rokov, la cuisine non repeinte qui s'effrite à cause de l'humidité –, il y avait Brane. Brane qui grandissait et devenait un enfant comme elle l'avait toujours souhaité. Qui surpassait tout ce qu'on pouvait désirer comme enfant.

Tout devait bien aller. Brane devait terminer le lycée, s'inscrire à la faculté. Brane devait fonder une famille et donner naissance à des enfants. Les terres des Rokov devaient lui revenir, pour qu'il les fasse fructifier, qu'il construise une maison, qu'il fasse du tourisme, ou bien qu'il la vende, qu'il investisse dans sa famille et ses enfants. Et eux pourraient vivre une vieillesse paisible, Brane prendrait soin d'eux, car Brane était un fils prévenant et dévoué.

C'est comme ça que ça aurait dû être.

Et puis elle est apparue. La petite Vela.

Au début, elle lui a plu. Elle était adorable, tout le monde le disait. Elle était d'une présence agréable, capable d'avoir avec les adultes des discussions mûres et réfléchies, quand elle venait chez eux, elle disait bonjour comme il faut, s'asseyait à table et bavardait, demandait si elle pouvait aider. Elle était de ces gens qui savent se nicher dans le cœur des autres, et qui s'y nichent. Cet été-là, Brane rayonnait de bonheur comme jamais auparavant. Il avait l'air tellement heureux qu'Uršula en concevait un peu, mais rien qu'un peu, de jalousie.

Ça n'a pas été des gros trucs, au départ. Brane rentrait plus tard à la maison, passait la nuit dehors plus souvent. Et quand il rentrait, sa chemise et son haleine sentaient la bière et la cigarette. Quelquefois elle entrait dans sa chambre et percevait une odeur de paille, quelque chose d'aromatique. Elle était incapable de la reconnaître à l'époque. C'est plus tard qu'elle a appris que ça ressemblait à l'odeur de la *ganja*. C'est comme ça qu'ils l'appelaient – *ganja*.

Et puis les premiers signes ont commencé. Des petits indices qui avec le temps ont formé une image.

Un matin, elle a mis de l'ordre dans la cour et vidé la benne à ordure. Dans le tas de feuilles elle a trouvé une aiguille usagée. Elle a trouvé cela étrange, mais à l'époque ça ne voulait rien dire pour elle, car elle ne savait rien de rien.

Fin août, c'est une petite cuiller disparue de la cuisine qu'elle a retrouvée dans le jardin, sous le muret près des cactus. La cuiller était noircie en dessous et bizarrement brûlée.

Puis, le dernier jour du mois d'août, elle a découvert pour la première fois un paquet. Elle l'a trouvé dans la remise, dans l'oliveraie, à l'intérieur d'un vieux poêle à bois. Elle a inspecté le poêle complètement par hasard, elle soupçonnait que des guêpes y avaient fait leur nid. Quand elle a ouvert le portillon, elle a trouvé dans la gueule du four un paquet de la taille d'un petit livre, scellé par du ruban adhésif marron. Uršula n'était pas experte en la matière, mais on était dans les années quatre-vingt, l'épidémie d'héroïne s'était emparée de la Dalmatie, les journaux et la télévision étaient remplis de témoignages paniqués et de récits douloureux de toxicos. Si elle savait peu de choses, elle en savait assez pour comprendre de quoi il retournait.

Elle n'a pas appelé la police. Aujourd'hui elle sait que c'était une erreur, mais elle ne l'a pas appelée parce qu'elle croyait que le paquet appartenait à Brane. Elle l'a remis en place et a entrepris de surveiller l'endroit. Trois jours plus tard, elle a entendu des bruits à l'extérieur au milieu de la nuit et aperçu une ombre qui se déplaçait dans la cour. Elle a vu la Vela qui montait le sentier vers l'oliveraie. Le lendemain matin, elle s'est levée et est allée vérifier le poêle. Il était vide.

Les jours suivants, elle a attendu de voir ce qui allait se passer. Elle n'a plus jamais trouvé un paquet de cette taille : mais elle trouvait tout le temps des petits trucs. Parfois le poêle était vide, parfois un ou deux sachets étaient cachés à l'intérieur, parfois rien. Silva apportait ou remportait constamment quelque chose. Et une semaine avant *cette nuit-là*, elle a entendu des pas et des chuchotements dans la cour. Elle a aperçu deux silhouettes. Elle a reconnu la voix étouffée de Silva. Au matin, elle a trouvé dans le poêle un paquet scotché, identique au premier paquet qu'elle avait découvert.

C'était déjà la phase où Silva n'avait plus de pudeur ni de respect. Quand elle le pouvait – ce n'était pas souvent – elle suivait Brane et Silva dans le bourg. Un jour, elle a inventé un prétexte pour se rendre à Split. Elle a découvert le foyer où la Vela habitait. Elle a attendu qu'elle sorte de chez elle et elle l'a suivie toute la journée. Tout a commencé de manière innocente. La Vela est allée à l'école à huit heures. Mais deux heures plus tard, elle en est sortie et a pris la direction de la ville. Elle est entrée sous un porche, mais elle est restée peu de temps à l'intérieur. Elle est descendue au centre-ville, s'est arrêtée sur une place dans le palais de Dioclétien. Là, elle s'est adossée à un mur et elle a attendu. Elle a attendu qu'on vienne l'accoster.

De temps en temps, quelqu'un s'approchait d'elle. Ils échangeaient brièvement, la Vela acquiesçait, disait quelque chose. L'inconnu lui tendait un billet, la Vela le fourrait dans sa poche et lui faisait signe de la tête d'entrer sous un porche.

Elle avait déjà entendu dire beaucoup de choses là-dessus. Mais c'était la première fois qu'elle voyait cela en vrai. La première fois qu'elle assistait à une scène de deal.

Ce soir-là elle a pensé tout raconter à Tonko. Elle est descendue à la cale de halage et l'a trouvé allongé par terre sous la quille d'un canot, absorbé par son travail, sale et crasseux. C'est à peine s'il a fait attention à elle. Elle savait que, même si elle lui disait les choses, il refuserait d'y croire. Même si elle lui disait ce qui se passait, ça ne ferait que le déranger. Tonko était comme ça : beaucoup de fumée, pas beaucoup de feu. Ce qui lui importait dans la vie, c'était que rien ne change, rien ne se passe. Il était capable de rester sans bouger et de laisser les choses aller jusqu'à ce qu'elles pourrissent et partent en miettes.

Elle ne voulait pas que cela se passe comme ça avec Brane. C'est pourquoi elle a décidé de se taire et, cette fois, d'agir seule.

Elle a espionné Brane et Silva. Elle les a traqués. Elle écoutait à la porte quand ils se retiraient dans la chambre de Brane. C'est comme ça, en tendant l'oreille, qu'elle a entendu une conversation.

Silva poussait Brane à laisser tomber la faculté navale. Elle voulait le convaincre de partir avec elle.

Ils prendraient – c'est comme ça qu'elle disait – la marchandise de Cvitko, attraperaient un car et fileraient en Allemagne. Là-bas ils vendraient la marchandise et ils repartiraient à zéro. « Une fois pour toutes, disait-elle, on va se tirer de ce bled de merde. »

Brane résistait. Il repoussait l'idée, il ne voulait pas en être, mais Uršula connaissait Brane, et maintenant elle en savait suffisamment sur Silva. Elle savait comment ce genre de discussion allait finir. Ça se terminerait par le moment où Silva ferait tomber ses bretelles et lui montrerait ses seins. Elle avait pour elle sa chatte. Elle était la maîtresse, et lui était le sujet.

Apparemment, ils ont eu cette conversation à plusieurs reprises. Mais Uršula ne les a entendus que deux fois. Et d'une fois sur l'autre, les arguments de Brane ont pâli, sa résistance a molli, a perdu en conviction.

Jeudi, Brane a pris la route pour Rijeka. Avant de partir, il a parlé avec Silva au téléphone. Elle a écouté leur conversation depuis le combiné à l'étage. Silva lui disait qu'elle partirait dimanche, avec ou sans lui, qu'elle irait acheter son billet samedi. Elle avait deux jours pour sauver la vie de son fils.

Quand Brane est parti, elle a commencé les préparatifs. Elle est descendue à la cale et a trouvé au milieu des outils de Tonko une barre suffisamment solide. Elle était bien dure, avec une pointe acérée, bordée de clous rouillés menaçants. Tonko s'en servait pour fixer les souches utilisées comme socles et la prenait comme levier pour ouvrir les bidons de peinture.

Elle s'est rendue dans la remise dans l'oliveraie sans que Tonko ne la voie, elle l'a débarrassée de son vieux fatras et a préparé l'endroit. Elle a trouvé un tas de bâches en plastique. Elle pensait encore à ce moment-là pouvoir garder le corps plus longtemps ici.

Ce soir-là, il y avait la fête des pêcheurs. Uršula est allée observer la fête en faisant attention à ne pas se faire voir. Elle a découvert sa bru manquée qui dansait un slow avec le fils du boulanger, et qui s'abandonnait lentement, mollement, entre ses bras câlins. Elle les a suivis en haut de la colline du cap de la Croix. Et dans le noir total elle les a écoutés tous deux qui haletaient. Elle aurait tellement voulu que Brane entende ça – elle savait que son fils ne la croirait pas.

Elle a fait un détour pour rentrer chez elle par les champs d'oliviers. Il n'y avait plus qu'à attendre, car elle savait que la Vela viendrait. Elle viendrait parce qu'elle devait récupérer sa marchandise avant de partir.

Et elle est venue. Vers quatre heures, elle s'est glissée jusqu'à la remise et est entrée pour prendre son paquet. Ce qu'elle ne savait pas, c'est qu'Uršula était allée le cacher dans sa cour à elle, dans la cour des Vela. Et elle ne le saurait jamais. Car, au moment où elle entrait dans la remise, Uršula l'a frappée.

Elle a cogné une fois, trois fois, dix fois, vingt fois. Elle a déversé toute sa haine dans le premier coup asséné. Elle a pensé aux gentillesses hypocrites de Silva, à la petite cuiller brûlée et à la seringue, à l'odeur de ganja, à la chemise qui puait la bière, à Silva qui vomissait sur ce *village de merde*, et aux soupirs qu'elle poussait pendant que le fils du boulanger allait entre ses cuisses. Uršula a pensé à tout cela, et elle a cogné, elle a cogné, jusqu'à ce qu'elle comprenne qu'elle ne cognait plus sur un corps vivant, mais sur une masse sans vie, un morceau de viande qui ne se débattait pas, qui ne résistait pas.

Elle s'est arrêtée et a reculé. Elle a regardé le corps effondré à ses pieds. Silva était étendue sur le sol, face vers le ciel. Elle avait les yeux ouverts. Dans ces yeux il n'y avait plus de vie.

Uršula a posé la barre et s'est essuyé les mains.

21

GORKI (2016)

Elle ferme l'eau dans l'évier et pose sur la table le plat de fèves soigneusement rincées. Elle regarde Gorki et demande :

– Vous êtes venu pour ça ? Parce que vous savez ?

– Oui, répond-il. Je sais.

– Vous avez compris quand ?

– Très tard. Seulement après la découverte du corps. C'est à ce moment-là que ça s'est emboîté pour moi de manière évidente. J'ai compris que c'était quelqu'un d'ici, de cette maison. Et ce quelqu'un ne pouvait pas être Brane.

– C'est-à-dire que vous n'avez jamais cru que c'était lui ?

– Non, répond Gorki, jamais. À aucun moment. Brane était dans un car cette nuit-là.

Un court instant il semble déceler du soulagement sur le visage ridé d'Uršula.

– Ça veut dire, demande Gorki, que c'est vous qui avez placé le paquet dans la gouttière chez les Vela ?

– Oui. Ça venait de chez eux. Ça n'avait pas à rester ici, pas dans mon jardin.

– Et la barre dans la boulangerie des Lekaj ? C'est vous aussi qui l'avez mise ?

Uršula sursaute à ces mots.

– Oui, c'est moi. Et c'est moi aussi qui ai appelé la police de la cabine, si c'est votre question.

En disant cela, elle a rougi. *Dans tout ça, c'est la seule chose dont elle a honte*, pense Gorki. Elle a honte parce qu'elle sait quelles en ont été les conséquences. Le fils Lekaj qu'on a torturé pendant des jours au commissariat. Tout le village qui l'a méprisé. Et si elle n'avait pas fait ce qu'elle a fait, peut-être que les choses auraient tourné autrement. Peut-être qu'il ne serait pas mort à la guerre. Peut-être qu'il serait encore vivant.

– C'est à ce moment-là qu'il s'est retourné contre moi, dit Uršula en montrant du doigt Tonko. Jusque-là, il savait tout. Il a entendu le boucan dans la cour. Il m'a vue traîner le corps dans la nuit. Il m'a entendue m'escrimer avec le moteur. Il ne m'a pas aidée parce que c'est un lâche, comme tous les hommes. Mais il s'est tenu à mes côtés. Jusqu'à ce moment-là. C'est quand il a appris pour la barre dans la remise des Lekaj, quand il a su que j'avais appelé, que ça a été terminé. À la fin, je ne lui ai demandé qu'une chose, la dernière : qu'il ne dise rien à Brane. Et ça, il l'a respecté.

– Mais Brane l'a su, intervient Gorki. Il l'a su, pas vrai ?

Uršula ne répond pas. Elle reste un moment silencieuse, se tourne vers l'évier et jette dans la poubelle les gousses vides des fèves. Elle se lave les mains sous l'eau froide puis se retourne vers lui. Pour la première fois depuis le début de leur échange, elle donne l'impression de craquer. Son visage se tord, ses yeux semblent au bord des larmes.

– Vous croyez quoi, dit-elle, que je m'en suis tirée et que je mérite encore d'être punie ?

Dehors on entend comme une rumeur. De l'autre côté de la baie, dans la *Sunset Residence*, la musique est tonitruante, les lumières des projecteurs fendent l'air, il doit se passer quelque chose sur scène, peut-être un défilé de mode, peut-être une pseudo-bataille de pirates. Là où ils sont, seules les basses rythmiques et des éclairs de lumières multicolores leur parviennent.

– Vous pensez que je n'ai pas été punie ? poursuit Uršula. Je sais que vous pensez ça. Mais croyez-moi, je l'ai été. J'ai été punie comme personne.

Elle s'arrête, puis reprend :

– C'est vingt-sept ans qui sont passés. Et depuis vingt-sept ans mon mari dort dans l'atelier. Depuis vingt-sept ans il ne m'a pas adressé la parole une seule fois. Même le jour où nous avons enterré notre fils, il n'a pas voulu me prendre la main. Depuis vingt-sept ans nous mangeons chacun de notre côté, et chaque jour je lis sur son visage comment il me juge, et je ne pouvais pas partir, parce que, si on s'était séparés, Brane aurait su pourquoi. Vingt-sept ans j'ai été condamnée à vivre dans cette maison vermoulue comme dans un cachot. Mon propre fils m'a méprisée, il ne venait pas me voir, ne répondait pas à mes lettres. Et il s'est tué à cause de moi. Et le pire, c'est que tout le village raconte qu'il s'est tué de remords, à cause du crime qu'il a commis – alors que ce crime, c'est moi qui l'ai commis. Je ne l'ai pas seulement tué. Une fois mort, je l'ai couvert de boue.

Et c'est pour ça que tu as besoin de moi, pense Gorki. *Elle a besoin de moi pour que ça se sache. Pour qu'on sache que c'est elle qui a fait ça, et pas son fils.*

– Si au moins il avait été accusé, poursuit Uršula, j'aurais pu sortir, dire que c'était moi la coupable. Et maintenant qu'est-ce que je peux faire ? Me battre avec les rumeurs, aller tirer les gens par la manche. Supplier la police de bien vouloir m'accuser. Mais tout le monde s'en fiche, on ne m'écouterait même pas.

Elle verse les fèves dans une casserole et remplit le plat d'eau froide. Pose la casserole sur la cuisinière et allume le feu dessous. Puis elle essuie à nouveau ses yeux embués.

– Vous pensez que je n'ai pas été punie ? Mais j'ai été punie. Nous avons tous été punis. J'ai mis longtemps avant de comprendre. Maintenant, j'ai compris que tout ce qui est arrivé après, ça a été un vrai châtiment. D'abord ça a été l'usine qui s'est écroulée. Puis la coopérative. La haine qui a commencé à s'insinuer chez les gens. Et la guerre. Les jeunes qui ont commencé à se faire tuer. Et puis Lekaj qui est mort. Les charognards sont arrivés, les parasites, qui ont commencé à acheter la terre et à construire où ils pouvaient. Et pour finir, vous, vous êtes arrivés…

Dehors, de l'autre côté de la baie, on entend le chahut de la fête et le début d'un feu d'artifice. De courtes détonations résonnent, le ciel nocturne s'illumine de rouge et de jaune.

– Et vous, vous avez été les pires, poursuit-elle. Vous avez été la punition suprême. Vous êtes arrivés. Et *ça*, là-bas, est arrivé. Et d'un seul coup tout le monde est devenu cupide, tout le monde a commencé à s'attraper par le col, à se bagarrer avec tout le monde, pour deux cents euros de plus, pour dix mètres carrés de broussailles. Une épidémie, on a été contaminés par la peste… Et moi, pendant toutes ces années, je voyais ça, et j'étais la seule à comprendre. La seule à savoir ce que personne ne savait. C'est moi qui ai amené tout ça. C'est le châtiment pour ce que j'ai fait.

Et brusquement les larmes coulent sur ses joues. Gorki la regarde et il est pratiquement sûr d'une chose : c'est la première fois qu'Uršula pleure. La première fois en vingt-sept ans.

Mais ce moment de faiblesse ne dure pas longtemps. Uršula s'essuie les yeux et son visage retrouve son air sombre et déterminé. On entend l'eau qui bout sur la cuisinière et le parfum âpre des fèves cuites inonde la pièce. Tout en la regardant, Gorki réfléchit. Il se demande si c'est opportun de lui révéler qu'il est celui qui s'est introduit dans l'appartement de Brane. Mais il ne le fait pas. Il sait que, même maintenant, même dans son état, elle serait capable de le tuer sur place.

– Voilà, maintenant vous savez, dit-elle. Vous pouvez y aller.

Elle dit cela, et Gorki comprend que la conversation est terminée.

Il se lève et sort sur le perron. Tonko le suit. Car Tonko, Gorki le sait maintenant, ne dort plus à la maison. Maintenant que la visite du soir prend fin, Tonko s'en va dans sa tanière où il passera la nuit.

Il descend dans la cour et se dirige vers la porte du jardin. Il s'arrête sous l'arche avec son épigraphe *Rocco Roccov et ses enfants*, puis il se tourne pour voir une dernière fois la maison de la meurtrière, et celle de la victime. Uršula se tient au sommet des marches, elle a l'air encore plus maigre dans le contre-jour de l'ampoule à l'intérieur.

Elle est debout en haut du perron et observe l'étranger sur le seuil de sa maison. Pendant toutes ces années peut-être a-t-elle espéré que l'abcès finirait par crever, qu'elle serait soulagée, le jour où quelqu'un apprendrait. Et voilà, c'est arrivé – mais Uršula n'a pas l'air de se sentir plus légère.

Ils sont tous deux debout, pendant qu'on entend dans la baie les détonations du feu d'artifice. Haut dans le ciel une fusée éclate et un rideau scintillant, une cascade de flammèches blanches, voile l'horizon. En face, dans la *Sunset Residence*, des applaudissements et des cris de joie retentissent.

Gorki sort de la cour des Rokov et s'en retourne vers le bourg.

***

Il marche le long du rivage, passe la pointe, traverse la zone des maisons de vacances, obscure et déserte. Il prend le chemin qui mène au vieux village, passe dans le dos de l'ancienne boulangerie, près du vieux camion de la coopérative, toujours à la même place, sinon qu'entre-temps c'est devenu une brocaille rouillée. Il gravit le sentier au-delà des dernières maisons jusqu'au belvédère au niveau de la Magistrale.

Il arrive en haut hors d'haleine et s'arrête pour reprendre son souffle. Il sort de sa poche des cachets pour le cœur, en avale un sans eau. Il le sait : il a trop poussé sur le vin.

Il attend que le cachet agisse et que son pouls ralentisse, puis il se retourne. Et voit Misto précisément du même endroit où il l'a vu pour la première fois en 1989.

Il est dix heures passées et la bourgade est plongée dans le noir. Seule la *Sunset Residence* donne des signes de vie. Le nouveau lotissement scintille de dizaines de lampions, de projecteurs et de néons, et l'on entend sur la terrasse la musique de l'orchestre, des éclats de voix et des rires pompettes. Le feu d'artifice touche à sa fin. Après une série de petites détonations multicolores, une fusée imposante vient illuminer le ciel. Elle explose et s'éparpille en centaines d'escarbilles qui plongent vers le sol. Elles déferlent sur les barques, sur les toits et dans les cours comme des torches bibliques lancées par un Dieu courroucé.

Tout ça, c'est le châtiment pour ce que j'ai fait – voilà ce qu'Uršula a dit un peu plus tôt. Elle a dit cela et son visage en cet instant ressemblait à celui d'une folle.

Il est debout sur le belvédère et il contemple en bas cet amassement de maisons dans lequel il a posé le pied pour la première fois du temps où il était jeune, et qu'il va quitter pour la dernière fois, vieux et fatigué. Et soudain il sait. Uršula n'est pas folle. Uršula a dit la vérité.

Il y a très longtemps, à l'école, on lui avait donné à lire une pièce grecque, *Antigone*. Il se souvient que dans cette pièce un roi avait interdit à une sœur d'enterrer le corps de son frère. Et sur cette ville – ça lui revient, elle s'appelait Thèbes – s'étaient abattus tous les fléaux et tous les malheurs, la soif, la variole et la peste. Gorki se souvient comment, enfant, il avait été frappé par cette injustice cosmique. Car ce n'était pas seulement le roi qui avait reçu la peste pour punition de ses sacrilèges, mais tout le monde qui avait souffert, les justes et les coupables, les obéissants et les désobéissants. Il se souvient de l'histoire de Moïse, qu'il a vue autrefois dans un film hollywoodien en technicolor. Le pharaon ayant péché, Yahvé avait infligé un châtiment aux Égyptiens. Il leur avait envoyé les grenouilles, les sauterelles et la peste, avait contaminé leurs sources et changé les eaux en sang. Pour finir, cruelles représailles, il avait conduit à la mort tous les fils premiers-nés.

Misto avait laissé Silva Vela sans sépulture pendant vingt-sept ans. Pendant vingt-sept ans elle était restée dans un tunnel sous un rocher de travers, comme le cadavre d'un rat ou d'un chien errant. Et pendant vingt-sept ans, Yahvé nous a tous punis. Le châtiment, c'est tout cela : l'usine en faillite, la coopérative en faillite. La guerre et le colonel Cvitković. Les terres des Rokov bouffées par les ronces, et la *Sunset Residence*. Et cette machinerie, de l'autre côté, ça aussi, c'est son châtiment : les pseudo-pirates, la soirée pêcheurs, la quarante et unième semaine en *timeshare*, les hôtesses qui laissent des directeurs de marketing bourrés leur peloter les seins.

Gorki voit une image dans sa tête, une image si nette qu'il ne peut pas s'agir d'un délire alcoolisé, même s'il sait que c'en est un. Il voit le tunnel de la base militaire. Et dans le tunnel, il voit l'eau sombre et ridée. Bien que la nuit soit calme, qu'il n'y ait pas de vent, l'eau n'est pas tranquille. Elle ondule, elle se cabre et vient cogner contre la roche, elle fait des vagues qui s'entrechoquent et s'écrasent contre les parois verticales. C'est le soir. L'eau est d'un bleu foncé. Et d'un coup, de bleue elle devient rouge. Elle prend la couleur du sang et commence à grossir, comme lors de l'inondation biblique de l'Égypte. Les eaux rouges grossissent et grossissent. Elles submergent la roche ébréchée et les os de Silva. Elles submergent le tunnel, la caserne et le cap de la Croix. Elles gonflent, s'élargissent et commencent à tout avaler, centimètre après centimètre : la madrague, le terrain de basket, le terrain de boules et le clocher de Saint-Spyridon, le bas et le haut du village, l'Étoile de la mer et la *Sunset Residence* avec ses huit rangées d'appartements en *timeshare*. Les eaux rouges grossissent jusqu'à tout engloutir résolument et inexorablement : Misto, la montagne, et ce pays qui ne mérite pas mieux que ce déluge.

Gorki a un sursaut. Il sent que ça tangue devant ses yeux. Il s'agrippe fermement au parapet pour ne pas tomber dans le vide. Il est soûl : plus soûl qu'il lui avait semblé. Il ne va pas rentrer à Split. Il va passer la nuit dans l'appartement numéro 64, sur un matelas nu sans drap, il va inaugurer son bien immobilier tout neuf.

Il quitte le belvédère, rejoint les maisons et descend vers le rivage. Il marche d'un pas titubant tout en réfléchissant à la dernière décision qu'il doit prendre.

Demain matin, il pourrait aller à la police. Il pourrait demander à être entendu par l'inspecteur Čović. Il pourrait lui apporter sur un plateau ses conclusions, lui raconter ce qu'il a appris, lui révéler qu'Uršula lui a avoué son crime.

Demain, Čović viendrait l'arrêter. Il irait parader triomphalement devant les micros, il proclamerait que le mystère du meurtre a été dissipé au bout de vingt-sept ans. Qu'il a résolu une affaire que la police *d'avant, de l'époque précédente*, n'a pas su ou pas voulu résoudre. Qu'il a trouvé la meurtrière que Gorki Šain n'a pas trouvée. Et Uršula échangerait une prison – pire – pour une autre – meilleure. Pour Uršula, ce serait la fin du châtiment.

J'ai déjà été punie, voilà ce qu'elle a dit. Elle a été punie, Misto a été puni. Et lui aussi a été puni : ça, Gorki le sait.

Il rejoint le front de mer et se dirige vers la *Sunset Residence* entre les rangées de tamaris. Il passe l'ancien portail de la caserne – aujourd'hui méconnaissable – et continue d'avancer vers la terrasse, vers l'épicentre de la lumière, des voix et de la musique.

Maintenant, à cet instant, il sait précisément.

Demain matin, il se réveillera dégrisé. Il rentrera à Split et se rendra au bureau. Il donnera quelques coups de fil urgents et répondra à un e-mail pressant.

Il sait encore autre chose. Demain, il n'appellera pas Čović. Ni demain ni plus tard, il ne dira à personne ce qu'il a appris. Il ne leur dira pas qui a tué la Vela. Il ne le fera pas, parce qu'il n'y a pas de raison.

Voilà à quoi Gorki pense en retrouvant le monde qui s'amuse. Il se fraye un chemin parmi les gens et remarque un serveur portant un plateau. Il s'approche de lui et demande un verre de vin.

Prend le verre et le vide d'un trait.

22

URŠULA (2016)

Ce matin, Uršula se rend compte qu'elle va devoir passer au bourg. Elle a ouvert les placards de la cuisine, il n'y a plus rien à l'intérieur. Plus de sucre, plus de pâtes, plus d'huile végétale. Elle n'a trouvé qu'un paquet de farine entamée dans la réserve. Il y a longtemps qu'Uršula n'a pas fait les courses, mais elle cuit son pain. Et ce matin, impossible de faire le pain car elle n'a plus de levure.

Il ne lui reste plus qu'à aller jusqu'au magasin d'Agata.

Mais Uršula veut éviter le magasin. Elle veut éviter le bourg autant que possible. Malgré tout, elle se prépare à sortir, s'habille et quitte la maison aux alentours de dix heures. La porte de l'atelier de Tonko est ouverte, mais aucune trace visuelle ou audible de lui.

Elle s'en va par le chemin de la côte et parvient à la hauteur de la chapelle sur la pointe. Elle contourne l'Étoile de la mer et fait face à la vue sur Misto. Elle s'arrête. Elle est incapable d'aller plus loin. Une sensation d'aversion l'envahit.

Elle s'assoit un moment sur le muret devant la chapelle et contemple la statuette de la Vierge derrière le grillage, les colifichets humides, rongés par le sel. Puis elle se lève et repart, pour faire ce qu'elle a à faire.

C'est le mois de décembre. Les journées sont courtes. Le soleil se lève un peu avant huit heures et tombe tôt dans l'après-midi. Les heures à la lumière du jour sont brèves, le soleil est à peine asthmatique, pâle souvenir des mois chauds d'août et de septembre. De lourdes pluies du sud s'abattent sur la Dalmatie depuis la Toussaint et détrempent tout – la pierre, le maquis, les feuilles, les os. La saison touristique s'est achevée il y a longtemps. Il ne reste plus à Misto que les quelques autochtones résiduels, petits rongeurs qui errent dans un village trop grand de quatre tailles pour eux. Dans le centre, autour de l'église, est blottie la dernière pelote de maisons des natifs du lieu. Autour d'elle, un autre Misto s'est développé, ô combien plus vaste, constitué de maisons de vacances vides et mortes. Et derrière elles, ultime cercle concentrique, s'étend le nouveau complexe touristique irlandais, à présent complètement sans vie. Le lotissement est tout pimpant, il brille encore comme un sou neuf. Mais l'humidité l'entame, lui aussi, et les pluies interminables ont commencé à l'éroder. Lui aussi, la morsure incorruptible du temps finira par le manger.

Elle passe à côté de l'ancien bâtiment de la coopérative, de l'ancien terrain de basket et de l'ancien monument aux partisans. Elle suit la rue qui monte jusqu'à la place près de la mairie et ne croise personne en chemin.

Elle arrive au magasin d'Agata avec l'espoir qu'il n'y aura personne non plus à l'intérieur. Et il n'y a personne. La vieille Agata est assise sur une caisse de bière retournée et lit le journal. Elle salue Uršula qui vient d'entrer. Elle ne fait cela que quand elles sont seules toutes les deux. Quand les Bakić ou les Padovan sont présents dans le magasin, elle prend bien soin d'avaler son bonjour et de se comporter froidement avec elle.

Uršula achète ce dont elle a besoin : des œufs, de l'huile, des pâtes, de la levure et des boîtes de tomates. Agata lui fait son calcul sur un bout de papier. En cette période, hors saison touristique, elle n'utilise pas la caisse enregistreuse. Quand les touristes désertent la côte, elle sait que les inspecteurs des finances en font autant.

Uršula fourre ses achats dans un filet à provisions et repart lentement, pas à pas, vers la maison. Elle suit le môle de la coopérative, longe les tamaris plantés dans le port et arrive en quelques minutes à la chapelle. Elle s'arrête sur la pointe et effectue son rituel, toujours le même. Elle fait don à la Vierge derrière sa porte grillagée d'un billet de cinq kunas. Elle sait qu'il n'y a pas de rémission pour ses péchés, mais quand même, chaque fois qu'elle passe à la pointe, elle fait don d'un billet, dédié à qui à quoi.

En rentrant à la maison, elle tombe sur Tonko qui travaille sur la cale. Cela fait longtemps que son travail ne consiste plus en rien de sérieux, rien qui puisse rapporter un revenu quelconque. Quand le *Skippers's Club* au centre-bourg a acheté un engin de levage portuaire, Tonko a perdu ses rares derniers clients. Néanmoins il est constamment sur la cale, il travaille en permanence à quelque chose que lui seul comprend. Il ramasse, déplace des tins et des billes, transvase de la peinture d'un bidon élimé à un autre et repasse un coup de meuleuse sur toujours les mêmes quelques bateaux en bois que leurs propriétaires ne reviendront à coup sûr jamais chercher. Au moins Tonko trouve-t-il le moyen de rester occupé. Elle, non : elle n'a jamais su faire.

Elle monte dans la cuisine, range les courses. Elle pétrit du pain et le passe au four. Coupe un morceau de veau en cubes réguliers. Effile un oignon et le fait revenir dans l'huile. Bientôt une odeur agréable d'oignon frit se répand dans la cuisine. Quand les cèbes ont bruni, elle jette dans la casserole les cubes de viande, puis les tomates en conserve, un céleri, une carotte et du laurier. Elle baisse le feu et verse du vin.

Après quoi, comme tous les matins, elle s'attaque à la maison. Elle aère une chambre à coucher, puis la seconde, celle de son fils mort. Et comme tous les vendredis, elle met les draps à bouillir dans un baquet. Elle lave la vaisselle ayant servi à cuisiner et la suspend dans l'égouttoir. Elle étend les draps lavés sur les cordes à linge du côté sud de la maison. Les grands linges blancs voltigent vers le sud, vers le canal et les îles, comme s'ils appelaient vainement à se rendre.

Le plat de viande en sauce est prêt vers midi. Elle le retire du feu et met de l'eau à chauffer pour les pâtes. Quand l'eau bout, elle y jette une poignée de macaronis. Lesquels sont bientôt cuits.

Elle mélange dans la casserole la viande et les pâtes et pose la casserole sur la table. Elle s'assoit et attend. Elle sait qu'il n'y a rien d'autre à faire que cela. Seulement attendre.

C'est comme ça. Cinq minutes plus tard elle entend dans l'escalier le pas lent de Tonko. Elle n'a jamais compris comment Tonko sait précisément quand le repas est prêt. Mais il l'a toujours su, jamais il n'y a eu besoin de l'appeler, jamais il n'a fallu l'attendre plus de cinq minutes.

Tonko se lave les mains et s'assoit à table. Il ôte le couvercle de la casserole et, sans rien dire, sans délai, attrape la cuiller. Il remplit son assiette à moitié et commence à manger, vite, de manière mécanique.

Uršula le regarde manger. Elle regarde la nourriture posée devant lui disparaître, jusqu'à ce qu'il ait tout avalé. Ce court intervalle de temps, c'est tout ce qu'il reste de son couple.

Quand il a avalé la dernière bouchée, Tonko se lève, toujours sans un mot. Il s'essuie les mains et redescend l'escalier.

C'est maintenant qu'il est parti qu'Uršula commence à manger. Pas avant. Car elle sait que Tonko ne veut pas manger avec elle, de même qu'il ne veut pas dormir avec elle. Elle le laisse donc manger d'abord, après quoi elle est un peu tranquille.

Cela fait un moment que la nourriture la rebute, cette fois encore elle n'avale que quelques cuillerées et abandonne le reste de la viande aux chats dans la cour. Arrivée en bas de l'escalier, elle aperçoit Tonko. Il est assis à côté d'une barque et peint lentement des planches de bois à l'aide d'un pinceau. Elle le regarde, bien qu'elle sache qu'il ne lui rendra pas son regard.

Finalement, elle rentre dans la maison. Elle lave la vaisselle et achève de nettoyer la cuisine. Elle frotte le sol en pierre avec une serpillière humide puis va mettre la serpillière à sécher sur une corde à linge. Elle a l'impression que le temps se prépare à la pluie, alors elle ramasse le linge étendu et le rentre dans la maison. Après quelques heures passées à l'extérieur, les draps sentent bon l'air marin.

Elle regarde sa montre. Deux heures et demie. Elle a encore devant elle quelques heures de lumière du jour, puis ce sera une longue et éprouvante soirée sans fin.

Elle passe dans la chambre à coucher. Le lit sent agréablement les draps tout frais. Elle se sent somnolente après le déjeuner. Elle s'allonge et ferme les yeux. Elle pense, et c'est la même série d'images qui lui revient en pensée, encore et toujours la même.

***

C'est la même scène, la même image et le même lieu.

Elle se voit allongée. Elle est allongée comme maintenant, sur le même lit. Tonko est couché près d'elle. Tonko est tourné vers le mur et ne donne pas signe de vie. Elle n'a jamais su s'il dormait vraiment ou s'il faisait seulement semblant. Elle ne lui a jamais posé la question, elle ne le fera jamais, car de toute façon il ne lui dirait pas la vérité.

Uršula est allongée comme maintenant, exactement au même endroit. Et son cœur cogne d'émotion.

Elle vient de traîner le corps de Silva Vela jusqu'à la remise dans l'oliveraie. Elle a jeté le corps dans un coin de la cabane et l'a recouvert, au moins jusqu'au lendemain, des rouleaux de mat de verre de Tonko. Elle a caché la barre couverte de sang dans le vieux poêle, celui où la drogue était dissimulée peu de temps avant. Puis elle est rentrée à la maison. Elle a mis à laver ses affaires tachées de sang. Elle a désinfecté les écorchures faites par les ronces et s'est bien lavé les mains pour faire partir toutes les fibres de verre. Puis elle s'est douchée pour se nettoyer de tout : de la poussière, du sang, de l'émotion.

Après quoi Uršula s'allonge. Elle s'allonge à côté de Tonko qui souffle dans son sommeil, elle tend l'oreille vers la baie encore tranquille avant l'aube. On entend les derniers bruits de la fête des pêcheurs dans le centre de Misto. Les ouvriers qui désinstallent la scène, les musiciens qui rangent leurs instruments, les électriciens qui démontent les éclairages et les amplis.

Un peu avant l'aube, Uršula entend les bruits du port. Elle entend la toux sonore des pêcheurs, les conversations à voix basse dans les cales des bateaux, le crépitement des démarreurs. Le ronflement continu des moteurs diesel. Bien qu'elle ne puisse pas distinguer la lumière extérieure à travers les volets épais, Uršula sait. D'après les bruits du port, elle sait que c'est l'aube, les pêcheurs partent en mer, ils vont tirer leur ligne de traîne et relever les nasses tant que dure la bonace matinale, avant que le sirocco se lève.

Bientôt le port retrouve son calme, mais les premiers échos sonores du jour se font entendre dans Misto : le bruit de la trompette dans la caserne, le clocher de Saint-Spyridon. Pour finir elle entend le bruit qu'elle attend. Un car sur la Magistrale qui s'arrête puis qui redémarre. Elle sait précisément que c'est le car de nuit qui vient de Rijeka.

Puis c'est le silence. Pendant longtemps elle n'entend rien. Puis c'est le son qu'elle espérait si ardemment. Elle entend des pas dans la cour, Brane qui gravit l'escalier, qui ouvre la porte et entre dans la maison. Elle l'entend qui se déchausse, se débarrasse de son blouson. Il passe dans la cuisine et trouve sur la table le sandwich au fromage qu'elle lui a préparé. Il mange, affamé qu'il est après son voyage.

Uršula entend son fils se déshabiller dans sa chambre. Elle l'entend qui se lave les dents. Puis elle entend la douche, le bruit de l'eau qui se déverse et s'écoule sur la peau chaude et fatiguée de son fils. Brane se glisse dans le linge propre qu'elle a posé sur son lit. Il tournicote un petit moment dans la chambre puis il s'allonge sur le lit pour rattraper encore une heure ou deux de sommeil entre l'aube et la matinée.

Elle écoute Brane, sa respiration, d'abord bruyante, et bientôt calme et régulière. Quand le souffle de Brane est tout à fait apaisé, Uršula sait que son fils dort.

Elle se lève. Elle entrebâille doucement la porte de sa chambre et elle le regarde. Elle regarde Brane qui dort du sommeil du juste.

Elle hésite d'abord à le réveiller. Puis elle ne peut pas résister et entre dans la chambre. Elle s'approche, se penche au-dessus de lui, touche son visage de la paume de sa main. Pose ses lèvres sur sa joue encore fraîche de la douche. Elle l'embrasse.

Tout va bien aller, chuchote Uršula.

Tout va bien aller, répète-t-elle. Elle l'embrasse encore une fois puis elle sort de la chambre doucement.

23

MATE (2017)

Le 23 septembre, pour l'anniversaire de la mort de Silva, Mate va à Misto déposer des fleurs sur sa tombe.

Le 23 septembre, cette année, tombe un samedi. Il se rend tôt chez un fleuriste et achète un bouquet de chrysanthèmes. Quand il rentre à la maison avec les fleurs, Elda est déjà réveillée et prête à partir. Ils s'assoient dans la voiture, Mate a demandé à Elda de bien vouloir conduire cette fois. Il fait encore chaud, c'est l'été indien et la Magistrale regorge de touristes. Ils découvrent Misto dans les derniers jours d'effervescence estivale. Les cafés en bord de mer travaillent encore, la plage est couverte de serviettes et l'on entend le tambourinement des basses rythmiques dans le nouveau lotissement d'appartements de location. Du côté de la piscine de l'hôtel, un DJ pousse la musique électronique qui se répercute sur les parois rocheuses et se répand dans la baie.

Elda quitte la Magistrale en direction du bourg et s'apprête à tourner vers le cimetière. Mate lui demande alors de prendre à droite vers le centre. « Je voudrais voir encore une fois la maison, dit-il, voir à quoi elle ressemble maintenant. »

Elda obéit sans un mot. Elle prend la direction du centre-bourg, passe à côté de la mairie, de l'ancienne boulangerie et de l'église paroissiale. En quelques minutes, ils se retrouvent devant la maison dans laquelle Mate a grandi.

Les changements sont visibles. La maison a été fraîchement recrépie. Les fenêtres côté sud possèdent de nouveaux stores contre le soleil. Il n'y a plus les plates-bandes d'artichauts, de choux et de tomates de Vesna dans la cour. Un gazon anglais parfaitement tondu s'étale désormais devant la maison. Mate doit malheureusement reconnaître que les Hollandais y ont mis du leur.

Vesna a vendu la maison à Misto au début de l'été 2016. Mate se souvient précisément du jour où elle le lui a annoncé. Elle l'a appelé le dernier jour de l'année scolaire. Elle lui a dit que pour elle, à partir de maintenant, l'école, c'était fini. Elle a décidé de demander à prendre sa retraite à compter du 1er septembre. « Je ne peux plus les voir », a-t-elle ajouté. Elle ne peut plus voir les enfants car ils sont irrespectueux, antipathiques et méchants.

Le même après-midi, elle lui a dit qu'elle ne comptait pas vivre à Misto une fois à la retraite. Elle ne supportait plus ni les habitants du bourg, ni ses anciens élèves, ni ses anciens collègues, ni les vieilles du magasin d'Agata. Elle allait donc vendre la maison, donner la moitié de l'argent à Tina pour qu'elle rénove son appartement, et avec l'autre moitié s'acheter un studio en ville. Elle serait ainsi plus proche de lui et d'Elda et de sa petite-fille. Elle les a cités tous les trois, pas Jakov.

C'est au début de l'été que les biens immobiliers en bord de mer se vendent le mieux. Vesna a vendu la maison en seulement deux semaines à un couple de professeurs néerlandais, et quand Mate a su combien elle en avait obtenu, il a eu du mal à cacher sa déception. Il lui semblait que Vesna aurait pu mieux négocier si elle avait un peu attendu. Mais Vesna était manifestement pressée et Mate devinait pourquoi. Vesna, Mate le savait, n'a jamais cru que c'était Rokov qui avait tué Silva. Ça la torturait. Elle vivait au quotidien avec la pensée qu'elle pouvait croiser l'assassin de Silva à Misto à tout moment, dans la rue, à l'école ou au magasin, sans savoir que c'était lui.

Elle a emménagé à Split un mois plus tard. Elle a acheté un appartement triste en sous-sol à côté du stade de rugby, non loin du centre. Mate la voit parfois en compagnie d'un vieux médecin veuf. Vesna ne les a pas présentés. Mais quand le médecin croise Mate en ville, il le salue avec empressement, comme s'il savait qu'il saluait un proche parent.

C'est ainsi que Vesna a coupé le dernier cordon qui les rattachait tous à Misto. Ces cordons, ils se sont amenuisés au fil des décennies, ils ont rompu l'un après l'autre, et Vesna n'a fait que couper le dernier qui restait. Et quand elle l'a fait, Mate, à sa grande surprise, en a éprouvé du regret. Si d'aventure, un jour, il devait séjourner à Misto, il le ferait en tant que touriste, il passerait la nuit à l'hôtel. Cette pensée, bizarrement, ne le laissait pas tranquille.

Et le voilà maintenant assis dans sa voiture, devant sa maison natale, en train de la contempler. L'été touche à sa fin, la maison est fermée, sans vie, les volets roulants sont baissés. Le gazon, lui, se porte à merveille, un arroseur est en marche. Les Hollandais doivent payer quelqu'un du coin pour s'occuper du jardin.

En regardant la maison, Mate éprouve un sentiment irréel. C'est bien la même maison, celle dont il se souvient. Et pourtant elle est différente. Il a l'impression d'être face à la sœur jumelle de sa maison natale, une jumelle qu'on aurait séparée à la naissance, et c'est la première fois qu'il la voit, il identifie la ressemblance mais il sait clairement, parfaitement, que cette maison n'est pas celle qu'il connaît.

Il regarde la maison, vieille mais neuve, ancestrale mais rafraîchie, et il essaie d'imaginer à quoi elle ressemble maintenant à l'intérieur. Il s'imagine gravir le perron, ouvrir la porte et entrer. Il imagine l'entrée avec le portemanteau et l'armoire à chaussures, la cuisine, la salle de séjour, le Jésus au-dessus de la porte de la cuisine, la table basse vitrée le long du mur. Il imagine la porte de la salle de séjour qui mène vers la droite, celle de la chambre de Silva. Qui sait ce que les Hollandais ont fait de la chambre de Silva ? Qui ont-ils installé à l'intérieur ? Est-ce qu'il sait, celui qui s'y est installé, qu'il couche dans la chambre d'une jeune fille morte ? Est-ce qu'ils savent qu'un jour, quelqu'un a quitté cette chambre pour aller vers une mort violente ?

Mate pense à tout cela, et puis il réalise combien ces questions sont insensées. Car leur maison est dans le giron maternel depuis cinq générations. C'est son arrière-arrière-grand-père qui l'a construite il y a cent quatre-vingts ans. Dans cette maison ont dû mourir mamie Franka tout comme papi Mate. En 1977, il avait alors cinq ans, ils ont trouvé tata Zlata morte sur le carrelage en damier de la cuisine. Avant tata Zlata, sans doute sont morts également dans la maison le père de papi Mate, sa mère, le père de son père, peut-être ses frères, peut-être même son père. Ce sont cinq générations qui sont mortes dans cette maison, dans le grenier, dans les chambres, dans la cave, sur les tomettes de la cuisine. Les Hollandais ont acheté une vieille maison, une maison avec un cachet ancien, c'était même écrit ainsi dans l'annonce : *Vintage house in a scenic historic core*. Ils l'ont achetée avec ses morts, à cause de ses morts, qui y ont déposé comme une patine précieuse et bienvenue. Et Silva aujourd'hui n'est rien d'autre, rien de plus qu'une morte de plus par-dessus tous ces morts déjà déposés. Depuis qu'elle est morte, trente années ont passé. Tant que Vesna, Jakov et lui vivront, la lueur du souvenir couvera. Quand tous trois seront morts, Silva deviendra une simple légende urbaine, une histoire de famille qu'on se racontera autour d'un verre de prosecco, d'arancini et de beignets. Et puis, encore un peu de temps et même cela disparaîtra. Elle sombrera dans un néant sourd, elle deviendra l'ombre d'une ombre, une ombre anonyme de plus sur les murs de la maison, propriété des professeurs hollandais.

Mate trouve cela horrible. Mais aussi horrible que ce soit, c'est ainsi, irrémédiable et inexorable.

Plongé dans ses pensées, Mate aperçoit une silhouette humaine dans la cour. Un homme – Mate ne le reconnaît pas – s'approche de l'arroseur automatique et coupe l'eau. Il jette un regard vers eux, s'étonne de ces deux inconnus qui lorgnent du côté de la cour. Il est temps de reprendre ses esprits et de partir.

– On y va, j'ai vu tout ce que je voulais, dit-il.

Elda obéit sans rien dire. Elle tourne la clé du moteur, sort la voiture de la ruelle et prend la direction du cimetière.

***

Quand ils se sont garés près du cimetière, Elda est sortie la première de la voiture. Elle a fait quelques pas sur le gravier du sentier puis elle s'est arrêtée, a légèrement vacillé et a cherché le bras de Mate pour s'y accrocher. « Je me sens mal avec cette chaleur », dit-elle, et elle s'appuie contre son épaule.

Elda a huit ans de plus que lui. La différence a commencé à se ressentir ces dernières années. Elle a passé la cinquantaine et éprouve maintenant des difficultés liées à son âge. Ses règles sont irrégulières, longues et douloureuses, elle sent des vagues de froid et des frissons. Elle accumule les hormones sexuelles qui entraînent chez elle des troubles digestifs, des migraines et des engourdissements. Cela fait déjà quelques années qu'elle souffre d'insomnie. Au début du printemps, elle a dit à Mate qu'elle ne supportait plus ces déchaînements d'hormones. Elle est allée chez le gynécologue pour subir un curetage et une dilatation. Une semaine plus tard, elle a dit à Mate qu'elle n'avait plus envie de se battre contre le gris qui envahissait sa chevelure. Elle s'est fait faire une coupe courte et une teinture argentée.

C'est ainsi qu'est apparue du jour au lendemain une nouvelle Elda. Une Elda avec un genou qui grince et qui la lance un peu, qui cultive ses cheveux gris et qui souffre du froid ou de bouffées de chaleur, comme celles qu'elle éprouve en ce moment. Avec sa coupe courte et argentée, cette nouvelle Elda lui fait penser par moments à Vesna. Il remarque qu'Elda est mal à l'aise quand ils sont en compagnie d'autres personnes. « Encore un peu et tu vas penser que je suis ta mère », a dit une fois Elda, et Mate n'a rien répondu.

À quarante-six ans, il a conservé une carrure de sportif, il a toujours mangé peu et a toujours la même allure. Quand bien même voudrait-il changer cela qu'il ne le pourrait pas. Et il ne le veut pas. S'il y en a que ça gêne, lui, ça ne le dérange pas. Rien ne le dérange chez Elda, ça n'a jamais été le cas et ça ne le sera pas.

Appuyés l'un contre l'autre, bras dessus bras dessous, ils entrent dans le cimetière de Misto. Lequel rayonne de blancheur en cette chaude journée d'été. Depuis le matin le soleil tape sur la pierre calcaire, qui répercute maintenant cette chaleur blanche. Mate tient Elda par le bras et avance au milieu des tombes qu'il connaît bien. Quelques vieilles chapelles d'avant-guerre de familles italiennes, des tombes de seigneurs du coin et de prêtres surmontées de statues prétentieuses de la Madone et d'angelots, celles de quelques capitaines décorées d'une ancre en relief. Il n'y a là pas plus d'une dizaine de noms de famille, qui alternent de place en place : Skaramuca, Končurat, Vela, Bakić, Padovan. Quelques tombes sont abandonnées, la plupart sont astiquées et lourdement décorées. Dans certaines d'entre elles des gens sont enterrés que Mate ne connaît pas. Mais il arrive à un âge où dans le cimetière prédomine l'autre catégorie. Il aperçoit la tombe de son institutrice, celle de son premier médecin, celle de l'ancien curé dont il a un souvenir brumeux, qui portait le curieux prénom de Fulgencio. Près de la porte du cimetière se trouve celle d'un camarade de classe mort dans un accident de plongée. Juste à côté de la chambre mortuaire, il y a la tombe du capitaine Padovan, lequel les chassait à coups de fusil à air comprimé quand ils venaient voler des cerises dans sa cour. Sa tombe est encombrée de fleurs desséchées car la vieille veuve Padovan est morte elle-même il y a quatre ans.

Et à côté de la tombe du capitaine, il y a celle des Lekaj. Et alors que, sur les autres, les noms et les générations se superposent, sur celle des Lekaj il n'y a qu'un nom. Au milieu de la pierre blanche est écrit seulement *Adrijan Lekaj, soldat croate mort pour la patrie, 1971-1995*. Gravé au-dessus de son nom, le blason croate.

Et comme à chaque fois qu'il voit la tombe d'Adrijan, Mate éprouve un sentiment de culpabilité.

Comme à chaque fois, il se souvient. Il se souvient de lui accroupi en train d'épier derrière le camion de la coopérative. Il se souvient des cigales faisant du raffut toute la nuit dans les branches des cyprès. D'Adrijan qui sort de chez lui, au beau milieu de la nuit, pour prendre l'air. Et de lui-même qui lui saute dessus, qui le frappe, qui le cogne encore et encore, aux épaules, au menton, dans les cuisses, dans les côtes. Qui lui fiche une raclée furieuse et vengeresse, jusqu'à ce qu'il entende des voix et des pas en haut de la rue.

Il passe à côté de la chambre mortuaire et contourne l'église. Derrière, c'est la partie nouvelle du cimetière. Elle est constituée d'une rangée de tombes uniformes en béton, certaines sont recouvertes et décorées, d'autres, vides, bâillent en direction du ciel en attendant leurs premiers locataires. Au début de la rangée, toute proche de l'abside de l'église, il y a la tombe sur laquelle ils se rendent. C'est là, dans cette urne en béton, que sont inhumés les Vela. Une stèle est dressée sur la tombe, le nom des personnes enterrées est gravé dans la pierre. Mate regarde la liste verticale des prénoms suivis de chiffres, l'année de leur naissance et celle de leur décès. L'arrière-grand-père Špiro. Papi Mate. Nonna. Et enfin, Silva.

Sur la tombe des Vela, hormis les noms, il n'y a pas de photo. Seulement les années de naissance et de mort, comme une donnée anonyme et sans visage. Silva fait exception. À côté du nom de Silva, il y a sa photo dans un ovale en céramique. Ce n'est pas la photo dont Mate se souvient, celle dont tous se souviennent – la Silva effrontée qui croit à dix-sept ans que le monde lui appartient. Pour la tombe, Vesna a donné au céramiste la photo qui avait été faite pour le passeport de Silva. Elle a quinze ans sur cette photo. Elle a encore les cheveux droits, une frangette enfantine lui tombe sur le front. L'année où elle s'est fait photographier, Silva entre au lycée. Elle vient d'emménager dans la résidence scolaire à Split.

C'est pendant cet été qu'ils sont partis en virée avec toute une bande pour pêcher des moules dans la crique de Travna. Ils ont allumé un feu et jeté des pommes de terre dans les braises. Brane dévorait Silva du regard. Avant même qu'il se passe quoi que ce soit, Mate se souvient d'avoir remarqué cela.

Et Silva et un garçon de Zagreb ont commencé à se prendre dans les bras et à s'embrasser. C'est ce soir-là qu'elle a commencé à sortir avec ce garçon. Ils sont restés ensemble trois semaines cet été-là, et Mate n'a jamais su s'ils s'étaient déjà vus auparavant et s'ils se sont revus par la suite. C'était la première fois que Silva était avec quelqu'un.

Cet été-là, Silva lui a fait l'impression d'être tellement plus vieille que lui.

Ils sont devant la tombe. Sans dire un mot, comme par un accord non écrit, Elda emporte les fleurs desséchées jusqu'à une poubelle, remplit le vase d'eau à la fontaine du cimetière. Pendant ce temps, Mate raccourcit les tiges des chrysanthèmes et froisse le papier d'emballage pour en faire une boule qu'il jettera plus tard. Ils disposent les fleurs dans le vase rempli d'eau. Puis ils allument un lumignon, un lumignon dont la flamme ne sera visible que cette nuit car elle est pour l'heure si pâlotte dans le soleil éclatant de midi qu'il est impossible de la distinguer.

Quand ils ont terminé, Mate recule d'un pas, se signe rapidement et grossièrement, comme si c'était quelque chose qui ne lui plaisait pas. Il regarde la tombe, la photo de Silva, puis il regarde Elda. Elle est debout à côté de lui, devant la tombe d'une inconnue, la tombe d'une femme qu'elle n'a vue qu'une fois dans toute sa vie. Elle l'a vue il y a très longtemps, si brièvement. Mais cette rencontre a changé leur vie, celle de Mate et la sienne.

Mate et Elda sont debout devant la tombe, il est midi pile, au plus fort de la canicule. L'ombre des cyprès a disparu, les pierres tombales sont brûlantes et Mate sent des billes de sueur sourdre de son front. Il regarde la tombe de sa sœur, puis il regarde cette femme curieuse, nouvelle, aux cheveux argentés qui se tient à ses côtés au-dessus de la sépulture de Silva. Et c'est à cet instant que Mate sait. Il sait que Silva les a réunis.

C'est un sentiment si fort qui le fouette comme la fraîcheur d'une brise. À travers la tombe – qu'elle n'avait pas – sa sœur morte lui a fait don d'un dernier cadeau. Elle n'a pas su veiller sur elle-même. Mais elle a su le faire pour son jumeau de frère. Elle lui a envoyé cette femme qui se tient à ses côtés.

Elda, c'est son cadeau. Et Mate lui en est reconnaissant.

Il se penche sur la pierre tombale, effleure du doigt l'ovale avec la photo de sa sœur morte. Il imprime du bout de l'index un baiser de gratitude, se redresse et regarde Elda. Il lui sourit et lui tend la main.

Elle prend sa main tendue dans la sienne et la serre.

FIN

Les Éditions Points s'engagent pour la protection de l'environnement et une production française responsable

Ce livre a été imprimé en France, sur un papier certifié issu de forêts gérées durablement, chez un imprimeur labellisé Imprim'Vert, marque créée en partenariat avec l'Agence de l'Eau, l'ADEME (Agence de l'Environnement et de la Maîtrise de l'Énergie) et l'UNIC (Union Nationale de l'Imprimerie et de la Communication).

La marque Imprim'Vert apporte trois garanties essentielles :

- La suppression totale de l'utilisation de produits toxiques
- La sécurisation des stockages de produits et de déchets dangereux
- La collecte et le traitement de produits dangereux

RÉALISATION : NORD COMPO À VILLENEUVE-D'ASCQ
IMPRESSION : CPI FRANCE
DÉPÔT LÉGAL : SEPTEMBRE 2022. N° 148789 (3048722)
IMPRIMÉ EN FRANCE